M

ELSA JENNER

UNO
DE
NUESTROS
FINALES

Montena

Papel certificado por el Forest Stewardship Council®

Primera edición: febrero de 2023

© 2023, Elsa Jenner
© 2023, Penguin Random House Grupo Editorial, S. A. U.
Travessera de Gràcia, 47-49. 08021 Barcelona

Printed in Spain – Impreso en España

ISBN: 978-84-19241-97-9
Depósito legal: B-21.578-2022

Compuesto en Compaginem Llibres, S. L.
Impreso en Rodesa
Villatuerta (Navarra)

GT 4 1 9 7 9

A todas esas personas que no vieron sus ilusiones cumplidas antes del final y a aquellas que luchan por hacerlas realidad cada día.

1

ADRIANA

¿Es el amor o la muerte lo que le da sentido a la vida? No tengo la respuesta, solo sé que llega un momento en el que te sientes más pérdida que nunca. No sé si todo el mundo experimenta esa sensación en algún momento de su vida, solo sé que para mí era algo completamente nuevo. Tres semanas atrás tenía una ilusión, sin embargo, con todo lo acontecido, la había perdido y no veía la forma de recuperarla.

Si le preguntas a alguien cuáles son los mejores recuerdos de su vida, probablemente te mencionará alguno de la infancia, para mí el mejor recuerdo de todos era aquella primera cita que tuvimos Álvaro y yo en Madrid, quizá porque nunca antes había tenido una cita tan perfecta, en realidad creo que no había tenido una cita como tal. Aquel día había sido feliz y nada ha podido empañar esa sensación tan placentera.

Durante todos estos años había conservado aquel recuerdo en una esfera de cristal, como esas bolas que tienen dentro una escena miniaturizada con agua y nieve y que cada vez que la sacudes las partículas blancas se agitan y la escena cobra vida hasta que poco a poco todo vuelve a su posición inicial. Sin embargo, nosotros jamás volveríamos a esa posición, porque ni él era ya el chico del cine ni yo la chica de las palomitas.

Nuestras vidas habían cambiado hasta el punto de convertirse en aquel caos en el que vivía presa. La noche del trágico accidente decidí echar a Álvaro de mi vida para siempre, estuve a punto de coger las maletas y volver a Madrid. Sabía que sería muy difícil seguir adelante en la escuela sin él y después de todo lo que había pasado. No estaba preparada para verlo en clase, en realidad no estaba preparada para verlo en ninguna parte. Nunca imaginé que sería tan difícil, quizá porque en esta ocasión, a diferencia de las anteriores, el punto y final había quedado bastante claro por ambas partes. Tenía que quitármelo de la cabeza, aquel no era el Álvaro del que un día me enamoré, ese no era el chico con el que había compartido conversaciones cinéfilas, el que me había contado sus sueños con ilusión, el que me había dicho que nunca se dejaría arrastrar por este mundo de fieras.

La elitista Escuela de Actores Carme Barrat ocupaba todos los titulares desde aquella noche, había sido el escándalo sobre el escándalo. Primero, los rumores de mi relación con Álvaro, luego el vídeo del padre de Georgina chantajeando a la directora y el último y más dolorosos de los escándalos: la trágica muerte de Georgina.

Todo aquello me superaba, el abuelo había insistido en que regresara a Madrid y me lo había planteado seriamente, porque no quería acabar como Georgina, pero precisamente ella era la que me mantenía allí. Lo que le sucedió no me dejaba dormir. Tenía que quedarme, al menos hasta que se resolviera todo.

Había quien hablaba de negligencia por parte de la escuela, otros decían que Georgina se había suicidado y otros aseguraban que había sido un desafortunado accidente. Las llamas del fuego que se inició en una de las plantas inferiores habían alcanzado una de las calderas y se había producido una importante explosión. La detonación había arrasado con todo, y eso había dificultado la recuperación del cuerpo de Georgina de entre los escombros. La policía seguía trabajando en el caso y de momento no se había pronunciado al respecto.

Yo sabía que Georgina no se había suicidado, pero no lo podía decir; ahora ya no... Tuve la oportunidad cuando la policía habló conmigo esa noche, pero les mentí y ya no había marcha atrás. Dije que no había podido llegar a la terraza por culpa del fuego. Es lo que tienen las mentiras, por pequeñas que sean, que pueden ayudarnos en un momento dado, pero si nos descubren corremos el peligro de perderlo todo, pues esa pequeña mentira siempre nos arrastra a otra que la sustente, y a otra, y a otra, como me pasó a mí. No tenía alternativa; la verdad me habría señalado para siempre.

Esa noche todo fue demasiado caótico. No pudimos regresar a nuestros dormitorios por si la explosión había afectado la estructura de todo el edificio. Así que nos alojaron en un hotel cercano, algunos alumnos regresaron a sus casas para no volver nunca más, otros, como Liam y yo, nos quedamos en el hotel sin saber qué hacer.

Tuvimos una gran discusión cuando nos vimos esa misma noche. Él había subido el vídeo del padre de Georgina chantajeando a Carme Barrat, él había matado a Georgina. No cruzamos palabra en los cuatro días que estuvimos en el hotel.

Álvaro me escribió un mensaje esa noche, uno frío y distante, de esos que envías por compromiso, porque una parte de ti te dice que es lo correcto. Se limitó a preguntarme si estaba bien y yo me limité a decirle que sí, aunque por supuesto mentía. No estaba bien. ¿Cómo iba a estarlo después de lo que había pasado? Pero me sentía traicionada por Álvaro —había roto una de las cosas que más cuesta construir en una relación y que más frágil es: la confianza— y fui incapaz de desahogarme con él.

Durante aquellos días y hasta que pudimos regresar a la residencia, Oliver fue un gran apoyo para mí. Trataba de distraerme, pero yo estaba muy afectada por todo lo sucedido.

Cuando volví a la residencia y me encontré de nuevo con Cristina di gracias a Dios por que ella no hubiese abandonado la escuela, pero me sorprendió que no estuviese afectada en absoluto por la muerte de Georgina... Sabía que nunca se habían llevado bien, que no se soportaban, pero, joder, era un ser humano.

No sabría decir qué hora era cuando mi teléfono comenzó a sonar, pero sabía que era de madrugada. Desde la noche de la explosión no podía dormir.

Me incorporé, alargué la mano y giré la pantalla de mi móvil. Comencé a temblar cuando vi su nombre. ¿Qué hacía llamándome a esas horas? ¿Para qué? No habíamos vuelto a hablar desde aquel mensaje después del caos.

—¿Quién te llama a estas horas? —preguntó Cristina desde su cama.

—Es mi abuelo... Salgo fuera para hablar con él. Tú sigue durmiendo —mentí.

—A ver si le ha pasado algo... Por mí, no hace falta que salgas. Habla con él sin problemas —insistió ella.

—No, no, tranquila, está bien. Es que quedó en llamarme a esta hora para que le ayude a activar la alarma del cine.

No sé en qué momento me había convertido en una experta mintiendo, pero lo había hecho.

—¿A las dos de la mañana? —preguntó incrédula.

—Ya ves a qué horas termina el pobre, entre que acaba la última sesión, la gente se va y lo limpia todo... —dije mientras abría la puerta de la habitación.

Tan pronto como salí al pasillo, respondí.

—¿Álvaro? ¿Estás bien?

Al otro lado solo escuché música.

—Álvaro...

—Me he bebido una botella de whisky...

—Pero si tú no bebes whisky.

—Es lo más fuerte para olvidar —dijo alargando algunas sílabas y parándose en otras.

Estaba borracho o drogado, o a saber qué... Suspiré pensando qué podía hacer.

—¿Qué quieres olvidar? —pregunté como una estúpida, como si todo por lo que estaba pasando no fuese suficiente para querer olvidar.

Eran unos momentos difíciles para la escuela de su madre; se hablaba de ella en todos los medios de comunicación. Todo se había suspendido, los ensayos, la obra...; todo menos las clases. Aunque Álvaro sí había dejado de dar su asignatura, supongo que para ayudar a su madre con todo lo que estaba pasando.

—A ti, pero no ha servido de nada —dijo con rabia.

El corazón se me detuvo unos segundos para luego comenzar a latir con más fuerza. No podía creer que con todo lo que estaba sucediendo en su vida, yo fuese la que ocupara sus pensamientos.

Se escuchó el sonido de un cristal romperse.

—¡Mierda! —se quejó.

—¿Estás bien? —pregunté preocupada.

—No, no lo estoy... No sé cómo gestionar todo esto. —Parecía sincero—. Todo está perdido... La escuela, la carrera de mi madre, puede que hasta la mía, y también te he perdido a ti... Nunca nadie me había echado así de su vida... ¿Quién va a rechazar a Álvaro Fons Barrat? —dijo burlándose de sí mismo.

Me estaba rompiendo el corazón escucharlo hablar así.

—¿Dónde estás? —dije al escuchar las risas de un grupo de personas.

Si alguien lo veía en esas condiciones y lo grababa, entonces sí que iba a ser el fin de su carrera. Porque hasta el momento la prensa no hablaba de él, la noticia de nuestra supuesta relación ya había quedado en el olvido. Sin ninguna foto, sin ningún testimonio, todo era un rumor que en esos momentos no le interesaba a nadie.

Me imaginé a algún fotógrafo haciéndole fotos en ese estado y vendiéndolas a todos los medios para ganarse el sueldo del mes.

—¿Ahora te preocupas por mí? ¡Qué tierno!

—Deja de hacer el idiota y dime dónde estás.

—¿Qué vas a hacer si no te lo digo?

—Pensé que eras más maduro, sigues siendo un niñato.

—Bien que te gustaba cómo te follaba este niñato.

—¿Para eso me llamas? ¿Para insultarme? ¡Vete a la mierda! —colgué de impotencia y me dispuse a regresar a la habitación. Pero al instante recibí un mensaje suyo.

ÁLVARO

Lo siento.

Lo odiaba, lo odiaba porque tenía razón, me gustaba cómo me lo hacía ese niñato. Estaba perdidamente enamorada de él y también me odiaba a mí misma por ello, porque todos mis intentos de salir entera de esa historia eran en vano. Sabía que tarde o temprano acabaría arrastrada por la corriente. Tenía que sacármelo de la cabeza antes de que aquella guerra me matase.

2

ÁLVARO

Hay momentos que definen nuestra vida, nunca imaginé que aquella noche en Madrid, cuando le di aquel primer beso a Adriana, fuese uno de esos momentos. Me ha costado aceptarlo, pero ahora que estoy hundido en la más amarga de las miserias lo veo con claridad. El amor forma parte del ser humano, está en nosotros, solo que no somos conscientes de ello hasta que no le ponemos cara, cuerpo, voz y nombre. En mi caso, se llamaba Adriana, la chica de las palomitas. Había cambiado tanto desde entonces..., pero su esencia seguía ahí, al igual que su luz, y yo me moría por alcanzarla.

Había pasado ya un mes desde aquella fatídica noche de la explosión en la que hubo varios heridos y murió una alumna. Durante ese mes se habían tambaleado todos los cimientos de mi vida. Mi madre estaba desolada, la prensa se había cebado con ella, la policía había abierto una investigación contra la escuela por una posible negligencia. Estaban revisando al detalle toda la documentación de las obras, la señalización, el sistema antiincendios... Nos habían interrogado uno por uno a todos para averiguar quién estaba en la escuela en el momento en el que se produjo la explosión. Tuve que decirles que Adriana subió las escaleras del *backstage* que daban acceso a la terraza. Mucha gente la vio subir. No podía mentir; eso solo hubiera complicado más las cosas. Confié en que la policía no pensara que ella estaba involucrada en lo ocurrido. Todo era un caos y yo la necesitaba a ella más que a nadie. Necesitaba a Adriana mi lado, su apoyo, su calor, sus abrazos... Recuerdo haber cometido el error de llamarla una noche mientras estaba borracho, aunque no recuerdo qué le dije exactamente, solo que luego le envié un mensaje diciéndole que lo sentía, como si eso fuese a arreglar las cosas.

Sabía que tenía que ser más fuerte, estar ahí para mi madre, ser el hombre de la familia y afrontar todo lo que se nos venía encima. Esta vez no podía comportarme como un niño caprichoso, como hice cuando pasó lo de mi padre. Hay una parte de esa historia que no le conté a Adriana por vergüenza. En aquella ocasión, cuando el juez dictó sentencia y mi padre fue a prisión, comencé a beber, a salir de fiesta, a drogarme... Se suponía que había venido a Barcelona para ayudar a mi madre, y al final acabé convirtiéndome en una preocupación más para ella. No sé qué me llevó a comportarme así, pero aquello no podía repetirse, así que estaba intentando con todas mis fuerzas actuar como un hombre maduro.

Sin embargo, no fui capaz de seguir dando mi asignatura porque la cabeza no me daba para más. No tenía la fuerza ni la entereza necesarias para enfrentarme a una clase que acababa de perder a una compañera, sabiendo, además, que quien había provocado su muerte al proyectar aquel vídeo estaba en esa aula.

Cuatro días después de la explosión, un equipo de expertos determinó que no había daños en la estructura del edificio y que tanto la escuela como la residencia podían seguir abiertas. Aun así, se tenían que hacer obras de reforma importantes en el teatro. En su día había sido una iglesia y, como gran parte de la estructura estaba formada de madera, el fuego se había expandido demasiado rápido, causando graves destrozos, y el hecho de que la escuela estuviese en una de las estrechas calles del Barrio Gótico había retrasado la intervención de los bomberos.

Pese a que todas las clases, excepto la mía, continuaron con cierta normalidad, varios alumnos habían dejado la escuela. Sus padres ya no confiaban en nosotros. La gente quería saber qué había pasado con Georgina.

Al principio, su desaparición había sido toda una incógnita. Muchos albergábamos la esperanza de que estuviese viva entre los escombros o de que, tal como especulaban algunos alumnos, simplemente hubiese aprovechado el caos de la explosión para esconderse. Debía de estar avergonzada por lo sucedido. Pero esa esperanza se desvaneció cuando el laboratorio forense del Departamento de Justicia encargado del caso reveló los resultados de su investigación. Aquel informe lo cambiaba todo. Entre los escombros, los forenses habían encontrado restos de dientes y de ADN de Georgina Mas. Según dijeron, habría muerto en el acto debido a la fuerte explosión. La hipótesis era que Georgina habría subido a fumar a la terraza, que estaba en obras, y que al pisar una superficie no protegida, se abrió un socavón en el suelo y cayó al vacío. El cigarro fue lo que causó el incendio en la sala y las llamas alcanzaron una de las calderas provocando la terrible explosión.

El juez tenía que determinar la responsabilidad de la escuela en aquel accidente. Nuestros abogados habían aportado toda la documentación relativa a las obras e informado de que, pese a que no había una señalización específica, el alumnado, tal como ponía en las normas de la escuela, tenía totalmente prohibido subir a la terraza. Los alumnos podían estar en el patio, pero no en la terraza.

De la decisión del juez dependía que mi madre perdiera la escuela o no, pues si se probaba que tenía algún tipo de responsabilidad en lo que había sucedido, no podríamos afrontar las indemnizaciones y multas que ello acarrearía.

La muerte de aquella alumna nos había consternado a todos, pero a los que nos quedábamos en este mundo no nos quedaba más remedio que mirar hacia delante y luchar por nuestro futuro. Había demasiadas cosas en juego. Incluso con todas mis ilusiones hechas pedazos, tenía que seguir avanzando y mantenerme fuerte.

3

ADRIANA

Salí del escenario y me perdí entre bastidores. Subí por aquella estructura de hierro oxidado que se tambaleaba hasta llegar a la terraza. Allí estaba ella, de pie sobre una de las pasarelas de madera que cubría la superficie y con esa sonrisa descarada que la caracterizaba. Me miró con superioridad, como si, pese a todo, me estuviera recordando que había sido ella la que había ganado una vez más. Un impulso me llevó a correr hacia ella y empujarla. Cayó al suelo, que del mismo impacto no tardó ni dos segundos en desplomarse. Georgina quedó sujeta a una de las tablas que conformaba la pasarela sobre la que yo estaba. Me pidió ayuda, pero no hice nada, solo esperé pacientemente hasta que sus fuerzas se debilitaron y cayó a una planta inferior que parecía estar abandonada. Su cuerpo yacía inmóvil en una pose ridícula.

Antes de ver cómo Georgina era devorada por las llamas, desperté bañada en sudor.

—¿Estás bien? —me preguntó Cristina.

—Sí, sí.

—Me has asustado con ese grito —se quejó levantándose de la cama.

—Lo siento.

—¿Otra vez una de esas pesadillas?

Asentí.

Había pasado poco más de un mes desde la muerte de Georgina y no lograba quitármela de la cabeza. Desde la explosión había soñado cada noche con ella. La veía esquelética, con su sonrisa malvada, esperándome en la terraza, soñaba que la empujaba al vacío, que le prendía fuego al edificio... Una y otra vez me despertaba angustiada, pensando que jamás me liberaría de aquella locura en la que me hallaba inmersa, que jamás podría quitarme la opresión que sentía en el pecho.

—¿Adriana? —Cristina me sacó de mis pensamientos—. Venga, vístete.

Se mostraba muy serena, pero sabía que estaba preocupada por mi estado.

Me sentía culpable de lo que le había sucedido a Georgina, era como si yo la hubiese llevado allí de algún modo. A veces la sentía cerca, recordándome lo miserable que era, recordándome que no había sido un accidente, como aseguraba el informe oficial de la policía. Tanto ella como yo sabíamos que la habían matado, pero ¿quién? Cuando esa noche llegué a la terraza ya era demasiado tarde, no pude hacer nada para salvarla, pese a que la escuché gritar pidiendo ayuda. Si tan solo hubiera llegado unos minutos antes... Alcancé a ver a una figura perderse entre las sombras. No había demasiada luz, así que no sabría decir si era una chica o un chico. Tampoco tuve mucho tiempo para reaccionar. Vi el móvil de Georgina en la pasarela de madera, sobre una de las tablas y me agaché a cogerlo. La pantalla aún permanecía desbloqueada, estaba escribiendo algo para publicarlo en Instagram, pero no había podido terminarlo. Lo leí detenidamente y me quedé en shock al ver que se trataba de una nota de suicidio. No parecía escrita por ella... En ese instante comprendí que había estado interpretando ser alguien que no era, y lo había hecho tan bien que nadie habíamos sospechado ni por una milésima de segundo todo lo que sufría en silencio. Justo cuando acabé de leer el pie de foto en el que había escrito aquella despedida, le entró un wasap. Pude ver que era de un tal Frank La Mansión, pero no tuve tiempo de leerlo porque un ruido en la planta de abajo me espantó. Vi una luz anaranjada procedente de aquel agujero que se había abierto en el suelo de la terraza, me asomé con cuidado y en la planta inferior, entre los escombros, yacía el cuerpo de Georgina con el rostro cubierto de sangre y a punto de ser devorado por las llamas. Grité y bajé corriendo por las escaleras para intentar sacarla de allí, pero cuando llegué a esa planta, me fue imposible entrar, el fuego lo estaba devorando todo.

Apareció Liam y me dijo que teníamos que salir del edificio inmediatamente. Si no llega a ser por él, la explosión que se produjo minutos después me habría matado. Todo sucedió tan rápido...

La policía comenzó a interrogar a todos los presentes. En mitad de aquel caos, me agobié. No supe qué hacer. Sabía que Georgina no se había suicidado porque nadie deja una nota de suicidio inacabada. Además, había visto a alguien en la terraza, alguien que tal vez había empujado a Georgina, pero ¿cómo iba a probarlo?

Cuando uno de los policías me preguntó, simplemente dije que no había podido llegar a la terraza por culpa del fuego. ¿Qué otra cosa podía hacer? Era la única en la escena del crimen, tenía el móvil de Georgina y yo era su principal rival, ambas éramos candidatas a protagonizar la obra de la escuela, así que se me podía considerar como la persona que más se beneficiaba con su muerte. Y para colmo estaba aquella nota de suicidio que no había acabado de escribir... Estaba convencida de que todos pensarían que yo la había empujado. Tuve que mentir. Así todo sería más sencillo, nadie sospecharía de mí.

Cuando los interrogatorios terminaron, volví a mirar el móvil de

Georgina. La pantalla ya se había bloqueado, así que no podía acceder a su contenido. Liam, que no me quitaba ojo de encima, reconoció de inmediato el móvil y cometí el error de contarle lo que había pasado. Me prometió que no diría nada si, a cambio, yo tampoco le decía a nadie que había sido él quien había proyectado el vídeo en el que se veía al padre de Georgina chantajeando a la directora.

No es que me pareciera un trato razonable, es que no tenía otra alternativa, si yo utilizaba esa información en su contra, él haría lo mismo con lo que acababa de contarle y ambos estaríamos perdidos.

¿Y si fue él quien empujó a Georgina?, ¿y si la persona a la que vi correr cuando llegué a la terraza era él? Igual que había sido capaz de proyectar ese vídeo en el teatro para perjudicarla, podría haberla empujado.

Por eso estaba allí cuando bajé las escaleras, ¿qué otra explicación había? No digo que la empujara intencionadamente, quizá discutieron y fue un accidente...

Aquello parecía un mal sueño, pero la pesadilla no había hecho más que comenzar.

—¿Vas a ir a clase o te vas a quedar ahí sentada? —dijo Cristina sacándome otra vez de mis pensamientos.

—Sí, sí... Ya voy. —Me levanté de la cama y traté de apartar los recuerdos de aquella noche de mi cabeza. Aquella en la que mi única opción fue mentir.

Desayunamos juntas. Yo una tostada; ella dos y un bol de cereales. Mis problemas con el apetito habían ido a peor, era como si se me hubiese cerrado el estómago y no me entrase nada. El pan de la tostada se me hacía una bola en la boca y me costaba la vida tragar.

Apenas nos dijimos nada. Cristina intentó entablar conversación, pero yo no tenía ganas de hablar.

Nos sentamos juntas en clase. Para distraerme, empecé a dibujar en una hoja mientras llegaba el profesor, pero al cabo de poco rato apareció Oliver.

—¿Cómo estás? —preguntó sentándose sobre mi mesa.

Aparté la hoja con los garabatos y mis dedos se tiñeron de tinta.

—Bien —dije sin mirarle mientras buscaba un pañuelo de papel para limpiarme.

Me froté con fuerza, pero la tinta no se iba.

—No lo parece. —Me agarró las manos para que parara. El pañuelo estaba todo roto.

Sin decir nada, me levanté y fui al baño para lavarme. Mientras lo hacía, rompí a llorar. Obviamente, no estaba bien, ¿cómo podía estarlo? Me miré en el espejo y me imaginé a Georgina recordándome que el papel de víctima ya no me pegaba. No soportaba aquella sensación de culpa, tenía que hacer algo, pero ¿qué? A esas alturas, ir a la policía y contarles la verdad no era una opción. El caso ya estaba cerrado. Habían concluido que todo había sido un trágico accidente. La reapertura del caso solo supondría más dolor para la familia de Georgina, más problemas para Álvaro y la escuela y, por supuesto, más problemas para mí: quedaría como una mentirosa y se me consideraría la principal sospechosa de su muerte.

Si algo había aprendido de Georgina, era que hay que mirar por una misma, que «en este mundo de fieras», como ella lo llamaba, no había compañerismo, ni amigos.

4

LIAM

Georgina era perfecta. Había nacido con el don del buen gusto, y no solo en lo que a la moda se refiere. Siempre encontraba las palabras adecuadas para cada momento, sabía cómo comportarse, cómo mirar, cómo saludar y, sobre todo, cómo humillar... Ella me enseñó a detectar quién era rico de verdad y quién fingía serlo. Quizá por eso supe ocultar tan bien mis orígenes, incluso para ella, durante tanto tiempo, aunque a veces pienso que a ella nunca conseguí engañarla y que solo se hizo la tonta. Vete tú a saber... Siempre me decía: «Los nuevos ricos cuando van a un restaurante piden el vino más caro, mientras que los que de verdad entienden piden uno de su región y tienen en cuenta los años en barrica».

Desde la primera vez que la vi cuando llegué a esta escuela, supe que era una chica de la alta sociedad, que no le interesaba nadie más que no fuera ella misma y que era mala, la reina de las maldades. Lo curioso era que actuaba de un modo que te ganaba. Creo que en el fondo todas las chicas querían ser como ella, pero o bien no podían o bien no se atrevían. Era fuerte, independiente y muy segura de sí misma; por eso desde el primer momento quise ser su amigo. Aunque con el tiempo descubrí que había mucho de fachada en su forma de ser.

En todos aquellos meses aprendí mucho de ella, por eso hice lo que hice esa noche. Por venganza, porque ella misma me había dicho una vez: «El que la hace la paga. No puedes dejar que nadie te pise en este mundillo». Y ella no sería la excepción, sabía que había sido ella la que había publicado mi vídeo de OnlyFans; quería vengarme por ello y el día de la muestra, en el que se decidía quién sería la protagonista de la obra de la escuela, fue el momento y la oportunidad perfecta para devolvérsela. ¿Me arrepentía? Sinceramente, sí. Ahora que sabía la tragedia que ese vídeo había desencadenado, si pudiera retroceder en el tiempo, no volvería a hacer lo que hice. Yo solo quise humillarla delante de todos; ese era mi objetivo, nada más.

La recordaba con su melena larga y bien peinada y se me venía el mundo encima. Había pasado poco más de un mes y la policía ya había cerrado el caso, tras concluir que todo había sido un fatal accidente. Pero yo sabía que eso no era cierto. Adriana había mentido y comenzaba a pensar que ella estaba detrás de lo que le había pasado a Georgina. Al fin y al cabo, era la que más se había beneficiado con su muerte. Si no tenía nada que ocultar, ¿por qué mintió y le dijo a la policía que no había podido llegar a la terraza? ¿Por qué no les dijo que había encontrado el teléfono móvil de Georgina? Según me contó, cuando llegó a la terraza encontró el teléfono en el suelo, pero Georgina ya no estaba. No recuerdo muy bien la historia que me explicó porque, en el momento en que lo hizo, yo aún estaba en shock, pero sí me dolió que me reprochara que hubiera proyectado el vídeo en la pantalla del teatro, como si yo hubiera podido adivinar que las cosas iban a acabar como lo hicieron.

Martí era quien más abatido estaba. La muerte de Georgina lo había dejado devastado. Yo intentaba animarlo, pero sin éxito; creo que en el fondo se sentía culpable por no haber estado a su lado los últimos meses.

No sé qué me pasaba con él, pero desde la tragedia de aquella noche, con la excusa de no querer dejarlo solo, trataba de que pasáramos juntos el máximo tiempo posible. A veces me sentía como un buitre al acecho, esperando estar ahí para aprovechar cualquier «momento de flaqueza» de Martí, y esa sensación no me gustaba en absoluto, no era esa la clase de persona que quería ser. Yo siempre había sido de ir a mi aire y era poco inclinado a expresar mis sentimientos, pero de pronto me sorprendía agasajando a Martí todo el tiempo. Estaba perdido y me decía que no podía seguir comportándome así, que aquella actitud no me llevaría a buen puerto con él y tampoco me hacía ningún bien a mí mismo. No habíamos vuelto a tener nada desde la noche en que Georgina nos descubrió juntos, aunque yo cada vez llevaba peor su cercanía.

—Martí, son las ocho y media, venga, arriba —dije despertándolo por segunda vez.

—No voy a ir a clase hoy. —Se echó la sábana por encima y se tapó la cabeza.

—Ya has faltado dos veces esta semana. No puedes seguir así —dije al tiempo que le apartaba la sábana.

—¿Es que crees que eres mi madre? Deja de estar encima de mí todo el día, necesito aire, me estás asfixiando.

Sus palabras me cortaron la respiración. Las lágrimas afloraron, pero conseguí controlarlas.

Cogí la carpeta con los apuntes, salí de la habitación y caminé por el pasillo hasta el aula intentando ignorar el tsunami que se estaba desatando dentro de mí.

Grupos de estudiantes salían de la cafetería compartiendo risas, otros subían o bajaban por las escaleras, otros cuchicheaban a mi paso... Viendo aquel ambiente nadie pensaría que aquella escuela había perdido a una alumna hacía poco más de un mes. Me sentí tan insignificante... Nadie parecía estar solo o sentirse tan extraviado como yo en ese momento.

De pronto vi a Adriana salir del aula y encaminarse a toda prisa hacia el baño. Decidí seguirla, necesitaba hablar con ella.

5

ADRIANA

—¿Qué haces aquí? —pregunté al ver a Liam entrar en el baño de chicas.

—Tenemos que hablar.

—Tú y yo no tenemos nada de qué hablar, ya está todo dicho.

—Me parece que no —sentenció.

Traté de esquivarle para salir, pero él me cortó el paso. Comencé a preocuparme. Si era él quien había matado a Georgina, yo podía correr un serio peligro en ese momento.

—¡¡¡Apártate o empezaré a gritar!!! —dije alzando la voz.

—Si lo haces, yo iré a la policía y les diré que mentiste, que tu testimonio es falso y que además destruiste importantes pruebas para la investigación. No entiendo mucho, pero creo que podrías ir incluso a la cárcel por todo ello.

—¿A eso te vas a dedicar ahora? ¿A chantajearme? ¿Qué hacías tú en la terraza, porque no me creo nada de lo que me dijiste esa noche?

—Subí a ver qué pasaba. Es la verdad. Adriana, llevas esquiván-dome desde esa noche, solo quiero hablar.

—Es que no tenemos nada más que hablar. Además, si no me has denunciado ya a la policía, es porque algo tendrás que ocultar.

—¿Eso piensas? Si no lo he hecho, es porque una parte de mí quiere creer que toda esa historia inverosímil que me contaste tiene una explicación. —Me acusó con la mirada.

—¿Inverosímil? ¡¡¡Es la verdad!!! —grité enfadada alzando los brazos y tratando de controlar mis impulsos.

—¿Qué hacías con el teléfono de Georgina? —preguntó en un tono tan calmado que lo único que consiguió fue enfurecerme más.

—¿Por qué me preguntas eso otra vez?

—¡Porque mentiste sobre pruebas que afectan al caso de una persona que probablemente no ha muerto por accidente, como dice el informe de la policía!

—Ya te lo dije: cuando llegué a la terraza había una especie de socavón en el suelo y ella había caído en el hoyo. Encontré su teléfono sobre una de las tablas de la pasarela.

—¿Y por qué te deshiciste de él en vez de entregárselo a la policía?

—No lo sé... Tenía miedo... Todo me apuntaba a mí, yo era la única que estaba en la terraza cuando...

—¿No me dijiste que te pareció ver a alguien? —preguntó Liam con un tono de desconfianza que no me gustó.

—No, no me pareció, ¡lo vi! ¡¡¡Vi huir a alguien!!!

—Entonces no eras la única que estaba en la terraza...

—Pero ¿cómo iba a probar eso? Georgina y yo éramos rivales, yo era la que más se beneficiaba de su muerte y, además, tenía su móvil, en el cual había una nota de suicidio a medias, por lo que es fácil deducir que no acabó suicidándose... Si lo hubiera hecho, se habría tirado a la calle, no por un agujero en el suelo de la terraza —dije demasiado alterada y a punto de volverme loca.

—Tranquila, Adriana, no voy a delatarte.

—Quiero que todo esto acabé de una vez... No puedo dormir por las noches...

—Juntos vamos a averiguar quién estaba en la terraza y qué fue lo que pasó. Se lo debemos a Georgina.

—¿Cómo vamos a averiguarlo? Eso es imposible, no tenemos nada.

—Algo encontraremos. ¿Qué decía exactamente la nota de suicidio? —preguntó en un tono algo más amistoso.

—No recuerdo las palabras exactas, la leí muy rápido, solo recuerdo que era muy dura y que me sentí fatal al leerla por no haberme dado cuenta antes de quién era la verdadera Georgina y lo mal que lo estaba pasando.

—¿Dónde tiraste el móvil? ¿No hay forma de recuperarlo? Quizá podríamos llevarlo a un *hacker* o...

—Lo tiré al mar —le interrumpí.

—¿Al mar?

—Sí, ¿qué pasa? Tenía miedo de que la policía pudiera rastrear la señal o algo así y descubrieran que lo tenía yo. Además, estaba bloqueado, no podía abrirlo, así que esa misma noche salí del hotel en el que nos alojaron para dar un paseo por la playa y lo lancé lo más lejos que pude.

—Así que tú fuiste la única en ver a esa... persona que había en la terraza.

—Sí.

—La única que leyó esa nota suicida.

—Sí.

—Y te deshiciste de esa prueba tirando el móvil al mar.

—Sí.

—¡Estás mintiendo! —me acusó de pronto al tiempo que se echaba el pelo hacia atrás deslizando los dedos de las manos por la cabeza.

—¡¡¡No estoy mintiendo!!! Te digo la verdad.

—¿Tienes alguna prueba de que ese mensaje existió?

—No. —Rompí a llorar de la impotencia.

Liam permaneció inmóvil mientras yo me dejaba caer en el suelo y me desahogaba cubriéndome el rostro con las manos.

Él se agachó frente a mí.

—Está bien, lo siento, perdóname, pero tienes que entender que todo esto es muy rocambolesco y que...

—Las apariencias engañan —terminé la frase pensando que era él la primera persona de la que sospechaba.

—Exacto.

—Sé que todo esto parece raro, pero yo no le hice nada a Georgina. Tienes que creerme... Me estoy volviendo loca.

Sin responder se sentó en el suelo frente a mí. Nos miramos durante un instante y en sus ojos vi al amigo que un día tuve. Aún le guardaba rencor por haber sido capaz de proyectar aquel vídeo en la pantalla del teatro, pese a que expresamente le pedí que no lo hiciera.

—Aparte de ti, ¿a quién más podría beneficiarle la muerte de Georgina?

Lo pensé durante unos segundos...

—A nadie.

—¿Y quién tendría motivos para querer hacerle daño? —preguntó con la mirada perdida.

—Mucha gente.

—Demasiada. ¿Cristina...? —Me miró.

—No. ¿Por qué piensas en ella?

—No se soportaban.

—Pero... ¿tanto como para matarla? No creo. ¿Martí? Con lo mal que se portó con él, puede que...

—No, él lo está pasando fatal —me interrumpió—. ¿Le has preguntado a Cristina dónde estaba cuando sucedió todo?

—No. ¿Se lo has preguntado tú a Martí? —dije pensando en lo estúpido que sonaba todo aquello.

Negó con la cabeza.

—Esto es absurdo, nunca vamos a saber quién está detrás de la muerte de Georgina —dije apoyando la barbilla en una mano.

—¿Qué crees que pasó exactamente?

—Creo que ella huyó a la terraza buscando un poco de aire para pensar con claridad, que se vio abrumada por lo sucedido y se le pasó por la cabeza la idea de quitarse la vida, pero que, mientras escribía ese mensaje de despedida, se dio cuenta de que no era ninguna cobarde y que no debía acabar así. Y entonces, en ese momento, debió de aparecer el agresor, alguien a quien ella conocía, por eso no huyó. Discutieron, quizá él la golpeó y ella trató de defenderse, pero él tenía más fuerza, la empujó y ella se cayó por el agujero.

—Como posible teoría, no está mal, pero ¿ese agujero ya estaba ahí? Quizá simplemente se desplomó y ella cayó.

—En ese caso, ¿por qué la persona que estaba allí salió huyendo?

—¿Por miedo?

—No, yo escuché claramente a Georgina pedir ayuda.

—Así que ella pidió ayuda y la persona que estaba allí no hizo nada.

—Eso es.

—Demasiadas pistas que seguir y nada sólido. —Liam resopló.

—Realmente está muerta, ¿verdad? ¿No va a volver?

—¿Qué te hace pensar que no lo está?

—No sé, no han encontrado su cuerpo...

—Adriana, hubo una explosión, su cuerpo se hizo pedazos al instante...

—Ya, pero... ¿los huesos también?

—Todo. Los forenses han identificado el ADN de Georgina gracias a restos de su cuerpo que han encontrado entre los escombros.

He estado leyendo sobre eso porque yo también tenía la esperanza de que volvería, y créeme que no es fácil que den a una persona por muerta si no hay muchas pruebas que lo confirmen. Acéptalo, Georgina no va a volver.

—He oído que mañana la familia recibirá por fin los restos de Georgina. Van a hacer una ceremonia en la iglesia, ¿vas a ir? —pregunté.

—No creo. No conozco a su familia y, además, me resulta demasiado doloroso... ¿Tú irás?

Negué con la cabeza. No estaba preparada para eso, el último funeral al que había asistido era al de mis padres y era uno de los recuerdos más amargos que tenía. Ojalá pudiera borrarlo.

Liam y yo nos quedamos un momento en silencio. Allí, sentados en el frío suelo del baño, el uno frente al otro, tuve la sensación de que todo había perdido el sentido y que estaba lejos de recuperarlo.

—¿Sabes? —comencé a decir—, cuando llegué aquí lo veía todo color de rosa; era una ilusa. Pensé que llegaría a Barcelona y me comería el mundo, que haría muchos amigos y que me convertiría en una actriz reconocida. Luego conocí a Oliver y pensé que viviría una historia de amor con él, pero entonces Álvaro volvió a cruzarse en mi camino, y desde entonces todo se ha ido torciendo hasta convertirse en este caos. A veces me planteo si realmente merece la pena que siga aquí, si no sería mejor que abandonara y volviera a Madrid con mi abuelo.

—¿A eso aspiras?, ¿a ser la chica de las palomitas toda tu vida?

—Al menos era feliz.

—¿Lo eras?

Dudé unos instantes y, como no supe qué responder, no dije nada.

—Ningún gran sueño es fácil, el miedo a fallar forma parte del proceso, hay que tener fe en que lo vas a conseguir —dijo Liam apoyando una mano en mi rodilla.

—No nos vamos a rendir ahora —dije, sobre todo para convencerme a mí misma.

—Por supuesto que no, y si no hay obra de teatro, pues ya saldrá otra cosa mejor. La oportunidad eres tú, no los proyectos que realices.

Le regalé una sonrisa de agradecimiento por sus palabras de apoyo.

—¿Has vuelto a hablar con el chico que conociste en la fiesta del productor?

—¿Qué chico? —pregunté confusa sin entender a qué venía esa pregunta.

—El bróker que, según tú, llevaba las acciones de la empresa de la que forma parte la escuela.

—No, ¿por qué?

—Quizá él te pueda dar alguna información sobre el padre de Georgina que nos ayude a entender qué estaba pasando. Está claro que ella no sabía que su padre había intercedido por ella ante la directora.

—No; de hecho, cuando discutí con ella por ese asunto, parecía sorprendida.

—¿Tienes su contacto?

—Sí, lo tengo en Instagram, le escribiré.

Lo que estábamos haciendo era absurdo. ¿Qué pretendíamos?, ¿resolver un caso que la policía no había resuelto? Claro que la policía nunca tuvo en sus manos las pruebas que yo sí había tenido. Sin saberlo, había ayudado a que alguien cometiera el crimen perfecto.

6

ÁLVARO

Sabía que tenía que regresar de vuelta a la realidad. Era como si todo lo que hubiese vivido durante los últimos meses hubiese sido una especie de fantasía. No quería aceptarlo, pero no me quedaba otra. Yo era actor, profesor en la Escuela Carme Barrat y el hijo de la directora, y esas eran mis únicas tres realidades. Todo lo demás solo había sido una utopía, una ilusión, un sueño. Aunque me doliese, tenía que aceptarlo.

Todos estamos llenos de contradicciones, forma parte del ser humano, el problema es que esas contradicciones son como una voz en tu cabeza que nunca se calla por sí sola, por eso hay que actuar, hay que aceptar cuándo el tiempo para jugar al amor y a los finales felices ha terminado.

—Hijo, ¿me estás escuchando? —Mi madre se levantó del sillón giratorio de su despacho y fue hasta una de las estanterías.

—Sí, mamá.

Sacó una carpeta y me mostró un documento.

—Aquí está la prueba de que yo no acepté ningún chantaje y por ello no voy a renunciar a mi cargo como directora. Además, creo que en el vídeo queda bastante claro que actué éticamente. La prensa ha tergiversado las cosas.

Leí el documento con detenimiento.

—Esto es la renovación del contrato del profesor de baile que formaba parte del jurado y votó a Adriana. No prueba nada.

—Te equivocas, prueba que yo no he obligado a nadie a votar a Georgina y que los que libremente votaron a Adriana no han tenido represalias.

—Bueno, no los obligaste, pero sugeriste insistentemente que votaran a Georgina.

—Eso no lo sabe nadie y tampoco hay forma de probarlo. De cara a la prensa y a todos, los votos los emitieron por voluntad propia los miembros del jurado, esa chica tenía talento y merecía ese papel.

—También lo merecía Adriana —añadí.

—¿La habrías votado a ella con todos los rumores que había sobre vuestro supuesto romance?

Me quedé pensativo y no supe qué responder.

—Si lo hubieras hecho, le habrías arruinado su carrera para siempre. A la prensa le hubiese dado igual si vuestra relación era cierta o no, la habrían tachado de oportunista y, como mujer, créeme que no hay peor etiqueta que esa. Y tú hubieses quedado como un hombre que se deja usar y manipular por una alumna.

—Bueno, ya te encargaste tú de resolver eso emitiendo mi voto.

—Por supuesto, y lo volvería hacer, porque, como tu madre y como directora de la escuela, sé qué es lo mejor para todos.

—En ese caso deberías saber que lo mejor es que dimitas, yo podría ocupar tu lugar.

—Podrías, pero no voy a dejar que arruines tu carrera como actor por salvar la escuela. Voy a levantar este imperio y saldremos adelante como siempre hemos hecho.

—¿Y qué va a pasar con la obra? —pregunté preocupado por Adriana.

—Hoy me reúno con el director y lo más probable es que se reanuden los ensayos la próxima semana. Haremos un comunicado oficial.

Cuando mi madre hablaba de «hacer un comunicado oficial», se refería a que pondría a trabajar a sus abogados e incluso al redactor de contenidos de la escuela para redactar un texto que ella estudiaría y luego leería delante de las cámaras de los medios de comunicación con la naturalidad de la improvisación; en el fondo, llevaba su parte de actriz muy adentro.

—¿Se va a hacer un nuevo casting para el papel protagonista femenino o van a seleccionar a alguien de la lista?

—Supongo que el director estará de acuerdo en que lo mejor es que Adriana sea la protagonista, al fin al cabo los rumores de vuestra historia ya han pasado y ha quedado claro que ella no fue la elegida en la final y que, como suplente, tras la muerte de Georgina, es quien tiene que interpretar a Elizabeth Bennet. Recurriremos a la lista para buscar actores para los personajes que hacían los alumnos que se han ido la escuela. No hay dinero ni tiempo para hacer un nuevo casting.

—¿Cuántos alumnos que actuaban en la obra han dejado el centro?

—Solo dos, así que tampoco será mucho problema. Supongo que tú retomarás tus clases esta misma semana, ¿no es así?

Aquello no era una sugerencia. Era una especie de aviso de que el tiempo se había terminado, que ya no había causa que justificara mi ausencia, pero sí la había: Adriana. No estaba preparado para tratarla como una alumna más. Sin embargo, no tenía alternativa, ella me había dejado sin darme ni siquiera el beneplácito de la duda. A veces quería entenderla, era demasiado... inocente. Apenas nos llevábamos seis años de diferencia, pero yo había tenido que madurar muy pronto, la vida me había obligado a ello. Una parte de mí estaba secretamente enfadada con Adriana por poner fin de una forma tan infantil a lo que estábamos construyendo juntos. Pero también creía que se merecía vivir su juventud y disfrutar de su inmadurez sin que nadie le arrebatase su inocencia antes de tiempo.

—Sí, esta misma semana retomaré las clases.

—Faltan tres meses para que acabe el curso, Álvaro. Tres meses, así que, por favor te lo pido, no cometas ninguna estupidez. Estamos en el punto de mira de todos los medios. Un paso en falso, y estaremos perdidos.

La advertencia de mi madre me tomó por sorpresa, era como si en el fondo sospechara que los rumores de mi relación con Adriana no habían sido tan falsos como queríamos hacerle creer a todo el mundo.

—No tienes de qué preocuparte.

7

LIAM

El viernes, el director de la obra interrumpió la clase para darnos la noticia de que se reanudaban los ensayos de *Orgullo y prejuicio*. El papel de la protagonista lo haría Adriana, quien no pareció ni inmutarse. A Martí, que estaba en la lista de suplentes, le propusieron que interpretara al señor Bingley, lo que implicaba que comenzaría a estar muy cerca de Cristina, que interpretaba a Jane, su prometida en la ficción.

La noticia me alegró porque aquello le mantendría distraído. Desde la muerte de Georgina estaba bastante raro. Ya no sabía qué pensar... Quizá debía hacer caso a Adriana y preguntarle dónde estaba aquella horrible noche, cuando sucedió todo, porque desde luego en el patio de butacas no estaba cuando yo salí de la sala en la que se encontraba el servidor a través del que proyecté el vídeo en la pantalla del teatro.

Pero como no sabía cómo preguntárselo y temía su reacción, pensé que lo mejor era esperar a encontrar el momento adecuado para hablar con él, aunque no creía que hubiera un momento adecuado para preguntarle a tu mejor amigo si tuvo algo que ver con la muerte de su ex.

Cuando la clase terminó, Martí se fue tan rápido que no tuve tiempo de darle la enhorabuena por el papel; lo haría cuando llegase a la habitación.

—¡No vayas a darme la enhorabuena! —me advirtió Adriana cuando me acerqué a ella.

—Vale... Al menos alegra esa cara, deberías estar feliz —le dije mientras salíamos del aula.

—Ya me dirás cómo... Me siento fatal.

—¿Por qué?

—Porque Georgina está muerta.

—Adriana, ha pasado más de un mes, tienes que...

—Es que es horrible pensar que puedo interpretar ese papel solo porque ella ha muerto.

—Tienes que aprovechar al máximo esta oportunidad. Lo que pasó no fue culpa nuestra.

—¿No lo fue? —preguntó sarcástica.

—Claro que no... Puede que cometiésemos errores y nos equivocáramos, pero no tenemos la culpa de su muerte.

—Me alegro de que lo sientas así, porque yo, en parte, sí me siento responsable de lo que pasó.

No sé si Adriana decía aquello para hacerme sentir mal o para reflexionar sobre lo que hice, pero me daba igual: no iba a permitir que la culpa me hundiera. Yo no había hecho nada grave, simplemente había hecho público un vídeo comprometido, lo mismo que Georgina me había hecho a mí, ella hizo viral mi vídeo de OnlyFans y no por eso me intenté quitar la vida ni nada parecido, que todo se hubiera torcido de aquel modo era cosa del destino o quizá del karma, pero en ningún caso era culpa mía.

Conseguí sacar a Adriana de la escuela para que desconectara y merendamos en una terraza en la plaza de la Barceloneta, impregnada del maravilloso sol propio del mes de marzo, ya se notaba el buen tiempo. Pronto podríamos ir a la playa a bañarnos.

Tuvimos la suerte de que no se acercara a tocar ningún músico callejero. Recordé cuánto detestaba Georgina eso. Siempre se quejaba de que tenía que dejar de hablar hasta que terminaban de cantar, porque ella se negaba «a gritar como una barriobajera». La echaba de menos, y esa semana la tenía más presente que nunca; en varios periódicos y medios de comunicación habían salido fotos de la misa que la familia había organizado. Ver la miniurna con sus restos convertidos en cenizas sobre el altar supuso un golpe de realidad que me causó un gran sufrimiento.

—¿Has hablado con Martí? —me preguntó Adriana sacándome de mis pensamientos.

—¿De qué?

—De dónde estaba cuando la explosión y si subió a la terraza —aclaró mientras le daba un sorbo a su Coca-Cola Zero.

Negué con la cabeza.

—¿Has hablado tú con Cristina?

—No me he atrevido a preguntarle, me parece muy violento.

—Así no vamos a conseguir averiguar nada —me lamenté.

—Con quien sí he hablado es con Héctor.

—¿Con quién?

—El bróker del que te hablé.

—¿Y qué has averiguado? —curioseé.

—Nada, de momento. Pero he quedado con él este fin de semana.

Después de tomarnos el refresco, dimos un paseo y nos hicimos fotos y vídeos para Instagram. Adriana había retomado sus redes después del parón a causa de las críticas. Los últimos acontecimientos la habían hecho muy popular.

Reímos, charlamos, caminamos por la arena de la playa... Por un instante, me pareció que todo había vuelto a la normalidad, solo que Georgina jamás volvería a reír con nosotros.

Regresamos a la residencia agotados. Cuando entré en la habitación, me encontré a Martí tirado en su cama mirando el móvil.

—Enhorabuena por el papel —le dije mientras me quitaba la sudadera.

—Gracias, aunque la más afortunada ha sido tu amiga Adriana. —Levantó las cejas.

—¿Qué quieres decir?

—Nada.

Preferí dejarlo pasar y no profundizar demasiado. Últimamente iba con pies de plomo con Martí.

—Oye, he pensado que esta noche podríamos ir a tomar algo al bar que te dije que está de moda. Los viernes se pone muy bien... —sugerí.

—Vale —respondió con indiferencia.

Me sorprendió que aceptara, pero no dudé en tomarle la palabra. Me apetecía mucho ir con él a un local de ambiente.

Descansé un par de horas y luego comenzamos a arreglarnos.

Ir con Martí a un bar gay era todo un riesgo, todos se conocen y todos han estado con todos, y no exagero. Me sentía afortunado de ir a su lado, porque la gente pensaba que era mi novio, y era como lucir una especie de trofeo. Todos lo miraban y me envidiaban. Era carne fresca para aquel rebaño de hienas. El problema de querer lucir un trofeo que no te pertenece es que rápidamente quedas en evidencia y la derrota es aún más dolorosa.

—Hola, Liam, ¿qué tal? ¡Cuánto tiempo sin verte por aquí! —dijo Roger, un viejo amigo—. ¿Y este chico tan guapo? ¿Es tu novio?

No tuve tiempo de responder porque Martí lo hizo por mí.

—No, somos compañeros de habitación. Estudiamos juntos.

Así que compañeros de habitación, a eso se resumía nuestra historia después de todo.

—Me llamo Roger, encantado.

—Martí, lo mismo digo.

Se dieron dos besos y comenzaron a hablar. Yo aproveché para pedir una copa.

—¿Quieres algo de beber? —le pregunté a Martí.

—Beberé lo mismo que tú —respondió y continuó hablando con Roger.

Pedí dos gin-tonics de ginebra rosa y esperé hasta que Martí se dio cuenta de que Roger era un pesado, un maleducado y un atrevido.

—¿Te puedes creer lo que me ha preguntado? —me dijo cuando el otro se fue.

—Sorpréndeme.

—Que qué me va —respondió indignado.

—¿Y qué le has respondido?

—Que no lo entendía.

—¿Y él qué te ha dicho?

—Que soy muy gracioso.

—Menudo imbécil. —Le di un sorbo a mi copa y Martí hizo lo mismo con la suya.

—¿Por qué me obligas a tomar esta mierda? —se quejó con cara de asco.

—Pero si está buenísimo, además me has dicho que te pida lo mismo que yo.

—¿A qué se refería con eso de «qué me va»? —preguntó Martí, que seguía dándole vueltas al asunto.

—Al rol, la gente va muy a saco —le advertí.

—¿Y cómo se sabe el rol?

—¿Experimentando? —Me reí, aunque por dentro se me rompió el corazón imaginándome a Martí experimentando y entrando en el mundo gay, viendo cómo se pervertía y se convertía en uno más.

Él era especial y no quería que acabara arrastrado por una corriente imparable, pero ¿qué podía hacer? Tenía que dejarlo descubrir su propia sexualidad.

—¿A ti qué te gusta más? —curioseó.

—Ya te he contado que soy versátil.

—Sí, pero alguna de las dos cosas te gustará más, ¿no?

—La verdad es que no, me adapto bastante bien, disfruto siendo activo y siendo pasivo. Todo depende de la otra persona.

—A mí me gustaría probar... —enmudeció.

—¿Probar qué?

—Nada, da igual.

—No, dime, tenemos confianza... Joder, somos amigos —dije fingiendo normalidad, pues yo quería que él lo descubriese todo solo conmigo.

—A ser pasivo, pero me da miedo a meterme nada por ahí, solo de pensarlo me duele.

—Es que no es tan fácil como intentarlo y ya. Primero, debes descubrirte tú mismo con algún juguete. Si quieres podemos ir la semana que viene a un *sex shop*.

—¿Un *sex shop*? No, no... Yo paso. Además, no sé si estoy preparado, no quiero sentirme luego...

—¿Sentirte cómo?

—Es que ya sabes que mis padres son muy religiosos... Este fin de semana, cuando estuve con ellos, fui a misa, y después de la misa hablé con el cura.

—Sabía que algo te había pasado el fin de semana, has estado muy raro desde entonces. ¿Te confesaste al cura?

—Sí.

—¿Y qué te dijo?

—Nada que no supiera.

—¿Qué te dijo? —insistí.

—Lo mismo que dice la Biblia.

—¿Tengo cara de haberme leído la Biblia? —Debí de hacer alguna expresión graciosa porque Martí sonrió.

—Dice claramente que la homosexualidad es un pecado.

—¿Eso dice?

Martí asintió.

—¿Y por qué vas a creer más en un escrito de hace no sé cuántos siglos que en ti mismo?

—¡Porque soy católico!

—Y puedes seguir siéndolo, ¡seguro que Dios ha cambiado su forma de pensar!

—Ya, pero es que la Biblia dice...

—Me da igual lo que diga la Biblia, ¿crees que ir con tus padres a la iglesia donde no puedes entrar con tu verdadera sexualidad te va a aportar felicidad?

—Liam, mi relación con Dios es importante. La fe es lo único que te ayuda a sobrevivir en los momentos difíciles.

—La fe no solo es creer en Dios, puedes creer en otras fuerzas, como el universo, que incluso tienen mayor respaldo científico, pero llegados a este punto, tienes que plantearte qué es más importante para ti: tu relación con Dios o tu relación con las personas que te rodean, con las que quieres vivir tu vida real, compartir momentos...

Un chico se acercó a nosotros e interrumpió nuestra conversación. Sabía que a Martí le preocupaba mucho lo que sus padres pudieran pensar de su condición sexual, pero que también se preocupara por lo que dijese la Biblia me parecía el colmo. Quizá yo no lo entendía porque no era creyente.

La noche terminó de la forma menos esperada. Ambos borrachos, quizá él más que yo. Se comió la boca con un chico en mitad de la discoteca en la que terminamos. Algunos iban sin camiseta y el ambiente estaba cargado de hormonas.

No sabría explicar qué sentí, solo supe que Martí estaba entrando en un mundo del que yo quería salir. A veces me preguntaba por qué no podía tener una relación más... tradicional, como las que tienen los heterosexuales. No es que tenga nada en contra de las relaciones liberales propias del mundo gay, todo lo contrario, me parece que son el futuro, es solo que ese estilo no encaja conmigo y con mi forma de ser.

La discoteca estaba a punto de cerrar y encendieron las luces, aunque la música seguía sonando. Pensé que Martí acabaría yéndose con aquel chico, pero finalmente salimos juntos del local. Creo que no se fue con él por miedo.

Cuando salimos fuera, alguien pasó por nuestro lado gritando el nombre de Georgina. Me giré de inmediato y vi que la persona saludaba a una chica que nada tenía que ver con mi Georgina. Al mirar a Martí vi que se había quedado paralizado en el sitio, impasible y con el rostro pálido.

8

ADRIANA

El domingo por la tarde quedé con Héctor en la puerta del Museo de Cera. Me llevó al Bosque de las Hadas, un bar precioso que estaba en el interior. El sitio era pura magia, como hacer un viaje en el tiempo y perderte en un cuento. Te trasladabas a las Tierras Altas de Escocia: las luces simulando las estrellas; el borreguito en los taburetes; los adornos rojos en las lámparas, que parecían los candelabros de un castillo y los árboles cuyas ramas cubrían todo el techo.

El sitio te trasladaba a esas tardes de invierno en las que solo quieres entrar a un lugar acogedor y tomarte un café bien caliente.

—No pensé que fueras a aceptar quedar conmigo —dijo Héctor con una sonrisa después de sentarnos en una especie de sofá columpio gigante que colgaba del techo.

—¿Y eso por qué?

—No sé... Cuando te conocí y luego cuando te seguí en Instagram, me dio la sensación de que no te apetecía mucho que nos volviéramos a ver...

—Pues ya ves, aquí estoy.

Le di un sorbo a mi café para apartar la mirada. Sus ojos eran sumamente cautivadores e intimidantes.

—Así que actriz... —dijo.

—En proceso.

—Cualquiera lo diría.

—¿Por qué lo dices?

—Yo te vi muy bien, muy profesional.

—¿Me viste? —le pregunté con una sonrisa que trataba de disimular mi confusión.

—Sí.

—¿Cuándo?

—En la presentación de la obra.

—Ah, ¿tú estuviste allí? —dije extrañada.

—Sí.

—¿Y eso?

—Me invitó el señor Mas para que viera actuar a su hija, aunque en realidad fui para verte a ti.

—¿El señor Mas también estaba allí esa noche? —pregunté ignorando su halago.

—Parece ser que a última hora no pudo ir, le surgió un asunto de trabajo.

—Menos mal, le habría resultado muy incómodo ver ese vídeo... —Forcé una sonrisa.

—Sí... Qué triste lo de su hija. Fue una desgracia.

—Muy triste.

Me mordí la lengua para no decir nada más. Él debió de darse cuenta de mi incomodidad y cambió por completo de tema.

—Conocerás a muchos famosos, ¿no?

—¿Yo? Qué va...

—Al hijo de la directora sí lo conoces, ¿no?

De pronto me atraganté con el café y comencé a toser.

—¿Estás bien?

—Sí, sí... —Le puse la mano en el brazo para que no se levantara a buscar ayuda—. Solo se me ha ido el café por el otro lado —dije con voz de manolo mientras trataba de recuperarme.

Obviamente, debía de haber visto la noticia de nuestro romance, aunque no parecía el tipo de hombre que lee la prensa rosa. Supuse que, si lo hacía, debía ser solo para mantenerse al corriente de lo que se movía en la escuela. ¿Afectaría también ese tipo de cosas en cómo fluctuaban las acciones en la bolsa?

—¿Sabes de quién te hablo entonces? Sale ahora en una película de Netflix. Están todas las tías locas por él, no sé qué le ven...

Por el comentario, no parecía estar al corriente de las noticias sobre que salíamos juntos o quizá se estaba haciendo el tonto y era mejor actor de lo que yo imaginaba.

Después de que mi relación con Álvaro saltara a la prensa y de todo lo que sucedió la noche de la muestra, tanto el director de la obra como Carme nos insistieron en que no debíamos hablar con la prensa ni para confirmar ni para desmentir nada. A mí me habían contactado varios periodistas, pero nunca respondí. Todo el revuelo mediático había hecho que mi cuenta de Instagram subiese de seguidores como la espuma, estaba incluso asustada. Recibía privados, comentarios en fotos... Era agotador no poder dar mi opinión y tener que mentir cuando me veía obligada a hacerlo, como era el caso.

—Sí, lo conozco, da clases en la escuela —dije tratando de disimular y seguirle el juego.

—Seguro que se lo tiene muy creído... —comentó entre risas.

—La verdad es que no. Para nada vive como una de esas estrellas de Hollywood insufribles... Pero veo que conoces bien todo lo relacionado con la escuela.

—Más o menos. Desde que empezó a formar parte del grupo de empresas del señor Mas, trato de estar un poco al corriente, aunque no leo demasiado la prensa sensacionalista.

—¿Ha afectado mucho al grupo lo sucedido en la escuela? —curioseé.

—¿A qué te refieres?

—A que si ha perdido mucho económicamente o siguen cotizando igual en la bolsa... Es que no entiendo mucho de esto. Me pareció escuchar rumores de que el señor Mas estaba arruinado.

—¿Arruinado? Eso no son más que rumores. Si supieras lo que gana ese hombre. Las acciones del grupo empresarial del que también forma parte la escuela están siempre al alza, es cierto que con el escándalo han bajado un poco, pero nada preocupante. La escuela es prácticamente suya, él es el principal accionista —respondió con toda la tranquilidad del mundo.

Asentí con la cabeza mientras le daba otro sorbo al café disimulando mi asombro. ¿Por qué el padre de Georgina fingió estar arruinado y dejó a su hija prácticamente en la calle?

—Pero, bueno, hablemos de otra cosa, no quiero aburrirte hablándote de mi trabajo —dijo al ver que no entraba en la conversación.

—No, para nada, no me aburres, me parece muy interesante tu trabajo... ¿Y sabes por qué la escuela pasó a formar parte de este grupo de empresas? Se supone que era un negocio familiar.

—Porque no daba beneficios.

—¿Y por qué un hombre con tanto dinero iba a adquirir una escuela que no da dinero?

—¿Tú qué crees?

—No tengo ni idea —confesé.

—Digamos que una escuela es un negocio muy bueno para ajustar los números según interese.

—¿Eso es legal?

—Se puede hacer que cualquier cosa parezca legal.

—Así que no es más que una tapadera para poder blanquear dinero...

—Yo nunca he dicho eso. —Rio.

—Ay, perdón, perdón... Imagino que no puedes hablar de estas cosas, y yo aquí cotilleando. Lo siento... —me disculpé.

—Mejor, cuéntame tú, que lo tuyo es más interesante. ¿Qué proyectos tienes en mente?

—Pues el viernes anunciaron que se reanuda la obra y que se presentará en junio en el Liceu, como estaba previsto, así que esta semana retomaremos los ensayos.

—Lo dices como si no te hiciera ninguna ilusión.

—Es que, como sabrás, mi papel debería interpretarlo Georgina, así que la obra me remueve muchas cosas.

—¿Erais muy amigas?

—Sí —respondí para no profundizar demasiado en nuestra relación. Al fin y al cabo, era verdad, habíamos sido muy amigas.

—¿Me invitarás al estreno?

—Claro que sí. —Sonreí, esta vez de verdad.

Héctor y yo nos terminamos el café charlando sobre nuestras respectivas vidas profesionales y, sin darnos cuenta, acabamos hablando sobre nuestras aspiraciones en el ámbito sentimental.

Era increíble lo fácilmente que se podían establecer lazos con personas casi desconocidas, mientras que, con gente cercana, a veces las relaciones se limitaban a la inercia y la cortesía.

Salimos del bar y caminamos por la Rambla. Nos lo estábamos pasando bien. Me reí como hacía días que no lo hacía, me estaba divirtiendo mucho con él, hasta que por alguna inexplicable razón sentí una mirada sobre mí, como si me estuviera evaluando. De pronto, me encontré con la persona que menos esperaba encontrarme: Álvaro. Caminaba solo, con las manos metidas en los bolsillos y la cabeza gacha.

Me detuve en seco y Héctor me miró extrañado sin comprender por qué me paraba. Sopesé la situación y traté de pensar rápido, pero todo sucedió en una milésima de segundo. Cuando volví a mirar a Álvaro, nuestros ojos se encontraron por primera vez después de la trágica noche.

9

ADRIANA

El recuerdo de todo lo que sucedió la noche de la representación para la escuela en la que se eligió que finalmente Georgina sería quien interpretaría a la protagonista de la obra hizo que, turbada, retirase de inmediato la mirada.

—¿Te encuentras bien? —me preguntó Héctor extrañado por mi comportamiento.

—Sí, es solo que se me ha hecho tarde, me voy ya a casa —dije al tiempo que echaba a andar en dirección a la calzada con la intención de parar el primer taxi que pasara—. Nos vemos otro día.

—Como quieras. ¿De verdad que estás bien? —insistió sin dejar de caminar a mi lado.

Asentí y me despedí de él dándole dos besos y quedándome al lado del bordillo mientras Héctor comenzaba a alejarse.

Vi acercarse un taxi y, sintiéndome afortunada, comencé a hacerle señales con la mano, pero pasó de largo. No me había dado cuenta de que no estaba libre.

El roce de su mano en el brazo me provocó una corriente eléctrica.

—¿Quién era ese tipo? —me preguntó Álvaro con la voz rota.

Sin dejar de mirar a la calzada y con las pulsaciones a mil, respondí:

—No te importa.

Tiró de mi brazo y me giró hacia él. Me topé con una mirada oscura y acusadora que no me gustó nada.

—Tú sales con quien te da la gana, yo hago lo mismo —aclaré.

—¡No pierdes el tiempo!

—¿Tienes algún problema?

—Sí, uno bien grave, y eres tú.

—Pues no lo tengas, ya no somos nada, nunca lo fuimos, así que no tienes ningún derecho a decirme con quién debo o no quedar.

—Eres...

—Venga, dilo, di lo que piensas —le corté.

—Una niñata, eso es lo que eres. Te hacía más madura. ¡Qué equivocado estaba...!

—Habló el adulto, que me llama a altas horas de la madrugada borracho como si tuviera quince años.

Acercó sus labios a los míos con la intención de besarme. Aunque lo que más deseaba en ese instante era inclinarme y juntar mis labios con los suyos, me aparté. Me agarró con fuerza de las muñecas para que no pudiera alejarme demasiado.

—¡No te atrevas a besarme sin mi consentimiento! —le advertí.

—Lo estás deseando.

Comencé a reírme nerviosa.

—¿Eso piensas? Sigue soñando. —Solté una risotada burlona.

Álvaro me soltó y se apartó. Pude ver en su rostro que algo en él se había roto. Me arrepentí al instante de haber dicho eso, porque nada deseaba más que besar sus labios. ¿Por qué tenía que ser todo tan complicado con él? ¿Por qué tenía que acercarse a mí preguntándome con quién estoy o dejo de estar? ¿Por qué no podía actuar como una persona normal? Si se hubiese acercado a mí, me hubiese saludado educadamente, me hubiese dado dos besos y preguntado cómo estaba, mi actitud no habría sido esa.

Él sacaba lo peor de mí.

—No puedes aparecer así de la nada y creerte con el derecho de preguntarme sobre mis amigos —dije intentando excusarme por mi reacción.

—Ese tipo no tenía pinta de ser tu amigo. He visto cómo os reíais, la forma en que te miraba y cómo tú coqueteabas con él.

—¿Que yo coqueteaba con él? ¡Esto es el colmo! Tú alucinas. No sé qué sigo haciendo aquí dándote explicaciones. —Me giré furiosa, porque no había forma de entenderme con él.

Justo en ese momento pasaba un taxi libre. Lo paré, por supuesto que lo paré, me faltó tirarme en mitad de la calzada para que se detuviera.

—Adriana, no me dejes así, escúchame un momento...

—No voy a darte ni un segundo más de mi vida —dije mirándole a la cara, y luego me subí al taxi y cerré la puerta.

Con la voz aún temblorosa le indiqué al taxista la dirección de la residencia. Me pasé todo el trayecto sumida en mis pensamientos, reflexionando sobre lo débil y frágil que me sentía cuando estaba cerca de él. Puede que sea cierto eso que dicen de que el amor nos hace vulnerables y que duele, porque a esas alturas ya estaba convencida de que mi corazón era capaz de amar mucho, pero también de sufrir mucho.

Llegué a la residencia con los nervios a flor de piel y a punto de sufrir un ataque de ansiedad.

Al entrar en la habitación, me encontré a Cristina tumbada en la cama estudiándose el guion. Por supuesto no le conté nada de lo sucedido, ya había aprendido la lección. Nadie, absolutamente nadie, debía conocer los detalles de mi historia con Álvaro. Resultaba demasiado complicado guardar aquel secreto para mí misma, sobre todo porque, cuando te sucede algo así, lo único que quieres es contárselo a una amiga, desahogarte, pero eso era un privilegio lejos de mi alcance.

Después de ducharme y ponerme el pijama, también me puse a estudiar el guion. Practicamos algunas de las frases que nuestros personajes compartían en escena, puede que por eso me viniera a la mente su imagen vestida con unos vaqueros y una cazadora negra en la calle en la que nos apelotonamos todos los que habíamos sido desalojados después de la explosión y no con el vestido de Jane que llevaba durante la representación antes de que el caos se adueñara de la escuela.

No es que pensara que Cristina hubiera podido hacerle algo a Georgina, pero recordé lo que había dicho Liam... Quizá debía hablar con ella sobre esa noche solo para ver cómo reaccionaba. De haber sido ella la persona que estaba en la terraza cuando subí, la habría reconocido por el vestido blanco de su personaje. Pero quien huyó cuando yo llegué llevaba puesto algo oscuro; no pude identificar ningún detalle más. Sin embargo, si Cristina se hubiese cambiado y luego hubiese subido...

¿La hacía ese detalle sospechosa o yo estaba empezando a delirar?

Me armé de valor y le pregunté:

—¿Dónde estabas cuando se produjo la explosión?

Ella apartó el guion y desde su cama me miró frunciendo el ceño.

—¿A qué viene esa pregunta ahora? —dijo un poco alucinada.

—Curiosidad, es que como cuando te vi en la calle ya no llevabas el vestido de tu personaje...

—Me estaba cambiando cuando sucedió todo. Fue una suerte que no estuviese cerca.

—Sí que lo fue.

—¿Estás bien? Te noto rara —dijo bajando el tono de voz.

—Sí —respondí casi por inercia y fingí que estudiaba de nuevo el guion.

Pero la verdad era que no estaba bien; nada estaba bien y nada volvería a estarlo. Ahora hasta desconfiaba de mi compañera de habitación. ¿Estaba perdiendo la cabeza o dormía junto a una criminal?

10

ADRIANA

Me costó mucho levantarme ese lunes, estuve a punto de saltarme las clases y quedarme en la cama. Pero Cristina me obligó a ir.

Sabía que Álvaro retomaba sus clases, ya nos habían informado de ello por correo electrónico, y aunque había tratado de prepararme para ese momento, la realidad era que no estaba preparada en absoluto, y menos después del encuentro del día anterior.

Cuando Cristina y yo entramos en el aula, él ya estaba allí. No podría asegurar cuántos segundos pasamos mirándonos, cabe la posibilidad de que fueran solo un par, pero a mí me parecieron miles. Nos dio los buenos días y nosotras respondimos, aunque yo lo hice tan bajito que casi ni se me oyó.

Tomé asiento junto a Cristina en una de las últimas filas. Durante el resto de la clase, nuestras miradas no volvieron a cruzarse. No sé de qué habló, porque juro que sufrí una especie de aislamiento existencial. No sabía por qué, pero estaba enfadada, me daba rabia aquella situación: no soportaba tenerlo tan cerca y a la vez tan lejos.

Cuando terminó la clase, salí del aula sin ni siquiera mirarlo.

Por la tarde retomamos los ensayos de la obra. Como el teatro estaba cerrado, nos tocó usar la sala de ensayos, aunque, como éramos muchos, se nos quedaba pequeña.

—Hoy nos han confirmado que el próximo lunes podremos ensayar en el Liceu —dijo el director—. Además, vendrá un equipo de fotografía y grabación para hacer el *teaser* con la publicidad de la obra y el cartel. Así que contrataremos los servicios de maquillaje y peluquería para los protagonistas.

Todos estaban muy ilusionados, y eso ayudó a soportar los ensayos de esa tarde, que fueron muy duros. Después de más de un mes y medio sin ensayar, a todos nos costaba decir nuestro texto.

Yo estaba especialmente apagada. Sin Georgina en la escuela, nada era igual. La echaba de menos, mucho más de lo que jamás hubiese imaginado.

El director nos pidió a Oliver y a mí que interpretáramos una de las últimas escenas de la obra.

—¿Recordáis esa obra en la que la chica no dice ni una sola palabra hasta el final? —nos preguntó cuando terminamos—. ¿Y recordáis que, cuando lo hace, de pronto, toda la escena que hasta el momento había sido brillante resulta un desastre? Algo parecido os pasa en esta escena y nada puede fallar aquí, porque con ello os cargáis toda la obra y el trabajo de todos vuestros compañeros.

La carga que el director estaba dejando caer sobre nosotros no ayudaba a que me sintiera cómoda. No tenía ganas de hacer aquel papel, me faltaba motivación y entusiasmo. Era como si ya no conectara con mi personaje. En ese momento no me veía capaz de conseguir hacerlo tan bien como lo haría Georgina.

Volvimos a interpretar la escena y el director volvió a quedar descontento con nuestra actuación. Pedí un descanso y salí de la sala de ensayos. Necesitaba respirar un poco de aire fresco. Oliver me siguió.

—¿Todo bien? Te noto muy tensa.

—Estoy bien —dije mientras me apoyaba en una de las paredes del pasillo.

—Estás pálida.

—No tienes que preocuparte por mí, Oliver. Ya bastante has hecho durante estas últimas semanas.

—Quiero hacerlo, no puedo evitarlo.

—¿Por qué? —pregunté en un tono demasiado brusco—. Ni siquiera soy una buena compañía. He estado desconectada, triste, sin ganas de nada y tú, sin embargo, sigues ahí...

—Porque somos amigos y porque te quiero —me interrumpió.

No sé qué sentimientos despertaba en mí, porque lo que sentí me resultó completamente desconocido hasta ese momento.

Lo abracé y rompí a llorar. Necesitaba desahogarme, eran demasiadas emociones juntas. No había sido consciente de que él siempre había estado ahí, desde el primer día.

Oliver había sido un apoyo fundamental. Desde lo ocurrido la noche de la representación de la obra en la escuela, había estado pendiente de mí con una sonrisa tratando de animarme. Los días que pasé en el hotel, él y Cristina fueron mi única compañía.

—Lo siento —me disculpé cuando me separé de él al tiempo que me limpiaba las lágrimas.

—No tienes que disculparte de nada, a veces es necesario desahogarse.

—No sé si puedo con esto...

—Claro que puedes, vas a hacer la mejor interpretación de Elizabeth Bennet de todos los tiempos.

—Eso solo lo dices para motivarme.

—Lo digo porque lo creo de verdad. La escena que has interpretado hoy con Cristina te ha salido mejor que a Georgina la noche de la obra.

—Georgina y Cristina la bordaron ese día —aseguré.

—¿Eso crees? Pues te equivocas, si hasta discutieron por culpa de esa escena.

—¿Discutieron? —pregunté extrañada.

—Sí, cuando acabó el acto y bajé a mi camerino a cambiarme, las escuché discutir en el suyo.

—¿Y por qué discutían?

—Por algo de la escena. Al parecer, Georgina se había saltado una frase que impidió que Cristina pudiera decir otra.

No tenía ni idea de que Cristina y Georgina hubieran discutido esa noche... ¿Por qué Cristina no me había contado nada?

No pude preguntárselo porque cuando regresamos a la sala de ensayos el director la tomó conmigo.

—Quiero ver a actores que no parezcan actores actuando. No quiero una representación obvia. Así que vamos a cambiar el final.

—¿Cambiar el final? —preguntó Oliver sin dar crédito.

—Sí, vamos a eliminar la frase de Adriana y a sustituirla por un beso.

—¿Un beso...? —dije, pensando en voz alta.

—Sí, Adriana, un beso —se burló el director—. Desde el primer día esa última frase no es para ti, por eso, en la representación de la muestra, este acto lo hizo Georgina y no tú.

¿Me estaba comparando con ella?

—No hay tiempo que perder —dijo el director—. Vamos a ver qué tal. Volved a interpretar la escena completa y, cuando Oliver acabe de decir su frase «Si quiere darme las gracias...», tú no contestes, quédate en silencio y, simplemente, os besáis.

—¿Quién besa a quién? —pregunté.

—Ambos. Acercaréis vuestras bocas muy muy despacio y os daréis un beso lento y corto.

Oliver y yo comenzamos a interpretar la escena desde el principio hasta que él pronunció su última frase, esa tras la cual iba la que acabábamos de eliminar y sustituir por un beso.

—Si quiere darme las gracias —dijo Oliver interpretando al señor Darcy—, hágalo solo en su nombre. Su familia no me debe nada. Lo hice por usted. Si sus sentimientos son aún los mismos, dígamelo de una vez. Mi amor por usted no ha cambiado, pero una sola palabra suya, y no volveré a insistir más.

Me sentí más torpe que nunca, justo como debía sentirse mi personaje antes de pronunciar su frase. Hice un esfuerzo por hablar, pero no dije una sola palabra, tal y como el director había sugerido. No sé si era el señor Darcy u Oliver quien me miraba, tampoco sabría decir si era Elizabeth o yo quien se movía hacia él.

Lentamente me acerqué y con mi beso le di la contestación que estaba esperando.

Un actor debe responder constantemente a estímulos imaginarios, pero allí no había nada de imaginario. Lo que me llevó a besar a Oliver fue algo real. Eso es lo extraordinario de actuar, que la vida misma sirve para crear resultados artísticos. La inspiración se encuentra dentro, algo mágico la pone en marcha. En ningún arte se produce algo similar.

Cuando sus labios rozaron los míos, sentí el calor y la ternura que solo pueden suponerse en un hombre verdaderamente enamorado. Con aquel beso, Oliver me hizo saber lo importante que yo era para él.

No pude evitar recordar la primera vez que nuestros labios se unieron frente al mural del beso y durante un instante me olvidé de todo: de Elizabeth, del señor Darcy, del director, de todos mis compañeros, de Álvaro, de Georgina, de todas las razones por las que no debería estar sintiendo lo que sentía, de mis miedos... Todo desapareció y quedamos únicamente él y yo. Y entonces Oliver se apartó.

—Bravo, bravo —dijo el director aplaudiendo. A él se unieron todos los compañeros del reparto.

Sonreí desconcertada. Oliver rozó mi mano con la suya. Me puse muy nerviosa sin saber por qué.

—¡Magnífico! Lo habéis hecho muy bien. Esto es justo lo que quería ver, lo que el público espera. Mi teatro es un teatro de experiencias auténticas —continuó el director—. Esta semana leed mucho teatro, estudiad el texto y experimentad. Debéis trabajar en la intimidad de vuestras habitaciones, preguntaos: «¿Qué podría hacer en esta escena o en aquella otra?». Es todo por hoy, nos vemos mañana a la misma hora.

Salí todo lo rápido que pude, sin detenerme a hablar con nadie. Llegué a mi habitación y me tiré en la cama.

Al rato llegó Cristina.

—¿Qué ha sido eso? —preguntó.

—¿Qué ha sido el qué?

—Ese beso —aclaró.

—Parte del guion, ¿no has escuchado al director?

—No, eso no era una actuación, ese beso ha sido real.

—Me alegro de que lo veas así —dije con indiferencia.

—Adriana, sois amigos.

No respondí, solo traté de convencerme a mí misma de que así era. Solo éramos amigos.

—No me habías contado que discutiste con Georgina la noche del estreno de la obra —dije incorporándome un poco.

—¿A qué viene eso ahora?

—¿Por qué discutisteis?

—Porque se saltó intencionadamente una frase y yo no pude decir mi texto... No tuvo mayor importancia.

—¿Solo por eso? —Traté de asimilar esta nueva información y disipar mis sospechas sobre Cristina.

—Es la mejor frase de mi personaje y no pude decirla en la muestra por su culpa —se quejó alterada.

—Bueno, igual lo hizo sin querer.

—¿Sin querer? ¡Qué ingenua eres! Aún sigues creyéndote sus falsas buenas intenciones. Lo hizo a propósito, para evitar que yo pudiera lucirme. Solo hay una primera oportunidad para causar una buena primera impresión y yo la perdí por su culpa.

En ese momento solo pude pensar en una cosa: por irrelevante que a mí me pareciese, Cristina tenía un motivo para querer hacerle daño a Georgina. Esa noche estaba llena de rabia, por lo que pudo ser capaz de cualquier cosa.

11

LIAM

Martí llegó bastante motivado de los ensayos de la obra. En realidad, estaba mucho mejor desde el fin de semana. Salir le había sentado muy bien. A mí, en cambio, solo me había servido para darme cuenta de que lo perdía; cada vez me sentía más lejos de él. Mis sospechas no ayudaban. La noche que salimos pude haber aprovechado que ambos habíamos bebido unas copas de más para disipar mis dudas y preguntarle qué estaba haciendo cuando hubo la explosión. ¿Había subido a la terraza? Sin embargo, no me atreví. Tenía miedo de que fuera él la persona que Adriana había visto huir. Lo había pensado, claro que lo había pensado; se me había pasado por la cabeza, pese a ver lo afectado que estuvo los primeros días después del suceso —o precisamente por eso—, pero me negaba a aceptar que mis sospechas fueran ciertas.

—¡Tienes que ver esto! —dijo eufórico cuando entró en la habitación—. La Biblia no dice que la homosexualidad sea un pecado, lo dice este cura en TikTok. ¡Mira! —Me pasó su móvil.

—¿En TikTok? ¡Qué moderno! —dije mientras veía el vídeo.

—El padre Damián dice que el ser jamás es materia de pecado. La condición humana, y en este caso la condición sexual, creada por Dios no puede ser materia de pecado —repitió feliz, casi saltando de alegría, como si se hubiese aprendido la frase de memoria.

—Cuánto me alegro de que hayas encontrado esto y dejes de sentirte culpable por algo que, en primer lugar, no debería hacerte sentir mal.

—¿Vamos a tomarnos una cerveza? —sugirió.

—¿Ahora? Son ya casi las ocho —dije al tiempo que dejaba el libro que estaba leyendo sobre la cama y miraba mi móvil.

—La hora perfecta. Además, así podemos ir al *sex shop* ese que me dijiste.

De modo que se trataba de eso, no es que quisiera tomarse algo conmigo, se tratada de su sexualidad. ¿Acaso podría culparle por querer experimentar cosas nuevas y autodescubrirse ahora que la culpa había desaparecido?

—Está bien. —Me levanté de la cama, me puse las zapatillas de deporte y una sudadera, y salimos.

Dimos un paseo por el centro y llevé a Martí a un *sex shop*, como le había prometido. Dejé que echara un vistazo por la tienda y luego le dije:

—Lo primero que vas a necesitar si quieres hacer de pasivo es esto. —Le di una pera.

—¿Para qué sirve esto? —preguntó mirando con atención la caja que contenía la pera.

—Para hacerte pequeñas lavativas antes de tener relaciones anales. Y también tendrás que comprarte un *plug*.

—¿Un qué?

—Esto. —Cogí un *plug* pequeño de la estantería—. Se introduce antes de tener relaciones y se deja un rato dentro para facilitar la dilatación.

—Uf, pues sí que resulta trabajoso ser pasivo.

—Y que lo digas.

Ambos nos reímos.

—¿Tú también te haces lavativas con esto? —preguntó refiriéndose a la pera.

Negué con la cabeza.

—¿Entonces? Me dijiste que eras versátil, eso significa que a veces
harás de pasivo, ¿no?

—Sí, pero yo utilizo la ducha directamente.

—¡¡¡Qué asco!!!

—Le pongo un aplicador que tengo, pero eso es un nivel más pro
—me reí.

—¿Y utilizas *plug*?

—Al principio sí lo utilizaba, ahora ya no. Uso algún dildo.

Martí estaba flipando con el tamaño de los dildos que había en la
estantería.

—¿Y qué lubricante me llevo?

—Pues uno a base de agua, los de silicona no los puedes usar con
los juguetes.

—Madre mía, chaval, hay que hacer un curso para esto.

—Ojalá a mí me hubiesen explicado todo esto antes, me habría
ahorrado más de una situación incómoda.

—¿Qué quieres decir?

—No voy a hablar de mis sustos escatológicos contigo.

—¿Por qué, si hay confianza?

—Pues la confianza da asco —me reí.

—¿Y esto realmente hace algo? —dijo refiriéndose a un *cockring*.

—Sí, hace que se te mantenga dura.

—Interesante... Tiene que ser difícil de poner.

—Qué va, es más fácil de lo que parece.

—Ya me enseñarás cómo se pone...

¿Yo? ¿Enseñarle a ponerse un *cockring*? ¿Él con la polla fuera delante de mí...? ¿Él y yo juntos, desnudos de nuevo, compartiendo nuestra intimidad? Solo de imaginarlo ya me había empalmado.

—No pienso enseñarte a ponerte un *cockring*, demasiado que te estoy explicando todo esto —me quejé mientras le daba la espalda para evitar que me viese el bulto a través del pantalón.

—¿Por qué? ¿No te fías de mí?

«De quién no me fío es de mí», pensé.

—¡No! —dije ignorando el cosquilleo que experimentaba en mi interior.

—Bueno, ya encontraré a alguien que me ayude a ponérmelo.

—Tienes que hacerlo tú solo, es algo a lo que no te pueden ayudar demasiado, créeme —dije riéndome. Si lo que pretendía era ponerme celoso con eso de que le pediría ayuda a otro, no lo consiguió. Ponerse un *cockring* era algo que había que hacer uno mismo, sí o sí.

Martí echó números antes de ir a la caja a pagar.

—¿Y si no me llevo esto? —preguntó refiriéndose al *plug*.

—Puede que cuando lo vayas a hacer por primera vez te desgarres el culo.

Puso cara de dolor.

—¿Y si dejo esto? —Señaló la pera.

—En ese caso puede que en mitad del acto sexual te lleves una buena sorpresa, y no es nada agradable, créeme.

—¡Qué rollo! —se quejó, y fue a la caja a pagar.

—Y ahora vas a invitarme a una cerveza, que me lo he ganado —dije mientras salíamos del local.

Él aceptó.

Cada día nos acercábamos más, pero nunca pasaba nada, ni volvería a pasar. Parecía que una barrera invisible se había instalado entre nosotros y nos impedía dar un paso a convertirnos en algo más que buenos amigos.

Tuvo la oportunidad de besarme en varias ocasiones y nunca lo había hecho; sin embargo, a aquel chico de la discoteca lo besó con una facilidad asombrosa. Es cierto que podía haber sido yo el que se lanzara, pero creo que él ya tenía claro cuáles eran mis sentimientos; si no había movido ficha, era porque yo no le interesaba como pareja.

12

ADRIANA

Desde que Álvaro había retomado sus clases había luchado cada día de esa semana contra el mismo dilema, pero esta vez lo tenía claro. Quería algo más que una relación secreta, merecía más. El amor verdadero tenía que ser algo mejor que aquel tira y afloja que había vivido con él desde que nos volvimos a ver en el estreno de su película.

Una parte de mí estaba enfadada con Álvaro por no darme más, pese a que en el fondo sabía que no era porque no quisiera. A veces no se trata de querer o de poder, a veces es solo cuestión de aceptar. Y eso es lo que había hecho, aceptar que nuestra historia de amor había terminado.

El viernes al mediodía comí con Liam en el comedor de la escuela y aproveché para contarle todo lo que había descubierto hablando con Héctor, pues no habíamos tenido un momento a solas en toda la semana. Tampoco es que la información fuese demasiado relevante, o al menos eso creía yo hasta que vi la reacción de mi amigo.

—¿Me estás diciendo que el padre de Georgina fingió estar arruinado? —preguntó Liam con desconfianza.

—Sí, es el mayor accionista de la escuela, y aunque, al parecer, aquí son todo pérdidas, solo utiliza este centro para blanquear dinero.

—¿Eso te lo dijo el bróker?

—Sí, bueno, no literalmente, pero sí me lo dio a entender, o al menos yo lo interpreté así.

Permaneció unos segundos en silencio, pensativo, y luego añadió:

—No sé qué me resulta más sospechoso: si el hecho de que Héctor estuviera en la obra y te haya contado todo esto o que el padre de Georgina no estuviera entre el público.

—¿Qué insinúas? —pregunté sin entender a dónde quería llegar.

—Que tanto el bróker como el padre de Georgina tienen demasiadas papeletas para estar involucrados.

—¿Crees que tuvieron algo que ver con su muerte? —pregunté boquiabierta, sin dar crédito a lo que Liam estaba sugiriendo.

—¿Por qué no? Igual Georgina descubrió algo, o quizá estaba dando muchos problemas, y eso no es bueno para los negocios sucios. Piénsalo, ¿y si fue el padre con la ayuda del bróker?

—¿Cómo iba a matar a su propia hija? ¡Estamos perdiendo la cabeza, Liam!

—Si el padre de Georgina no estaba en el patio de butacas, ¿dónde estaba?

—No lo sé.

—Pues hay que averiguarlo. Hasta entonces es un posible sospechoso.

Me fui a los ensayos muy confundida, no podía dejar de pensar en que todo aquello resultaba muy extraño, pero yo me negaba a creer que el padre de Georgina tuviese algo que ver con su muerte.

Terminamos los ensayos un poco antes. Tal y como habíamos quedado durante la comida, fui a buscar a Liam a su habitación para dar un paseo por el Born, uno de los barrios más cosmopolitas y de moda de Barcelona. Oliver, que vino con nosotros, propuso tomar algo en El Paradiso, según él, un lugar mágico. Ni Liam ni yo pusimos ninguna pega.

A esas alturas ya conocía bastante bien el centro de la ciudad y me encantaba la sensación de encontrarme como en casa. Sin embargo, cuando nos adentramos en el Born me sentí de nuevo totalmente perdida. Sus calles estrechas y adoquinadas estaban repletas de restaurantes de tapas, cafés con encanto, boutiques, tiendas y locales para tomar la primera copa de la noche.

—Aunque hay muchos sitios que visitar en este barrio, la joya más importante es la magnífica basílica de Santa María del Mar, de estilo gótico, que se ha hecho aún más famosa gracias a la novela *La Catedral del Mar*, ¿la conocéis? —dijo Oliver mientras caminábamos.

—¿La basílica o la obra? —preguntó Liam bromeando.

Ambos rompimos a reír a carcajadas. Oliver sonrió, pero creo que la broma no le hizo mucha gracia.

Nos dejamos guiar por él, que nos llevó por algunos de los escenarios donde se ambienta la trama del libro. Aprovechamos para hacernos fotos para Instagram en el Palau de la Música Catalana; frente al Centre de Cultura i Memòria, antiguo Mercado del Born; en mitad del paseo del Born, que conectaba con la basílica; en la calle Montcada, y entre los arcos del paseo de Picasso.

—A ver, ¿cómo han salido? —preguntó Oliver acercándose a mí para que le mostrara las fotos que acababa de tomar.

Le dejé mi móvil y fue pasando las fotos del carrete con el dedo.

—Uy, que veo las otras fotos.

—¿Qué otras fotos? —Le quité el móvil de las manos de inmediato.

—Las que no quieres que vean los demás. —Rio.

—No tengo ese tipo de fotos —dije al ver en la pantalla una chica en ropa interior. Era una captura que había hecho a un conjunto monísimo que vi en un anuncio por Instagram.

Seguimos paseando y disfrutando del ambiente. Los edificios de este barrio eran preciosos, las calles silenciosas y los balcones muy cuidados y repletos de flores. Sin duda tenía una magia especial.

—Toma. —Oliver me dio una rosa roja preciosa.

—¿Y esto? —pregunté llevándomela a la nariz e inhalando su fragancia natural.

—La he arrancado de esa maceta —señaló un balcón que había a menos de un metro del suelo—. Vámonos antes de que nos pillen.

Le di las gracias por el regalo y salimos corriendo como si acabásemos de robar en un supermercado y la policía nos persiguiera.

Ambos nos partimos de la risa al ver que Liam se quedaba atrás mirándonos con cara de circunstancias, sin entender qué pasaba.

—¡¡¡Eh, cabrones, esperadme!!! —gritó.

«Oliver y yo solo somos amigos», me repetía a mí misma siempre que estábamos juntos. No obstante, él se esforzaba cada vez más para estar cerca de mí. Al principio, creí que eran cosas mías, pero el detalle de la rosa me confirmó que aquella amistad se me estaba yendo de las manos.

Hacía todo lo posible por obviar el brillo de sus ojos azules, la luz de su mirada y lo mucho que me atraían sus labios, sobre todo después de haberlos vuelto a besar en aquel ensayo. Por suerte no habíamos tenido que repetir esa escena en toda la semana.

Llegamos a El Paradiso agotados y casi sin aliento. Se entraba por una pequeña puerta, lo que le daba un cierto aire de misterio. El interior era un universo de tentaciones.

—¿Qué tal, tío? Creía que ya no vendrías —dijo el chico que estaba en la barra.

—Nos hemos entretenido visitando el barrio y haciendo fotos. Si no hay sitio, lo dejamos para otro día.

—No, no te preocupes, os tengo una mesita.

Tomamos asiento y Oliver nos explicó que no aceptaban reservas y que era complicado encontrar sitio en este local.

La decoración con luces tenues y mobiliario sencillo convertía el sitio en un bar acogedor y vanguardista. En la carta había una gran variedad de cócteles. Oliver me recomendó el tesoro mediterráneo, que llevaba vodka, jerez, licor de saúco y jarabe de agave. Lo más destacable fue su presentación: venía servido en una peculiar concha de mar encerrada en un cofre pirata. Una pasada.

Hice fotos para Instagram y no pude evitar pensar en lo mucho que le hubiese gustado a Georgina este sitio.

—¡Qué ganas de que llegue el verano! —dijo Oliver.

—¿Para que se presente la obra? —pregunté.

—No, para poder ir a la playa contigo.

—Tú lo que quieres es verme en biquini —bromeé.

—Me has pillado.

—¡Pervertido! —le di un golpecito en el hombro.

—¿Qué, he venido de sujetavelas? —se quejó Liam al tiempo que le daba un sorbo a su cóctel.

—No te entiendo —dije disimulando.

Puso los ojos en blanco ante mi comentario.

—¿Y dónde has dejado a tu amigo? —le preguntó Oliver.

—¿Qué amigo?

—Martí —aclaró.

—Ni idea.

—¿Cómo lleva lo de Georgina? —pregunté.

—Mejor, parece que ya ni se acuerde...

—Se ve muy buen chico, me alegro de que le hayan dado un papel en la obra, eso le ayudará a tener la mente ocupada. Se debió de sentir fatal con lo sucedido, yo lo vi muy alterado la noche de la explosión —dijo Oliver.

—¿Dónde lo viste? —pregunté.

—En el *backstage*. Me preguntó si había visto a Georgina.

—¿En el *backstage*? —dijo Liam extrañado—. ¿Y qué le dijiste?

—La verdad, que no la había visto.

¿Qué hacía Martí en el *backstage*? Tendría que haber estado en el patio de butacas. ¿Y por qué buscaba a Georgina en ese preciso momento? ¿Fue él quien la empujó? ¿Habría sido capaz de hacer algo así? Quizá lo hizo para vengarse de ella por haberlo drogado, lo que hizo que se desinhibiera y tuviera relaciones homosexuales, algo que lo había obligado a enfrentarte a sus verdaderas preferencias sexuales. Puede que la culpara por ello o quizá había algo más...

Liam y yo nos miramos, y con ese único gesto nos lo dijimos todo. Teníamos una nueva teoría: un crimen pasional cometido por el exnovio trastornado tras la ruptura.

13

ADRIANA

El lunes nos tocó ir a ensayar todo el día al Liceu. Esa tarde vendrían a grabarnos y a hacernos las fotos. Íbamos demasiado cargados con el vestuario de todos los actos como para ir caminando, así que nos distribuimos en varios coches; Cristina y Martí fueron juntos en el del director de la obra. Allí, en mitad de la calle, mientras todos los alumnos formaban grupos, yo me quedé pensando en la posibilidad de que ambos fueran de algún modo cómplices de la muerte de Georgina.

—¿Tú en qué coche vas? —preguntó Oliver.

Miré alrededor y vi que ya estaban casi todos los coches completos. Me había distraído pensando en la posibilidad de que Cristina y Martí guardaran algún secreto y que por eso, desde que Martí formaba parte del elenco de la obra, parecían tan unidos.

—No lo sé, ¿en qué coche vas tú? —pregunté.

—Con ella. —Señaló a una compañera.

En ese momento apareció Álvaro en su coche. Suspiré y en un susurro dije:

—Lo que me faltaba...

Se escuchó la puerta y unos pasos acercarse.

—¿Quieres que te cambie mi plaza? —preguntó Oliver, que debió de percibir mi incomodidad al ver a Álvaro.

—No te preocupes. —Forcé una sonrisa.

—Te veo ahora en el teatro —dijo antes de despedirse y dirigirse hasta el coche en el que iría al Liceu.

En ese momento escuché a Álvaro preguntarle al director si ya estaban todos los alumnos ubicados en los vehículos.

—Sí, eso creo —contestó el director—. Hay un chico que no ha podido venir y... Adriana, ¿tú con quién vas? —preguntó mirándome.

—Eh... —Miré alrededor y vi que todos mis compañeros ya se habían repartido entre los coches que nos iban a llevar. Algunos me miraban con interés, como si de pronto fuesen a confirmarse las sospechas que habían despertado los rumores de la prensa sobre mi relación con Álvaro.

—¿Adriana? —repitió el director.

—Sí, ya tengo coche.

—¿Con quién vas? —me preguntó mientras Álvaro miraba su teléfono, indiferente a nuestra conversación.

—Con ellos. —Señalé el coche de alguien en el que vi solo a tres personas fuera, pensé que cabría.

—Ese coche solo tiene dos plazas atrás. Álvaro, ¿te importa llevar a Adriana? Ahora nos vemos —dijo el director antes de irse hacia su coche.

—Pensé que preferías no coincidir conmigo —afirmó Álvaro cuando nos quedamos a solas.

—Y así es.

—Pues te las has apañado bastante bien... —ironizó antes de comenzar a caminar hacia su coche.

Llena de rabia, fui tras él.

—¿Cómo ha ido tu semana? —preguntó cuando arrancó el motor.

«He estado intentando olvidarte y concienciarme de que tomé la mejor decisión alejándome de ti, sin éxito», pensé.

—Estudiar y ensayar mucho —dije mirando por la ventanilla.

—Cuando termines hoy los ensayos ¿podríamos tomar algo?

—¿Tomar algo?

—Tranquila, no es una cita, no se me ocurriría pedirle una cita a una chica que ya está comprometida —dijo con tono burlón.

—Yo no estoy comprometida. —Lo miré de reojo y vi cómo sonreía divertido. Me estaba provocando.

—Solo quiero que hablemos como dos personas adultas.

—No tenemos nada de qué hablar —sentencié.

—Yo creo que sí.

—Pues empieza —le reté haciendo un gesto con las manos sin apartar la vista de la calzada.

—No creo que este sea el mejor momento.

—Entonces es que no será muy importante lo que quiera que sea que tengas que decirme.

Ambos permanecimos en silencio. Intenté pasar de él y centrarme en la vida de las calles, pero entonces sentí sus dedos rozando mi pierna.

—No deberías estar haciendo eso —dije controlando el nerviosismo en mi voz.

—No estoy haciendo nada.

—Me estás acariciando la pierna.

—Perdona, creí que era la palanca de cambio —bromeó.

El muy imbécil me acababa de robar una sonrisa y, aunque traté de disimular y morderme los labios, él se percató.

Lo miré y vi cómo su sonrisa se agrandaba por segundos.

—No tiene gracia. —Le di un manotazo.

—Sí que la tiene, y lo sabes.

Ambos sonreímos y el brillo de su mirada despertó algo en mi pecho que hizo explotar todos mis sentidos. En ese preciso instante se me humedecieron los ojos y para controlar las lágrimas volví a mirar por la ventanilla.

Lo que Álvaro me hacía sentir me desbordaba el alma. No sé por qué tenía esas lágrimas a punto de aflorar, tampoco me había dicho nada del otro mundo. Supongo que lo que me hacía sentir iba más allá de las palabras, más allá de las caricias, más allá incluso de lo espiritual. Lo amaba más allá de lo que está permitido querer a alguien.

—¿Qué nos estamos haciendo? —dijo en un tono nostálgico que me desgarró el corazón.

—Cállate... —le pedí.

Álvaro permaneció en silencio. Por suerte, estábamos cerca del Liceu.

Tan pronto como llegamos, me bajé del coche sin decir nada y él se fue a aparcar.

Entré por el acceso para el personal. Una vez dentro, franqueé una puerta y luego otra... Una corriente de aire frío recorrió el desierto pasillo e hizo que las telas que había en el *backstage* se balancearan. Subí al escenario y pasé junto a uno de esos carros típicos que usaban los campesinos. Parte del suelo estaba lleno de heno.

Quedé maravillada al encontrarme frente a aquellos cientos de asientos vacíos. El patio de butacas se perdía en la lejanía y los palcos dorados se fusionaban con el techo, cuyo centro estaba dominado por una lámpara de media esfera. La iluminación en ese momento era fuerte y rompía por completo con la intimidad propia del teatro.

Predominaba el color burdeos sobre el dorado, que proporcionaba a la sala un toque regio y glamuroso.

Había historia en cada detalle de la decoración. No era extraño que el público que asistía a las representaciones del Liceu se quedara fascinado solo con el interior del edificio.

Pensé en la buena acústica que debía tener el escenario en el que ya habían instalado gran parte de los elementos del decorado de la obra.

Hicimos un primer ensayo general y luego llegaron los maquilladores y peluqueros. Cristina, Oliver, Martí y yo, que éramos los protagonistas principales de la obra, bajamos a los camerinos para que nos maquillaran.

A primera hora de la tarde llegó el equipo de fotografía y grabación. Eran dos hombres y una mujer. Primero, hicimos la foto para el cartel principal y luego grabamos las escenas que había elegido el director, entre las que se encontraba la del beso entre Oliver y yo.

Estaba muy ilusionada porque podría incluir aquellas imágenes, junto con las del corto que había grabado y que aún no se había estrenado, en mi *videobook*.

Los miembros del equipo de grabación se movían por el escenario captando con sus cámaras profesionales las escenas que nosotros interpretábamos, algo que me desconcentraba por momentos.

Más tarde llegó la directora de la escuela, Carme Barrat, quien dio algunas instrucciones y sugirió ciertos cambios con los que el director de la obra no estuvo muy de acuerdo. Nos dieron quince minutos de descanso mientras ellos dos discutían sobre el asunto.

—¿Qué tal en el coche con Álvaro? —preguntó Oliver cuando nos sentamos a solas sobre una caja de madera que había en el *backstage*.

Él estaba al corriente de que mi historia con Álvaro había terminado la famosa noche de la muestra. Se lo conté durante una de nuestras conversaciones aquellos días tan duros que pasamos en el hotel, mientras la escuela permaneció cerrada.

—Bien.

—¿No ha intentado nada? —curioseó.

—No —mentí—. Sabe que no podemos tener nada. Nos jugamos mucho. Ahora tengo que estar centrada en mi carrera y olvidarme de esa historia.

—Es lo mejor —sentenció.

Me hice una foto para mi Instagram, pero al verme tan maquillada decidí no subirla.

—Me han dejado horrible —dije bloqueando la pantalla de mi móvil.

—Yo te veo muy guapa, es un maquillaje de época.

—No me gusta nada —me quejé.

—En la cámara quedará bien, ya verás. Pero insisto en que estás preciosa.

—Este colorete rosa y la cara pálida como una muerta son lo peor.

—Nada de lo que digas conseguirá que deje de halagarte. —Rio.

Nuestra conversación fluyó en un tono muy guasón y nuestros compañeros de reparto, en especial Cristina, que se encontraban a pocos metros de nosotros hablando con Martí, nos miraban como si fueran los espectadores de una comedia romántica.

Oliver y yo regresamos para terminar de hacer la última escena. Confieso que estaba nerviosa, no solo por las cámaras, sino porque sabía que Álvaro estaba mirándome en algún asiento del patio de butacas, junto con su madre y el resto de los profesores con los que habíamos venido. Concentrarme sabiendo que él me observaba fue casi imposible.

Oliver, que se había percatado de mi nerviosismo, aprovechó para decirme al oído antes de salir al escenario que simplemente me dejara llevar, que todo iba a salir bien. Y eso fue lo que hice.

Cuando llegó el temido momento y lo tuve frente a mí, Oliver se acercó, acabando con la distancia que separaba nuestros labios, y me besó. Fue un beso más largo de lo necesario y sentido, muy sentido. Quizá por eso me dejé llevar, aunque no hubo arcoíris de colores ni corriente eléctrica que me recorriese el cuerpo. Sin embargo, podía percibir su respiración agitada y el corazón bombeando fuerte dentro de su pecho.

—Lo tenemos —dijo el director al tiempo que aplaudía.

—Lo has hecho de diez —susurró Oliver.

Miré al patio de butacas y vi a Álvaro caminando hacia la salida. ¿Se iba? ¿Sería por el beso? Quise correr tras él, pero estaba claro que no podía hacerlo. Lo mejor para los dos era que lo nuestro terminase de una vez. Quizá aquel beso le había hecho comprender que ya no había oportunidad para nuestro amor y a mí me había servido para ver una puerta a una nueva posibilidad. Oliver era el chico perfecto, estaba segura de que podía hacer que me olvidara de Álvaro para siempre.

—Muy bien, chicos, podéis cambiaros. Mucho cuidado con perder cualquier pieza del vestuario, estos trajes son los definitivos, no como los que usamos en la representación que hicimos en la escuela —dijo el director al tiempo que subía al escenario—. Adriana, espera —me llamó cuando vio que me dirigía al camerino—. Carme quiere hablar contigo.

Bajé con cuidado por las escaleras hacia el patio de butacas, donde se encontraba la directora de la escuela esperándome.

—Hola, Carme, dígame.

—Quería felicitarte. Has estado genial. Pero me gustaría hablar contigo sobre un tema... un tanto delicado.

—¿De qué se trata? —pregunté asustada.

—¿Cuántos kilos has perdido desde que entraste en la escuela?

Su pregunta me cogió totalmente por sorpresa.

—No lo sé, unos cuantos.

—Verás, está bien que hayas perdido algo de peso para el personaje. De hecho, yo quería sugerírtelo durante las pruebas, porque la familia de Elizabeth Bennet, tu personaje, es humilde... Sin embargo, como el asunto de perder y ganar peso en el mundo de la interpretación está siendo algo controvertido hoy en día y no era un tema demasiado importante entonces, al final no te comenté nada. Pero la cuestión es que te has quedado excesivamente delgada, no puedes estrenar la obra con este aspecto, porque la prensa pensará que sufres trastornos alimenticios y la escuela tiene una política muy estricta con eso.

—Ya estoy intentando recuperar peso.

—No, Adriana, no me estás entendiendo. Estás esquelética. Tienes que ganar al menos cuatro kilos, pero no te puedes pasar de ahí, porque entonces estarías demasiado gorda para el personaje, perderías ligereza y no se te vería elegante en el escenario. Así que quiero que vayas a la doctora con la que trabajamos. Es una psicóloga y nutricionista magnífica. Ella se encargará de que tengas el peso ideal para el estreno y te proporcionará el apoyo psicológico necesario durante los meses que dure la obra. No tienes que preocuparte de nada, la escuela correrá con los gastos del servicio de la doctora.

Sus palabras fueron como un golpe de realidad. Siempre quise creer que los actores y las actrices no estaban sometidos a ese tipo de exigencias, que eso era cosa del pasado, pero estaba claro que me equivocaba.

—Ya fui a una doctora.

—¿A cuál?

—A la doctora Isabel Grau.

Carme frunció el ceño y en ese momento supe que había hablado demasiado.

—¿Quién te la recomendó? —preguntó en tono suspicaz.

Sabía que si le mentía me pillaría, pero tampoco podía decirle la verdad. Eso solo me dejaría en evidencia.

—Esa doctora solo trabaja con los actores, actrices y modelos más reconocidos del panorama nacional, ¿cómo conseguiste que te atendiera? —añadió al ver que no decía nada—. Fue mi hijo Álvaro, ¿no?

—Sí —confesé avergonzada. ¿Qué otra cosa podía hacer?

—¿Cuántas veces has ido?

—Solo una.

—¿Y has seguido la dieta que te aconsejó?

—La verdad es que con todo lo que ha pasado no he podido seguirla.

—Tranquila, no te preocupes. Esta misma semana te concertaré una cita con ella para que te evalúe de nuevo y te vea cada quince días.

Me despedí de la directora y, con una sensación agridulce, me fui directa al camerino.

Siempre fui consciente de que tenía problemas asociados con la alimentación, pero jamás imaginé que la gente pudiera percibirlos. Pensé que lo mío no era un problema serio; quizá por eso siempre había tratado de ignorarlo. Creía que los problemas de verdad solo los sufrían las personas con sobrepeso o desnutrición asociada a la anorexia o bulimia, pero nunca me planteé que mis malos hábitos me llevaran a terminar así. Había estado ignorando los mensajes que mi entorno me daba, incluso había dejado la dieta de la doctora que Álvaro me recomendó... No me lo había tomado verdaderamente en serio. Pero escuchar a Carme decir todo lo que me había dicho me llevó a ser consciente de que tenía un grave problema y que si no ponía de mi parte iría a peor. Podría no solo acabar con mi sueño de convertirme en actriz, sino también con mi salud.

14

ÁLVARO

Abandoné el patio de butacas sin mirar atrás. Ya había visto suficiente. No soportaba ver cómo otro la besaba, por mucho que estuviesen interpretando, sobre todo porque en el fondo sabía que Oliver no estaba interpretando en absoluto. Sobre ella..., dudaba. Sabía que Adriana había sentido algo por ese chico y que, si no estaban juntos, era porque de repente aparecí yo... Pero ahora no había nada que lo impidiera.

No lo culpaba. En el fondo, hasta lo podía entender. A lo largo de mi vida había besado a muchas mujeres, pero jamás había experimentado ese miedo de parar y no volver a probar una boca como la de ella. La estaba perdiendo y no había nada que pudiera hacer para evitarlo.

Me vibró el móvil antes de que saliera a la calle. Era mi madre.

—¿Dónde estás? ¿Ya te has ido? —preguntó tan pronto como respondí su llamada.

—Ya me iba. Estoy en el vestíbulo.

—Espérame ahí. Tengo que hablar contigo. —Y colgó.

Algo había pasado, conocía ese tono particular de mi madre. Me quedé esperándola junto a una de las columnas que sostenía aquellos arcos de medio punto. No pude evitar perderme en las vívidas escenas que representaban los coloridos frescos del techo. Había estado en un par de ocasiones en el Liceu, aunque nunca había reparado en su belleza. El color crema de las paredes, en contraste con el tapizado azul de los sofás, aportaba elegancia y serenidad al vestíbulo.

No tardé ni cinco minutos en escuchar el repiqueteo de los tacones de mi madre sobre el brillante mármol, en el que se vislumbraba el reflejo de las elegantes lámparas de araña.

—Así que eran ciertos los rumores —comentó antes de llegar a mi lado. Parecía tan enfadada que pensé que iba a abofetearme ahí mismo.

—¿De qué hablas? —pregunté confundido.

—¿Cómo has podido mentirme en esto? ¿Sabes lo grave que habría sido si la prensa hubiese tenido pruebas?

—No sé de qué me estás hablando...

—De tu lío con Adriana. ¿Pensabas que no iba a enterarme nunca? —Estaba tan furiosa que, pese al bótox y a todos los tratamientos que se hacía, se le marcaron las arrugas de los labios.

Se me heló la sangre. ¿Cómo se había enterado? No supe qué decir. Aquel no era el mejor momento para que mi madre descubriese que le había mentido sobre este tema, bastante tenía ya encima.

—¿No piensas decir nada? —se quejó alterada.

—Lo siento, no te lo dije porque estaba seguro de que no había pruebas, de que la prensa se aburriría de ese asunto, tal y como al final ha pasado, porque he sido muy precavido.

—¡¿Precavido?! ¡¡¡Confié en ti!!! Me prometiste que te comportarías como un hombre...

—¿Y no lo he hecho? —me quejé a la defensiva, interrumpiéndola.

—A la vista está que no, lo primero que has hecho ha sido enrollarte con una alumna. Has incumplido la norma más elemental de la

84

escuela: no confraternizar ni tener relaciones sentimentales con los alumnos.

—¿Y dónde está la norma que habla de la fuerza de los sentimientos?

—Ay, hijo, por favor, no me vengas con cursiladas, con lo fácil que hubiese sido esperar a que terminara el curso. Hay que pensar más con la cabeza y menos con la entrepierna.

—Mamá, por favor. Ya pensé con la cabeza cuando lo dejé todo en Madrid y me vine aquí por ti.

—¿Por mí? Querrás decir que viniste aquí para pasarte el día de fiesta. Yo tuve que pasar por lo mismo que tú.

—Vine para apoyarte y dejé a Adriana en Madrid, esa es la verdad, pero ahora tengo la oportunidad de enmendar mi error. No la quiero volver a perder.

—Para lo que hiciste, casi hubiera sido mejor que te hubieses quedado en Madrid.

Sentí una punzada en el pecho. Sus palabras me dolieron, pero no me permití que se diera cuenta.

—Con la que tenemos encima no sé cómo puedes estar pensando en esa muchacha. Dices que eres una persona adulta, ¿no? Pues demuéstralo actuando como tal. Déjala centrarse en su carrera como actriz, ¿es que no has visto cómo está? Completamente desnutrida, cada vez se parece más a la indigente borracha que siempre tenemos en la puerta de la escuela.

—¿Y cómo quieres que esté? Su mejor amiga ha muerto y lo nuestro ha terminado. Yo tengo parte de culpa de que esté así, y también la escuela con sus malditas normas.

—Este mundo es así, y si no aguanta la presión, es que no vale para esto. ¿O ya se te ha olvidado que tuviste que ganar diez kilos, siete de ellos en masa muscular, para interpretar el papel protagonista que tanta fama te ha dado? Yo no soy la culpable de que la sociedad quiera ver a tíos buenos fuertes y a chicas guapas y delgadas en la gran pantalla. ¡Yo no creo los cánones de belleza, simplemente los sigo! Tenemos por delante el estreno de una obra de teatro muy importante y hay que cumplir las exigencias del papel, y quien no soporte la presión de esta profesión, pues que se busque otra.

—Te has convertido en alguien que no reconozco. —La miré alarmado por sus palabras.

—No exageres. Sabes que el mundo de los actores es así, lo mismo tienen que perder peso que ganarlo, lo mismo tienen que raparse la cabeza que cambiarse el color del pelo...

—Tú tienes parte de culpa por fomentar este tipo de exigencias en vez de luchar contra ellas.

Mi madre soltó una carcajada.

—Por favor, hijo, no seas demagogo, que tú eres igual que yo..., ¿o acaso te negaste a aceptar las exigencias del guion de tu película? ¿Les dijiste que interpretarías tu papel flacucho como estabas para protestar contra ese tipo de imposiciones? Porque recuerdo que aceptaste sin pensártelo y que te pusiste a dieta durante ocho meses y contrataste a un entrenador personal. Ibas al gimnasio cinco veces a la semana, e incluso estuviste a punto de pincharte hormonas, si es que no lo hiciste al final a mis espaldas, así que no me vengas con lecciones morales.

Me quedé callado sin saber qué decir. En el fondo, tenía razón: este mundo era así. No era fácil, pero para las actrices y los actores, la pasión por dedicarnos a lo que nos hacía felices pesaba más que cualquier otra cosa.

—Mira, hijo, la escuela es mi vida. Cuando acabe el curso, tú te irás a rodar otra película. Es probable que te vayas fuera y que yo me quede sola, y esto es lo único que tengo. No puedo permitir que tus escarceos amorosos arruinen el prestigio que me ha costado tantos años construir.

—El prestigio de la escuela ya está en las últimas.

—Por eso mismo no necesito otro escándalo que termine por llevarse por delante la poca credibilidad que nos queda. Tienes que dejar de ver a Adriana hasta que termine el curso. Apenas quedan dos meses.

Me resigné porque no me quedaban fuerzas para seguir discutiendo con mi madre. Además, mi historia con Adriana ya estaba acabada y no tenía pinta de solucionarse con facilidad.

Me resigné, aun sabiendo que el sentido del sacrificio y del deber eran útiles en la guerra, pero no en el amor.

15

ADRIANA

La semana se me estaba haciendo muy pesada. Había visitado a la doctora de la escuela como Carme había sugerido. Esta vez traté de tomarme muy en serio sus indicaciones, no quería que me echaran de la escuela o perder mi beca por mi problema con la alimentación.

La doctora Isabel Grau se sorprendió al verme de nuevo y al mismo tiempo se alegró de que hubiese decidido volver a su consulta, me dijo que en nuestras sesiones trabajaríamos la aceptación de los cambios en mi cuerpo, pues al parecer el rechazo a estos cambios y el miedo podían ser los causantes de llevarme a tomar decisiones inconscientes, como dejar de comer o comer con ansiedad.

También me entregó varios papeles con la dieta y las indicaciones que debía seguir. Los pesos de los alimentos venían especificados por gramos, por lo que tenía que pesar la comida, algo que afortunadamente no me supondría demasiado jaleo, pues en el comedor de la residencia tenían una balanza para los platos, solo que casi nadie la usaba.

Sin duda, hay problemas que deben ser abordados por un buen especialista. La doctora hacía que algo que me había atormentado durante años pareciera sencillo de gestionar.

Me compré una báscula para controlar el peso, la grasa corporal, el nivel de proteínas, la masa muscular y otros valores que me pidió que le enviara cada semana.

Mi vida parecía estar estabilizándose poco a poco.

Las clases con Álvaro también se habían normalizado. Él me ignoraba y yo trataba de ignorarlo a él, solo que a veces mi mente volaba y me pasaba la mayor parte de la clase mirándole y preguntándome cuándo dejaría de sentir aquella atracción hacia él. Quería abrazarlo, deseaba sentarme a su lado y que me acunara entre sus brazos mientras hablábamos de cine.

Liam, por su parte, aún no se había atrevido a hablar con Martí sobre nuestras sospechas. Así que aquella investigación de pacotilla no avanzaba. Solo tenía que preguntarle qué hacía en el *backstage* la noche de la muestra de la obra, por qué buscaba a Georgina y si subió a la terraza. Eran tres preguntas muy sencillas. Si no tenía nada que ocultar, no debía ofenderse.

El jueves por la mañana, el profesor de interpretación propuso un ejercicio. Dividió a la clase en dos grupos: uno lo dirigía yo, y el otro, Samara, la pija que había compartido habitación con Georgina. La tarea consistía en que cada una, como líderes de grupo, debíamos montar una escena: en la suya se debía trabajar el miedo, y en la mía, la sensualidad.

Por la tarde, después de los ensayos de la obra, quedé con mi grupo en la cafetería para trabajar el ejercicio para la clase de interpretación. Cuando estuvimos todos nos dirigimos a la sala de ensayos. Al llegar, vi que el grupo de Samara ya estaba allí. Había olvidado que ese espacio se reservaba. Fui a secretaría y la muy... había reservado la sala todas las horas en las que yo estaba libre. Parecía que lo hubiese hecho intencionadamente.

Nos tocó preparar el ejercicio en el patio. Fue un auténtico caos.

Al día siguiente fuimos a pedirle de buenas maneras a Samara y a su grupo que nos dejaran practicar en la sala de ensayos, pero ella se negó y nos dijo que para algo habían reservado. Me sorprendió que, al llegar allí, varias personas de su grupo dijeran que se pasaban al mío.

—¿Sabes por qué quieren irse a tu grupo? —dijo Samara antes de que abandonáramos el aula.

—Porque no te soportan y saben que yo lo hago mejor —dije con superioridad.

—No, guapa, quieren hacer el ejercicio contigo porque te tiras al hijo de la directora y creen que eso les beneficiará de algún modo.

—¿Qué has dicho? —Me acerqué a ella furiosa.

—Anda, Adriana, reconócelo, si ya no te cortas ni un pelo. ¡Llegaste con él en su coche a los ensayos en el Liceu! Toda la escuela sabe lo vuestro.

—Te estás pasando. —Oliver, que estaba en mi grupo, intervino.

—Mira, pero si la mosquita muerta los tiene a pares —se burló Samara—. Aquí está su segundo plato dispuesto a defenderla.

La gente de su grupo se rio.

Sin que se lo viese venir, le giré la cara con un sonoro bofetón. No sé cómo fui capaz de hacer tal cosa, nunca me ha gustado la violencia, pero estaba sometida a mucha presión y simplemente la situación me pudo.

Se quedó estática unos segundos y, cuando reaccionó, trató de devolverme el golpe, pero el resto nos separó.

—Vámonos, no merece la pena —dijo Liam agarrándome con fuerza.

Salimos de la sala y quedé con el resto de los integrantes del grupo para ensayar al día siguiente. Oliver, Liam, Martí, Cristina y yo fuimos al patio.

Aquellas palabras de Samara no me habían gustado nada. ¿Eso era lo que todo el mundo pensaba de mí en la escuela?

—Menuda sorpresa se habrá llevado Samara —se burló Liam.

—Sí, estará todavía en shock —añadió Cristina riendo.

—¿Quieres que te ayudemos a montar la escena? —preguntó Oliver.

—Ya casi la tengo lista... Quería comentarla con el grupo hoy y ensayar.

—Pues la comentamos nosotros y la terminamos sobre la marcha —dijo Liam.

Como todos estuvieron de acuerdo, terminamos la escena y la escribimos para luego pasársela al resto del grupo y ensayarla directamente.

La primera en irse fue Cristina, pero enseguida se marchó también Martí.

—Estos dos se han hecho muy amigos, ¿no? —dijo Oliver, que se quedó con Liam y conmigo.

—Eso parece, desde que son pareja en la ficción pasan mucho tiempo juntos —comenté observando la reacción de Liam, que no dijo nada al respecto.

Al cabo de un rato, Oliver también se marchó.

—Y este está loquito por ti. —La voz de Liam interrumpió mis pensamientos cuando nos quedamos a solas.

—Somos amigos —le aclaré.

—Ese chico nunca te ha visto como una amiga. ¿Qué tal lleváis los ensayos de la obra?

—Bien... Bueno, el director dice que queda muy poco para el estreno oficial y que todavía sigue viendo algunos fallos.

—Pero si estamos aún en abril.

—Ya, eso pienso yo, pero se ve que dos meses le parecen poco.

—No me habías dicho que habías ido al teatro con Álvaro. ¿Pasó algo?

—No pasó nada, tuve que ir con él porque todos los coches estaban completos.

—¡Qué casualidad! —Se burló.

—Sí, fue solo una casualidad. —Mi voz sonó un poco crispada.

—¿Y vio la escena del beso, esa que me comentaste que había incluido el director?

—Sí, la vio —dije con cierta arrogancia.

—¿Y cómo se lo ha tomado? Estoy seguro de que se ha dado cuenta de que tú le gustas y mucho a Oliver...

—No lo sé, no he vuelto a hablar con él. Se fue del teatro.

—¿Por el beso?

—No tengo ni idea —dije con indiferencia.

—Seguro que fue por el beso... Créeme que no es plato de buen gusto ver cómo alguien a quien quieres besa a otra persona.

—¡Somos actores!

—Actores o no, jode y mucho.

—¿Lo dices por algo en concreto?

—La última vez que salí con Martí se besó con uno en la discoteca.

—Vaya, no me lo habías contado.

—Si es que apenas hemos coincidido a solas, últimamente estás tan liada con la obra...

—Ya... ¿Y qué tal están las cosas entre vosotros? —pregunté, disimulando mi asombro al saber que Martí le había comido la boca a otro tío delante de Liam. Pensé que ahora que por fin nada se lo impedía estarían juntos.

—Como siempre —dijo con tristeza—. Él está en una etapa en la que solo quiere experimentar y descubrir cosas... Yo no puedo hacer nada, no es nuestro momento, quizá nunca lo fue.

—¡No digas eso!

—Es la verdad, creo que fui un eslabón fundamental de la cadena para su autodescubrimiento; nada más.

Me quedé callada porque no sabía qué decirle. Al cabo de un rato el continuó:

—Y para colmo hoy me ha salido en Tinder.

—Vaya, se habrán alineado los astros... ¿Qué vas a hacer? ¿Vas a deslizar a derecha o a la izquierda?

—No lo sé...

—Dale a la derecha, solo haréis *match* si él previamente le ha dado al corazón.

—Veo que sabes muy bien cómo funciona la app. —Rio.

—En su día, la usé.

—Está bien, voy a deslizar a la derecha. —Liam cogió el móvil. Miró la pantalla dubitativo y con el dedo tembloroso le dio al corazón, pero no pasó nada, simplemente le salió el siguiente chico.

—Quizá no le ha saltado tu perfil aún —dije para animarlo.

—O quizá le ha dado a la equis o me ha bloqueado, como hizo en Grinder.

—¿Te ha bloqueado en Grinder? —pregunté sorprendida.

—Eso creo. Un día me salió y me habló sin saber que era yo, porque no he puesto fotos mías. No le contesté y ya no lo he vuelto a ver.

—Igual por eso te bloqueó, por ignorarle, o quizá se borró de Grinder.

—Sí, puede ser...

—¿Le has preguntado qué hacía en el *backstage* la noche de la muestra, antes de la explosión?

—No.

—¿Y a qué esperas? —me quejé.

—A encontrar el momento adecuado.

—No hay un momento adecuado para preguntar algo así.

—Es que va a pensar que lo estoy acusando.

—De eso se trata, si no tiene nada que ocultar, no tiene por qué molestarse; es una simple pregunta.

—¿Le has preguntado tú a Cristina?

—Sí, me dijo que en el momento de la explosión estaba en el camerino cambiándose.

—Entonces ¿no subió a la terraza?

—Eso parece. Tienes que preguntarle a Martí si llegó a subir, eso disiparía muchas dudas.

—Eso no probaría nada —dijo convencido.

—Ya, pero si al menos conseguimos averiguar quiénes estuvieron en la terraza, podremos reducir el número de sospechosos. ¿Qué tenemos hasta ahora?

—Nada, por eso vamos a entrar a la habitación de Georgina —dijo Liam con una sonrisa traviesa.

—¿No te parece un poco tarde para eso? Ya se lo habrán llevado todo.

—Seguro que Samara se guardó algo; esa sabe más de lo que parece.

—¿Y cómo piensas entrar sin la llave? —pregunté burlándome de él.

En ese instante se sacó un manojo de llaves del que colgaba un llavero en forma de zapato de tacón envuelto en diamantes.

—¿Y eso? —pregunté sin dar crédito.

—Las llaves de la habitación de Samara, las he cogido de su bolso mientras discutíais. He visto la oportunidad y no lo he dudado un segundo. ¡Vamos! —dijo al tiempo que se levantaba.

—¿Estás seguro?

—Claro, hay que aprovechar ahora que está ensayando con su grupo. Lo tengo todo bajo control.

—Lo que tienes es cara de psicópata —exclamé maravillada por su astucia.

16

LIAM

Entrar en la habitación de Georgina fue como profanar una tumba. Ni Adriana ni yo esperábamos encontrar nada y, sin embargo, lo encontramos todo. Había pasado más de un mes de su muerte y nadie había ido a recoger sus pertenencias.

Sobre la que un día fue su cama había dos cajas con cosas que habría empaquetado Samara para tener más espacio. También había sacado del armario la poca ropa que Georgina tenía en la residencia y la había dejado sobre una silla.

—¿Qué habrá en esas cajas? —preguntó Adriana.

—Solo hay una forma de saberlo. —Y, sin más, nos dispusimos a abrirlas.

Sacamos todo el contenido, pero solo encontramos libretas, apuntes de clase, productos cosméticos, bolígrafos, un par de libros con lecciones para actores y una foto enmarcada en la que salía junto a Martí.

Ambos nos sentamos sobre la cama decepcionados.

—Si había algo, lo tiene que tener Samara —dijo Adriana, mirando el escritorio y la parte de la habitación que le pertenecía.

—Tenemos que buscar entre sus cosas con cuidado —dije mientras me incorporaba—. Busca tú en el escritorio, yo revisaré esta estantería.

Adriana hizo lo que le pedí. No sabía qué estábamos buscando exactamente. Supongo que esperábamos encontrar algo que la policía hubiese dejado o que nos diese alguna pista que nos ayudara a entender quién podía estar detrás de su muerte y por qué.

No encontré nada en la estantería, así que me acerqué a Adriana, que se había sentado frente al tocador a leer algo. Miré por encima y solo vi algunos frascos de perfume, maquillajes, sombras, barras de labios y un cepillo.

—¡Lo tenemos! —exclamó Adriana sin apartar la vista de aquella libreta.

—¿Qué tenemos?

—Es el diario de Georgina. —Lo cerró y me lo entregó.

—¡¿Qué?! ¡No me lo puedo creer!

Abrí el diario y en cuanto vi las primeras líneas supe que aquella no era la letra de Georgina.

—¡Este no es su diario! —gruñí, decepcionado.

—Pero si...

—No es su letra.

Adriana me lo quitó de las manos y comenzó a leer de nuevo. Al cabo de un rato descubrió que el diario era de Samara.

—Podríamos llevárnoslo igualmente —sugerí.

—¡¡¡No!!! —sentenció ella.

—Pero podemos encontrar alguna respuesta en él.

—No vamos a violar así la intimidad de una persona, bastante nos estamos excediendo ya. Además, si nos lo llevamos, descubrirá que alguien ha entrado en la habitación, y nos podemos meter en un buen lío —refunfuñó al tiempo que guardaba el diario en el cajón en el que lo había encontrado—. Aquí no hay nada, mejor guardemos todo en las cajas y vayámonos cuanto antes.

—Está bien, no nos lo llevaremos, pero voy a hacerle unas cuantas fotos por si acaso —dije al tiempo que abría el cajón que ella acababa de cerrar y sacaba de nuevo el diario.

Adriana no parecía muy de acuerdo, pero no dijo nada. Hice fotos a algunas páginas al azar con la esperanza de encontrar algo en ellas más tarde. Luego devolví el diario a su sitio.

Nos habíamos dado por vencidos. Empezamos a guardar las cosas en las cajas para dejarlas tal cual estaban cuando, de pronto, de uno de los libros cayó una nota mecanografiada.

—¿Y esto? —dije al tiempo que la leía en voz alta.

> ¿Recuerdas lo que te metiste en la boca la noche antes de las vacaciones de verano? Tengo un vídeo que te ayudaría a recordarlo, a ti y a toda la escuela, así que, por tu bien, más te vale que no digas nada de lo que ha pasado hoy en la sala de ensayos.

—¡Qué puto asco! —exclamé.

—¡¡¡Víctor!!! Claro, cómo he sido tan estúpida de no pensarlo antes.

—¿De qué hablas?

—¡Ha sido Víctor! Ha tenido que ser él.

—¿Víctor el profesor? —pregunté sin entender qué estaba queriendo decir.

—Sí.

—Pero ¿por qué iba él a enviarle esta nota?

—Georgina y él se traían algo. La noche de la fiesta en casa del productor los escuché hablar y ella le pidió que la follara.

—¿Qué dices?

—Sí, pero él se negó, y luego, otro día, en la sala de ensayos de la escuela, él estuvo a punto de forzarla. Si no llego a aparecer yo..., no quiero ni imaginarme lo que hubiese pasado.

Lo que Adriana me acababa de contar me había dejado sin habla. No podía creer que aquello hubiese pasado en mis narices y no me hubiese percatado de nada. Siempre supe que Georgina tenía un rollo raro con ese profesor, pero quería pensar que eran cosas mías.

—¿Crees que pudo ser él quien la mató? —pregunté sobrecogido.

—Tenía un móvil para hacerlo.

—¿Un móvil? Deja de leer novela negra, se te está pegando la terminología criminal.

—No es momento para tus chistes —se quejó Adriana con toda la razón.

—¿Y por qué estás tan segura de que esta nota es de él?

—Pudo escribirla después de que pasara lo que te acabo de contar en la sala de ensayos, todo coincide. Además, es un tío listo, por eso no le mandó un wasap ni escribió a mano la nota. Lo hizo de tal forma que solo ella pudiera saber quién era el autor... Y yo estoy casi segura de que se trata de Víctor.

—Todo apunta a un crimen pasional... ¿Quiere esto decir que podemos descartar a Martí?

Adriana me fulminó con la mirada.

—No podemos descartar a nadie, Liam. Tienes que preguntarle de una maldita vez dónde estaba cuando sucedió todo.

—Está bien, lo haré. ¿Qué haces con la nota? —pregunté al ver que la doblaba y se la guardaba en el bolsillo.

—Me la llevo. Voy a enfrentarme a Víctor.

—¿Te has vuelto loca? ¿Quieres que te expulsen?

—No me van a expulsar, yo fui testigo de lo que pasó esa noche y puedo amenazarlo con ir a la policía y enseñarles esta nota.

—¿En qué lío nos estamos metiendo...? Anda, vámonos de aquí antes de que Samara termine de ensayar.

Dejamos todo tal y como estaba y cerramos la puerta. Fuimos a la sala de ensayos y a Adriana le tocó provocar a Samara para captar su atención mientras yo metía de nuevo las llaves en su bolso.

17

ADRIANA

Llegué a mi habitación con el pulso acelerado por lo que Liam y yo acabábamos de hacer. Al entrar me encontré a Cristina y a Martí juntos. Estaban charlando con el guion entre las manos. Él me miró, se levantó y dijo:

—Debería marcharme ya.

—Por mí no te preocupes —dije mientras dejaba mis cosas sobre el escritorio.

—Es tarde —contestó, y luego se despidió de Cristina y se fue.

Tan pronto como salió por la puerta, me quedé observando a mi compañera de habitación, que tenía una sonrisa absurda dibujada en el rostro.

—¿Qué te traes últimamente con Martí? —pregunté sin rodeos.

—Nada, solo le estoy ayudando a ponerse al día con el guion. Piensa que él acaba de comenzar y tiene que estudiarse el texto según avanzan los ensayos. Nosotras le llevamos varios meses de ventaja.

—Ah... —musité—. Es eso...

—Bueno, me lo paso bien con él, ¡es tan mono...!

La sorpresa me dejó sin habla. Cristina no sospechaba nada sobre la crisis existencial por la que estaba pasando Martí. En ese momento sentí cierta pena por ella.

—¿Vas a decirme lo que estás pensando? —dijo sacándome de mis cavilaciones.

—No estoy pensando nada.

—Te conozco, Adriana.

—¿Tan transparente soy? —dije para ganar tiempo y darme la oportunidad de que se me ocurriera algo.

—Sí. —Rio.

—¿Te gusta? —pregunté.

—Siempre me ha parecido muy atractivo, y ahora que lo estoy conociendo...

—Pero él acaba de perder a su ex, no creo que esté preparado para una relación —repuse con la esperanza de que Cristina no se hiciera demasiadas ilusiones.

—Georgina y él terminaron en Navidad. Han pasado ya cuatro meses de eso. Aparte, tampoco es que yo esté buscando una relación, no todas tenemos una visión tan cuadriculada del amor como tú —dijo burlándose.

Por un momento sentí la tentación de explicarle por todo lo que estaba pasando Martí, pero no me correspondía a mí revelar esa información acerca de su sexualidad.

—¿Vas a volver a salir? —preguntó Cristina al ver que me acercaba a la puerta sin decir nada.

—Sí, me acabó de acordar de que me he olvidado algo en el patio —mentí.

No me lo pensé demasiado y salí de la habitación nerviosa, tenía miedo de que Cristina siguiera preguntándome y yo acabara revelando algún detalle de la intimidad de Martí.

Me dirigí al despacho de Víctor. Aunque ya no eran horas, puede que aún estuviese allí. La mayoría de los profesores solía quedarse trabajando hasta tarde.

Caminé decidida por el pasillo que daba a su despacho y vi la luz encendida. Antes de llamar a la puerta, dudé. ¿Qué estaba a punto de hacer? Era mi profesor y enfrentarme a él podría acarrearme consecuencias a pesar de que yo jugara con cierta ventaja; estaba segura de que él no tomaría represalias contra mí porque sabía que yo había visto lo que pasó en la sala de ensayos entre él y Georgina y podía hablar en cualquier momento.

A pesar de mis miedos, me armé de valor y llamé a la puerta.

—Adelante. —La voz de Víctor hizo que todo mi cuerpo se tensara. Solo de imaginarme que podría estar frente a un asesino, me estremecí.

Abrí y entré en el despacho. Estaba sentando detrás de una mesa enorme repleta de papeles y en la que también había un portátil en el que estaba escribiendo.

—¿Qué se le ofrece? —preguntó con su habitual cordialidad.

—Quiero hacerle unas preguntas —dije tratando de controlar el temblor en mi voz.

—Claro, tome asiento.

—No es necesario, seré breve.

—Si es en relación con el trabajo de clase...

—No —le interrumpí de inmediato—. No es sobre el trabajo de clase... ¿Dónde estaba la noche que se produjo la explosión en el teatro? —le pregunté sin rodeos; cuanto antes lo soltara antes terminaría con aquella pesadilla.

Él me miró extrañado y creo que por un momento comprendió el motivo de aquella conversación.

—En el patio de butacas, junto al resto de los profesores. ¿Por qué lo pregunta? ¿Quiere saber mi opinión sobre su interpretación?

—¿No subió a la terraza a buscar a Georgina? —continué sin hacer caso a su pregunta.

—No, ¿por qué iba a hacerlo?

—No lo sé, dígamelo usted.

—¿Qué insinúa?

—No insinúo nada. Intentó forzarla y no lo consiguió porque aparecí yo en ese momento. ¿Qué pensaba, que no escuché la conversación? La puerta de la sala de ensayos estaba abierta, así que de poco sirvió que esté insonorizada.

—No sé lo que escuchó, pero se está equivocando conmigo. ¿No pensará que yo tengo algo que ver con la muerte de Georgina? —Alzó el tono de voz.

—¿Alguna vez pasó algo entre ustedes? —pregunté directa.

—No.

—Miente. También sé lo que pasó la noche antes de las vacaciones de verano.

—Bueno, ya es suficiente. ¿Cómo se atreve a venir a mi despacho a acusarme de ese modo? Podría hacer que la expulsaran por esto —dijo levantándose del sillón.

—Sí, pero no lo va a hacer y no voy a irme hasta que me diga toda la verdad, porque si no lo hace saldré por esa puerta e iré directa a la comisaría para denunciarle. Vi lo que sucedió en la sala de ensayos, escuché todo lo que le dijo a Georgina y tengo pruebas —mentí—, y también tengo esta nota que confirma que fue usted. —La saqué del bolsillo y se la mostré.

—Esa nota no demuestra nada, podría haberla escrito cualquiera.

—Quizá, pero con mi testimonio... ¡Dígame qué pasó la noche de la representación de la obra!

—Pero ¿cómo quiere que lo sepa? Ya le he dicho que estaba en el patio de butacas, y ahora le ruego que se marche.

—¿Qué fue exactamente lo que pasó la noche antes de las vacaciones de verano?

—¿No se lo contó su amiga?

—No, me lo va a contar usted ahora.

—Está bien... Hicimos una fiesta de despedida en la escuela... Ella había bebido demasiado, yo llevaba todo el curso resistiéndome a sus provocaciones, pero esa noche acabamos en el baño besándonos, y cuando logré darme cuenta, ella me había desabrochado el pantalón y... En fin, imagínese el resto. Apenas aguanté unos minutos, porque la situación era demasiado morbosa... Georgina se incorporó, se limpió y sin decir nada se fue. No volvimos a hablar en todo el verano hasta el primer día de clase.

—Y usted la grabó —afirmé.

—No, claro que no.

—En la nota dice que la grabó.

—Mentí para que no dijera nada. Tenía miedo de que me denunciara.

—No es para menos, intentó violarla en la sala de ensayos.

—No, yo jamás haría algo así, simplemente me dejé llevar por la ira... Esa chica era capaz de volver loco al más cuerdo de los hombres.

—Llámelo como quiera, pero lo cierto es que intentó abusar de una alumna. ¿Sabe lo que yo creo? Que usted estaba obsesionado con Georgina, y como ella le rechazó en la sala de ensayos, la intentó forzar, pero llegué yo y se lo impedí, tuvo miedo de que ella o yo habláramos, y esa misma noche le hizo llegar esta nota. La noche de la muestra, usted la vio abandonar el escenario y la siguió hasta la terraza, forcejearon y ella perdió el equilibro, el suelo se desplomó, ella le pidió ayuda, pero usted la dejó caer al vacío.

—No sé qué demonios quiere que diga, pero ya es suficiente. ¡¡¡Márchese!!!

Su grito hizo temblar toda la estancia, luego un silencio sobrecogedor lo inundó todo. Sin decir ni una palabra, salí del despacho de Víctor. Al cerrar la puerta, sus palabras cayeron sobre mi cabeza como losas.

No me podía creer que hubiese tenido el coraje de enfrentarme así con un profesor. ¡Qué valiente había sido! No me reconocía a mí misma. Aunque no sabía si sentirme orgullosa o arrepentida por ello.

Mi imaginación comenzó a trabajar, pero todas las teorías me llevaban a un final incierto.

Había algo que se me escapaba, algo que no encajaba. Quizá era su actitud y su cara de sorpresa lo que me hacía dudar de que hubiese sido él, pero también puede que supiera fingir muy bien. De lo que sí estaba convencida era de que Georgina no se había suicidado.

Si pudiera averiguar quién había subido a la terraza, todo sería mucho más fácil.

En ese momento recordé al chico de seguridad que estaba entre bambalinas, junto a las escaleras que daban acceso al piso superior y a la terraza, y al que le pregunté aquella noche si había visto a Georgina. Él debió de ver si había subido alguien más. Tenía que localizar a ese vigilante y enseñarle las fotos de los sospechosos, era la única forma de resolver todo este asunto, pero para dar con él tendría que hablar con Álvaro..., y ¿cómo iba a explicarle que necesitaba hablar con la empresa de seguridad que contrató al chico que estaba en el *backstage* la noche de la explosión para hablar con él?

Con las piernas temblándome todavía, me alejé y fui a la habitación de Liam. Estaba decidida a enfrentarme a todo con tal de descubrir quién estaba tras la muerte de Georgina.

18

LIAM

Acababa de llegar a la habitación, cuando Martí entró. Llevaba puesto un chándal que dejaba poco a la imaginación. Aunque lo intenté, no conseguí evitar mirarle la entrepierna. Cerró la puerta detrás de sí, se tiró en la cama y se quedó mirando al techo.

—Estoy muerto —se quejó.

—¿Y eso? —pregunté al tiempo que sacaba los apuntes de la mochila y los dejaba en el escritorio.

—Estudiar el guion, las clases, los ensayos... No puedo más.

—Bueno, merecerá la pena. Ojalá me hubiesen dado a mí un papel en la obra. —Miré a través del cristal del ventanal.

—Menos mal que Cristina me está ayudando mucho con el texto.

—Últimamente, pasáis mucho tiempo juntos, ¿no? —pregunté sin apartar la vista de la ventana, pero mirándole con el rabillo del ojo.

—¿Estás controlándome? —dijo con una sonrisa.

—¿Yo? En absoluto, es pura curiosidad.

—Solo somos amigos.

—Muy amigos, diría yo.

—¿Estás celoso?

—¿Celoso? ¿Por qué iba a estarlo? —Intenté parecer natural y me giré para mirarlo al tiempo que me apartaba del ventanal.

—No sé... —Se levantó la camiseta para rascarse y dejó al descubierto sus abdominales.

—¿Os habéis liado? —Me senté en mi cama.

—¿Te pregunto yo con quién te lías?

Apreté la mandíbula para evitar decir algo de lo que me pudiera arrepentir después.

—No nos hemos liado, pero no lo descarto —confesó al ver que yo no decía nada.

—¿Ahora juegas a dos bandas?

—No sé a qué viene esa pregunta.

—A que no te entiendo, a eso viene. No deberías jugar así con los sentimientos de otra persona.

—Yo no estoy jugando con los sentimientos de nadie —replicó en un tono severo.

—Sí que lo estás haciendo, ¿acaso ella sabe que eres gay?

—Yo en ningún momento he dicho que sea gay.

—Que no lo digas no significa que no lo seas.

—Mira, Liam, no voy a seguir cuestionándome mi sexualidad y dando explicaciones, no quiero sentirme discriminado o juzgado ahora porque también me sigan gustando las chicas; eso sería el colmo.

—Entonces ¿te gustan las chicas y los chicos por igual? Digo yo que te gustará más una cosa que la otra.

—Tú me dijiste que eras versátil, ¿no?

—Sí —respondí, confuso, sin saber a qué venía eso.

—¿Y qué te gusta más?, ¿hacer de activo o de pasivo?

—Disfruto con ambas cosas, depende un poco del momento y de la persona.

—Pues esto es igual, yo no decido por quién me siento atraído, simplemente surge la conexión.

—¿Me estás diciendo que ha surgido una conexión con Cristina? —pregunté al tiempo que notaba una presión en mi cabeza.

Realmente, me estaba afectando aquella conversación. ¿Por qué se fijaba en Cristina y no en mí?

—Es una chica muy guapa, y me cae bien.

—Pero ¿te cae bien como amiga o como algo más?

—No lo sé, ya se irá viendo. Esas cosas surgen.

—No entiendo nada. —Me levanté de la cama y abrí el ventanal para que entrara el aire. Me estaba asfixiando.

—Me dijiste que necesitaba aclararme, y eso es lo que trato de hacer. Cada vez lo tengo más claro. Sé que tú piensas que esto es un tránsito a la homosexualidad, una etapa de confusión, pero no. La bisexualidad no es más que la capacidad de amar a personas tanto de tu propio sexo como del opuesto. Yo he sido feliz con Georgina y sé que podría ser feliz con otra chica.

—¿Y con un chico? —pregunté mirándole desde el balcón.

—También, ¿por qué no?

—Pero nunca has estado enamorado de un chico, ¿no?

—No.

Me costaba mucho entender la bisexualidad, nunca la había entendido, y quizá por eso aquella conversación me estaba superando.

—Definir tu sexualidad es un proceso profundo y complejo, no hay que precipitarse —dije al tiempo que tomaba una bocanada de aire fresco.

—Y no lo estoy haciendo. Hoy es más fácil decir que eres gay que decir que eres bisexual.

En eso tenía razón. A mí, sin ir más lejos, me costaba entender la bisexualidad, pero eso no significaba que tuviera que rechazarla. Quizá, por él, podía hacer un esfuerzo. Aunque, al fin y al cabo, qué más daba lo que le gustara; él nunca iba a verme como algo más que un amigo.

—Entiendo que quieras explorar todos los horizontes, por curiosidad o simple morbo. Yo no soy quién para juzgarte —dije sin mirarlo.

—Gracias, tu apoyo significa mucho para mí.

—No tienes que dármelas, es tu sexualidad y tienes todo el derecho a tener la posibilidad de ejercerla con total libertad.

Se levantó de la cama y vino hasta el balcón. Di un paso al lado para apartarme y que él pudiera pasar.

—Eres tan abierto... Es una de las cosas que más me gustan de ti —dijo demasiado cerca de mí.

—Eso ha sonado fatal. —Le di un golpe con el puño en el hombro.

—De mente, imbécil —dijo al tiempo que intentó pellizcarme en la cintura, pero fui rápido, y me aparté antes de que lo consiguiera.

—¿La noche de la explosión estabas con Georgina? —solté de pronto. Le había prometido a Adriana que se lo preguntaría y no veía otra forma de hacerlo.

—¿A qué viene eso? —Frunció el ceño.

—Es que me pareció verte en el escenario —mentí.

—No, no estaba con ella.

—Perdona que te haga esta pregunta, pero necesito saberlo, ¿subiste a la terraza?

Martí me miró extrañado y amusgó los ojos, como si no supiese qué responder.

—¿Te has enfadado? —pregunté al ver que se había quedado mudo.

—No, por supuesto que no, es solo que me sorprende que me preguntes eso ahora, sin venir a cuento.

—Entonces... ¿subiste? —insistí.

—No.

Suspiré como si me hubiese quitado un gran peso de encima.

—¿Vas a decirme qué te ocurre? Estás muy raro. —Se acercó tanto a mí que percibí su respiración.

—No me pasa nada. —Me encogí de hombros.

En ese momento alguien llamó a la puerta de la habitación. Aproveché para salir del balcón e ir a abrir. Era Adriana.

—¿Puedes salir? Tenemos que hablar —dijo. Parecía preocupada.

—Sí, por supuesto. —Me giré hacia Martí, que continuaba en el balcón, y le dije—: Ahora vuelvo.

Sin esperar a que me respondiera, salí y cerré la puerta.

—Me acabas de salvar —le susurré a Adriana.

—¿Y eso? —preguntó mientras caminábamos por el pasillo.

—Le he preguntado a Martí si subió a la terraza la noche que murió Georgina.

—¿Y qué te ha dicho? —Se detuvo.

—Que no.

—Ahora resulta que nadie subió a la terraza, aparte de Georgina —dijo alzando las manos, algo indignada.

—¿Por qué lo dices?

—Porque vengo del despacho de Víctor. Él también dice que no subió. Alguien está mintiendo. Hay que averiguar quién estuvo esa noche en la terraza y sé cómo podemos hacerlo.

—¿Cómo?

—Voy a hablar con Álvaro para conseguir el contacto de la empresa de seguridad y localizar al chico que estuvo la noche de la explosión en el *backstage*. Recuerdo que le pregunté si había visto a Georgina y me dijo que había subido las escaleras, así que él tiene que saber quién más subió. Eso nos llevará al culpable.

—¡Qué lista eres!

Adriana esbozó una sonrisa triste.

—Hay otra cosa que te quiero comentar —dijo con la mirada clavada en el suelo.

—¿De qué se trata?

—Es sobre Cristina y Martí, creo que a ella le gusta él.

—Ah, es eso...

—No pareces sorprendido.

—Es que acabo de tener una conversación con él sobre este asunto. Creo que a él también le gusta ella.

—Pero... no se suponía que estaba aceptando su homosexualidad.

—Al parecer, no. —Me encogí de hombros y continué caminando—. Por lo visto, lo que está aceptando es su bisexualidad.

19

ADRIANA

Apagué el despertador sin abrir los ojos y bostecé varias veces antes de ver a Cristina vestida y lista para salir.

—Buenos días —dijo al tiempo que guardaba los apuntes en su bolso.

—Buenos días, ¿dónde vas tan temprano?

—He quedado para desayunar con Martí. Te veo en clase —dijo antes de salir por la puerta.

Me levanté de la cama y abrí la puerta del balcón para que se ventilase la habitación. No pude evitar pensar en lo raro que sería que Martí y Cristina iniciasen una relación y en lo incómodo que eso le resultaría a Liam. Por otro lado, me parecía raro que Martí estuviese tan entero y pensando ya en iniciar un nuevo romance con alguien cuando apenas hacía mes y medio que había muerto Georgina, aunque es cierto que ellos ya no estaban juntos cuando ella murió.

Hice la cama, me vestí, me cepillé el pelo, me apliqué rímel en las pestañas y me eché un poco de polvos bronceadores.

Cuando estaba a punto de salir para ir al comedor a desayunar, llegó Liam.

—¿Qué haces aquí tan temprano? —pregunté al verle.

—Una larga historia... He ido a desayunar fuera con Martí...

—¿Con Martí? —pregunté confusa.

—Bueno, eso pensaba yo —dijo al tiempo que entraba en mi habitación—. Me ha dicho que iba a desayunar fuera y le he dicho que lo acompañaba. Él aceptó sin más, pero imagínate mi cara de sorpresa cuando veo aparecer a Cristina. Resulta que había quedado con ella.

—¿Y qué ha pasado?

—Nada, que me he dado media vuelta, me he inventado que me habías llamado tú para desayunar juntos, así que si te preguntan...

—Claro, claro... Me imagino que...

—Pero no es de eso de lo que te quiero hablar —me interrumpió al tiempo que me entregaba la revista que traía en las manos—. De vuelta a la residencia, he encontrado esto en un quiosco.

La portada daba la «gran noticia», una exclusiva: Álvaro y Carla aparecían muy felices anunciando su compromiso.

—¡¿Se casan?! —dije sin dar crédito.

—Eso... parece, aunque igual no es más que otro numerito para la prensa —especuló Liam, intentando consolarme.

—Verdad o no, me importa una mierda —dije al tiempo que lanzaba la revista contra el suelo y respiraba hondo, como si eso me fuese a tranquilizar—. Menudo gilipollas.

Pisoteé la revista, pero eso tampoco me hizo sentir mejor. Tuve la sensación de estar ahogándome.

—¿Tienes un mechero? —pregunté.

Liam me miró extrañado.

—No fumo.

—Espera, Cristina debe de tener uno —dije al tiempo que abría el cajón de su escritorio—. ¡Lo tengo!

—¿Qué vas a hacer?

Sin responderle, cogí la revista del suelo, encendí el mechero y la quemé por una esquina.

—Pero ¿qué haces...? ¡¡¡Dios mío!!! —gritó Liam al tiempo que cogía la papelera de metal para que echase la revista que había comenzado a arder a toda prisa—. ¡¡¡Joder!!! —se quejó, echándose hacia atrás para que las llamas no le alcanzasen.

Se formó una humareda tremenda en la habitación.

—¿Estás bien? —pregunté al ver la cara de susto de Liam.

—Sí, supongo.

Saqué la papelera al balcón y cerré la puerta.

Mientras las llamas devoraban las páginas con las fotos de Álvaro, algo en mi interior se quemó también, quizá el último cartucho, esa última oportunidad con él. Era lo mejor.

—Estás fatal —dijo Liam con una sonrisa dibujada en el rostro mientras contemplaba a través del cristal la fogata que había montado en un momento.

—Es una hoguerita de nada —bromeé, tratando de quitarle importancia.

—¿Una hoguerita? Por los pelos no hemos salido ardiendo, mira que solo faltaba que también se quemara la residencia... Ya con el teatro tenemos bastante.

Nos miramos e intentamos no reírnos, pero ambos acabamos partiéndonos de la risa.

Cuando la revista se hubo consumido, cogí una botella de agua y la vacié en la papelera. Después eché los restos en una bolsa y me la llevé para tirarla a la basura. Si Cristina se enteraba de lo que había hecho, me mataría. Con lo delicada que era con los olores en la ropa...

Desayuné con Liam mientras jugábamos a ser detectives, aunque íbamos sin rumbo de una teoría a otra. Alguien estaba mintiendo y ese alguien tenía muchas papeletas de ser el culpable.

Preferí no hablar de la noticia de la boda de Álvaro, como si el fuego hubiese devorado también el dolor, pero la angustia no desaparece con tanta facilidad, y por mucho que me esforzase en mantener aquella tempestad controlada, sabía que en cualquier momento estallaría como un río desbordado que arrasa todo a su paso.

Las clases por la mañana se me hicieron larguísimas. Después de comer con Cristina, a quien dejé en el comedor con Martí y Liam, pasé por mi habitación para descansar media horita, necesitaba estar sola y coger fuerzas para las asignaturas de la tarde, donde veía a Álvaro. Estaba decidida a hablar con él cuando terminara su clase, que era la última del día. Aún no sabía qué iba a decirle, ni cómo afrontaría aquella conversación, solo tenía claro que no mencionaría su compromiso, haría como que no me había enterado; era lo mejor. Si quería que me ayudase a contactar con la empresa de seguridad, tenía que evitar un nuevo enfrentamiento con él.

Me tumbé en la cama y puse música. Lloré de impotencia, de rabia. Lloraba por lo complicada y tóxica que acabó siendo nuestra relación. Lloraba para sacarlo de mi corazón en forma de lágrimas.

En ese momento alguien llamó a la puerta. Me sequé las lágrimas, preguntándome quién podría ser.

—Pasa —dije al tiempo que me incorporaba en la cama.

—Me ha dicho Cristina que estabas en tu habitación. ¿Molesto? —dijo Oliver que asomó la cabeza por el hueco de la puerta sin llegar a pasar.

—No, no; entra.

—¿Qué estás escuchando? —preguntó después de cerrar la puerta tras de sí.

—Música rollo R&B, me viene bien para relajarme.

—¿Me haces un hueco y nos relajamos juntos? —Miró la cama con una sonrisa.

Me aparté para hacerle sitio y se acostó a mi lado.

115

Cada vez teníamos más confianza. Nuestra amistad había ido afianzándose desde que nos conocimos a principios de curso. Era la primera vez que estábamos solos en mi habitación, pero me sentí muy cómoda junto a él.

Y aunque las comparaciones son odiosas, todos acabamos haciéndolas en algún momento, y eso fue lo que hice yo en ese preciso instante. Allí tumbada al lado de Oliver, en mi cama, escuchando música, comprendí que él era la calma y la paz que necesitaba en mi vida. Álvaro era una montaña rusa de sensaciones, pero nadie puede vivir en un parque de atracciones, porque ningún cuerpo resiste eso. Quizá había llegado el momento de poner de mi parte y tratar de olvidarlo. Oliver había estado siempre ahí, había esperado pacientemente, estaba enamorado de mí, y lo demostraba en cada gesto, en cada mirada.

—Huele como a quemado, ¿no? —dijo sacándome de mis pensamientos.

—¿Sí? No sé... Yo no huelo nada.

No le mentía, realmente ya me había acostumbrado al olor. Aunque su comentario hizo que me tensara; no quería pensar en cómo reaccionaría Cristina cuando llegara a la habitación y percibiese el olor a chamuscado.

Me levanté de la cama y abrí la puerta del balcón para que entrase aire fresco.

—Tengo los pies helados —se quejó Oliver, cuando me tumbé a su lado.

—Y yo.

—¿Entramos en calor? —preguntó.

Se me pasó por la cabeza que a lo mejor se refería a meternos mano debajo de la manta y me puse nerviosa.

—Estoy bromeando. —Rio—. Parece mentira que aún no me conozcas lo suficiente como para darte cuenta de cuándo bromeo.

—Déjame conocerte —dije, y aquello sonó más a súplica que a cualquier otra cosa.

—Yo siempre te he dejado, eres tú la que no te has atrevido a hacerlo, quizá porque no quieres o quizá porque temes que te guste y te pueda hacer daño como te lo ha hecho Álvaro.

Su respuesta me dejó sin palabras, era como si algo me hubiese robado la voz, quizá el miedo a rechazarlo de nuevo, a saber que sentía algo por mí o a desearlo y quererlo.

—Es mucho más fácil pensar que alguien te es indiferente —continuó él al ver que no decía nada— que arriesgarte a descubrir lo que podría llegar a hacerte sentir.

Esas últimas palabras activaron algo dentro de mí.

—Tienes razón, he sido un poco tonta...

—Solo un poco. —Sonrió.

—Ya no importa, olvidémoslo.

—Entonces..., ¿quieres conocerme?

—Sí.

—¿Por qué?

Su pregunta me tomó por sorpresa.

—Porque sí.

—Esa respuesta no me vale —dijo acercándose demasiado.

—Porque no quiero perderte —confesé.

No mentía. Oliver se había convertido en un apoyo fundamental para mí, había estado siempre a mi lado desde el principio, pasábamos mucho tiempo juntos y no quería perderlo; es más, quería intentarlo con él, quería olvidarme de Álvaro y enamorarme de él, y sabía que podía conseguirlo.

—Entonces ¿qué quieres que te cuente? —preguntó muy sonriente.

—No te entiendo.

—Has dicho que quieres conocerme, así que te doy la opción de que me preguntes cualquier cosa.

—Mmm..., qué interesante... Cuéntame algo incómodo que te haya pasado, alguna situación vergonzosa. —Me reí.

—De acuerdo, pero me tienes que prometer que nunca, nunca, nunca se lo contarás a nadie.

—Prometido.

—Uf, es que nunca se lo he contado a ninguna persona.

—Bueno, no pasa nada, no tienes por qué contármelo si no quieres; estaba de broma.

—No, va, quiero abrirme y que me conozcas mejor. —Se llevó una mano al corazón—. Pero no te rías.

—Lo intentaré.

Respiró hondo.

—No me puedo creer que vaya a decir esto en voz alta.

—¡Qué misterio! Venga, suéltalo ya que pinta muy bien. —Sonreí divertida.

—Tenía unos... diecisiete años, quedé con una chica con la que salía. Nos sentamos en unas escaleras abandonadas por donde nadie pasaba a tomarnos una Coca-Cola que nos habíamos comprado. Yo pensé que ella quería experimentar algo nuevo, ir un paso más allá. En ese momento, yo aún era virgen y no sabía muy bien cómo funcionaban las cosas. En fin, que ella estaba fumándose un cigarro y yo de repente me bajé los pantalones para que..., bueno, ya sabes, para que jugara con mi... El caso es que, en vez de eso, la tía me quemó con el cigarro ¡ahí! Me dolía tanto que cogí la lata de Coca-Cola y me la vacié en la entrepierna. Ella dijo que había sido sin querer, pero lo hizo a propósito. Tuve que ir caminando a casa con la entrepierna mojada... Parecía que me había hecho pis encima. Fue vergonzoso.

Intenté no mirarlo para no reírme. Quise decir algo, pero no sabía qué. No me esperaba una anécdota así.

—Deja de aguantarte la risa —se burló.

En ese instante empezamos a reírnos los dos a carcajadas.

—Es que es una historia muy rocambolesca. ¿Llegaste a decirles a tus padres la verdad en algún momento?

Negó con la cabeza.

—¡¿Nunca?! —pregunté sorprendida.

—No. —Su rostro se entristeció de inmediato y supe que algo no iba bien.

—¿He dicho algo que te ha molestado?

—No.

—¿Qué pasa entonces? ¿Malos recuerdos?

—No pude contarles nada porque mi madre murió el día que cumplí dieciséis años y con mi padre no tengo una buena relación. Él me culpa de su muerte.

—¿Por qué?

—En el fondo, fue culpa mía... Me habían regalado una moto nueva por mi cumpleaños y fui a dar una vuelta con mi madre. Ella iba detrás, perdí el control y... No se había colocado bien el casco... No pude hacer nada para salvarla. —Una lágrima le recorrió la mejilla.

—Vaya, lo siento... —dije.

No lo pensé: lo abracé y dejé que se desahogara. Fueron unos minutos muy intensos en los que solo le acaricié el pelo y sentí la humedad de sus lágrimas en mi hombro.

—Tú no tuviste la culpa —le aseguré.

—Te necesito más de lo que puedes imaginar —susurró en mi oído.

A partir de ese instante, todo se intensificó entre nosotros.

Me rozó los labios con los suyos de una manera lenta mientras me acunaba la cabeza entre sus manos. Nuestras bocas se movieron al unísono, encajando a la perfección. Suspiré en cuanto su lengua rozó mi labio inferior y sentí la humedad. Nuestras respiraciones se mezclaron más allá de la ficción. Fue un beso tierno, sincero, emotivo.

Le costó soltarme y alejarse... Fueron unos segundos intensos en los que me debatí entre aferrarme a él y dejarme llevar o irnos a clase. Opté por la segunda opción y le pedí que nos fuéramos, que no quería llegar tarde, o esa fue la excusa que puse.

Entramos juntos en el aula y también nos sentamos juntos, algo que pareció sorprender a Álvaro, que, a diferencia de otros días, no paraba de mirarme.

Apenas abrí la libreta, recibí un mensaje de texto de Liam, acompañado de una de las fotos del diario de Samara.

LIAM

Lee esta página. ¿Crees que ella tuvo algo que ver?

20

ADRIANA

Con disimulo para que Álvaro no me pillase, coloqué mi móvil entre la libreta y levanté la parte trasera para que Oliver, que estaba sentado a mi derecha, no viera lo que estaba leyendo.

Jueves, 9 de diciembre de 2021

Llega un momento en la vida en el que te das cuenta de que nadie te lastima más que tú. Tus acciones, tus pensamientos y tus propias palabras son las que te destruyen.

¿En verdad soy tan mala persona? Si no lo soy, ¿por qué entonces nadie me quiere? ¿Realmente no valgo la pena?

Hoy, como tantas otras veces, he discutido con Georgina. La he escuchado hablar con Martí por teléfono y parece decidida a dejarlo. Cuando ha colgado, le he dicho que debería pensárselo, que no se precipite, que Martí es un buen tipo. Ella me ha mirado con esa superioridad tan suya y me ha dicho que no me meta en su vida, que qué puedo saber yo de relaciones si nunca he tenido una. «Nadie te soporta», ha dicho antes de salir de la habitación y dar un portazo.

Me eché a llorar tan pronto como desapareció. La odio. La

odio con todas mis fuerzas y maldigo el momento en el que vino a compartir la habitación conmigo. Cada vez me cuesta más disimular lo mucho que la desprecio, a veces desearía que estuviese muerta.

Cuando me he tranquilizado, me he puesto a escribir esto. Me digo a mí misma que ya está bien de ser la víctima de mi propia vida, que tengo que hacer algo para cambiar, aparte de limpiarme las lágrimas. Puedo ser tan grande como Georgina, tan fuerte como quiera ser.

Estoy cansada de que se sienta superior a mí, más lista, más guapa, más sexi, más exitosa, mejor actriz... Me insulta a cada momento, me llama hortera, cuestiona mi estilismo, dice que soy estúpida porque he perdonado a chicos que me han hecho daño y una pringada por tener iniciativa y contactar con los chicos, en lugar de esperar que lo hagan ellos... Por su culpa, he llegado a cuestionarme todo de mí. Tal vez tenga razón en algunas cosas, puede que sea un poco ingenua o incluso torpe con los chicos, pero al menos sé agradecer los momentos que alguna vez compartimos, sé reconocer cuándo alguien vale la pena y sé valorar la importancia de la compañía porque sé lo que es estar sola y no contar con quienes una vez dijeron ser tu apoyo. Por eso, si yo tuviera a mi lado a alguien como Martí, no lo dejaría escapar, ojalá algún día alguien me abrazase a mí como él la abraza a ella y me dijese que, pase lo pase, siempre estará conmigo.

P. D.: Paso de despedirme.

Justo cuando terminé de leer la página del diario de Samara, me llegó otro mensaje de Liam.

LIAM

¿La has leído ya?

ADRIANA

Estaba en ello.

LIAM

¿Y bien?

Tuve que esperar un rato hasta que Álvaro dejó de mirarme para poder responderle.

ADRIANA

No sé por qué piensas que Samara pudo tener algo que ver...

LIAM

Está claro, estaba enamorada de Martí y no soportaba a Georgina, la odiaba por todas las cosas que le decía, además queda claro que la quería ver muerta.

Oliver me dio un golpe en el codo para que guardara el móvil. Álvaro estaba mirando en mi dirección. Esperé hasta que dejó de mirar y, justo cuando metí la mano debajo de la mesa para sacar el teléfono, Álvaro se giró y caminó en mi dirección. Lo escondí de nuevo entre las piernas y con disimulo las apreté con fuerza. Pasó por mi lado al tiempo que continuaba con su lección y, por un momento, pensé que iba a detenerse para llamarme la atención, pero no lo hizo.

Respondí al mensaje de Liam al cabo de un rato:

ADRIANA

> Yo creo que son solo suposiciones tuyas. Si yo hubiese escrito en un diario lo que a veces pensaba de Georgina... Sin embargo, no la maté. ¿Esto es lo único que has encontrado?

LIAM

> De momento sí. Aún me quedan algunas imágenes por leer; con algunas es imposible hacerlo, porque la foto sale borrosa. Luego hablamos que tu profe nos va a pillar.

«Tu Profe», aquello me hizo gracia. Álvaro ya había dejado de ser «mi Profe», con esa connotación que Liam le daba; ahora simplemente era un profesor más.

Cuando pasó de largo, me di la vuelta para mirar a Liam, que estaba sentado dos filas por detrás, y me sonrió.

Quería contarle lo que había pasado entre Oliver y yo, pero prefería hacerlo en persona, ya nos estábamos arriesgando demasiado con tantos mensajes.

Me pasé el resto de la clase pensando en cómo iba a afrontar la conversación con Álvaro. No quería sacar el tema de la noticia de su boda, pero al mismo tiempo no podía borrar de mi mente la imagen de la portada de la revista. Tenía que ceñirme a lo que necesitaba averiguar: el contacto de la empresa de seguridad. Tenía que inventarme algo que responder para cuando me preguntase que para qué lo quería, porque no me cabía ninguna duda de que lo haría, y por supuesto no podía decirle la verdad. Álvaro no debía saber, bajo ningún concepto, que estaba investigando la muerte de Georgina; eso supondría darle demasiadas explicaciones. Aparte, estaba segura de que no me tomaría en serio. No lo culpo... ¿Quién iba a tomarse en serio a una adolescente que se cree una detective?

El aroma del suavizante para la ropa que usaba Oliver mezclado con su colonia inundó mis sentidos y me hizo recordar el beso que acabábamos de darnos en mi cama. No estaba acostumbrada a estar tan cerca de él en clase; de hecho, creo que era la primera vez que nos sentábamos juntos. Lo miré y me encontré con el brillo de sus ojos azules. Debería estar prohibido tener esa mirada tan cautivadora.

Escondió las manos debajo de la mesa y sentí el roce de sus dedos acariciándome el muslo. Todas mis células se activaron. En su rostro se dibujó una sonrisa. Aparté la mirada y traté de mantener la calma, pues justo en ese preciso instante Álvaro, como si pudiera ver a través de la madera de la mesa, clavó sus ojos en mí. ¿A que estaba jugando?

La clase terminó, cerré el cuaderno, me levanté y miré a Oliver, que continuó sentado como si nada.

—¿Te piensas quedar ahí? —pregunté al ver que no se movía.

—Ahora mismo no puedo levantarme.

—¿Por? —pregunté extrañada.

Él se miró la entrepierna y yo seguí la dirección de su mirada. En ese instante vi el bulto que se le marcaba debajo del pantalón del chándal. Creo que me puse roja porque un calor recorrió mis mejillas.

Noté unos ojos clavados en mí y antes de girarme ya sabía que se trataba de Álvaro. Nuestras miradas conectaron de una manera intensa. Tenía el ceño ligeramente fruncido y recogía sus cosas despacio, como si me estuviese esperando, como si supiera que tenía que hablar con él.

—Vamos, ya puedo... —dijo Oliver, levantándose al fin.

—Eh... Dame un momento. Ve tú a la sala de ensayos, que ahora te alcanzo. Quiero preguntarle algo al profesor.

Oliver me miró con frialdad, pero no dijo nada. Tragó con dificultad y salió del aula.

Me acerqué a la mesa de Álvaro. Estábamos solos y él parecía de muy mal humor. No sé qué había hecho ahora o quizá sí, pero se suponía que debía ser yo la que tenía que estar cabreada por la noticia de su compromiso; que me tuviera que enterar por la prensa era el colmo. Sin embargo, no iba a dejar que mi rabia ganara la partida.

«Céntrate, Adriana», me dije.

—¿Te lo has pasado bien durante la clase? —me preguntó cuando estaba demasiado cerca de él como para salir corriendo.

Se me cortó la respiración. Por un momento tuve miedo de que hubiese visto la mano de Oliver posada en mi muslo.

21

ADRIANA

—Sabes que no se puede utilizar el móvil en clase. Si te vuelvo a ver hacerlo, te lo quitaré —continuó al ver que yo no decía nada.

Creo que sentí un alivio al comprobar que solo se trataba de eso.

—Era algo importante, lo siento. No se volverá a repetir. ¿Tienes un momento? Me gustaría hablar contigo.

—Sí, dime. Si es por lo de la noticia, me gustaría...

—¡No! —le interrumpí de inmediato. No quería escuchar ningún tipo de argumento, excusa o explicación en relación con su compromiso. No quería ponerme nerviosa, debía centrarme en lo realmente importante.

Parecía estar pidiéndome disculpas con sus ojitos marrones tan inocentes. Sin embargo, antes de que pudiera decir algo más, comencé a hablar de nuevo:

—Es sobre la empresa de seguridad que contrató la escuela para la noche de la muestra de la obra... Quería pedirte si me puedes ayudar a contactar con el vigilante que estuvo en el *backstage*. Dejé una caja con un colgante muy especial para mí y me gustaría saber si vio algo. Con todo el jaleo desapareció.

De todas las excusas que había barajado en mi mente, aquella me pareció la más creíble.

—Claro, sin problema. Tenemos los teléfonos de todos los vigilantes en el despacho de mi madre por si la policía los pedía.

—¿La policía no les interrogó? —pregunté sorprendida.

—No, nunca nos llegaron a pedir los nombres y puestos específicos de todos los vigilantes de seguridad que estuvieron trabajando esa noche en la escuela. Creo que solo interrogaron a un par de ellos al azar.

«¡Qué extraño!», pensé. Lo normal hubiese sido que interrogaran al menos al chico que estuvo en el *backstage*, él tenía que saber quién subió a la terraza.

Álvaro me pidió que lo acompañara al despacho de su madre para facilitarme los datos, y eso fue lo que hice. Mientras caminábamos en silencio por los pasillos de la escuela, pude percibir las críticas de los alumnos en sus miradas. Es curioso que cuando entre Álvaro y yo realmente había algo nadie lo sospechara y que ahora que habíamos roto todo el mundo estuviera convencido de que estábamos juntos.

Llegamos al despacho, y él abrió la puerta invitándome a pasar. Apenas nos separaban unos centímetros. Su cuerpo y el mío estuvieron unos segundos demasiado cerca. Percibí la tensión en cuanto cerró la puerta.

Buscó entre unas carpetas que había sobre la mesa hasta encontrar la que contenía la información de la empresa de seguridad.

—Aquí está —dijo al tiempo que sacaba una hoja—. El chico que estuvo en el *backstage* se llama Iván, ha trabajado en otros eventos para la escuela, pero, ahora que lo pienso, no puedo darte su teléfono; es información confidencial y no estamos autorizados a revelarla a terceros. Si te parece, puedo llamarlo yo y preguntarle.

En ese momento supe que tenía que hacer algo, pensar rápido. Una sola llamada no sería suficiente, necesitaba ver a ese chico como fuese.

—Pero por teléfono no puedo enseñarle la foto de la caja donde estaba el colgante, es una caja muy particular. ¿Podrías preguntarle si puede quedar conmigo? Puedo ir donde él me diga.

Álvaro me miró extrañado, como si sospechara que le estaba ocultando algo.

—¿Quieres quedar con él? —preguntó confuso.

—Sí —dije, sin pensar en lo raro que podía sonar aquello.

—Está bien, a ver qué puedo hacer. —Se sentó en el sillón que había detrás de la mesa y marcó un número de teléfono en su móvil.

Mientras hablaba, yo no pude evitar divagar. Por un momento tuve la necesidad de abalanzarme en sus brazos y rogarle como una niña pequeña que nos olvidásemos de todo, que dejásemos la escuela y nos fuésemos lejos de allí los dos juntos. ¿Qué demonios me pasaba? ¿Por qué me sentía tan vulnerable cuando estaba cerca de él? Tenía que centrarme.

Me di cuenta de que me estaba mordiendo el labio mientras lo observaba porque sus ojos se clavaron en mi boca.

Toqueteé mi pelo tratando de disimular el nerviosismo que se había instalado en mi pecho, deseando que aquella conversación terminara cuanto antes.

Álvaro colgó y me miró de una forma extraña. Había una dulzura especial en sus ojos, algo imposible de describir.

—¿Estás bien? —preguntó después de dejar el móvil sobre la mesa.

No, claro que no estaba bien. Me sentía perdida, jugando a los detectives para aliviar la culpa que me perseguía. Estaba luchando desmotivada por el que había sido el sueño de mi vida, mi pasión; era como si estar en la escuela o ser la protagonista de la obra de teatro se hubiesen convertido en una obligación, ya no había en mí un ápice del entusiasmo que había experimentado desde el momento que llegué a Barcelona. Después de todo lo que sucedió la noche de la muestra, había perdido la ilusión.

—Sí —musité, y acto seguido me quedé callada, porque no sabía qué podía salir de mi boca si dejaba que las palabras fluyeran en aquel momento.

—Iván dice que no tiene inconveniente en hablar contigo. Hoy está trabajando en el Museo Nacional de Arte de Cataluña. Dice que puedes pasarte en cualquier momento, estará allí toda la tarde hasta las ocho.

Miré el reloj. Eran las seis; me daba tiempo a ir a verlo.

—Muchas gracias, Álvaro. —Hice el amago de levantarme, pero parecía que me había quedado pegada a la silla.

—Espero que te pueda ayudar a recuperar el colgante. ¿Era muy especial?

Asentí con la cabeza, no quería darle demasiados detalles o descubriría que estaba mintiendo.

«¡Deberías irte!», me dijo una vocecilla interior, pero quería disfrutar unos segundos más de su cercanía. Sin quererlo ni planearlo, ambos parecíamos haber firmado la paz. Qué paradójico hacerlo justo en aquel preciso instante en el que nuestras oportunidades habían terminado. No habíamos hablado de ello, pero ambos lo sabíamos: atrás quedaron todos nuestros finales.

—Gracias de nuevo —dije cuando me armé de fuerza de voluntad y me levanté del asiento.

No dijo nada más, aunque creo que tampoco le di demasiado tiempo para hacerlo porque me dirigí a la puerta a toda prisa. Antes de salir, me aparté el pelo de la cara para mirarle de reojo. Él se percató y me dedicó una sonrisa. Apenas fue una curvatura de labios, algo demasiado sutil, pero no me costó interpretarla: «Siento que todo esto acabe así», me estaba diciendo con esa sonrisa.

Caminé por el pasillo desorientada, con la cabeza embotada y el corazón desbocado. No recuerdo cómo llegué hasta la habitación de Liam. Cuando me abrió la puerta, me miró con detenimiento. Alzó las cejas como preguntándose qué demonios me ocurría. Pero yo aún no podía hablar porque mi mente seguía en el despacho con Álvaro, en sus ojos marrones y en sus labios carnosos.

—¿Qué pasa? —preguntó Liam.

—Nada —me asomé para ver si Martí estaba en el interior de la habitación.

—Estoy solo, Martí ha ido con Cristina a ensayar. —Esta última palabra la dijo con retintín.

—Ya he conseguido localizar al segurata, se llama Iván y está hasta las ocho en el Museo Nacional de Arte, así que tenemos que darnos prisa.

—¿Darnos prisa? Yo tengo clase ahora a las seis y media.

—Pues te la saltas. ¿No pretenderás dejarme sola en esto con lo que me ha costado localizarle?

—¿No podía ser otro día?

—¡No!

—Espera, anda, que cojo mis cosas. ¿Qué le has dicho a Álvaro para que te ayude a encontrar al tipo ese? —preguntó al tiempo que cogía las llaves de su habitación y la cartera.

—Que perdí un colgante.

—¿En serio? ¿Un colgante? ¿Y se lo ha tragado? —dijo, escéptico, mientras salíamos de la residencia.

—Eso creo o, al menos, ha disimulado muy bien. No sé..., la verdad es que hoy estaba muy raro.

—¿Raro?

—Sí, no sé, muy calmado, demasiado quizá. Pensaba que estaría enfadado y acabaríamos discutiendo, pero no...

—¿Y por qué iba a estar enfadado? La ofendida en todo caso tendrías que ser tú por haberte enterado de lo de su compromiso por la prensa.

Aún no había tenido ocasión de contarle a Liam lo que había pasado en mi habitación ni tampoco lo que hacía Oliver por debajo de la mesa mientras él me escribía mensajes en clase. Así que durante el trayecto en bus se lo expliqué todo: lo del beso, las caricias en mi muslo y el momento incómodo por el que había pasado Oliver al no poder levantarse de la silla porque se había empalmado.

—Bueno, si te sirve para olvidarte de Álvaro, adelante —dijo Liam con indiferencia tras escuchar toda mi historia.

—¡No me he liado con él para olvidar a Álvaro! —me quejé.

—Ah, ¿no? Entonces ¿por qué?

Me quedé pensativa durante unos segundos sin saber qué responder hasta que encontré las palabras acertadas:

—Porque me gusta.

—Ya, claro... ¿Me estás diciendo que ya has superado lo tuyo con Álvaro?

—¿Cuándo se supera de verdad algo por lo que has pasado tantas noches en vela?

Liam se quedó pensativo, mi pregunta lo había cogido por sorpresa.

El bus se detuvo en una parada y la señora que estaba sentada delante de nosotros se bajó.

—Tengo que pasar página —dije casi en un susurro—. Tengo que aceptar que no habrá un nosotros entre Álvaro y yo, y cuanto antes lo haga, mejor para todos.

—Te entiendo... Entonces... ¿Álvaro y tú no habéis hablado de la noticia de su compromiso?

Negué con la cabeza.

—Bueno, vamos a centrarnos en lo importante —dije apartando la vista de la calle—. ¿Qué le vamos a decir al segurata?

—Le preguntaremos quién subió esa noche a la terraza.

—Perfecto, ¿tienes fotos de Martí? —pregunté.

—Sí, las he capturado de su Instagram.

—Vale, también necesitamos fotos de Cristina, de Samara y de Víctor.

—Las de Samana y Cristina también las podemos sacar de sus perfiles de Instagram, ambas lo tienen abierto, pero ¿y la de Víctor?

—La de Víctor la podemos coger de la web de la escuela —pensé en voz alta.

—Y una foto del padre de Georgina.

—La tengo, la he sacado de internet —dije.

—Y otra de Oliver —añadió.

—¿Oliver? —pregunté extrañada.

—Tú misma has dicho que no podemos descartar a nadie, así que Oliver también es sospechoso.

—Se trata de buscar a alguien que tuviera motivos para matar a Georgina y descartar al resto; ¡no podemos sospechar de todo el mundo! Esto es imposible.

—Él fue quien te contó que vio a Cristina discutir con Georgina y también a Martí en el *backstage*. ¿Y si solo te lo dijo para desviar las sospechas de él?

—¡Estás sospechando de Oliver porque yo he sospechado de Martí! Pero, bueno, da igual, si te quedas más tranquilo, le enseñaremos su foto también al de seguridad.

—Voy a mirar en internet a ver si encuentro una foto del padre de Georgina. Tiene que haber alguna que se le vea bien.

—Por cierto, ¿has terminado de leer las fotos de las páginas del diario de Samara? —pregunté mientras él buscaba en su móvil.

—Sí —dijo sin apartar la vista de la pantalla.

—¿Todas?

—Todas.

—¿Y? —insistí al ver que se estaba haciendo el despistado.

—Nada. —Tragó saliva y se enderezó en el asiento.

—No me puedo creer que no hayas encontrado nada.

—Solo fotografiamos algunas páginas y, como lo hicimos con prisas, algunas imágenes están borrosas. Tú fuiste la que no quería coger el diario entero.

Cuando Liam se ponía a la defensiva, era porque ocultaba algo, y su cara lo confirmaba.

—¿Qué has encontrado? —Entorné los ojos y lo fulminé con la mirada.

—Nada, ya te lo he dicho...

—Liam...

—A ver..., tú misma dijiste que la página que te pasé no demuestra ni confirma nada, pues esta tampoco.

—¿Qué dice esa otra página?

—Es que vas a pensar lo que no es.

—¡¡¡Enséñamela ahora mismo!!!

22

ADRIANA

Querido diario:

Ya sé que llevo varios días sin escribir y dar señales de vida, la verdad es que no me ha pasado nada trascendental (para variar). Ayer no fui a clase porque me encontraba mal, me dolía la garganta y la cabeza. Puede que me esté resfriando. Así que me quedé todo el día encerrada en mi habitación viendo Netflix. La cosa es que, por la tarde, Martí vino a buscar a Georgina y discutieron en el pasillo, esta vez demasiado fuerte. Ella lo dejó el mismo día de Fin de Año y él parece que no lo supera. No es que defienda a Georgina, pero ella tampoco tiene la culpa de que él no acepte o no sepa gestionar que ella ya no lo quiere. Empiezo a estar un poco harta de sus peleas. La cuestión es que, entre gritos y gritos, se oyó la risa maléfica de Georgina y, tras esta, un golpe muy fuerte, como un puñetazo, una patada o algo así. Debió de ser a la pared, porque tembló. Luego se hizo el silencio. Me asusté tanto que estuve a punto de salir al pasillo para ver si había pasado algo. No es que me importe lo que pueda pasarle a Georgina, es solo que me preocupa que Martí sea un maltratador

y no me haya dado cuenta, parece tan inocente con esa carita,
pero esos son los peores...

—Pero... ¿y el resto? —pregunté al ver que el texto estaba incompleto.

—No tengo foto de la siguiente página.

—Tiene narices, para algo interesante que había en ese diario.

—Por lo que he leído, la vida de Samara es sumamente aburrida. Creo que lo más emocionante que ha vivido ha sido compartir habitación con Georgina. Por eso no deberíamos tomar muy en serio lo que dice. Martí no es ningún maltratador.

—Puede que no, pero Samara dice que no superó que Georgina rompiera con él.

—Lo importante es que Martí no subió a la terraza, así que él no tiene nada que ver con la muerte de Georgina. No sé por qué te empeñas en culparlo.

—Yo no me he empeñado en culparlo, pero tú sí lo estás en defenderlo.

Liam miró por la ventanilla y enmudeció. Permanecimos en silencio el resto del trayecto, hasta llegar al imponente Museo Nacional de Arte de Cataluña, situado en Montjuïc. Un verdadero palacio. No entendía demasiado de arquitectura, pero parecía tener elementos del Renacimiento y del Barroco. La fachada estaba coronada por una gran cúpula principal, un domo semicircular, dos cúpulas menores a cada lado y cuatro magníficas torres laterales que me recordaban a la Giralda de Sevilla.

Los colores anaranjados y rojizos del atardecer bañaban las paredes y las grandes columnas abalaustradas con su luz.

La hermosa fuente rodeada de grandes arbustos verdes rectangulares y el sonido del agua hacían que el lugar transmitiera una paz inquebrantable. El aire, cada vez más fresco conforme caía la noche, movía pequeñas partículas que perfumaban los alrededores con ese olor a naturaleza y tierra mojada.

Casi sin aliento y con la respiración aún agitada después de haber subido un montón de escaleras, llegamos a la entrada del museo: un balcón al aire libre con vistas a la ciudad y al espectáculo de luz, sonido y color de la Fuente Mágica de Montjuïc al atardecer.

Pregunté por Iván al vigilante de seguridad que estaba en la puerta. Le expliqué que veníamos de la Escuela de Actores Carme Barrat y que el hijo de la directora había hablado con él por teléfono avisándole de mi visita.

El hombre habló por el *walkie* y luego nos indicó a dónde debíamos ir.

Entramos y nos dirigimos al Salón Oval. Por los cristales de su enorme cúpula se colaba la calidez de los últimos rayos de sol, que otorgaban a aquel espacio un aura mágica.

Nos acercamos al vigilante que vimos allí y le preguntamos si era Iván.

—Sí, soy yo —dijo el tipo.

Traté de recordarlo. Parecía él, sí. Pero me resultaba imposible confirmarlo porque aquella noche habían sucedido demasiadas cosas.

—¿Tienes alguna foto de la caja del colgante? —preguntó Iván directamente.

¡Mierda! Cómo podía haber sido tan estúpida de no tener eso preparado.

—Sí, un momento —dije al tiempo que sacaba el móvil y buscaba en Google.

Liam, que se percató de mi error, aprovechó para preguntarle a Iván lo que realmente nos interesaba saber.

—¿Subió mucha gente esa noche por la escalera que da a la terraza?

—¿Qué escalera? —preguntó Iván confuso.

—Una metálica en varios tramos que había en el *backstage* —aclaró Liam.

—Sí.

—¿Sí? —pregunté sorprendida.

—Subisteis vosotros —dijo señalándonos con el dedo.

Liam y yo nos miramos y de nuevo pude ver la duda en sus ojos, seguro que él también la vio en los míos, pero ya habíamos pasado por eso; no íbamos a desconfiar el uno del otro de nuevo.

—También el director de la obra y creo recordar que algún alumno —continuó Iván.

—¿El director? —preguntamos Liam y yo al unísono.

—Sí.

Hasta ese momento ninguno de los dos había contemplado la posibilidad de que el director pudiese estar implicado.

—¿Esta chica subió? —preguntó Liam enseñándole la foto de Cristina.

—No.

—¿Y este hombre? —Le mostró una fotografía de Víctor.

—Tampoco.

Iván me miró al ver que no estaba buscando la foto de la caja del colgante.

—¿Dónde estará la foto? Mira que la tenía preparada —dije entre risas, al tiempo que seguía buscando en Google alguna imagen que pudiera dar el pego.

—¿Y este chico? —Liam le mostró la imagen de Oliver. Me molesté al instante.

—No, que yo recuerde.

—¿Y este otro? —Le enseñé una foto de Martí.

—Sí, este sí subió.

Liam y yo volvimos a mirarnos. Entonces él siguió enseñándole fotos: del padre de Georgina, de Samara y de media escuela, incluso de Álvaro y de la directora, e Iván confirmó que ninguna de esas personas había subido.

—¿Encuentras la caja? Tengo que irme —me dijo Iván después de recibir un aviso por el *walkie*.

—¿La caja? —pregunté desconcertada, pues estaba inmersa en mis cavilaciones.

Liam me pisó con disimulo.

—Ay, sí, el colgante. Disculpa, que las neuronas me las he dejado en la subida —bromeé, con la intención de ganar tiempo mientras me descargaba una foto que había encontrado. Le mostré la imagen en la que se veía una caja de un colgante sobre una preciosa colcha rosa.

—Esta es la cajita, le hice la foto en mi cama. Es la única que tengo.

—Lo siento, pero no recuerdo haberla visto.

—Vale, muchas gracias por todo —dije con una sonrisa.

—Debió de llevársela alguno de los que subió a la terraza —dijo Liam para disimular o quizá de forma irónica para bromear.

—Quizá sí... Recuerdo que también subió un chico que no parecía de la escuela.

—¡¿Quién?! —preguntamos Liam y yo de nuevo al unísono.

Iván nos miró extrañado por nuestra reacción. Seguro que pensaría que no estábamos bien de la cabeza, y razón no le faltaba.

—Lo recuerdo porque era ese tipo de persona que no pasa desapercibida y que por alguna razón recuerdas, tenía los brazos llenos de tatuajes y pinta de macarrilla. Estuve a punto de preguntarle qué hacía allí porque no era el perfil de estudiante de la escuela.

23

LIAM

Después de nuestra conversación con el segurata, mi única preocupación era cómo le haría ver a Adriana que Martí no podía ser el culpable. No era un asesino, y si no era él, tenía que ser el director o ese tipo de los tatuajes.

Dimos un paseo por Montjuïc sumidos en nuestros pensamientos, reflexionando sobre la información que habíamos obtenido y sobre las consecuencias de jugar a ser detectives.

La noche estaba a punto de alcanzarnos y las farolas que acompañaban el camino ya estaban encendidas. Entre los árboles podían verse parejas charlando, grupos de estudiantes haciendo picnics y algún solitario meditando o haciendo yoga.

—¿Crees que el director puede estar implicado? —preguntó Adriana, rompiendo el silencio que nos acompañaba desde que nos habíamos despedido de Iván.

—No lo sé, ya no sé qué pensar...

—¿Por qué iba a querer hacerle daño a Georgina?

—¿Para quitársela de en medio? ¿Cómo un acto de rebeldía por manipular las votaciones? Piensa que es su obra, y él te quería a ti de protagonista, por eso te votó.

—¿Me estás diciendo que a Georgina la mató el director de la obra porque dio por hecho que la votación del jurado estaba manipulada y él quería a toda costa que yo fuera la protagonista?

—Podría ser... Tú misma has dicho que no podemos descartar ninguna posibilidad.

—Sí, pero llegar tan lejos... No sé...

Un perro pasó por nuestro lado y se detuvo a llamar mi atención. Me agaché para acariciarle y en ese momento apareció su dueño. Un chico joven muy atractivo. Nos sonreímos y luego él siguió su camino. Pensé en lo fácil que debía ser ligar cuando se está bueno y se tiene un perro tan sociable.

—El chico de los tatuajes estaba liado con Georgina —dijo Adriana con total seguridad.

—¿Cómo lo sabes?

—Los vi.

—¿Los viste? ¿Cuándo?

—En uno de los últimos ensayos. Ella salió a fumar y el director de la obra me pidió que fuese a avisarla. La encontré en la puerta de la escuela besándose con él.

—¿Y me lo dices ahora? —me quejé molesto.

—No sé, no había caído... Son demasiados detalles, y todo parece relevante y al mismo tiempo banal.

—¿Georgina tenía un amante y el amante subió a la terraza la noche en que ella murió? Sin duda, él podría haberla matado.

—Sí, pero tampoco se me olvida que Martí nos ha mentido. ¿Por qué lo ha hecho? ¿O es que me mentiste y no le preguntaste? —Adriana me miró con el ceño fruncido.

—Claro que le pregunté, te lo juro.

—¿Y qué te dijo exactamente?

—Lo que te conté, que él no subió.

—Pues está claro que te mintió. ¿Por qué lo hizo?

Buena pregunta. Tenía la cabeza embotada. Ya no sabía qué pensar de todo aquello.

Llegamos a la fuente del paseo de Santa Madrona, un remanso de paz frente a los Jardines Laribal. Tomamos asiento en un banco y nos quedamos un rato allí disfrutando del silencio, alejados de las aglomeraciones y contemplando la belleza de aquellas estatuas.

Comenzamos a exponer nuestras teorías, algunas tan rocambolescas que nos reíamos y todo. A veces pensaba que aquel juego era una falta de respeto a la memoria de Georgina. La conversación entre Adriana y yo no cesó durante un rato, hasta que de pronto enmudeció.

—Hay algo que se nos ha pasado —dijo muy despacio, como si estuviese saboreando cada palabra.

—¿El qué? —pregunté impaciente.

—Cuando encontré el móvil de Georgina en la terraza, mientras leía la nota de suicidio que nunca llegó a publicar, le entró un wasap.

—Pero me dijiste que no lo habías podido leer.

—Sí, pero vi el nombre de quien lo enviaba. Ponía «Frank La Mansión». Igual, si investigamos un poco, podemos dar con él. Si este tal Frank fuera el chico con el que estaba Georgina..., quedaría descartado como culpable —reflexionó Adriana.

—¿Por qué?

—Piénsalo... ¿Por qué iba a escribirle un wasap si subió a matarla? No tiene ningún sentido.

—Bueno, entonces igual no fue él... Esto es una locura. Estas teorías no nos llevan a ninguna parte, no vamos a averiguar la verdad, Adriana, es imposible, y yo comienzo a impacientarme. A menos que ocurra un milagro, la identidad de la persona responsable de la muerte de Georgina seguirá siendo una incógnita.

—No digas eso. Estamos cada vez más cerca.

—No, estamos cada vez más equivocados, porque todo indica que pudo ser Martí, y él no fue. ¡No, no y no! Me niego a creer que duermo con un asesino.

En ese instante, Adriana me abrazó. No me había dado cuenta de que estaba llorando hasta que vi que mis lágrimas mojaron su sudadera.

No sé exactamente qué era lo que me afectaba más de todo aquello, si la culpa por lo que le había pasado a Georgina o el miedo de que Martí estuviese implicado en su muerte.

Me separé de Adriana, quien me miraba con tristeza. Metió la mano en su bolso, sacó un pañuelo y me lo dio.

—Tienes que hablar con Martí, a ver qué te dice. Seguro que hay una explicación lógica —dijo Adriana para animarme—. Mientras tanto, yo trataré de averiguar qué es eso de La Mansión.

Mientras caminamos de regreso a la escuela, analicé todas las hipótesis posibles. Intentaba pensar cómo decirle a Martí que había descubierto que me había mentido. No sabía cómo hacerlo sin desvelar que Adriana y yo estábamos investigando la muerte de Georgina. Nadie debía saber todo lo que habíamos averiguado. Ese era nuestro secreto.

Entramos en la residencia y me despedí de Adriana en la puerta de su habitación. Caminé sin rumbo por los pasillos, no podía ir a mi cuarto aún, antes tenía que tener claro qué iba a decirle a Martí.

Me senté en el patio obligándome a pensar, a encontrar las palabras acertadas. En mi mente recreé tantos escenarios posibles que me agobié.

Cuando me cansé de aquella tortura, me levanté y me dirigí a la habitación. Al abrir la puerta, me encontré a Martí y a Cristina sentados en su cama, demasiado cerca el uno del otro.

—Hola —dije con una sonrisa impostada.

Ella me miró y sonrió.

—¿Qué tal, tío? —preguntó Martí casi sin inmutarse.

—Bien —dejé mis cosas sobre el escritorio. Con el rabillo del ojo, vi que Cristina se levantaba.

—¿Nos vemos para desayunar? —le preguntó a Martí.

—Vale —dijo él al tiempo que le daba un beso en la comisura de los labios, ¿o fue en los labios? Ojalá hubiese estado de frente para verlo bien.

—Adiós, Liam —se despidió Cristina antes de salir.

—Adiós.

Empezaba a odiarla. ¿Y si fue ella la que empujó a Georgina? Quizá ya estaba enamorada de Martí... No, no podía ser, el vigilante no la vio subir por las escaleras. Aunque tal vez había otra forma de subir a la terraza...

Hay detalles que se borran de la memoria hasta que emergen del olvido e irrumpen en nuestro pensamiento con la necesidad de hallar la respuesta que estamos buscando. En ese momento me vino a la mente la imagen de los pasadizos ocultos y la puerta tapiada que había en el pasillo que daba a la biblioteca.

24

ADRIANA

Llegué a mi habitación hecha un lío. No sabía qué pensar. Cada vez estaba más perdida. Me tumbé en la cama y en un cuaderno comencé a anotar toda la información que tenía.

> **Martí**: subió a la terraza esa noche y le mintió a Liam. Estaba en la escena del crimen. ¿Es culpable?
>
> **El director de la obra**: subió a la terraza esa noche. Estaba en la escena del crimen. ¿Es culpable?
>
> **El chico de los tatuajes con el que Georgina estaba liada**: subió a la terraza esa noche. Estaba en la escena del crimen. ¿Es culpable?
>
> ¿Significa esto que todos los demás sospechosos quedan descartados?

En realidad, que el chico de seguridad hubiese visto subir a la terraza a estas tres personas no significaba que estuvieran en la escena del crimen. Había otras plantas antes de llegar a la terraza, y también estaba la tramoya, donde se encontraban las máquinas e instrumentos con los que se efectúan los cambios de decorado y efectos especiales durante las representaciones. Quizá el director subió para solucionar algo o para bajar el telón de forma manual y que los asistentes no continuaran viendo el vídeo que Liam estaba proyectando en la pantalla.

Lo que estaba claro, en principio, era que una de esas tres personas era la responsable de la muerte de Georgina. ¿O no? ¿Y si subió alguien más y el chico de seguridad no lo vio? En ese momento me vino a la cabeza Héctor, no sé por qué, pero... ¿tan descabellado era pensar que fue él para ayudar al padre de Georgina? No le habíamos enseñado su foto a Iván...

Frustrada, arranqué la hoja del cuaderno y la rompí. Aquello era un sinsentido. No tenía nada claro. Cogí mi móvil y busqué en Google «La Mansión». Aparecieron cientos de páginas. Probé a poner «Frank La Mansión» y la búsqueda dio los mismos resultados. Tras revisar varias páginas, di con la web de un cabaret. No tardé en identificar al chico de los tatuajes en una de las fotos del local, llevaba un traje negro y un pinganillo en la oreja, quizá era el portero o el encargado de la seguridad del local. Estaba casi segura de que se trataba del mismo que vi aquella noche besándose con Georgina en la puerta de la escuela. Hice una captura de pantalla y me apunté la dirección del local. Quizá alguien que trabajara en el cabaret podría ayudarme a localizar a ese chico. Tenía que hablar con él y preguntarle qué hacía en la escuela esa noche y por qué subió a la terraza.

Lo que no entendí en ese momento fue qué hacía Georgina liada con el portero de un cabaret; eran la noche y el día, jamás me hubiese imaginado algo semejante. Georgina era toda una caja de sorpresas.

En ese momento entró Cristina. Tenía dibujada en el rostro una sonrisa ingenua.

—¿Y esa carita? —pregunté curiosa, pues imaginé que algo le había pasado.

—¡No te lo vas a creer!

—¿Qué? ¡Cuenta!

—Me he besado con Martí.

En ese momento se me tensó todo el cuerpo. Al ser consciente de ello, me esforcé para actuar con naturalidad, no quería que Cristina se percatase de mi asombro. Ella no estaba al corriente de que Liam estaba enamorado de Martí, o quizá sí y le daba igual.

—Parece que no te alegras —dijo algo irritada.

—No, no es eso, es solo que...

—¿Que es bi? Ya me lo ha contado —me interrumpió.

—¿Te ha dicho que es bisexual? —pregunté descolocada.

—Sí.

—¿Y tú cómo te lo has tomado?

—No sé, supongo que bien, nunca he estado con un tío bisexual.

—Entonces ¿vais en serio?

Cristina se limitó a encogerse de hombros. Quería hacerle más preguntas, no solo porque necesitaba entender qué estaba pasando entre ellos, sino porque me preocupaba que pudiera salir herida. También me preocupaba Liam, y cómo le afectaría la noticia de aquel beso.

—Tampoco me quiero hacer ilusiones. Me cae bien, me lo paso bien con él, tenemos mucha complicidad, pero no sé si podría tener una relación con un chico así.

—¿Un chico así?

—Sí, bisexual, quiero decir.

—¿Por?

—Porque se supone que podría dejarme también por un tío, ¿no?

—¡Qué estupidez tan grande acabas de decir! —solté de pronto.

—Oye, tampoco te pases, que todo esto es nuevo para mí, yo no tengo amigos gais.

Y no me extrañaba que no los tuviera con esa forma de pensar. Además, qué tendría que ver tener amigos gais... Desde luego que Cristina era más antigua de lo que parecía. Al final iba a resultar que yo, con mis pensamientos arcaicos del siglo pasado, era la que tenía la mente más abierta.

—¿Me estás diciendo que no tendrías algo serio con él porque te puede dejar por un tío?

—Sería un poco raro, ¿no crees? Aunque, bueno, pensándolo bien, casi mejor que me deje por un tío que por una tía; me sentiría menos mal.

Puse los ojos en blanco y me llevé las manos a la cabeza. Por suerte, nuestra conversación fue interrumpida por Oliver, que llamó a la puerta de la habitación. Salí con él al pasillo y, sin esperarlo, me dio un beso en los labios.

—¿Dónde has estado toda la tarde? —preguntó.

—¿Ahora me vas a controlar? —dije con una sonrisa burlona.

—No, pero me extrañó no verte en los ensayos, nunca te los saltas, y como me dijiste que nos veríamos allí...

—He tenido que ir a hacer unas gestiones.

—¿Qué gestiones?

Su insistencia me puso nerviosa. Se me daba fatal mentir.

—Perdí un colgante la noche de la muestra y he ido a ver al chico de la empresa de seguridad que estaba trabajando en la escuela ese día, por si había visto a alguien cogerlo.

—Bueno, no te preocupes, yo también he perdido cosas del vestuario de prueba del personaje, pero mientras no sean del definitivo, el director no nos va a...

—No, no era del vestuario, era un regalo —le interrumpí.

—¿De quién? —curioseó.

—De mi madre —mentí.

—Entiendo.

—¿Ha dicho algo el director al no verme en los ensayos?

—Sí, ha preguntado que si alguien sabía por qué no habías ido. Le he dicho que no te encontrabas bien, y ahí ha quedado la cosa. Como nunca faltas, no se lo ha tomado demasiado mal.

—Gracias. —Sonreí.

—Así no se dan las gracias.

—¿No? Entonces ¿cómo?

—Dame un beso.

—No. —Me reí.

—¿Cómo que no? —preguntó en tono burlón.

Me incliné y le di un beso muy corto en los labios. Cuando me separé, me percaté de que una silueta se acercaba por el pasillo. Miré y vi que se trataba de Álvaro. Nuestras miradas se encontraron y no sabría describir todo lo que sentí en aquel instante. Pude ver su corazón hacerse pedazos y sus labios decirme adiós, mientras sus ojos me aseguraban que ahora sí había llegado el final.

Supe que esta vez lo había perdido para siempre. Podría haber salido corriendo detrás de él, pero eso no hubiese cambiado nuestra realidad. Solo me quedaba aferrarme a Oliver y confiar en que con el tiempo llegaría el olvido. Quizá madurar y hacerse mayor significaba aceptar que el amor de tu vida no siempre es la persona con la que acabas compartiéndola. Quise creer que tal vez en un futuro lejano habría una oportunidad para nosotros.

—¿Estás bien? —preguntó Oliver cuando Álvaro desapareció al otro lado del pasillo.

Asentí. Aunque la verdad era que no estaba bien en absoluto. Hubiera preferido que Álvaro me gritara, así, por lo menos, yo hubiese tenido la oportunidad de echarle en cara que no me hubiera dicho nada de su compromiso y tal vez hubiéramos podido seguir con nuestra eterna dinámica de pelearnos y reconciliarnos... Álvaro ahora no estaba enfadado. Estaba destrozado y decepcionado. Lo vi en sus ojos. Había perdido la confianza en mí. Y eso me partía el alma en pedazos.

—Bésame —le rogué a Oliver, que no dudó en hacerlo.

La vida está repleta de decisiones, cada día tomamos cientos de ellas, unas más sencillas que otras, algunas marcan el rumbo de nuestra vida y otras..., otras simplemente nos rompen el corazón, nos duelen y nos persiguen aun sabiendo que hemos hecho lo correcto.

25

LIAM

Casi me había convencido de no preguntarle nada a Martí hasta averiguar si se podía acceder a la terraza por algún otro sitio que no fuese la escalera de emergencia, pero sabía que si no lo hacía Adriana se enfadaría.

Lo sé, soy un cobarde, pero es que no es fácil desconfiar de la persona a la que amas, supongo que es por eso de que el amor es ciego. Yo estaba convencido de que Martí no había sido; tenía un corazón de oro, pese a su apariencia de chico malo. Jamás le haría daño a nadie.

Pero algo dentro de mí me empujó a preguntarle:

—¿Por qué me has mentido?

—Si te refieres a Cristina, no ha pasado nada hasta hoy, iba a contártelo ahora —dijo, sorprendido.

La cabeza me estalló. ¿Había pasado algo entre ellos esa tarde? No me lo podía creer, aquello era lo último que me faltaba.

—¿Qué es exactamente lo que ha pasado? —pregunté confundido.

—Nos hemos besado —dijo sin atreverse a mirarme a los ojos.

—Ah —musité al tiempo que apretaba la mandíbula y hacía un esfuerzo por mantenerme fuerte—. ¿Te ha gustado?

—No sé... La verdad es que no he sentido nada... especial, nada comparado a lo que sentía cuando besaba a Georgina o cuando te... —se interrumpió.

Experimenté una especie de caída libre en mi interior al pensar en lo que Martí había estado a punto de decir. ¿Sería lo que estaba pensando? No debía emocionarme imaginándome el final de esa frase, ¿o sí?

—¿Qué ibas a decir? —insistí.

—Nada, da igual.

—A mí no me da igual —gruñí.

—Es que aquello no fue real, mis sentidos estaban alterados, efecto de aquella maldita sustancia que me echó Georgina en la copa.

—Lo que pasó no fue producto de la droga o del alcohol, lo que pasó fue porque ambos queríamos que pasará —dije furioso, pero al mismo tiempo decidido, porque por primera vez creí que tenía alguna oportunidad de demostrarle que podía hacerle feliz—. ¿Cómo puedes estar tan seguro de que no fue real si no has vuelto a intentarlo? ¿Acaso tienes miedo?

No sé de dónde saqué el valor para decir eso; quizá de la pequeña posibilidad que había visto —y que no pensaba pasar por alto— de estar con Martí.

Él soltó una risotada que me molestó; no supe identificar si era fruto de los nervios o de que se estaba burlando de mí, y me arrepentí al instante de lo que le acababa de decir y de haberme mostrado vulnerable ante él una vez más... Pero nunca es tarde para dar marcha atrás, así que me armé de valor y retomé el rumbo inicial de la conversación.

—En cualquier caso, cuando te he preguntado por qué me habías mentido, no me refería a lo que has hecho o dejado de hacer con Cristina, la verdad es que es algo que no me interesa. Me refería a cuando te pregunté si habías subido a la terraza la noche de la explosión. Ahora sé que subiste y no entiendo por qué me dijiste que no.

—¿Cómo lo sabes? —preguntó, intrigado.

—Eso ahora da igual. ¡Responde!

—No te lo conté porque no quería que te montaras películas, sabía que iba a sonar raro si decía que había subido detrás de ti.

—¿Películas? Dime por qué subiste entonces.

—Para buscarte. Te vi subir corriendo y te seguí... Todo fue muy raro esa noche.

—Demasiado... —dije, sin saber si creerle o no.

Miento, por supuesto que le creía, nunca había sospechado de él. ¿Por qué Martí tenía ese efecto en mí?

Nuestras miradas atravesaron la habitación. Quise desafiarle y él no dudó en aceptar el reto.

No sé cuánto tiempo estuve perdido en aquella encrucijada, solo sé que de pronto él acortó la distancia que nos separaba y literalmente se abalanzó sobre mis labios.

Aquel dulce beso provocó el mayor descontrol emocional que jamás había experimentado. Su aliento era para mí como una cálida brisa una tarde de verano. Era como si su lengua controlara los latidos de mi corazón. Su boca era para mí puro éxtasis. Podía morir en paz sabiendo que había amado y experimentado la más pura felicidad. Nunca antes había sentido nada igual con un beso y sabía que emociones como aquellas solo se experimentan una vez en la vida.

Martí se apartó lentamente y miró mi entrepierna. Mi erección se había asomado por la cinturilla de mis calzoncillos. Sentí un poco de vergüenza, pero entonces él, con su pulgar, acarició la punta y recogió aquel elixir que había emanado de mi cuerpo, fruto de mi amor por él. Sin dudar, se lo llevó a la boca, lo saboreó y volvió a besarme. Ese gesto desató la tormenta.

Apreté mis caderas contra las suyas, algo en mi interior empezó a cosquillearme cuando noté que estaba tan duro como yo. Pasé mi mano por sus cabellos y me dejé llevar. Aquello era un sueño, un sueño hecho realidad.

Martí se quitó la camiseta y yo hice lo mismo. Me quedé embobado mirando sus pectorales, su tableta, sus axilas... Había visto tantas veces aquel cuerpo, lo tenía tan cerca siempre y a la vez tan lejos... Pero ahora podía tocarlo, besarlo, sentirlo mío por un instante. Besé cada recoveco de su piel, me entretuve en sus pezones y descendí hasta su pubis. Me arrodillé frente a él y le desabroché el pantalón con la intención de saborear una vez más su miembro, pero entonces él me agarró por los brazos para que me incorporase. Por un momento, pensé que había hecho algo mal y que allí se acabaría todo, que había llegado el final de aquella quimera... Pero entonces él se arrodilló frente a mí y, muy despacio, me bajó el pantalón. Comenzó a besar la tela de mi ropa interior. Estaba tan duro que incluso me dolía.

Jamás, ni en mis mejores fantasías, podría haberme imaginado a Martí arrodillado delante de mí comiéndome la polla.

Estuve a punto de correrme en varias ocasiones, pero me controlé. Quería disfrutar sin prisas de aquel paraíso.

Como pudo, se quitó los pantalones y nos dejamos caer sobre mi cama a trompicones. Me besaba salvajemente al tiempo que sus caderas se movían de forma continua. Nuestros miembros chocando y nuestros cuerpos bañados en sudor deslizándose piel con piel.

Un ardor me quemaba por dentro, me sentía descontrolado. No tuve tiempo de reaccionar, de decidir qué rol debería tener con él, porque en ese instante y con un ágil gesto me volteó y mis nalgas quedaron a su disposición. Comenzó a degustar mi trasero, luego ascendió y me lamió el cuello. Su barba me provocó un agradable cosquilleo. Las sensaciones que percibí me aceleraron a niveles inimaginables.

Se recostó sobre mí, sentí sus pronunciados abdominales en mi espalda y su miembro abriéndose paso entre mis nalgas. Arqueé las caderas y levanté el culo rogándole que me penetrase.

—¿Seguro? —me susurró al odio.

—¡Sí! —dije al tiempo que trataba de coger un preservativo y lubricante de mi mesita de noche.

Había pasado mucho tiempo desde la última vez que había hecho de pasivo y no quería cagarla. Y puede sonar raro y asqueroso, pero ¿para qué mentir?, también se me pasó por la cabeza cagarla en el sentido literal.

Martí fue más delicado de lo que imaginaba. No pude evitar gemir de placer cuando estuvo completamente dentro de mí. Pronto cogió ritmo y comenzó a embestirme enérgico mientras me pegaba algunos azotes.

Cuando se cansó de esa postura, salió de mi cuerpo y me folló a cuatro patas. Con cada embestida, me penetraba con más intensidad.

La sacó entera y me dio la vuelta. Nuestras miradas se cruzaron. Me abrió las piernas y volvió a penetrarme. No pude evitar abrir la boca y dar un grito de placer, de mucho placer. Él sonrió. Acaricié sus pectorales, deslicé mis manos por su sudoroso pecho y luego las llevé hasta su perfecto rostro. Le acaricié los labios e introduje mis dedos en su boca. Su expresión me excitó tanto que creo que me sentí al borde de la locura. Es tan sumamente placentero mirar a la persona que amas mientras está dentro de ti...

Nunca antes había sentido una conexión tan fuerte con otro chico, la corriente de emociones que transitaba en ese instante por mi cuerpo me desbordaba hasta el punto de que temía que las lágrimas afloraran.

Su cristalina mirada invadió la mía. Quería preguntarle qué sentía, si tenía algo que ver con lo que experimentó aquella noche... Pero el brillo que relucía en sus ojos me dio la respuesta. No se puede sentir algo tan fuerte si no es recíproco.

La primera noche no llegamos tan lejos, no hubo penetración y tampoco tuve la sensación que tenía en ese momento de que me estaba haciendo el amor solo con la mirada.

Martí adoptó un ritmo implacable; yo me pajeaba y gemía de placer. Supe que estaba al borde del abismo y, cuando sus gruñidos invadieron la habitación, me dejé llevar. Ambos culminamos de forma arrolladora.

Se quitó el preservativo y se dejó caer exhausto a mi lado. Ambos nos quedamos en silencio mirando el techo mientras nuestras respiraciones agitadas se serenaban.

Lo que acababa de experimentar era mucho más que el simple placer carnal, jamás imaginé algo tan bonito y puro al mismo tiempo, me sentía maravillado. Comprendí que, por primera vez, había hecho el amor.

26

ÁLVARO

Eran las nueve cuando terminé de trabajar. Antes de salir de mi despacho aproveché para llamar a Iván, el chico de la empresa de seguridad. Necesitaba saber qué le había preguntado Adriana. No es que no me hubiese creído la historia del colgante, es solo que me había resultado un tanto extraña. Cuando olvidó los pendientes de su madre, no montó tanto drama... Además, habían pasado ya casi dos meses desde la noche de la muestra y me parecía raro que no se hubiera acordado de ese colgante hasta ahora.

—¿Qué tal, Iván? Soy Álvaro, solo llamaba para ver si habías podido hablar con la alumna de nuestra escuela —pregunté cuando respondió a mi llamada.

—Sí, ha estado aquí, pero no he podido ayudarla mucho. No recuerdo haber visto la caja que me ha enseñado ni el colgante.

—Vaya, qué mal. Parece que era muy importante para ella... ¿Te ha preguntado algo más? —indagué.

—No, solo que quién subió esa noche a la terraza, supongo que para saber a quién preguntarle por la caja...

—Sí, supongo que sí. Bueno, muchas gracias por todo.

—Nada, para eso estamos.

Colgué y me quedé pensativo. Me pregunté para qué querría

Adriana saber quién subió esa noche a la terraza. ¿Qué estaría tramando?

No le di más importancia. Salí del despacho y, con la excusa de preguntarle cómo le había ido con Iván, fui a buscarla a su habitación. Necesitaba hablar con ella, quería explicarle el asunto de mi compromiso con Carla, no quería perderla, necesitaba que supiera que ella era la única que ocupaba mi corazón, la única con la que soñaba por las noches y me robaba el sueño.

Cuando me reencontré con Adriana, después de cuatro años, en el estreno de mi película, supe que esos labios iban a dañar mis barreras, pero no contaba con que podrían derribarlas todas, hasta el punto de dejarme completamente expuesto, vulnerable y suplicando como un desesperado.

Al llegar al pasillo donde estaba su habitación, la vi junto a su puerta con Oliver. Ella se inclinó y le dio un beso en los labios. Había sido ella, voluntariamente, nadie la había obligado. Sentí que algo se resquebrajaba en mi interior. Ya en clase, ese mismo día, los había visto muy unidos. No solían sentarse juntos, pero pensé que serían cosas mías, pero aquel beso confirmaba que estaban juntos.

Ni siquiera me molesté en hablarle, no dije nada, ¿qué podía decir? Pasé de largo mirando la pantalla de mi móvil como haría cualquier otro profesor. Quizá era lo mejor, ella se merecía ser feliz, aunque no fuese conmigo.

Ahora Adriana tenía pareja o al menos lo estaban intentando. Tenía que respetarlo, aunque hacerlo me doliera en el alma, aunque Oliver no me gustase para ella. Solo de imaginármelos juntos en la cama, la sangre me hervía.

Me habría gustado pensar que Adriana le había dado ese beso solo para ponerme celoso o como venganza por la noticia de mi compromiso con Carla, pero ni siquiera me había visto llegar. Lo había besado porque le había salido del corazón, porque estaban liados. Su relación no era ninguna farsa, como la mía con Carla; su historia era real.

Qué duro es aceptar algunas decisiones, aun sabiendo que son las correctas. Lo mejor para los dos era estar separados. La gente cuestionaría su valía como actriz si estuviese conmigo, cuestionarían su talento y todos sus logros solo por salir con alguien como yo. A estas alturas, si lo único que peligrase fuese mi puesto como profesor en la escuela, estaría dispuesto a arriesgarlo todo por ella, pero Adriana tenía derecho a brillar y yo debía mantenerme alejado para que pudiera hacerlo.

Dicen que por amor no se debería renunciar a nada, pero, a veces, es precisamente al amor a todo lo que hay que renunciar por amor.

27

ADRIANA

Esa noche apenas pude dormir, tuve pesadillas muy extrañas. La mirada de Álvaro irrumpía en mitad de mis sueños y me despertaba. Si pudiera decidir no amarle, pero no podía, no conseguía sacármelo de mi cabeza, ni de mi corazón. Era un sentimiento rebelde que no obedecía a razones. A veces tenía la certeza de que viviría amándolo siempre, aunque él jamás me amara...

Duele sentir algo tan fuerte por alguien y no poder gritarlo al mundo, tener que guardarlo en secreto como si fuese un delito.

Pese a que la sombra de Álvaro aún se cernía sobre mí, estaba decidida a intentarlo con Oliver.

Alguien llamó a la puerta. Miré el reloj. Apenas eran las ocho y cinco.

—Liam... —dije sorprendida cuando abrí. No esperaba que viniese a buscarme, y menos tan temprano.

—¿Desayunamos? —propuso con una efusividad y una energía que me descolocaron.

—Sí, dame un segundo, que termino de vestirme.

No lo invité a pasar porque Cristina aún seguía en la cama, así que acabé de arreglarme, guardé los apuntes en el bolso y me despedí de mi compañera.

—Ahora te veo en clase, voy a desayunar con Liam.

—Vale, yo he quedado para desayunar con Martí, así que nos vemos en la cafetería —dijo al tiempo que se levantaba.

Sonreí y salí. Liam esperaba apoyado en la pared del pasillo con una sonrisa de oreja a oreja.

—¿Y esa carita? —pregunté mientras nos dirigíamos a la cafetería.

—Te cuento mientras desayunamos —dijo, pero no aguantó, y me explicó lo que había sucedido esa noche con todo lujo de detalles. Solo paró de hablar cuando nos acercamos a la barra para pedir, pero en cuanto nos sentamos en una de las mesas, continuó.

Estaba en shock, no sabía si alegrarme o preocuparme.

—¿Y te ha dicho que besó a Cristina?

—¿En serio eso es lo que vas a preguntarme después de todo lo que acabo de contarte? —se quejó.

—Solo quiero comprender.

—Es que no hay nada que comprender, ¿no te puedes alegrar y ya?

—Sí, Liam, claro que me alegro, pero entiende que me parece un poco raro que justo después de que tú le echases en cara que te hubiera mentido y le preguntases por qué subió a la terraza, él decidiera besarte y acostarse contigo.

—Bueno, esto es el colmo —resopló—. En primer lugar, sí me contó lo del beso a Cristina y me dijo que para él no había significado nada, y, en segundo lugar, no subió a la terraza, solo fue detrás de mí al ver que yo subía corriendo. Yo habría hecho lo mismo.

—No te enfades, solo deseo lo mejor para ti. No me gustaría que te hicieras falsas ilusiones...

—¿Falsas ilusiones? Pero ¿te estás escuchando Adriana? ¿Qué insinúas? ¿Que se acostó conmigo para distraerme?

—Podría ser...

—Pero ¿quién te has creído que eres? ¿Sherlock? —gritó al tiempo que apartaba la silla y se levantaba—. Se acabó. Conmigo no cuentes a partir de ahora. Se te está yendo la pinza con todo esto. Sigue tú sola. Yo estoy cansado de este juego.

—¿Juego? Han matado a nuestra amiga y somos los únicos que podemos averiguar quién lo hizo. ¿No crees que su muerte merece justicia?

—Hasta muerta, Georgina tiene que ser el centro de atención —dijo antes de irse.

Me levanté y fui detrás de él.

—Liam, espera. Perdóname, soy una estúpida. Tienes razón, debería alegrarme por ti y por la increíble noche que has pasado, pero entiende que todo esto me supera, no me lo esperaba para nada, y también es que ha ido a suceder en el momento menos oportuno.

—Esas cosas suceden, no hay momentos oportunos. ¿Acaso la noche que viste a Álvaro en el estreno de su película te pareció el momento oportuno para perder la virginidad?

Su pregunta fue como una bofetada. Pensándolo fríamente, no hay un momento adecuado para el amor, este surge sin avisar cuando menos lo esperas, y yo estaba quitándole importancia a la noche que había pasado con Martí, cuando para él había sido un momento muy especial.

—Anda, no te enfades, no me lo tomes en cuenta, que no he dormido nada. Anoche Álvaro me pilló besando a Oliver en mitad del pasillo.

—Lo siento.

—No te preocupes, quizá es mejor así. Lo conozco y sé que ya no me buscará más. Mejor cuéntame, ¿cómo ha sido despertar junto a Martí?

—Como volver de un largo viaje, pero sin *jet lag*.

—¿Ha pasado algo por la mañana?

—No, yo me he levantado de la cama, le he dado un beso y me he ido corriendo a buscarte. Tenía miedo de su reacción y de que se arrepintiera de lo que había pasado.

—Y cuándo le has dado el beso, ¿cómo lo has notado?

—Bien, me ha correspondido y me ha mirado extrañado, como si no entendiera a qué venía tanta prisa. Luego me ha dicho que iba a desayunar con Cristina y que hablaría con ella para que no se hiciera ilusiones.

Continuamos charlando sobre su maravillosa noche mientras nos dirigíamos a clase. Yo no volví a poner en duda a Martí, aunque en mi fuero interno me siguiera pareciendo muy extraño que decidiera dejarse llevar justo en el momento en que Liam le preguntó por la noche de la muerte de Georgina.

Cuando entramos en clase, el profesor aún no había llegado. Liam y yo nos sentamos juntos.

—Por cierto, anoche se me ocurrió que puede que las personas sospechosas que creemos que no subieron a la terraza sí lo hicieran, pero por otro sitio.

—¿Por otro sitio? —pregunté confusa—. No hay otro sitio. La escalera de emergencias es la única por la que se llega a la terraza.

—¿Recuerdas la puerta tapiada que hay junto a la biblioteca?

—Sí, ¿por?

—Pues da a unos pasadizos subterráneos. Se dice que debajo de la escuela hay unos antiguos túneles. No sería tan descabellado pensar que, si el teatro era una antigua iglesia, hubiera alguna escalera oculta en esos túneles que condujera al campanario.

Me quedé en silencio pensando en esa posibilidad. Aunque poco quedaba ya del campanario que había junto a la terraza, tenía que haber unas escaleras por las que se pudieran subir hasta él.

—Tienes que hablar con Álvaro y conseguir los planos originales del edificio —me susurró Liam, pues Víctor, que era nuestro profesor de Voz, acababa de entrar en ese momento.

—No puedo pedirle eso, y menos después de lo que pasó anoche. Además, sospecharía.

—Entonces tendremos que robarlos.

Víctor nos fulminó con la mirada y pusimos fin a la conversación, pero solo de forma oral, porque le escribí una pregunta en la libreta en la que tomaba apuntes y luego se la acerqué.

¿Dónde se guardan esos planos?

Escribió la respuesta justo debajo y volvió a pasarme la libreta.

Ni idea, supongo que en el despacho de la directora.

Leí lo que había escrito y, sin comprobar si el profesor me estaba mirando, le respondí.

¿Te has vuelto loco? ¿Cómo vamos a entrar en el despacho de la directora?

Liam arrancó de mi cuaderno la hoja en la que habíamos estado escribiendo y se la metió en la boca sin pensárselo dos veces. Comenzó a mascar como si fuese un chicle. En ese momento me di cuenta de que Víctor nos había pillado y venía hacia nuestra mesa.

—¿Todo bien? —preguntó mirando el cuaderno.

Ambos asentimos.

Contemplé a Liam admirada y sorprendida a partes iguales por lo que acababa de hacer. Nos había salvado de ser descubiertos. No me quería imaginar las consecuencias que esa nota podía haber acarreado, sobre todo porque estaba segura de que Víctor me tenía entre ceja y ceja después de haber tenido la osadía de entrar en su despacho y acusarlo de tener algo que ver con la muerte de Georgina.

No hubo más notas.

—Los que vais a salir en la obra de la escuela de este año deberíais tomaros esta clase más en serio. La voz es lo más importante en una obra de teatro, sobre todo para aquellos que no estáis acostumbrados a hablar en público —dijo Víctor mirándome—. Sin fuerza y resonancia en la voz, de nada os servirá que actuéis muy bien, porque el público no os oirá. Hoy trabajaremos la habilidad de mantener el aire en los pulmones y en la garganta al tiempo que emitimos un mismo tono.

La lección se me hizo tediosa, no pude concentrarme, entre otras cosas porque solo podía pensar en la posibilidad de que, si lo que Liam decía era cierto, entonces Víctor seguía siendo sospechoso. Él llevaba muchos años en esta escuela y seguro que conocía la existencia de esos pasadizos, así que pudo acceder por ellos a la terraza y huir sin ser visto.

Había que conseguir esos planos como fuera.

Después de clase, me despedí de Liam y me tocó irme toda la tarde a ensayar para la obra de teatro, no podía faltar de nuevo, así que tendría que esperar hasta el viernes para ir a La Mansión a ver qué podía averiguar sobre ese tal Frank, sobre el chico de los tatuajes, y sobre qué relación tenían con Georgina.

En la sala de ensayos me encontré con Oliver, quien me recibió con un beso en los labios, algo que parecía haber cogido por costumbre demasiado rápido y que a mí me resultaba un tanto incómodo, pues el resto de alumnos comenzaba a cuchichear.

Cristina, que también estaba allí me miró extrañada, sin comprender el significado de ese beso. No la había puesto al día de los últimos acontecimientos. Me acerqué a ella y le dije que luego le contaba, y ella me dijo que también tenía que contarme algo.

El director comenzó dándonos una charla sobre las diferencias entre el cine y el teatro. Decía que teníamos que esforzarnos por exagerar un poco más nuestros gestos y alzar la voz sin que al público le pareciera que estábamos sobreactuando. El Liceu era un teatro muy grande y teníamos que conseguir que nuestra voz llegara a todo el público asistente. Parecía que se había puesto de acuerdo con Víctor para tocar el tema de la voz.

—En el cine, un actor se puede permitir decir la frase casi en un susurro y sin exagerar nada sus gestos, porque el espectador lo va a captar, pero en el teatro no. En el teatro, el público entra sabiendo que va a ver una interpretación y esta solo cobra vida cuando el actor sabe dársela y para eso hay que experimentar con el personaje, preguntarse ¿qué haría yo si fuera el personaje y estuviese en esta situación? Y transmitir al espectador con verdad.

El director continuó con la lección, mientras todos escuchábamos en silencio. Al final, supongo que para motivarnos, añadió:

—Lo esencial al actuar es, como diría William Gillete, la ilusión de la primera vez, y creo que eso lo tenemos. Es un momento mágico que no se produce en ningún otro arte. Así que vamos allá.

Ensayamos la obra al completo, acto por acto, en el mismo orden en el que se interpretaría en el Liceu el día del estreno. Al terminar, el director le hizo un comentario a una chica que me dio que pensar.

—Vas a tener que esforzarte más.

—Ya lo hago —se quejó ella.

—No lo suficiente, se requiere mucha disciplina para llegar lejos. La gente con dinero se cree que lo puede comprar todo, pero el talento no se compra, se trabaja.

La chica se puso roja de la vergüenza, pero no dijo nada. Su padre era un político muy criticado.

Ese comentario pasó desapercibido para el resto, pero para mí fue una prueba de que quizá no era tan descabellada la teoría de Liam sobre que el director tenía algo que ver en la muerte de Georgina. Sus palabras destilaban odio y rencor hacia la gente con poder. Tal vez fue capaz de empujar a Georgina para vengarse de su padre por haber intentado sabotear su obra. Y, al hacerlo, además había conseguido tenerme a mí como protagonista, tal como quería.

28

ADRIANA

El viernes por la tarde no tuve más remedio que ir sola a La Mansión porque a Liam le había salido un casting.

El bus me dejó a una manzana del lugar. La puerta principal estaba abierta cuando llegué, aunque las luces estaban apagadas.

—Estamos cerrados, abrimos dentro de media hora —dijo un chaval vestido de negro. Llevaba un pinganillo como el del chico de los tatuajes.

—Buscaba al encargado —anuncié con una sonrisa angelical.

—¿Has quedado con él?

Dudé unos segundos y finalmente dije la verdad.

—No.

—Entonces es imposible, estamos a punto de abrir.

—Dígale que vengo de parte de Frank, es muy importante, por favor.

El chico frunció el ceño cuando dije el nombre de Frank. Me hizo esperar en la puerta antes de volver y anunciar que David, el encargado, me esperaba en la barra.

—Gracias —dije cuando entré.

El frío del aire acondicionado me erizó el vello. Nada más entrar, lo primero que llamaba la atención era el escenario: una amplia tarima con un largo y angosto camino con tubos metálicos en medio sobre el que se proyectaba un estrambótico y silencioso espectáculo de luces —azul claro para las zonas centrales y fucsia para las esquinas—, que emitían reflectores ubicados estratégicamente para concentrar la atención de los clientes en la persona que estuviese actuando esa noche.

Llegué a la barra y apoyé las manos sobre el frío metal, limpio y brillante. Percibí el suave y dulce aroma de las bebidas mezcladas con esencias de frutas que preparaban algunas de las camareras.

—Hola, soy Adriana. Muchas gracias por atenderme —me presenté.

—¿En qué puedo ayudarte? Dices que conoces a Frank.

—No, creo que el chico de la puerta no me ha entendido bien, quería decirle que vengo preguntando por él —dije para que pareciera un malentendido.

—No sé nada de él.

Saqué el móvil y con dificultad, por culpa de las brillantes luces de colores fluorescentes, busqué la fotografía del chico de los tatuajes.

—¿Y a este chico lo conoce? —pregunté al tiempo que le mostraba su foto.

—Ah, Frank, ya sé —dijo nervioso—, hace mucho que no trabaja aquí.

Así que Frank y el chico de los tatuajes eran la misma persona.

—¿Por qué se fue? —pregunté sin perder tiempo.

—Ni idea.

—¿Y a esta chica la conoce? —Le mostré la foto de Georgina.

—No —aseguró.

—¿Le importa si le pregunto a alguna de las camareras?

—No, lo siento, estamos a punto de abrir y no puedes entretener al personal. Lamento no ser de más ayuda.

—Igualmente, muchas gracias. ¿Puedo pasar al baño antes de irme? —Vi la duda en sus ojos—. Me ha surgido un contratiempo, ya sabe... Cosas de chicas —dije poniendo cara de inocente.

Finalmente, aceptó y me indicó por dónde ir al baño.

La tranquilidad en aquel local era casi palpable. Resultaba un deleite para los sentidos, incluso adictiva. Me quedé embobada mirando el centro de la sala, amplia y acogedora. Lo primero que cruzó por mi mente fue la palabra «lujo», desde las sillas ubicadas de forma meticulosa frente al escenario hasta los manteles rojos pulcramente acomodados sobre las mesas redondas y las mismas lámparas que adornaban cada una de ellas emitiendo una luz suave y tenue. Cada detalle de la decoración denotaba estilo y elegancia. Me imaginé el perfil de los clientes: hombres con mucho dinero que acudían allí en busca de la tranquilidad que el pesado día de trabajo les había arrebatado.

La comodidad también era un atractivo y se pagaba, rodeando las paredes del amplio espacio y bajo grandes lámparas de techo, había sillones de cuero negro: amplios, cómodos, perfectos para una larga noche.

Me alejé de la barra con la sensación de haber ido para nada, pero no pensaba marcharme así como así. Cuando David dejó de mirarme, me metí entre las mesas por el centro de la sala y pasé junto al escenario.

Vi un enorme pasillo junto al escenario. No me lo pensé dos veces y avancé por él. No sabía qué buscaba exactamente, pero era mi única oportunidad para averiguar algo y tenía que aprovecharla. No podía irme sin nada, no podía darme por vencida tan rápido.

Una de las puertas estaba abierta, me asomé y vi que era un camerino. En el interior había una chica. Sin dudarlo un segundo, me animé a hablarle. El tiempo se me echaba encima, David no tardaría en darse cuenta de que no había ido al baño y enviaría al tipo de seguridad a buscarme.

—Hola, ¿podría hacerte unas preguntas? —dije asomándome a la puerta.

—¿Quién eres? —preguntó sin dejar de maquillarse frente al espejo.

—Me llamo Adriana. ¿Conoces a Frank? Un chico que trabajaba aquí.

—Sí.

—¿Por qué se fue? —Entré en el camerino.

—La verdad es que es todo un misterio, desapareció de la noche a la mañana.

—¿Y a esta chica la conocías? —Le mostré la foto de Georgina en mi móvil.

—Georgina, claro que sí... ¡Qué pena lo que le pasó! Cuando lo vi en las noticias, no podía creerlo. Actuaba tan bien...

—¿La viste actuar? —pregunté pensando que eran amigas y habría ido a verla al teatro.

—Sí, actuaba aquí los fines de semana.

—¿Aquí? —pregunté sin dar crédito, como si no la hubiese entendido bien.

—¿Quién dices que eres? —dijo al darse cuenta de mi asombro.

—Georgina y yo éramos amigas y... —comencé a decir.

—¿Erais amigas y no sabías que actuaba aquí? —me interrumpió.

—Georgina era muy... reservada, no contaba demasiadas cosas de su vida privada.

—Sí, eso es cierto. —Sonrió.

—¿Cómo te llamas? —pregunté al tiempo que me sentaba en una silla junto a ella.

171

—Jasmine.

—Jasmine, verás, sé que no me conoces de nada y que me acabo de colar por la cara en tu camerino, pero no tengo mucho tiempo y necesito que me ayudes a encontrar a Frank. Creo que él puede saber algo muy importante de la noche en que murió Georgina.

—¿Crees que él tiene algo que ver?

—No lo sé... Podría ser una posibilidad, pero de momento son solo especulaciones. ¿Cuándo desapareció Frank?

—Casualmente, después de la muerte de Georgina. Al principio, pensé que podía ser porque estaba afectado, pero ya han pasado dos meses y ni rastro de él. Sus compañeros de piso me dijeron que se fue porque estaba harto de este mundo de la noche, pero me parece muy raro que se fuera sin despedirse de mí.

—¿Y no te dijeron a dónde fue?

—No, ellos tampoco lo sabían.

—¿Él y Georgina estaban muy unidos?

—Bueno, yo no lo diría así, pero que entre ellos había algo, estaba claro. La miraba hipnotizado cuando actuaba, nunca lo había visto mirar así a una mujer. Georgina tenía un talento especial. Los hombres venían por verla bailar. David dice que los días que ella trabajaba se hacía casi el doble de caja. Me lo recuerda todos los fines de semana —dijo con cierto desprecio.

Así que David sí conocía a Georgina... Me pregunté por qué me había dicho que no.

—¿Georgina llevaba mucho tiempo trabajando aquí?

—No, apenas estuvo un par de meses.

—Seguro que empezó a trabajar cuando su padre se arruinó —reflexioné en voz alta.

—¿Arruinarse su padre? ¿De dónde sacas eso?

—Bueno, eso es lo que ella pensaba, creo.

—El padre anda metido en negocios muy turbios —aseguró Jasmine.

—¿Sí?

Se levantó y se dirigió a la puerta, miró a ambos lados del pasillo y luego cerró.

—Frank descubrió que el padre de Georgina tenía acuerdos con el dueño de este local para blanquear dinero —susurró—, pero todo se fue al traste cuando se produjo el tiroteo.

—¿Tiroteo? ¿De qué hablas? —pregunté, llevándome las manos a la boca.

—Entraron unos tipos armados en el local y comenzaron a pegar tiros. Fue aterrador... Afortunadamente, Georgina y yo salimos ilesas, pero una camarera no tuvo tanta suerte y le alcanzó una bala. Resultó que el padre de Georgina había sido el responsable de aquel tiroteo.

29

ADRIANA

No estaba entendiendo nada, quería hacerle mil preguntas, pero antes tenía que intentar poner orden en mi mente, que en ese momento era una maraña de pensamientos y teorías sin sentido.

—¿Cómo sabes que el padre de Georgina fue el causante del tiroteo? —pregunté.

—Porque Frank y otro chico de seguridad cogieron a uno de los tipos que entraron armados y le obligaron a hablar, y aunque no mencionó al padre de Georgina, dijo algo que llevó a Frank a descubrir que él era quien estaba detrás.

—No entiendo... Pero por qué el padre de Georgina provocó un tiroteo aquí sabiendo que su hija podría salir herida.

—Eso mismo pensé yo cuando Frank me lo contó, pero entonces recordé que la semana anterior el padre tuvo una fuerte discusión con David y que luego entró en el camerino y se llevó a Georgina. Supongo que él no pensó que su hija volvería la semana siguiente sin decirle nada.

—¿Y por qué volvió Georgina? ¿Tanto le gustaba bailar aquí?

—Dudo que ese fuera el motivo. Creo que regresó por Frank.

No me la imaginaba haciendo ese tipo de cosas por un tío.

—Tengo tantas preguntas...

En ese momento alguien llamó a la puerta.

—Escóndete detrás de ese burro —me indicó Jasmine en un leve susurro.

Hice lo que me pidió.

—¡Adelante! —dijo desde el asiento.

Por el espejo vi que se trataba del chico de seguridad de la puerta. Paseó su mirada por el camerino y, al ver que solo estaba Jasmine, dijo:

—¿Has visto pasar a una chica?

—¿Una chica? —preguntó ella disimulando.

—Sí, morena, con media melena, alta, flacucha y con pinta de mosquita muerta.

¿Flacucha? ¿Pinta de mosquita muerta? Pero ¿este tío quién demonios se creía? Estuve a punto de salir y decirle cuatro cosas, pero me contuve.

—No —respondió Jasmine con indiferencia al tiempo que continuaba maquillándose.

—Gracias —dijo el tipo antes de salir y cerrar la puerta.

Abandoné mi escondite improvisado y le di las gracias a Jasmine.

—Tienes que irte —dijo.

—Sí, a ver cómo lo hago.

—Tranquila, te acompaño por la puerta trasera, nadie te verá salir por ahí.

—Una cosa más, ¿Frank no tenía una taquilla o algún lugar donde guardara sus cosas?

—Sí, pero no dejó nada, ya he mirado yo. Esa de ahí era su taquilla. —Señaló con el dedo.

Me acerqué y la abrí. Solo había un pinganillo roto, unos guantes, un par de deportivas y una sudadera con un símbolo que me llamó la atención. Me di cuenta de que se trataba del logo de un gimnasio.

—¿Este es el gimnasio al que iba Frank? —pregunté.

—Ni idea.

Saqué el móvil y, con la opción de buscar en Google por imágenes, fotografié el logo. Se trataba de un gimnasio muy conocido donde se preparaban los culturistas de élite. Hice una captura de la información. Por comprobar si Frank había entrenado allí, no perdía nada.

—Solo prométeme una cosa —me pidió Jasmine.

—Lo que sea.

—Si lo encuentras, dile que, por favor, me busque o me escriba. Dile que puede confiar en mí.

—Lo haré.

Jasmine abrió la puerta del camerino, se aseguró que no hubiese nadie en el pasillo y me hizo un gesto con la mano para que la siguiera. Salí por una puerta de metal a un callejón que daba a la avenida principal. Me despedí de ella con la mano y me marché a toda prisa, temblando y con el corazón a mil por hora.

De camino a la residencia, estuve pensando en lo que había descubierto. Es curioso todo lo que se esconde detrás de la vida de cada persona y cómo los secretos mejor guardados pueden salir a la luz cuando se escarba un poco.

Georgina bailaba en ese cabaret por dinero, se había enamorado del tipo de seguridad, su padre tenía negocios con el dueño del local para blanquear parte de su fortuna y estaba detrás del tiroteo que había habido en La Mansión sabe Dios por qué. ¿Habría sido por venganza? ¿Para arruinar el prestigio del local? Pero ¿por qué iba a querer eso si a él le beneficiaba...? Demasiadas preguntas y muy pocas respuestas. Aquello parecía sacado de la trama de un *thriller*.

Cuando llegué a la residencia, fui directa a mi habitación. Cristina no estaba; como cada fin de semana, se había ido a su casa. Era viernes y pensé en lo triste y aburrida que era mi vida en comparación con la del resto de las chicas de mi edad.

Me di una ducha y, antes de irme a dormir, decidí investigar un poco sobre mi personaje en la obra, aquello me ayudaría a conocerlo más, a abrir nuevas vías a niveles inconscientes y desarrollar una mejor técnica. Un papel protagonista como aquel requería profundidad, realismo y experiencia.

Vi todas las versiones que se habían hecho de *Orgullo y prejuicio*, pero traté de no contaminarme con lo que otras actrices habían hecho. Simplemente quería comprender mejor a mi personaje. Un buen actor nunca imita a otros actores, sino que trata de hacerse con el personaje siendo fiel a su forma de actuar.

Tenía una gran oportunidad por delante y no podía desaprovecharla. Las últimas semanas había estado un poco ausente, pero tenía que centrarme. No podía permitir que las emociones me desbordasen y el afán por descubrir qué le había pasado a Georgina me obsesionase hasta arrastrarme con ella.

En ese momento, alguien llamó a la puerta. Me levanté, me puse las zapatillas y abrí.

—¿Oliver? ¿Qué haces aquí?

—Yo también me alegro de verte —dijo con sorna.

—No, me refiero aquí en la residencia, tú...

—Este finde no me he ido.

—¿Y no has salido? —pregunté.

Él negó con la cabeza.

—Pasa, estaba viendo un documental sobre *Orgullo y prejuicio*.

—¿Investigando para el personaje?

—Sí.

—Lo vas a hacer genial. Te he traído un regalo. —Me entregó una bolsita de cartón de color morado.

Sus manos comenzaron a temblar, así que la cogí rápidamente. No supe qué decir, en ese momento estaba sorprendida.

—Muchas gracias —dije mientras abría la bolsa y sacaba la cajita de Aristocrazy.

En su interior había un reluciente colgante de oro con una estrella. Lo cogí entre mis dedos con delicadeza.

—¡Es precioso! —exclamé.

—Como me dijiste que habías perdido el tuyo...

En ese momento me sentí fatal por haberme inventado aquella historia del colgante.

—No era necesario, Oliver.

—Acéptalo, por favor. He elegido una estrella, porque es lo que mejor te representa.

—Muchas gracias. —Le di un abrazo.

Cuando me separé de él, me quitó el colgante de las manos, me apartó el pelo y me lo puso. Luego me dio un beso en el cuello.

—¿Te quieres quedar a ver el documental conmigo? —propuse.

—Sí, claro.

—No es el mejor plan para un viernes noche, pero...

—Contigo cualquier plan me parece bien —me interrumpió y me dio un beso en los labios.

Tuve que besarlo, bueno, dicho así parece que lo hice forzada, y la realidad es que en ese momento quise besarlo, no me resistí a no hacerlo.

Nos tumbamos en la cama y nos pusimos a ver el documental mientras comentábamos aspectos de nuestros personajes.

Esa noche no pasó nada entre nosotros. Al menos, nada sexual, porque acabamos durmiendo juntos, abrazados y sintiéndonos. Me gustó la sensación de sentir el calor de su cuerpo junto al mío.

El día siguiente amaneció horrible, una lluvia torrencial caía sobre la ciudad. Quizá fue la tormenta o quizá fueron los juegos de Oliver bajo las sábanas los que nos llevaron a quedarnos en la cama.

—Eres todo lo que quiero —dijo pegando su frente a la mía.

Me acarició la mejilla, descendió hasta mis labios y luego hasta el cuello. Parpadeé de forma pausada y, como si me pesaran los parpados, cerré los ojos e inspiré para deleitarme con su olor. No pude evitar soltar un gemido cuando sus labios se posaron sobre los míos. Un escalofrío me recorrió por dentro. No sé si fue miedo a borrar las huellas que un día Álvaro dejó sobre mi piel o el deseo de saber qué se sentía al estar con otro chico que no fuese él.

Levantó mi camiseta e introdujo su mano acariciándome el abdomen. Estuve a punto de detenerle, pero me dejé llevar. Su respiración era tan intensa como la mía. Volvimos a besarnos, y esta vez acabamos devorándonos.

Oliver se deshizo de mi camiseta y la tiró en cualquier sitio de la habitación, la suya fue la siguiente prenda que rodó por el suelo. Luego fueron nuestros pantalones y así acabamos en ropa interior. Sus manos acariciaron mis pechos por encima del sujetador. Me miró como si estuviera pidiendo permiso, pero yo me limité a observarle sin saber qué hacer o decir. Él se colocó encima de mí. Sus labios rozaron mi oído, mi cuello, mis pechos, mi abdomen..., descendió hasta llegar a mi entrepierna y sentí una brisa sobre mi sexo cuando su boca lo rozó por encima de mis braguitas.

Levanté mi trasero y me quitó la ropa interior. Observó mi sexo con admiración y sentí un poco de vergüenza. Luego sus dedos acariciaron mi piel.

—No te avergüences, me excita verte así de expuesta para mí —dijo con voz jadeante—. ¿Te gusta la forma en que te toco?

Asentí al tiempo que me mordía el labio para controlar los gemidos que sus caricias me provocaban.

Se quitó el bóxer y pude ver su erección.

—¿Estás segura de que quieres esto? —preguntó al tiempo que frotaba su sexo contra el mío.

—Sí.

Agarró de la silla sus pantalones y sacó un condón de la cartera.

—¿Quién lleva un condón en la cartera? —pensé en voz alta.

—Solo soy un chico precavido. —Me dedicó una sonrisa pícara.

Gemí cuando estuvo completamente hundido en mí.

—Ahora eres mía. ¿Lo entiendes?

No sé por qué, pero no me gustó como sonó aquello.

30

LIAM

Mi relación con Martí estaba en un punto en el que ni yo mismo sabría identificar. La duda sobre si lo nuestro funcionaría rondaba por mi cabeza todo el tiempo desde la noche en que hicimos el amor.

Una parte de mí no se creía que aquello de verdad me estuviese pasando. Nunca había experimentado el amor de esa forma, ni tampoco me había sentido tan perdido, tan vulnerable. Tenía la sensación de que todo iba a desvanecerse en algún momento y de que mi corazón saltaría por los aires.

Martí y yo tratábamos de evitar las muestras de afecto en las clases y delante del resto de los compañeros nos comportábamos como habíamos venido haciéndolo hasta entonces. Nadie se extrañaba al vernos tan unidos porque siempre lo habíamos estado. Lo que peor llevaba era ver a Cristina detrás de él, verlos ensayar juntos para la obra, y saber que a ella le gustaba Martí y que incluso se habían besado. Él me explicó que había hablado con ella y que le había dicho que mejor quedaban como amigos. Cuando me lo contó, no sé por qué me pasó por la cabeza que iba a proponerme un trío. Con ese afán suyo por experimentar, no me habría extrañado; por suerte, no se lo había planteado, y si lo había hecho, no me lo dijo.

El sábado por la noche fuimos a una discoteca gay de moda en la ciudad. La química que había entre nosotros era real, tenía que serlo; era imposible experimentar algo así cuando no es recíproco.

Después de la primera copa, fuimos juntos al baño de la discoteca y acabamos liándonos mientras esperábamos la cola. Un chico que salía se quedó mirándonos. Martí le devolvió la mirada y con un sutil gesto lo invitó unirse. Se besaron delante de mis narices y yo simplemente me quedé sin saber qué hacer. Estaba un poco descolocado, pero mis únicas opciones eran irme y dejarlos solos o quedarme y unirme a su aventura experimental. Opté por lo segundo. El chico me besó, pero rápidamente aparté los labios con disimulo. Luego besó otra vez a Martí, y por un momento me sentí fuera de lugar. En ese instante, me habría encantado tener la mente más abierta, pero me di cuenta de que no era tan moderno como pensaba. Quizá eran celos, afán de posesión o que sencillamente me había vuelto territorial. La cuestión era que me costaba compartir a Martí, me dolía verlo besar otros labios que no fueran los míos.

Me asfixié y abandoné la cola para entrar a los inodoros. Los dejé solos, así que no supe qué hicieron. Quizá era mejor así. Me miré en el espejo y vi que tenía el rostro desencajado. Abrí el grifo y me eché un poco de agua. Luego salí del baño, dispuesto a ir a la barra para pedir una copa, y vi que Martí seguía en la cola compartiendo risas con el otro chico.

—¿Dónde vas? —me preguntó con naturalidad.

—Voy a beber algo —dije con indiferencia.

—¿No vas a entrar al baño?

—No, se me han quitado las ganas —dije mientras me alejaba.

—Espera, voy contigo.

Quise ignorarlo y seguir solo, pero lo esperé. El chico con el que se había besado pasó por delante de mí para salir y me guiñó un ojo.

—¿Estás bien? —me preguntó Martí cuando llegó a mi altura.

—Sí —mentí.

¿Qué otra cosa podía hacer? Él y yo no teníamos nada, al menos nada que hubiéramos hablado...

Desde el primer momento, él había sido honesto conmigo y me había dicho que quería experimentar, descubrir, vivir. No podía ponerle límites y tampoco quería hacerlo o, mejor dicho, no debía. Porque ganas no me faltaban, deseaba tenerlo solo para mí más que cualquier otra cosa. Hay ciertos tipos de problemas o conflictos irresolubles, por llamarlos de algún modo, con los que debemos aprender a convivir en cualquier relación, y, en nuestro caso, aquel era uno de esos. Si quería seguir con Martí, no podía pretender cambiar su forma de actuar cada vez que salíamos juntos, tenía que asumir que, en esta etapa de su vida, aquello era lo que él quería y necesitaba. Debía aceptarlo y continuar con él o poner distancia, en ningún caso podía recriminarle o exigirle nada.

Llegamos a la barra y pedimos dos copas. Entre las botellas había un cartel grande que decía: PrEP, la pastilla que reduce las posibilidades de contraer el VIH. Martí me preguntó sobre el asunto en cuanto el camarero nos sirvió las bebidas y nos cobró.

—Es un tratamiento que previene el VIH —le expliqué.

—Pero para eso ya está el preservativo, ¿no?

—Sí, pero hay personas que son alérgicas al látex o que tienen pareja, pero mantienen relaciones sexuales sin protección.

—No lo entiendo, ¿tomar una pastilla para poder tener relaciones sexuales sin protección?

—A ver, piensa que durante las relaciones sexuales anales receptivas hay un riesgo muy alto de contraer el VIH y a veces, con la borrachera o con el calentón, puede que te olvides del preservativo... La pastilla es un recurso más para prevenir. Yo creo que todo lo que sirva para evitar contraer una enfermedad que no tiene cura es bueno para la sociedad.

—¿Bueno para la sociedad? ¿Y con qué dinero se paga ese tratamiento? Con nuestros impuestos.

—Piensa que el tratamiento para combatir el VIH es muchísimo más caro, así que, desde el punto de vista económico, a la Seguridad Social le sale más rentable financiar un tratamiento preventivo.

—¿Tú te tomas esa pastilla? —preguntó con especial interés.

—No, pero me lo he planteado en alguna ocasión.

—¿Por qué?

—Para vivir mi vida sexual tranquilo, porque el VIH no se contrae solo con la penetración, también con el sexo oral si ciertos fluidos te entran en la boca —le expliqué.

—Vamos, para poder guarrear tranquilo —dijo medio riéndose.

—No, te equivocas. El PrEP tiene muchas otras funciones.

—¿Como cuáles? —preguntó.

—Por ejemplo, si tu pareja tiene VIH.

—Pero, según tenía entendido, si la persona con VIH tiene una carga viral indetectable, no es transmisora.

—Así es, indetectable es igual a intransmisible, pero para que la carga viral sea indetectable, hay que estar varios meses con el tratamiento. Si esa persona tiene pareja y quiere seguir manteniendo relaciones sexuales, podría tomar el PrEP. También podría tomarlo una mujer que esté considerando la posibilidad de quedarse embarazada y su pareja tenga el VIH.

—Para ti todo son ventajas. —Chasqueó la lengua.

—¡Porque lo son!

—Yo prefiero seguir usando el preservativo.

—Me parece una elección tan respetable como tomar el PrEP.

—Bueno, no discutamos, mejor vamos a bailar.

—Yo no estoy discutiendo, eres tú el que te lo has tomado muy a pecho —me quejé.

Martí me agarró de la mano y me llevó casi a rastras hasta el centro de la pista.

Bailamos demasiado cerca el uno del otro, frotando nuestros cuerpos al compás de la música. Las luces de colores brindaban a sus ojos un brillo embaucador. Las hormonas flotaban en el ambiente, que se percibía cargado. Algunos chicos se habían quitado la camiseta y Martí no tardó en hacer lo mismo. Ver su trabajado torso me calentó. La mezcla de fragancias y sudores invitaba a desinhibirse desenfrenadamente.

Y como si se hubiera dado cuenta de lo excitado que estaba, me levantó la camiseta y me la quitó. Así, sin avisar. No me atreví a detenerle, incluso creo que le ayudé con torpeza.

Pegó su cuerpo al mío.

—¡Qué caliente estás! —dije al sentir su piel ardiente.

—No te imaginas cuánto...

Me miró sensual y acercó sus labios a los míos. ¿Cómo no sucumbir a sus encantos? Su belleza era demasiado peligrosa.

Sin dejar de besarme, colocó las manos en mi pecho y las fue deslizando hacia abajo mientras yo intentaba moverme al compás de la música. De pronto metió una mano dentro de mi pantalón y apretó mi erección con fuerza. Eso me excitó tanto que no pude evitar soltar un gemido de placer en su boca.

Cuando me aparté, miré a mi alrededor, la pista estaba a rebosar. Nadie reparaba en nosotros y en lo que acabábamos de hacer, quizá por eso me atreví a meter las manos debajo de su pantalón, agarrar sus nalgas con fuerza y pegarme a su cuerpo con ansia. Él chupó el lóbulo de mi oreja derecha y descendió por mi cuello, dejando un reguero de saliva, para acabar mordiéndome el hombro. Las terminaciones nerviosas de todo mi cuerpo se activaron.

—Me vuelves loco —le dije al oído, a punto de perder la razón.

No aguantamos a llegar a la residencia, yo al menos lo intenté, pero mi cuerpo me lo pedía a gritos. Salimos de la pista entre empujones y pisotones. Un chico le vertió la copa a Martí en el torso y él simplemente sonrió. Llegamos al aseo a trompicones. No había cola, así que entramos en uno de los cubículos con puerta. Cerramos y, sin detenernos a echar el pestillo, nos devoramos.

Deslicé mi lengua por todo su torso, percibiendo las notas dulces del ron con cola que le acababan de verter encima, y acabé arrodillado ante él, desabrochándole el pantalón con ansia, dispuesto a lamer y a devorar su miembro.

Su nivel de excitación era tal que apenas me dejó degustarlo, se dio la vuelta y se apoyó contra la pared ofreciéndome su trasero.

—Me he preparado para ti —dijo mirándome lascivo.

Estaba tan cachondo que casi me corrí al entrar en él. Gimió y le tapé la boca con la mano para silenciarle. Aunque justo en ese instante alguien abrió la puerta del baño y nos pilló. Ambos rompimos a carcajadas y seguimos a lo nuestro, no sin antes echar el pestillo.

Salía y entraba en él sin consideración, estaba tan apretado que con cada embestida sentía que me iba a correr.

Todo a nuestro alrededor se desvaneció: la música de la pista, las risas, las voces, los golpes en la puerta para que terminásemos... Éramos solos él y yo, fusionados de una forma que iba mucho más allá del sexo y el placer. Nunca me había sentido tan unido a ningún otro ser humano.

Allí, en aquel cubículo lleno de pintadas, dentro de él, me sentí al borde de un precipicio y a punto de saltar al vacío.

31

ADRIANA

Una parte de mí diría que hicimos el amor, la otra que solo fue sexo. Oliver no tardó demasiado en correrse, y esa fue la primera vez que fingí tener un orgasmo. No es que me propusiera fingirlo, es solo que..., no sé, surgió así, de la nada, quizá sí lo experimenté, pero fue algo muy leve que no me quedó más remedio que exagerar. Tampoco quería dañar sus sentimientos diciéndole que me había quedado a medias.

En los libros, en las películas e incluso en el teatro, las personas siempre intentan dotar de un significado especial al sexo. Yo misma había cometido ese error durante toda mi vida y había esperado a conocer a alguien especial, que fuera el amor de mi vida, para perder la virginidad, sin saber que el sexo era solo un momento de disfrute más. Tal vez, pensé, solo las primeras veces se podía sentir lo que yo sentí con Álvaro, o quizá había magnificado aquellas sensaciones al recordarlas.

Quería creer que, con un poco de práctica, Oliver y yo nos entenderíamos mejor. La verdad era que no había estado nada mal. Sus besos me gustaban y la forma en que me tocaba me hacía disfrutar de principio a... a la mitad, porque al final está claro que no llegué.

Y luego estaba su miembro... A ver, el sexo de un hombre no era algo en lo que me fijara especialmente, tampoco es que hubiese visto muchos, pero, en el caso de Oliver, lo encontraba menos excitante que, por ejemplo, sus ojos, sus labios o incluso su culo, y no porque fuese fino y largo, sino porque cuando estaba dentro no sentía ese estallido increíble que dejaba mi cuerpo físicamente allí, pero llevaba mi mente a la luna.

Pasamos el resto del sábado juntos, viendo películas en mi habitación. Solo salimos para comer y cenar. Por la noche, volvió a quedarse a dormir y tuvimos sexo antes de acostarnos, y esa vez fue mucho mejor. Le exigí que no se corriera hasta que lo hiciera yo. Esperó y usó los espasmos de mi orgasmo para provocar el suyo. Algo en mi cuerpo se encendió y el placer irrumpió en lo más profundo de mi ser.

El domingo se fue a dormir a su habitación porque llegó Cristina, que se quejó de que la habitación olía a sexo.

—Eres una exagerada, si no te lo hubiese contado, no lo habrías ni notado —le dije.

Ambas nos reímos.

Se dio cuenta de mi nuevo colgante y me dijo que le encantaba. Luego me contó cómo le había ido el fin de semana y también me puso al día de su última conversación con Martí. Al parecer, él le había dicho que era mejor que quedaran como amigos. ¿Significaría aquello que iba en serio con Liam?

—Para mí, mucho mejor, ya te dije que eso de que fuera bisexual me echaba un poco para atrás —dijo ella, fingiendo indiferencia mientras guardaba la ropa en el armario.

Aún seguía sorprendiéndome la forma tan arcaica que tenía Cristina de hablar de la bisexualidad; la tenía por una chica más moderna y abierta de mente. Pensé que quizá era el hecho de que ella no aceptara su bisexualidad lo que a él lo había llevado a no querer intentar nada con ella.

Nos acostamos pronto. Esa noche dormí mal, eché de menos dormir abrazada con Oliver. ¡Qué rápido se acostumbra una al calor humano!

El lunes por la mañana quedé con Liam para desayunar antes de clase y nos pusimos al día de lo que habíamos hecho durante el fin de semana. Aproveché para contarle todo lo que había averiguado en La Mansión.

—¿Vas a ir a ese gimnasio? —preguntó mientras le daba un sorbo al café.

—¡Vamos a ir! —maticé—. No perdemos nada.

—¿Cuándo?

—¿Hoy después de clase?

—Vale, también tenemos que ver cómo conseguir los planos. Lo he estado pensando y se me ha ocurrido algo.

—Eso lo veo demasiado arriesgado, Liam. Nos jugamos la plaza en la escuela, el despacho de la directora está siempre cerrado. Es misión imposible.

—No hay nada imposible. La ventana del despacho de la directora es de esas de aluminio corredera y da al patio. Si consiguiéramos dejarla semiabierta, podríamos entrar por la noche.

—¿Cómo vamos a hacer eso?

—Muy fácil, uno de los dos va a hablar con ella a su despacho y aprovecha para dejarla abierta.

—Se va a dar cuenta —aseguré.

—No, ¿cómo se va a dar cuenta? Es algo sutil. Este tipo de ventanas puede parecer que están cerradas, pero se pueden abrir sin problemas si el seguro no está encajado.

—¿Y cómo vamos a subir desde el patio? Hay casi dos metros de altura.

—De eso me encargo yo.

—Ay, Liam... Yo creo que nos vamos a meter en un buen lío.

—¿No eras tú la que decías que quería descubrir la verdad y que la muerte de Georgina se merecía justicia y todo eso?

—Está bien, yo puedo ir a hablar con Carme y tratar de dejar la ventana abierta.

—¿Y con qué excusa vas a ir a hablar con ella? No puede resultar sospechoso.

—No resultará sospechoso. Puedo ir a ponerla al corriente de mis citas con la doctora y agradecerle una vez más su ayuda.

—Buena idea.

Nuestra charla se vio interrumpida cuando Cristina vino con su bandeja y se sentó con nosotros. Por la cara de Liam, estaba claro que no le apetecía estar con ella y, como no era su estilo fingir para complacer a nadie, se terminó el café, se disculpó mientras se levantaba de la mesa y se marchó.

—¿Qué le pasa a este ahora? —preguntó Cristina, que no tenía ni idea de lo que había entre Liam y Martí.

Me limité a encogerme de hombros. No me correspondía a mí meterme en eso.

Al momento, llegó Oliver, que por supuesto me dio los buenos días con un beso en los labios y tomó asiento junto a nosotras.

Cuando terminamos de desayunar, nos dirigimos al aula entre burlas y risas, pero la sonrisa se me borró del rostro en cuanto entramos en clase y Álvaro clavó su mirada en mí. Oliver me agarró entonces de la cintura y me guio hasta una mesa para sentarnos juntos. Mientras lo hacía, yo seguí sintiendo la mirada de Álvaro sobre mí, pero traté de ignorarla.

En mitad de la clase, Oliver me agarró la mano por debajo de la mesa y me escribió en la palma: t-e-q-u-i-e-r-o. De inmediato, coloqué las manos encima de la mesa sin saber qué hacer o qué decir.

—¿No te ha gustado mi mensaje? —susurró en mi oído.

Lo miré y sonreí.

—Sí —dije al tiempo que notaba el calor instalarse en mis mejillas.

Inclinó la cabeza y la dejó caer en mi hombro. En ese instante, la mirada perturbadora de Álvaro atormentó mis pensamientos. Sus palabras no se hicieron esperar:

—Tortolitos, ¿os pongo una cama en medio de la clase?

Dos chicas que estaban sentadas justo delante de nosotros se dieron la vuelta y se nos quedaron mirando como si hubiésemos cometido un delito.

Un chico de las últimas filas hizo un comentario que no oí bien, pero que provocó las risas de los que estaban alrededor.

Oliver se apartó de mí y se giró, estuvo a punto de decir algo, pero le puse la mano en la pierna por debajo de la mesa y se contuvo.

Álvaro y yo nos retamos con la mirada durante un instante. Después sus ojos se posaron en la mano que tenía sobre la pierna de Oliver. No sé de dónde salió aquel impulso, quizá fue la rabia o las ganas de vengarme de él por la vergüenza que me estaba haciendo pasar lo que me llevó a mover mi mano lentamente hasta la entrepierna de Oliver, quien, sorprendido, se volvió de nuevo hacia mí.

El bolígrafo que Álvaro tenía en la mano quedó hecho añicos.

—¡Adriana, Oliver, fuera del aula ahora mismo! No voy a consentir ese tipo de conductas en mi clase.

Oliver y yo recogimos nuestras cosas. Caminé hacia la puerta sin mirar a Álvaro. No necesité ver su cara para saber la expresión que tenía. Notaba sus ojos sobre mi espalda como si fueran cuchillos. No sé cómo aguantó el tipo, yo en su lugar habría perdido los nervios; no sé de lo que hubiese sido capaz.

Di un portazo al salir.

—¿Te has vuelto loca? —preguntó Oliver con una media sonrisa una vez que estuvimos en el pasillo.

—Un poco. —Me reí, aunque por dentro no me sentía feliz por lo que acababa de hacer.

—Ven conmigo —susurró al tiempo que tiraba de mi mano.

—¿Adónde vamos?

Él no respondió.

Nos metimos en un cuartucho que había bajo la escalera, donde se guardaban trastos viejos. Olía a humedad y la única luz que había era la que entraba por las rendijas de la puerta. Cuando mis ojos se acostumbraron a la oscuridad, vi el techo abuhardillado de madera desnuda, del que comenzó a caer polvo cuando alguien subió las escaleras. Había un baúl, sillas amontonadas, cortinas viejas, una guitarra, libros apilados, trofeos, herramientas de trabajo...

Oliver pegó mi espalda a la fría pared y me apartó un mechón de pelo de la cara.

—¿Qué hacemos aquí? —pregunté como si no fuera evidente.

—Terminar lo que has comenzado en clase —dijo en un tono sensual.

Estaba excitada y confundida a partes iguales, así que no puse resistencia, simplemente me dejé llevar.

Presionó sus labios en un apasionado beso contra los míos mientras introducía una mano en mis braguitas. Me obligó a abrir más las piernas y me masajeó muy despacio al tiempo que acallaba mis gemidos con su boca.

Alguien podía abrir la puerta en cualquier momento y pillarnos, pero estaba tan caliente que no me importó, así que lo dejé hacer hasta que alcancé el orgasmo. Sus ojos observaron con deleite cómo tocaba el cielo y bajaba de nuevo a la tierra.

Cuando me recuperé, Oliver me regaló un corto beso y sonrió.

Tras ello, salimos de aquel cuartucho y fuimos a sentarnos en el patio para ensayar el guion hasta la siguiente clase, pero entonces recordé la conversación con Liam durante el desayuno y pensé que aquel era un buen momento para ir a ver a la directora y cumplir con mi parte del plan.

—Acabo de caer en que tengo que ir al despacho de Carme —le dije a Oliver al tiempo que me levantaba.

—¿Y eso? —preguntó extrañado. No era frecuente que un alumno fuera a ver a la directora.

—Es por el tema de la nutricionista.

—Ah, vale... Va todo bien, ¿no?

—Sí, sí, solo quiero informarle de los últimos resultados y darle las gracias una vez más.

—Vale, pues te espero aquí para ir juntos a la siguiente clase.

—Perfecto —le di un beso en los labios y me fui.

Caminé hasta el despacho de Carme. Al llegar, estuve al menos cinco minutos delante de la puerta, moviéndome de un lado a otro, pensando en las palabras exactas que iba a utilizar y en cómo iba a abrir la dichosa ventana sin que ella se diera cuenta. Lo que esa mañana me había parecido tan sencillo de hacer ahora se me antojaba prácticamente imposible, una auténtica locura.

El sonido de unos tacones me sacó de mi ensimismamiento y, sin pensarlo más, llamé a la puerta.

32

ADRIANA

Carme abrió la puerta.

—Adriana, ¿en qué puedo ayudarte?

—¿Puedo hablar con usted?

—Iba a salir —dijo mientras se colocaba el bolso.

—Serán solo unos minutos, es sobre la doctora.

Dudó un instante y finalmente me invitó a pasar. Cerró de nuevo la puerta y se sentó en su sillón giratorio de piel. Yo me quedé mirando a la ventana y pensando en lo difícil de mi misión.

—Siéntate —me ofreció con una sonrisa.

Tomé asiento frente a ella y comencé a hablar:

—Quería darle las gracias una vez más por su apoyo con la doctora. La verdad es que estoy muy contenta con los avances. Me está ayudando mucho.

—¿Sí? Yo te veo algo mejor. ¿Qué tal llevas las comidas?

—Muy bien —mentí, pues a veces me saltaba la fruta de media tarde e incluso alguna cena, pero en términos generales estaba cumpliendo la dieta a rajatabla y lo más importante: comenzaba a entender y aceptar los cambios de mi cuerpo.

—Me alegro, poco a poco. Es cuestión de acostumbrarse a ese estilo de vida. Y dime, ¿qué querías comentarme?

En ese momento comencé a ponerme nerviosa, porque no llevaba ningún guion preparado, así que me tocó improvisar.

—Pues es que he estado pensando en la posibilidad de dejar las visitas con la doctora, no quiero ocasionar más gastos a la escuela y como ya lo llevo mejor... —dije.

—No te preocupes por eso. La escuela tiene una partida de dinero destinada a sus alumnos y tú serás la imagen de la escuela este año, así que lo importante es que sigas las indicaciones de la doctora y que estés estupenda el día del estreno. Ahora no puedes dejar el seguimiento con ella, es muy pronto aún.

No supe qué más decir y ella hizo el amago de coger el bolso. Si no lo hacía en ese momento, no tendría otra oportunidad para volver, así que de pronto me puse a toser. Tosí con todas mis fuerzas, como si se me fuera la vida en ello.

—¿Te encuentras bien? —preguntó Carme.

Yo no contesté. Me llevé la mano al pecho y seguí tosiendo. La garganta me ardía de forzarla, pero no por eso paré. Me levanté y me fui directa a la ventana. La abrí y continué tosiendo hacia el exterior. Respiré aire fresco y fingí recuperarme poco a poco.

—Lo siento —me disculpé y me quedé en la ventana como si estuviese ventilando el despacho para evitar virus. Ella pareció no darle importancia.

—Qué susto me has dado —dijo mientras volvía a coger el bolso.

En ese momento, cerré la ventana y me aseguré de que el seguro no hubiese encajado para que se pudiera abrir desde fuera.

Carme se incorporó y por un momento pensé que simplemente pasaría de largo, pero no, se acercó a la ventana y revisó si la había cerrado bien. Se escuchó el clic del seguro.

—Hay que tener cuidado con esta ventana, a veces se queda

abierta y al no tener rejas... —comentó con naturalidad mientras salíamos juntas del despacho.

Me limité a esbozar una sonrisa.

Di un par de vueltas por los pasillos antes de regresar al patio, donde Oliver me esperaba para ir juntos a la siguiente clase. No sabía cómo iba a explicarle a Liam que había fracasado en mi parte del plan. Por suerte, no pudimos hablar en todo del día, por lo que tuve tiempo de pensar en cómo le daría la noticia, no quería que me viese como una inepta.

Cuando lo vi a las ocho, tal y como habíamos quedado para ir juntos al gimnasio, me lanzó una mirada interrogante, como si antes de llegar a donde yo me encontraba ya me estuviese preguntado si todo había salido según lo previsto. Negué con la cabeza y la expresión de su rostro cambió por completo.

—¿Qué ha pasado? —preguntó cuando estuvo lo suficientemente cerca de mí como para que nadie le escuchara.

—No he podido. Carme se dio cuenta de que yo había dejado la ventana mal cerrada y se aseguró de cerrarla bien antes de que saliéramos del despacho.

—¿Cómo que se dio cuenta?

—Es que fingí un ataque de tos y abrí la ventana para tomar un poco de aire fresco y ventilar el despacho y luego la cerré con disimulo sin el seguro, como habíamos hablado, pero ella, antes de salir, comprobó que estuviera bien cerrada.

—¡¡¡Mierda!!! Tenemos que hacer algo.

—Yo creo que hoy no vamos a poder hacer nada más —aseguré.

—¿Por qué?

—Porque creo que Carme ya no está. Además, yo ya no puedo entrar.

—Tienes que hablar con Álvaro y pedirle que te deje ver los planos.

—¿Has perdido la cabeza? ¿Acaso no estabas hoy en clase? Álvaro no me va a ayudar después de lo que ha pasado hoy. No pienso pedirle nada.

—Quizá podemos fingir una pelea.

—¿Una pelea? ¿Y que nos echen? Ni de coña.

—No nos van a echar por eso, es el precio que nos tocará pagar por no cumplir con tu parte del plan.

—Lo he intentado, ¿qué culpa tengo yo de que la directora sea tan precavida? —me quejé.

—También puedes fingir un desmayo.

—¡¿Qué?!

—Sí, tú te desmayas en el pasillo, delante de la puerta de Carme, montamos un pequeño escándalo y, mientras todo el mundo está pendiente de ti, yo entro en el despacho y dejo la ventana aparentemente cerrada, pero abierta.

—No sé...

—A ver, nadie va a sospechar, le echaran las culpas a tu problema con la comida.

—Yo ya no tengo ningún problema con la comida —dije molesta.

Seguimos discutiendo mientras salíamos de la residencia y nos dirigíamos a la parada del bus para ir al gimnasio. Por el camino, perfeccionamos los detalles del show que montaríamos al día siguiente frente al despacho de la directora.

Llegamos al gimnasio y antes de entrar nos pusimos de acuerdo en lo que íbamos a decir.

—Yo creo que es mejor que entre uno solo primero —dijo Liam.

—¿Por qué?

—Por si algo sale mal. Así el otro podrá entrar después y no nos relacionarán —argumentó.

—Bien pensado. Entraré yo, entonces.

—¿Qué vas a decir?

—No sé, voy a preguntar por Frank directamente.

—No te van a dar esa información. Tú di que vienes recomendada por él, que te vas a apuntar.

—¿Y si me quieren cobrar?

—Pues dices que te gustaría hacer una prueba gratuita.

—Vale.

Sin más, entré en el gimnasio decidida. Toqué el pulsador que había en el mostrador, pues en ese momento no había nadie en la recepción.

Un chico alto, moreno y con los bíceps hinchados como dos globos apareció de la nada.

—Hola, ¿en qué te puedo ayudar? —dijo con una sonrisa.

—Hola, estoy interesada en apuntarme. Quería saber qué tarifas tenéis ahora mismo.

El chico comenzó a informarme sobre las diferentes tarifas.

—¿Y por venir recomendada no me hacéis un descuento? —bromeé al tiempo que buscaba en mi móvil la foto de Frank.

—¿Quién te ha recomendado? —curioseó el recepcionista.

—Un amigo, Frank. —Le mostré la foto—. ¿Lo conoces?

—Ah, sí sé quién es. Antes entrenaba aquí con un entrenador personal dos veces a la semana.

—Sí, eso me dijo —mentí—. Aunque hace tiempo que no hablamos, está perdido últimamente... ¿Sigue viniendo?

—Pues llevo tiempo sin verlo.

—¿Y quién era su entrenador? La verdad es que me habló tan bien de él que me estoy planteando contratarle yo también, aunque sea una vez a la semana.

—Mira, pasa por el segundo torno —dijo al tiempo que me abría—. Justo está hoy aquí. Puedes hablar con él.

33

ADRIANA

El entrenador de Frank estaba esperando a un cliente y apenas pudo dedicarme unos minutos, lo suficiente para concretar un entreno de prueba al día siguiente. Acepté sin poner ninguna objeción, pues era la única posibilidad para hablar con él y sacarle información sobre Frank.

Cuando salí del gimnasio y puse a Liam al corriente de lo que había averiguado, él no daba crédito y se echó a reír.

—¿Qué te hace tanta gracia? —pregunté sin entenderlo.

—Que no te imagino entrenando, la verdad.

—¿Y eso por qué? —dije molesta.

—No sé, simplemente no te veo.

Continuó riéndose.

—Yo tampoco me imaginaba a Georgina bailando en un cabaret y mira...

—Qué pena que no haya ningún vídeo de alguna de sus actuaciones, daría lo que fuera por verla bailar.

—Tenía que ser una auténtica fantasía —aseguré.

—¿La echas de menos? —preguntó mirando al suelo sin dejar de caminar.

—Mucho. ¿Y tú?

—También. En el fondo la queríamos.

Seguimos caminando en silencio hasta la parada del bus para regresar a la residencia. Mi teléfono comenzó a sonar en alguna parte de mi bolso.

—¿Sí? —respondí cuando descolgué tres tonos más tarde.

Casi me pongo a saltar de alegría en mitad de la parada del bus cuando escuché la noticia. Me acababa de llamar el director del corto que hice para invitarme al estreno a final de mes en el cine Phenomena. Y luego habría una fiesta en la terraza del Hotel Sagrada Familia.

¡Mi primer estreno!, no me lo podía creer. Liam y yo cambiamos de planes y, en vez de ir a la residencia, decidimos tomarnos unas cervezas por el Barrio Gótico.

—¡Por nosotros! —dijo él levantando su botellín y chocándolo con el mío.

—¿Pedimos algo de comer? Tengo hambre —propuso Liam.

—Te recuerdo que estoy a dieta.

—Pero no se supone que es para ganar peso. —Me miró confundido.

—Sí, pero eso no significa que pueda comer cualquier cosa.

—Bueno, un día es un día. Tenemos que celebrar que te han invitado a tu primer estreno.

—Pues también es verdad.

Abrió la boca para decir algo, pero se calló.

Estaba feliz, contenta. ¡Por fin algo que me hacía sentir bien y que me recordaba que no había perdido el norte! Últimamente, con todo lo de Georgina y mi historia con Álvaro y Oliver, tenía la sensación de haber olvidado el verdadero motivo por el que había ido a Barcelona.

—¿Vendrás conmigo? —propuse.

—Por nada del mundo me lo perdería. Pero... ¿puedes llevar acompañante?

—Sí, por eso te lo he dicho.

Pude ver la ilusión en sus ojos. Ambos pasamos un rato increíble charlando de otras cosas que nada tenían que ver con Georgina, ni con Martí, ni tampoco con Oliver o Álvaro. Hablamos de nosotros, de lo que esperábamos de la vida, del futuro y de nuestras aspiraciones como actores.

Regresamos a la residencia paseando y hablando sobre la ropa que llevaría al estreno. Liam me sugirió que llevara un vestido largo.

—¿Qué dices? ¡Eso es muy de señora! —dije.

—¿No pretenderás ir con las deportivas que te regaló Álvaro? Las cuales, por cierto, estás amortizado bien —se burló.

—Ja, ja, ja, ¡qué chistoso! No, no llevaré esas deportivas, pero tampoco pienso ponerme vestido largo.

—Es un estreno, Adriana. Las actrices van así.

—Es el estreno de un corto en un cine de barrio, ¿cómo voy a ir con un vestido largo?

—Bueno, vale, ¿y dónde te vas a comprar el *outfit*? Porque no pensarás ir de Zara, ¿verdad?

—Pues no sé de dónde voy a sacar el dinero para comprarme un vestido caro.

—Hay algo que se llama colaboración, aprovecha los miles de seguidores que tienes en Instagram —sugirió Liam.

—No es mala idea, pero ¿qué marca va a colaborar conmigo? Doce mil seguidores hoy en día no es nada.

—Tienes una tasa de *engagement* superalta y tus seguidores son el público objetivo de cualquier diseñador. Yo conozco a un chico que me presentó Georgina, que creo que estaría dispuesto a ayudarnos.

—Vale, pues habla con él. Quiero ir decente.

—¿Decente? ¡Tienes que ir espectacular! ¡Ser la sensación de la noche! Además, seguro que hay periodistas.

—Liam, es un corto, no el estreno de una película para Netflix, y yo hago un papel secundario. —Me reí al ver que se estaba flipando.

Cuando llegamos a la residencia, nos despedimos con un abrazo y quedamos para hacer nuestro numerito frente al despacho de la directora al día siguiente por la tarde.

La luz de la mañana se filtraba por la ventana de mi habitación, anunciando que pronto sonaría el despertador. No me dio tiempo a tomar consciencia cuando la alarma de mi móvil se puso en marcha.

Me levanté y acto seguido lo hizo Cristina. Me vestí adormilada.

—Voy al baño —anuncié antes de salir de la habitación.

—Espera. Voy contigo —dijo Cristina.

La cola del aseo a esa hora parecía la que se forma en la puerta de la administración de lotería de Doña Manolita en Navidades.

Cuando terminamos, miré el reloj y vi que apenas faltaban cinco minutos para que empezara la primera clase. Fuimos corriendo a la cafetería y nos servimos un café en un vaso de cartón, que nos tomamos de camino al aula.

Cristina y yo nos sentamos juntas toda la mañana, pero después de la comida fue Oliver quien se puso a mi lado. Me pasé las dos horas que duraba la clase sin enterarme de nada. Después de comer me entraba un sueño terrible.

Al terminar la clase, me levanté a toda prisa y me despedí de Oliver, pero antes de que pudiera alejarme, me agarró del brazo y me preguntó que a dónde iba. Por unos instantes, lo miré dubitativa, pues no estaba acostumbrada a dar explicaciones.

—He quedado con Liam.

—¿Y eso? ¿Te vas a saltar la última clase?

—Es que necesita que lo acompañe a mirar unas cosas.

—¿Y no podéis mirarlas después de clases?

Negué con la cabeza y puse cara angelical.

Él pareció satisfecho y me dio un beso en los labios antes de que me alejara hacia la puerta, donde me encontré con Liam.

—¿Estás preparada para tu actuación? —se burló.

—Estoy algo nerviosa, la verdad.

—Todo saldrá bien, tú solo tienes que fingir perder la consciencia unos segundos, hasta que llegue la directora. Cuando la escuches a ella, haces como que la recobras y la entretienes.

Asentí mientras trataba de convencerme de que todo saldría bien.

—¿Y no será mejor que cojas los planos directamente? —pregunté sin pensar.

—Eso sí que sería peligroso. No sé dónde están y no me puedo poner a rebuscar en su despacho a plena luz del día, así sí que nos pillarían seguro. Es mejor ceñirnos al plan y no improvisar. Entrar y abrir la ventana es un segundo, nadie me verá, y si lo hacen, diré que estaba buscando a la directora para avisarla de que te habías desmayado en medio del pasillo.

—Está bien.

—Tú hazme caso; entraremos a ese despacho esta noche.

Liam parecía muy seguro de lo que hacía; yo, en cambio, no terminaba de confiar en el plan, pero no me quedaba más remedio que colaborar.

Llegamos al pasillo donde estaba el despacho de la directora y justo al lado de la recepción comenzamos el numerito. Por supuesto, no me tiré al suelo, simplemente aproveché cuando nadie miraba y me tumbé con cuidado de no hacerme daño. Lo último que me faltaba era lesionarme y no poder actuar en el estreno de la obra de teatro.

—¡¡¡Ayuda!!! ¡¡¡Ayuda!!! —comenzó a gritar Liam—. ¡¡¡Que alguien llame a una ambulancia!!!

Escuché que la chica de recepción se acercaba y preguntaba qué había pasado.

—No lo sé, se ha desmayado de repente —dijo Liam.

Por un momento pensé que la directora no saldría de su despacho y que nuestro plan fracasaría, pero entonces se escuchó el repicar de sus tacones a lo largo del pasillo.

—¿Qué son esos gritos? —preguntó Carme.

—Una alumna se ha desmayado, acabo de avisar a una ambulancia —dijo la chica de recepción.

En ese momento supe que era hora de abrir los ojos. Fingí recuperar el conocimiento y estar aturdida. Carme se acercó a mí.

—Adriana, ¿qué ha pasado? ¿Te encuentras bien?

—No sé... Yo...

Con disimulo, miré alrededor y vi que Liam no estaba, así que supuse que se encontraba haciendo lo que habíamos planeado y me dediqué a entretener un poco más a la directora.

—Le juro que estoy comiendo, Carme, he seguido la dieta de la doctora a rajatabla... Es solo que hoy tuve un pequeño inconveniente y no me dio tiempo a merendar. Ha debido de ser eso.

—Esto es muy serio, Adriana. Si te sucediera algo así en mitad de la obra, ¿qué crees que pensarían la prensa y todo el mundo? El prestigio de la escuela está en juego, nos jugamos mucho con esa obra. Empiezo a pensar que no estás preparada para el papel.

—No, no... —Me incorporé a toda prisa—. Claro que lo estoy, pero entienda que he estado sometida a mucha presión. La muerte de Georgina, los ensayos... Y ahora también tengo el estreno de un corto que hice... Son demasiadas cosas...

—¿El estreno de un corto?

—Sí, participé en un corto no hace mucho y se estrena a final de mes en el cine Phenomena.

—Ah, no sabía nada. ¿Y por qué no estás en clase ahora?

—Porque después del estreno hay una fiesta en el Hotel Sagrada Familia y necesito algo para ponerme y como cuando las clases acaban, las tiendas ya están cerradas, había quedado ahora con Liam para ir a mirar algunas tiendas y buscar algún modelito apropiado.

En ese momento, Liam apareció en escena y me guiñó un ojo. Todo había salido según lo previsto.

Carme le dijo a la secretaria que llamara para cancelar la ambulancia y me llevó a su despacho. Nada más entrar me fijé en que la ventana parecía cerrada.

—Bien, vamos a ir juntas a la clínica de la doctora para que te haga unos análisis. No es conveniente tener ambulancias rondando por la escuela. Estamos en el punto de mira y lo último que necesitamos es un escándalo con una alumna con trastornos alimenticios.

—Lo entiendo, pero ahora no puedo... Tengo que...

—No te preocupes por la ropa. Después de visitar a la doctora, iremos a ver a un amigo mío. Él te buscará algo apropiado.

—Pero no es necesario...

—Por supuesto que lo es, tú eres nuestro producto estrella esta temporada, así que haremos un comunicado anunciando que irás a esa presentación, de este modo, cuando se estrene la obra de la escuela, la gente ya habrá escuchado hablar de ti.

Me gustaba cómo sonaba todo aquello... Bueno, todo, menos lo de que yo era «un producto».

Carme llamó a la doctora para ver si podíamos ir a verla. Traté de buscar alguna excusa para no ir en ese momento, pero no la encontré. Por suerte, la doctora no estaba en su consulta y propuso que fuéramos al día siguiente.

—Perfecto, mañana a las doce estaremos ahí —dijo la directora antes de colgar.

—Entonces ¿puedo irme ya? —pregunté.

—Sí, mañana por la mañana iremos a la consulta de la nutricionista y luego pasaremos a ver al estilista.

—¿Y las clases?

—¿Con qué profesor tienes a esa hora? —preguntó.

—Álvaro. —Me quemó la garganta pronunciar su nombre en ese momento.

—No te preocupes, hablaré con él.

—Muchas gracias por todo, Carme. Hasta mañana.

Me levanté de la silla.

—Y no te vuelvas a saltar las comidas —me advirtió.

Salí con el corazón a mil. Aquel numerito me había afectado más de lo que imaginaba. En cuanto a la visita del día siguiente a la doctora, no tenía de qué preocuparme porque había seguido la dieta a rajatabla y en los análisis todo debía salir perfecto, o al menos eso esperaba.

Los aplausos de Liam me sacaron de mis pensamientos.

—*Brava*, una actuación digna del Óscar.

—Calla, que nos van a oír —dije mientras miraba alrededor.

—¿Qué te ha dicho?

—Luego te cuento, que llego tarde a la cita con el entrenador. Tengo que irme ya.

—Está bien. Avísame cuando vuelvas. Esta noche tenemos que seguir con el plan.

Asentí y me fui a toda prisa a mi habitación para cambiarme de ropa antes de ir al entreno.

34

ADRIANA

Cuando llegué al gimnasio, el entrenador ya me estaba esperando en la entrada. Comenzamos con un pequeño estudio: me pesó, me midió y me preguntó cuáles eran mis objetivos. Obviamente, no le dije los objetivos reales por los que estaba allí. Me inventé sobre la marcha que quería fortalecer las piernas, levantar los glúteos y marcar los abdominales, que son las tres cosas en las que más me fijaba cuando veía a las modelos en las revistas.

—Vamos a comenzar por este ejercicio que es un básico para el glúteo y que debe estar en toda rutina de entrenamiento —dijo mientras colocaba un disco de diez kilos a cada lado de la barra.

—Pensé que lo básico era las sentadillas de toda la vida.

—El *hip thrust* es un ejercicio menos conocido, pero que activa una cantidad de fibras mayor que las sentadillas y que cualquier otro ejercicio de glúteo. La posición es fundamental —dijo colocándose para hacerme una demostración—. La parte alta de la espalda debe estar apoyada en el banco; las piernas, abiertas a la altura de los hombros, y las plantas de los pies, bien apoyadas. Colocas la barra encima de la pelvis y elevas la cadera.

Me pareció un ejercicio un tanto... provocador; entre otras cosas, porque cada vez que elevaba la cadera se le marcaba la entrepierna.

—Ahora tú —dijo.

Me puse roja, lo supe porque vi mi reflejo en uno de los espejos.

—¿Habías venido antes? —preguntó una vez que estuve colocada en el banco y antes de comenzar el ejercicio.

—No. Frank me recomendó este sitio. Él entrena también contigo.

—¿Frank? —preguntó como si no supiera a quién me refería.

—Sí, un chico con tatuajes y...

—Ah, ya. Sí, sí, entrenaba conmigo, pero dejó de venir. De hecho, tiene aún cuatro clases pagadas.

—Sí, yo hace tiempo que no hablo con él... Está perdido —dije con naturalidad, como si fuésemos amigos.

—Es que cambió el número de teléfono incluso, yo lo supe porque WhatsApp me avisó de que había cambiado de número y le escribí para preguntarle si estaba bien y por qué había dejado de venir así de repente.

—¿Y qué te dijo? —curioseé.

—Que cómo sabía su número. Al parecer no tenía ni idea de que WhatsApp te avisaba cuando alguno de tus contactos cambiaba de número, si en el mismo móvil pones otra tarjeta sim.

—¿Podrías darme luego su nuevo teléfono? Es que a mí no me llegó ese mensaje y me gustaría saber qué tal está —dije con naturalidad.

Él dudó, pero al final aceptó antes de comenzar el ejercicio. Supongo que no tenía motivos para sospechar de una chica con cara angelical como yo.

La sesión fue intensa, cuando terminé me temblaban las piernas y por un momento dudé de poder ayudar a Liam en nuestra misión de esa noche.

—Entonces ¿te veo la semana que viene? —preguntó el entrenador intentando venderme sus servicios, los cuales se había pasado todo el entreno explicándome.

Dudé unos instantes, pues si le decía que no, igual no me daba el número de Frank.

—Claro, espero estar recuperada para entonces. —Sonreí—. Por cierto, que se me olvidaba, pásame el número de Frank.

—Cierto, te lo paso ahora mismo —dijo sacando el móvil.

Recibí la notificación al instante. No podía creerlo, había sido demasiado fácil. Me despedí de él con la excusa de llamarle en los próximos días para concretar el horario de las sesiones y pagarle. Me dio un poco de pena, porque era muy majo, pero no sucedería ni una cosa ni la otra.

Llegué a la residencia a las diez y veinte de la noche. Había quedado con Liam a las once y media, así que tenía tiempo de sobra, lo que me faltaban eran las fuerzas; estaba agotada.

Entré en mi habitación para dejar las cosas y al ver la cama tuve la tentación de tirarme sobre ella, pero me contuve y, aunque era pronto, fui a buscar a Liam para evitar la tentación de tumbarme y quedarme dormida.

Cuando llegué a su cuarto, llamé a la puerta.

—Soy yo —anuncié al ver que no obtenía respuesta.

—¡Pasa! —gritó Liam.

Abrí y me lo encontré tumbado en la cama con Martí mirando el portátil.

—¿Interrumpo?

—No, estamos viendo una serie. Habíamos quedado más tarde, ¿no? —dijo Liam mirando el reloj.

—Sí, si quieres vengo luego.

—No, espera. —Se incorporó, se puso los zapatos y se despidió de Martí con un beso en los labios antes de salir.

—¡He conseguido el número de Frank! —dije emocionada en cuanto cerró la puerta tras de sí.

—¿Qué? Pero ¿cómo?

Me hice la interesante durante un rato. Luego le conté cómo lo había conseguido y perdió toda la gracia.

—¿Y qué vamos a hacer con él? —preguntó mientras caminábamos hasta el patio.

—Mientras venía de camino, he estado mirando por internet que se puede localizar dónde se encuentra un teléfono a través de triangulación. Quizá si encontramos a algún *hacker*...

—Eso es imposible —me interrumpió—. Es un proceso muy complejo, y creo que solo la policía podría hacerlo... Has visto demasiadas películas —se burló.

—¿Y qué propones?

—No sé, quizá podrías llamarle y hacerte pasar por una repartidora de Amazon y decirle que estás en su casa y que si te puede facilitar la dirección correcta para la entrega.

—Sí, claro, ¿y crees que me la va a decir? Se ha cambiado de casa y de número de teléfono, ha dejado su trabajo en La Mansión y ahora me va a dar la dirección de su casa, así como así. ¡Liam, por favor!

—Tienes razón, no es una buena idea... Me parece que ya llevamos demasiado tiempo haciendo preguntas y buscando pistas como si fuésemos detectives, pero solo somos dos pringados que pierden el tiempo tratando de resolver un caso demasiado complicado.

—No digas eso, cada vez estamos más cerca. He conseguido el número de Frank; eso es un gran avance.

—¿Y si sencillamente lo llamas y le dices que sabes lo que pasó esa noche y que si no queda contigo irás a la policía? —sugirió Liam.

Me quedé pensando en esa opción durante unos segundos.

—La verdad es que me parece que sería lo mejor. Pero ¿crees que aceptará?

—Si no lo intentamos, no podremos saberlo.

—¿Y qué le voy a decir cuando quede con él y vea que no tengo ni idea de lo que pasó esa noche?

—Bueno, ya saldrás del paso, tú siempre tienes salidas para todo.

—Estamos hablando de un posible asesino, ¿pretendes que quede a solas con él sin nada con qué defenderme?

—Yo no he dicho eso, yo iré contigo... Ya prepararemos algo. Ahora vamos a centrarnos en conseguir los planos de la escuela, porque, si hay otra forma de acceder a la terraza, entonces todas las personas que hemos descartado como sospechosas podrían volver a serlo.

Aquella afirmación me desanimó y me hizo pensar en lo que había dicho antes Liam: que solo éramos dos pringados que estábamos perdiendo el tiempo tratando de descifrar un enigma indescifrable. Pero no me iba a rendir; mientras hubiese dónde buscar, seguiría intentándolo. No perdería la esperanza de hacer justicia y desenmascarar a la persona que se ocultaba entre nosotros con un disfraz de alumno ejemplar, de padre protector o de profesor inmaculado, porque estaba claro que el culpable de la muerte de Georgina estaba entre nosotros.

35

LIAM

Adriana y yo esperamos en el patio hasta que no hubo nadie merodeando y luego fuimos directos a la zona más próxima al despacho de la directora. Justo cuando llegamos, alguien salió al patio. Era Víctor. Se encendió un cigarro, pese a que estaba prohibido hacerlo dentro de las instalaciones, había que salir a la calle para fumar. Por suerte, había poca luz en ese lado del patio y no nos vio cuando nos escondimos detrás de uno de los bancos.

Permanecimos inmóviles, sin pronunciar ni una sola palabra hasta que Víctor se fue.

—Nos van a pillar y nos van a echar —dijo ella cuando salimos de nuestro escondite.

—¡Cállate! No llames a la negatividad.

—Yo no puedo subir ahí.

—No pasa nada, lo haré yo, tú únicamente tienes que ayudarme.

Le indiqué cómo debía colocar las manos e hicimos una prueba.

—Esta pared es demasiado alta, no sé si vas a poder hacerlo.

—¿Puedes callarte? Tú solo mantén las manos en esa posición con fuerza.

Lo que Adriana no sabía era que durante años practiqué *parkour*, una disciplina física que se utiliza, entre otras cosas, en el entrenamiento militar y que consiste en hacer un recorrido con obstáculos, saltando de un punto a otro de la manera más rápida y fluida.

Cogí un poco de carrerilla y tras pisar en dos puntos estratégicos de la pared, alcancé la ventana con las manos. Me concentré y traté de mantener todo el peso de mi cuerpo colgando de una mano mientras que con la otra abría la ventana. Una vez abierta, esperé unos segundos para recuperarme y me impulsé al interior. Caí de lado y me golpeé el codo con un mueble. El dolor me recorrió todo el brazo, pero disminuyó al cabo de unos segundos.

Me asomé a la ventana y con un gesto le indiqué a Adriana que todo iba bien. Ella debía avisarme si salía alguien al patio para que yo apagara la linterna del móvil, y así nadie viera movimientos extraños en el despacho de la directora.

Comencé por el lado izquierdo de la estantería. Revisé carpetas, archivadores y todo lo que podía contener planos o información del edificio, pero llegué al otro extremo sin haber encontrado nada. Me senté en el sillón para pensar dónde podría guardar esos planos. Tenían que estar allí, en su despacho.

Unos papeles que había sobre su mesa llamaron mi atención, les eché un vistazo y vi que se trataba de la resolución judicial del caso contra la escuela. La fecha era de ese mismo día. Le hice fotos a todas las páginas para leerlas más tarde y seguí con la búsqueda.

En ese instante me vibró el móvil. Era Adriana. Apagué de inmediato la linterna y me coloqué en un ángulo del despacho que no podía verse desde el exterior.

La escuché hablar con alguien y me asomé con cuidado. Vi que era Martí. ¿Qué estaba haciendo allí?

—¿Y Liam? ¿No había salido contigo?

—Sí, pero ha ido un momento a comprar —dijo Adriana tan ocurrente como siempre.

—¿A comprar? ¿Ahora?

—Sí, a la tienda esa veinticuatro horas. Teníamos antojo de unas patatas.

«Deberían darle el óscar a la mejor actriz de improvisación», pensé.

—¿Y cómo es que no habéis ido juntos? —insistió él.

Joder, ¿desde cuándo Martí hacía tantas preguntas? ¿Pensaría que lo estaba engañando con alguien?

Adriana permaneció callada, como si para esa última cuestión no tuviese respuesta.

—Es que estaba hablando por teléfono con mi abuelo; de hecho, lo tengo en espera —dijo ella señalando su móvil.

Por supuesto que Adriana tenía respuesta para eso también. Me reí en silencio.

—Ah, perdona, no lo sabía.

—Nada, no te preocupes, solo quería saludarte. Voy a terminar de hablar con mi abuelo antes de que venga Liam.

—Vale, yo me voy antes de que venga, que no quiero que me vea fumar.

«Será capullo, pero si no fuma», pensé.

Adriana continuó fingiendo que hablaba por teléfono y yo cuando vi que Martí desapareció de mi ángulo de visión encendí de nuevo la linterna y continué con la búsqueda.

En aquel despacho había un montón de documentos: libros, facturas, sobres, cartas, contratos, archivadores, carpetas..., pero ni rastro de los dichosos planos.

Miré al techo desesperado llevándome las manos a la cabeza tratando de pensar y de pronto los vi. Tenían que estar ahí, en esos tubos que había en lo alto de la estantería. Me subí a una silla y me hice con aquellos portaplanos.

Abrí uno de los tubos, el de plástico, y en su interior encontré los planos del edificio actual. Abrí el otro, de cartón, y ahí estaban los planos del edificio original que tanto había buscado.

Hice fotos con mi móvil a todo, pero no se veían con claridad y tampoco podía arriesgarme a encender la luz. Llevarme los planos no era una opción; sería demasiado peligroso. Miré la impresora profesional que había en el despacho y no lo dudé, la puse en marcha y comencé a fotocopiar uno a uno los planos.

Cuando terminé, lo dejé todo tal y como estaba y salté por la ventana.

36

ADRIANA

Liam saltó al patio de una forma sumamente profesional, rodando por el césped e incorporándose al final con una agilidad impresionante.

—¿Cómo has hecho eso? —pregunte maravillada.

—Yo antes era *traceurs*.

—¿Eh?

—Es un término derivado del francés que hace referencia al acto de hacer un recorrido de un punto a otro saltando, trepando...

—Eres toda una caja de sorpresas. ¿Y por qué dejaste de hacerlo?

—Tuve una lesión en el tobillo y luego ya dejé el internado, y por aquí tampoco conocía a gente que le gustase, así que al final perdí práctica y agilidad.

—Cualquiera lo diría.

—A ver, son poco más de dos metros, no seas exagerada. He trepado paredes de hasta cinco metros...

—Bueno, lo importante, ¿tienes los planos? —lo interrumpí.

En ese momento se levantó la camiseta y me enseñó todos los folios.

—¡¡¿Los has robado?!!

—Chisss —me sermoneó.

—Pero ¿cómo se te ocurre llevártelos? ¡Nos van a pillar! —susurré alterada.

—Son fotocopias, no soy tan imbécil.

Suspiré aliviada.

—También tengo esto. —Me enseñó una foto hecha con su móvil.

—¿Qué es?

—La resolución del caso contra la escuela por negligencia.

—A ver. —Hice el amago de quitarle el móvil, pero él lo guardó.

—Ahora lo vemos tranquilamente. Vámonos de aquí antes de que nos pillen.

—¿Y la ventana? —pregunté.

—Ostras, es verdad, hay que cerrarla.

Repetimos la operación y Liam subió para cerrar la ventana. Todo quedó perfecto. Nadie sospecharía que habíamos entrado en el despacho de Carme Barrat y fotocopiado los planos del antiguo y del nuevo edificio. Nos dirigimos a la biblioteca, que permanecía abierta veinticuatro horas, y nos pusimos en una mesa alejada de la entrada para tener tiempo de esconder los planos si veíamos entrar a alguien.

Liam los había fotocopiado por partes, porque al ser tan grandes no cabían en un folio de tamaño A4, así que para cada plano utilizó cuatro folios. Los colocamos sobre una mesa y los fuimos uniendo como si fueran piezas de un puzle, luego los enumeramos para que la próxima vez que tuviésemos que componerlo nos resultase más fácil.

Con la ayuda de un rotulador rojo, fuimos marcando las zonas que aparecían en el nuevo plano sobre las del antiguo y así llegamos a una conclusión que confirmó las sospechas de Liam.

—El teatro se construyó sobre las dos salas principales de la iglesia, lo que quiere decir que la portada angular tapiada que hay junto al escenario y que está adornada con arquivoltas da acceso a la escalera de caracol que sube a la torre del campanario —dijo Liam.

Estudié el plano detenidamente siguiendo las indicaciones que él hacía con el dedo.

—Entonces... cualquiera podría haber escapado de la terraza por esa escalera —concluí.

—Pero ¿cómo? ¿Saltando por el campanario? ¿Y por dónde salió si el acceso está tapiado?

Liam planteaba demasiadas preguntas... Mis ojos estaban clavados en los planos, buscaban comprender qué era cada cosa, pero mis limitados conocimientos me impedían sacarle todo el provecho a la información que tenía delante.

—¿Esto de aquí puede ser un pasillo? —pregunté señalando una línea que conectaba el teatro con la escuela.

—Puede.

—Mira. En el piso superior, donde ahora está la biblioteca, hay un pasaje que conecta con la escalera de caracol que da al campanario.

—Sí, esa puede ser la puerta tapiada que hay al lado de la biblioteca, pero el acceso por ahí es imposible. Aunque, si hiciéramos un agujero en esta pared de aquí, podríamos llegar directamente a ese pasadizo.

—¿Estás loco? ¿Cómo vamos a abrir un agujero en mitad de la biblioteca?

—Poco a poco, cada noche, y luego lo tapamos con los libros, nadie lo verá.

—Pero ¿para qué vamos a hacer un agujero? Si no hay entrada, tampoco hay salida —dije.

—Eso es lo que no sabemos. Si conseguimos entrar, podemos seguir las rutas y ver si efectivamente hay salida o no. ¡Tenemos que intentarlo!

—Esto se nos está yendo de las manos. No voy a hacer ningún agujero aquí en mitad de la biblioteca, bastante nos la hemos jugado ya.

—¿No tienes curiosidad por entrar? ¿Por saber qué se esconde entre estos pasadizos? En ellos está la respuesta de por dónde salió la persona que mató a Georgina.

—Eso no lo sabemos. Quizá esa persona subió por la escalera del *backstage* y es uno de los tres sospechosos que Iván nos confirmó que subieron.

En ese momento, alguien entró en la biblioteca. Recogimos todo a la velocidad de un rayo. Se trataba de Víctor.

—¿Qué hacen aquí tan tarde? —preguntó en tono inquisitivo.

—Estudiando —respondimos al unísono.

—¿Y sus apuntes?

—Acabamos de recogerlos, ya nos íbamos a dormir.

—Que descansen —dijo antes de perderse entre las estanterías de la biblioteca.

—¿Qué hace este aquí? —susurré.

—Habrá venido a coger un libro, yo qué sé.

—¿Y si nos ha visto entrar en el despacho de la directora?

—Imposible.

—No me fío ni un pelo. Estoy segura de que fue él quien empujó a Georgina. Vámonos, no quiero levantar sospechas.

—Sí, mejor.

Salimos de la biblioteca con los planos escondidos y nos despedimos en el pasillo para ir cada uno a su habitación. Cuando entré en la mía, Cristina ya estaba dormida, así que me puse el pijama sin hacer ruido y me metí en la cama. En ese momento me acordé de la resolución del caso contra la escuela y le escribí un wasap a Liam para que me enviase las imágenes.

Había sido un día demasiado largo y estaba agotada, pero no quería irme a dormir sin leer ese documento.

Al parecer, la madre de Georgina había demandado a la escuela.

Consideraba que su hija había muerto por culpa de las negligencias del centro y solicitaba una indemnización por los daños y perjuicios sufridos.

El juez, basándose en las pruebas aportadas, concluyó que la Escuela de Actores Carme Barrat no había cometido ninguna negligencia porque el acceso a la terraza estaba totalmente prohibido y esa prohibición estaba incluida en las normas de convivencia.

Me alegré por Álvaro y por su madre, al menos una buena noticia en todo este caos. Para ellos, la pesadilla había terminado. La prensa por fin los dejaría respirar tranquilos. Sin embargo, pensaba en la pobre madre de Georgina, que se había quedado sola, sin su hija y con un exmarido que había fingido estar arruinado probablemente para dejarla sin nada durante el divorcio. Qué triste comenzar una relación con tantas ilusiones para que luego acabe así. Él también salía beneficiado con esta noticia, pues era el accionista mayoritario de la escuela.

Traté de conciliar el sueño, pero toda la información rondaba por mi mente como ropa sucia en un programa de centrifugado.

¿Qué debía hacer con el número de Frank?, ¿llamarlo y preguntarle sin rodeos lo que quería saber? ¿Tendría razón Liam y debíamos entrar en esos pasadizos para descubrir si había alguna salida que no veíamos en los planos?

De pronto, como un flash, se me vino a la mente un lugar desde el que podríamos entrar. Estiré el brazo y alcancé mi móvil para escribirle un wasap a Liam.

ADRIANA

Sé un sitio en el podríamos hacer ese agujero sin que nadie nos vea.

En ese momento me di cuenta de que Oliver me había escrito un mensaje. No me dio tiempo de abrirlo cuando en su conversación apareció la palabra «escribiendo». El mensaje no se hizo esperar.

OLIVER

¿Estás conectada y pasas de mí?
¿Con quién hablas tanto?

ADRIANA

Perdón, no vi tu anterior mensaje,
estoy hablando con Liam.

OLIVER

Ok. No te molesto entonces.

Quise preguntarle si se había enfadado, pero en ese instante me llegó la respuesta de Liam:

LIAM

¿Y dónde está ese sitio?

Es un cuarto que hay debajo de la escalera, al lado de la biblioteca. Lo que quiere decir que da acceso directo al pasadizo que conecta con la escalera de caracol.

37

ADRIANA

Por la mañana fui con Carme a la consulta de la doctora. En la misma clínica me sacaron sangre y me hicieron algunas pruebas. Todo parecía estar bien; solo faltaban los resultados de los análisis, que tardarían algunos días en llegar. La doctora me pidió que no me saltara ninguna comida de la dieta porque estaba todo estudiado al detalle, y si lo hacía podía hacer que me faltasen nutrientes. Quedamos en vernos la semana siguiente.

Salimos de la clínica y Carme me invitó a desayunar en una cafetería cercana. La verdad era que le estaba muy agradecida, me trataba demasiado bien. A veces pensaba que todos aquellos detalles que tenía conmigo tenían un precio que le debería pagar en algún momento. Quizá quería que me sintiera en deuda con ella y eso me llevara a mantenerme alejada de Álvaro, o quizá simplemente lo hacía por beneficio propio. Tras acabar los estudios en su centro, muchos alumnos se habían hecho famosos, por ello la Escuela de Actores Carme Barrat tenía tanto prestigio en el mundo del cine y del teatro. ¿Podía ser que la directora confiara en que yo sería su próxima estrella?

—¿Qué tal llevas los ensayos? —preguntó cuando el camarero nos sirvió el café y las tostadas.

—Muy bien.

—Ya no falta nada para el estreno, poco más de tres semanas. ¿Estás nerviosa?

—Un poco —confesé.

—Todo saldrá bien, ya verás. ¿Has visto el cartel?

—No, aún no ha salido.

—Yo sí lo tengo, ¿quieres verlo?

Me puse nerviosa solo de pensarlo.

—Sí, sí, por favor.

Carme sacó su móvil y me mostró el cartel definitivo de la obra. Una fantasía. Había quedado tan profesional... En primer plano, salíamos Oliver y yo, Cristina y Martí salían en un segundo plano fundidos con los destellos de una puesta de sol que aportaba colores cálidos a la imagen. A los pies de la foto, aparecían los nombres del director, de la escuela, de los encargados del vestuario y, en un tamaño mayor, mi nombre y el de Oliver, como actores principales. Quería saltar de la emoción, no me podía creer que iba a conseguir mi sueño. Que todo aquel año tan caótico había merecido la pena.

—¿Te gusta? —preguntó Carme sacándome de mi fascinación.

—¡Me encanta! Es precioso.

—La verdad es que los de diseño han hecho un trabajo increíble.

—Sí —afirmé maravillada.

—¿Y con quién vas al estreno del corto?

—Con Liam, un compañero.

—Muy bien. Y cuéntame, ¿dónde tienes pensado vivir en verano? Como sabrás, el treinta de junio cierran la escuela y la residencia.

—Aún no lo sé —dije; no había tenido tiempo de buscar piso.

—Tienes que ponerte ya a buscar algo, porque, una vez que se estrene la obra, vas a estar muy liada con los ensayos. No paramos hasta noviembre.

—Sí, lo sé... Tengo algo en mente —mentí para que no se preocupara.

—¿Irte a casa de mi hijo? —preguntó directa.

Por suerte, no estaba bebiendo en ese momento, me hubiera atragantado. ¿De dónde sacaba eso?

—Perdona si te parece que me estoy entrometiendo en tu vida privada, pero entenderás que me preocupo por ti y por la escuela. Sé lo que hubo entre mi hijo y tú, él me lo ha contado.

¿Álvaro se lo había contado? No daba crédito. La verdad es que no sabía qué decir. Por un lado, pensé que podía tratarse de una trampa para sacarme información (yo misma había pensado en usar ese truco con Frank), pero, por otro, parecía bastante convencida de lo que decía.

—Habéis hecho bien en distanciaros, al menos hasta que termine el curso. Ha sido una suerte que la prensa no haya podido confirmar vuestra relación, porque hubiese sido muy perjudicial tanto para ti como para la escuela. No creo que quieras que todo el mundo piense que has logrado el papel protagonista de *Orgullo y prejuicio* por acostarte con un actor famoso, hijo de la directora de la escuela que presenta la obra, ¿verdad?

Me incomodaba aquel tema y lo directa que estaba siendo Carme conmigo. No supe qué decir, me había quedado muda, así que me limité a negar con la cabeza.

—Mejor así, todo ha salido bien. Y en verano, pues ya se verá si realmente es amor o una pasión pasajera, pero recuerda que, cuando vuelvas en septiembre a la escuela, no podéis estar juntos, va contra las normas, así que uno de los dos tendría que irse.

Estaba cansada de aquel monólogo. No quería que me hablase de Álvaro, ni de la posibilidad de que volviera con él, ni de las consecuencias que ello tendría... No quería saber nada más de él. Estaba harta de que todo girase en torno a Álvaro desde que volvió a aparecer en mi vida; ahora, por primera vez en meses, él ya no era el protagonista de mi historia. La única protagonista de mi vida era yo.

—No tengo nada que ver con su hijo, Carme. Y no, no tengo pensado irme a su casa ni retomar nuestra relación en verano, si es eso lo que le preocupa.

—Me dejas mucho más tranquila. Tienes por delante un futuro prometedor y sería una pena que lo echaras a perder por una historia de amor. Sé que ahora pensarás que soy la mala del cuento, pero déjame decirte que incluso en este siglo, donde todo parece tan progresista, las mujeres estamos obligadas a seguir demostrando nuestra valía, porque esta siempre estará puesta en tela de juicio solo porque somos mujeres.

No sé por qué me molestó tanto su actitud maternal. Estuve a punto de añadir que con mi vida hacía lo que me daba la gana y que no pensaba que era la mala del cuento, sino solo una entrometida. Sin embargo, no dije nada para evitar provocarla. En el fondo, no me convenía llevarme mal con ella, me interesaba más tenerla de mi lado. Al fin y al cabo, era imposible que entre Álvaro y yo volviera a suceder algo, yo estaba con Oliver y Álvaro se iba a casar, así que no había ninguna posibilidad.

Terminamos de desayunar y llegamos a la boutique de su amigo el estilista. Nos presentó y luego se pusieron a charlar. Carme le explicó el tipo de evento al que tenía que ir y la imagen que quería dar.

Me probé varios vestidos, pero ninguno les terminaba de convencer. A mí, en cambio, todos me parecían maravillosos. Salí del probador con un vestido de fiesta largo hasta los pies y asimétrico, de una sola manga ligeramente abullonada en el hombro y ajustada por el resto del brazo. El otro hombro quedaba al descubierto y se ajustaba al pecho izquierdo con escote corazón. Tenía una gran abertura que dejaba mis piernas al descubierto.

Tanto Carme como su amigo estuvieron de acuerdo en que aquel era el adecuado.

—El tejido de fantasía de tul con abalorios en color *nude* le va genial con su tono de piel —aseguró él.

—Sí, a mí personalmente me encanta esa pedrería que forma pequeñas flores blancas —repuso Carme.

No era el *outfit* que tenía en mente, no me sentía muy cómoda llevando un vestido largo, pero debía reconocer que la imagen que me devolvía el espejo era la de una estrella.

El estilista me dio unas sandalias de tacón fino en dorado mate con una tira ancha que se ajustaba por el empeine y otra tira mucho más estrecha que se ajustaba al tobillo. Me las coloqué y caminé un poco por la boutique.

—Divina —dijo él mirando a Carme en busca de su aprobación, como si mi opinión no contase.

—Sin duda. Un gran acierto. ¿De qué diseñador es?

—Elie Saab.

Me quité el vestido y el amigo de Carme lo empaquetó cuidadosamente en un portatrajes. Me explicó algunos cuidados básicos e hizo mucho hincapié en el valor de la prenda.

Carme pidió un taxi y regresamos a la escuela. Durante el trayecto no dijo nada, iba ensimismada en su móvil. Algo había pasado, lo podía ver en la expresión de su rostro y en el nerviosismo de sus manos.

Recibió una llamada y alcancé a ver en la pantalla que ponía «Álvaro hijo». El corazón se me subió a la garganta y se me quedó ahí atravesado porque durante unos segundos no pude ni respirar.

—Sí, ya lo he visto, ¿tú cómo estás? —le preguntó Carme.

—...

—No sé cómo ha podido suceder. Se suponía que hoy saldría la noticia de la resolución judicial, pero ahora con esto a nadie le interesará que la escuela no cometiera ninguna negligencia.

—...

—Incluso estando en la cárcel sigue dando problemas.

—...

—Hablamos luego, tengo que dejarte —se despidió justo cuando llegamos a la escuela.

Quise preguntarle si todo iba bien, pero no me atreví. Era evidente que algo estaba pasando y que estaba relacionado con el padre de Álvaro.

38

ADRIANA

Llegué con el tiempo justo para ir al comedor, picar algo rápido e irme directa a clase, la cual, por cierto, se desarrolló con un cuchicheo desconcertante. Como llegué tarde, me tocó sentarme junto a una chica con la que nunca había hablado, así que no me atreví a preguntarle si sabía lo que pasaba.

Cuando el profesor dio por terminada la clase, me fui directa a la mesa de Liam.

—¿Qué está pasando? —le pregunté.

—¿No te has enterado?

—¿Enterarme de qué?

En ese momento apareció Oliver y me agarró de la cintura con fuerza para besarme en los labios y luego añadió:

—De que, cuando el padre de Álvaro era el director de esta escuela, la arruinó porque lo único que hizo fue robar.

Miré a Liam sin comprender.

—Está por todas partes. Hoy en Twitter no se habla de otra cosa.

—No me quiero imaginar cómo acabará Álvaro, con un padre corrupto y una madre que se deja chantajear a cambio de poder. Seguro que nada bien... —dijo Oliver regodeándose en cada palabra.

Aquel comentario me pareció totalmente fuera de lugar, quise decirle que no insultara a Álvaro, pero estaba en shock por la noticia. En ese momento comprendí la conversación que había tenido Carme con su hijo en el coche. Fue pensar en él y venirme abajo; debía de estar destrozado.

—¿Crees que esto afectará a la escuela? —pregunté a Liam, ignorando las palabras de Oliver.

Suspiró y no dijo nada.

—Por supuesto, y veremos si no afecta también a la obra —me contestó Oliver.

—Bueno, tú ahora no te preocupes por eso, Adriana, tú céntrate en el estreno de la semana que viene y en causar sensación. Será una gran oportunidad para conocer gente del mundillo y abrirte puertas —añadió Liam, pero al instante se dio cuenta de que había metido la pata y le cambió la cara. No recordó que aún no me había atrevido a contarle a Oliver que me habían invitado al estreno del corto y que no iría con él.

—¿Qué estreno? —preguntó Oliver.

—Os dejo solos, voy a aprovechar para ir al baño antes de la siguiente clase —se despidió Liam, escaqueándose.

—Me han invitado al estreno del corto que hice.

—¡Qué buena noticia! —Oliver me abrazó y me subió por los aires—. ¿Cuándo es?

—El jueves que viene.

—Bueno, aún tengo tiempo para ver qué me pongo. Como dice Liam, es una gran oportunidad para conocer gente del mundillo y hablar del estreno de nuestra obra.

—Eh... Lo que pasa es que ya le he dicho a Liam que me acompañe.

Su cara cambió por completo. Pude ver la rabia contenida en sus ojos.

—¿Prefieres ir con él antes que conmigo? Pensé que estábamos juntos.

—Esto no tiene nada que ver con nosotros...

—Por supuesto que sí, tiene todo que ver. Pensé que ibas en serio conmigo. —Apretó los puños con fuerza.

—Voy en serio, pero...

—¿Por qué no quieres que vaya contigo? —me interrumpió.

—Ya te lo he dicho, no es que no quiera, es que ya he invitado a Liam. No veo que sea un problema...

Su mandíbula se tensó.

—El problema es que sé cómo son los hombres en ese tipo de eventos e ir acompañada de un hombre, pues...

—Pero ya voy acompañada de un hombre —le interrumpí.

—Bueno, tú ya me entiendes. Me refiero a un hombre de verdad —dijo con una media sonrisa, como si lo que acababa de decir tuviese la menor gracia.

—¿Estás insinuando que Liam es menos hombre que tú por ser gay?

—Yo no he dicho eso.

—Lo has insinuado —le recriminé.

—Da igual, lo entiendo, no pasa nada, ve con él. —Forzó una sonrisa—. Solo ten cuidado, en los estrenos están todos al acecho. Si se te acerca un tío, le dices que tienes novio y no le hagas caso —soltó a modo de broma, pero a mí no me hizo ni pizca de gracia.

—Es el estreno de una película, hablas como si fuese a ir a un bar de intercambio de citas.

—Ya verás cómo se te acercan con la excusa de ofrecerte un papel, una prueba, un casting o lo que sea con la intención de impresionarte y quedar contigo a solas.

—No soy tan estúpida como para caer en eso —me quejé.

—Eso pensáis todas... El año pasado conocí a una chica a la que le pasó algo así con un director. El suceso marcó su vida y acabó dejando la escuela y el mundo de la interpretación. Solo me preocupo por ti.

Quise añadir algo más, pero él se acercó a mis labios y me plantó un beso que terminó en mordisco. Me quedé un tanto perturbada por ese «Solo me preocupo por ti». En las novelas, ese tipo de frases solían gustarme, denotaban amor y pasión desenfrenadas, en cambio, en la vida real sonaban diferentes y me daban muy mala espina.

En ese momento entró el profesor en el aula y volvimos a nuestros respectivos asientos. Por suerte, ese día no estaba sentada a su lado, no quería tenerle cerca en ese momento. Y no solo por la brusquedad con la que me había mordido. Estaba enfadada, aunque en el fondo quizá solo estaba pagando con él la rabia y la impotencia que sentía por no poder hacer nada para ayudar a Álvaro, no quería ni imaginarme por lo que estaría pasando después de que aquella noticia se hubiese hecho pública.

Una duda cruzó mi mente, pero traté de apartarla de inmediato... No podía creerme que en un momento como aquel pudiera estar pensando en si continuarían, ahora que todo el mundo conocía el gran secreto con el que Carla lo chantajeó, con sus planes de boda.

La clase terminó y salí del aula sin esperar a Oliver. Caminaba por mitad del pasillo a paso firme cuando, de repente, alguien me agarró del brazo. Al volverme, dispuesta a soltar una bordería, vi que no era Oliver, sino Liam.

—¿Dónde vas con tanta prisa? —preguntó.

—A mi habitación. No tengo ensayo y quiero descansar. Ha sido un día largo...

—Pero tendríamos que ir a ver si por el sitio que me dijiste podemos acceder al pasillo que conecta con la escalera de caracol... Te acompaño a la habitación para dejar las cosas y vamos, ¿vale?

—Hoy no, Liam. Estoy agotada y no me encuentro bien.

—Tiene que ser hoy, no podemos dejarlo, el tiempo juega en nuestra contra.

Resoplé, pero no dije nada. No quería descargar sobre Liam todas las sensaciones que había ido acumulando a lo largo del día.

—Está bien —dije resignada.

—¿Has pensado qué vas a hacer con el teléfono de Frank? —preguntó mientras caminaba a mi lado.

—Sí, llamarle y decirle que sé lo que pasó para quedar con él.

—Es lo más razonable.

—Sí —musité mientras abría la puerta de mi habitación.

Dejé los apuntes y salí. Guie a Liam hasta el cuartucho que había bajo la escalera. Tuvimos que esperar a que no hubiera nadie por el pasillo para poder entrar.

—Esto está hecho un asco —se quejó.

Encendimos un cirio con una cruz que encontramos para no tener que estar con la linterna del móvil y lo dejamos sobre un viejo baúl.

—¿Cómo has encontrado este sitio? —preguntó Liam.

—Me lo enseñó Oliver.

Me miró extrañado.

—El día que Álvaro nos echó de clase nos metimos aquí —añadí avergonzada.

—¿Aquí? ¿Para qué?

—Bueno..., fue una estupidez, un momento de calentura.

—Me imagino, porque vaya sitio antimorbo para follar —dijo mirando las telarañas que había en las esquinas.

—¡No follamos! —me quejé.

—¿No? Entonces ¿qué hicisteis?

—Déjalo, vamos a ver si desde aquí podemos acceder a ese pasillo.

Liam se rio y luego miró las fotos de los planos que hizo con el móvil.

—Según esto, yo creo que detrás de esta pared está el pasillo que buscamos y por el que se puede llegar a la escalera de caracol. —Dio varios golpes en la pared—. No parece muy gruesa. Podríamos hacer un agujero aquí y nadie se daría cuenta.

—Podríamos hacerlo detrás de ese armario —sugerí—. Así luego lo podríamos tapar para que no lo vieran.

—Buena idea.

En ese momento, un grupo de alumnos bajó las escaleras y una densa capa de polvo y arenilla comenzó a caer del techo. Tuvimos que cerrar los ojos y mirar hacia abajo para no quedarnos ciegos.

—¿Y qué te ha llevado a decidirte finalmente a intentarlo con Oliver? —preguntó Liam cuando dejaron de escucharse pasos en el exterior.

—No sé, el miedo quizá.

—¿Miedo?

—Sí.

—¿A qué?

—A no arriesgar, a quedarme estancada en mi historia con Álvaro, a vivir en una película de Disney, esperando que el príncipe llegue para ofrecerme un final feliz.

—¿Y ha merecido la pena?

—Supongo.

—No pareces muy convencida.

—Es que siento que va muy rápido, y a veces tengo la sensación de que me mira como si fuera de su propiedad.

Liam se quedó pensativo durante unos minutos, pero no hizo más preguntas.

—Vamos a retirar todos estos trastos para poder mover el armario —dijo al tiempo que comenzaba a mover cajas.

Me puse manos a la obra y, al retirar unas sillas viejas que había amontonadas, me topé con un cuadro antiguo que llamó mi atención. Era un retrato realista y detallado del rostro de un hombre, pintado al óleo sobre un lienzo. Alumbré con la linterna del móvil y vi una inscripción en la esquina inferior derecha que decía: Gilberto Fons.

Fons era el apellido de Álvaro. ¿Sería el retrato de su padre? Me fijé en sus rasgos. Tenía una cara masculina, la parte superior ancha y se estrechaba en la barbilla, cejas muy pobladas y ojos oscuros. No tenía barba y se le veían unas ligeras ojeras.

—¿Qué haces? ¡No te entretengas! —se quejó Liam.

—Mira, ¿no te recuerda a alguien? —le pregunté al tiempo que le mostraba el cuadro.

—No.

—¿No le encuentras cierto parecido con Álvaro?

—Ahora que lo dices, sí.

—Debe de ser su padre.

—Qué triste acabar aquí entre tanta mierda —dijo sin dejar de mover chismes.

—Al menos no lo tiraron a la basura.

—Ayúdame a mover el armario.

Dejé el cuadro a un lado y entre los dos retiramos el mueble. Nuestra sorpresa fue que al hacerlo nos encontramos con un agujero en la pared del tamaño de una alcantarilla de esas redondas que hay en las calles.

Ambos nos miramos en silencio, sin poder salir de nuestro asombro y tratando de buscar la explicación más lógica a aquella apertura secreta.

39

ÁLVARO

El momento en el que se había hecho pública la noticia de que mi padre estaba en prisión no podría haber sido más inoportuno. Se suponía que la prensa debería estar hablando de que la escuela no había cometido ninguna negligencia y que, por lo tanto, la explosión había sido un accidente y no tenía ninguna responsabilidad en la muerte de Georgina, pero a nadie parecía importarle ya la muerte de esa alumna, había dejado de ser morboso hablar de aquel suceso, ahora solo interesaba confirmar si la prestigiosa Escuela de Actores Carme Barrat había cometido fraudes contra la hacienda pública y blanqueo de capitales.

Pero todo tiene su lado positivo, por muy difícil que resulte a veces encontrarlo.

—Esto es lo único que tenías en mi armario. —Le di a Carla los dos vestidos y una chaqueta cuando regresé al salón—. Espera, voy a buscarte una bolsa.

—No importa, de todos modos no los quiero —dijo sin levantar la vista.

Seguía sentada en el sofá con el rostro cubierto de lágrimas.

—¿Por qué?

—Me recuerdan a ti.

—Carla, por favor, no hagas un drama de esto, ya lo habíamos hablado. Nuestra boda era una farsa.

—No entiendo por qué tenemos que anunciar la ruptura tan pronto —se quejó.

—Este es el mejor momento. Hay que aprovechar el escándalo, una crisis que no hemos superado.

—¿No te duele ni un poquito? —me recriminó con odio.

—Carla, te recuerdo que la única razón por la que estábamos juntos era porque tú me chantajeabas... —dije con cierta acritud.

—¡No vuelvas a repetir eso! —Se levantó y me miró con actitud tajante.

—Es la verdad.

—¿Cuándo me follabas y te corrías también lo hacías porque te sentías presionado y chantajeado? —dijo demasiado cerca de mi cara.

—Hace mucho que eso no sucede. —Me alejé.

—Es por la niñata esa, ¿verdad? La muy...

—Cuidado con lo que vas a decir —la interrumpí antes de que pudiera terminar la frase.

—Desde que apareció, todo ha ido a peor. No sé qué coño te pasa con ella...

—Me pasas tú —dije exasperado—. No somos compatibles.

En ese momento se abalanzó sobre mí e intentó besarme.

—¿Qué haces? —La frené agarrándola por los hombros.

—Intento demostrarte que sí somos compatibles.

Estaba harto. Me sentía ridículo en aquella situación. Discutíamos como un matrimonio, yo le reprochaba como un novio dolido y ella respondía como una amante celosa y enojada, y no éramos nada de eso.

—Carla, tú tienes un problema. No estás bien de la cabeza.

—Lo dice el que se deja manipular por su mami como si tuviera quince años. Eres un mierda. No me extraña que la niñata pase de tu culo. Pareces un treintañero acabado.

—¡¡¡Vete!!! Terminemos con esto de una vez. —Abrí la puerta y tiré los vestidos y la chaqueta al pasillo.

—No quiero esos trapos, así que recógelos antes de que tus vecinos los vean. Tengo dinero suficiente para comprarme lo que me dé la gana.

—Muy bien, aprovecha y cómprate algo que oculte lo mala persona que eres. —Cerré la puerta.

Experimenté una sensación de rabia e impotencia... Durante un instante había sentido el deseo de golpearla. Nunca antes me había pasado algo parecido.

Me abrí una cerveza y traté de relajarme. Conforme pasaron los minutos, sentí una especie de liberación. No sé en qué momento había cedido a los chantajes de Carla, en qué momento había convertido mi vida en una pantomima, y todo por no disgustar a mi madre.

Me merecía ser feliz de verdad, merecía tener al lado a alguien que me mirase como lo hacía Adriana, con esa mirada limpia y llena de admiración. Ella me miraba como todos nos merecemos que nos miren al menos una vez en la vida.

Yo sabía que los delitos de mi padre acabarían sabiéndose tarde o temprano y que nos tocaría hacer frente a esta situación. De lo único que me arrepentía era de no haberlo hecho antes. Tendría que haberle parado los pies a Carla, no haber permitido que mi madre me manipulara y haber mandado a la mierda sus normas. En definitiva, tendría que haber luchado más por Adriana desde el principio. Podría haber dejado la escuela y aceptar alguno de los trabajos que mi mánager me había conseguido. El dinero no hubiese sido un problema y, aunque hubiese echado de menos impartir mis clases, la tendría a ella.

En momentos como este, en los que necesitas un abrazo y solo piensas en una persona, es cuando te das cuenta de lo importante que esa persona es para ti. Solo Adriana podría consolarme. Solo ella con sus caricias y sus besos podría curar mis heridas y darme el apoyo emocional que tanto necesitaba para hacer frente a aquel escándalo.

Nunca me hubiese imaginado así el amor, tan... intenso. Lo había leído en algunos libros, visto en películas y series, me lo habían contado e incluso lo había interpretado, pero siempre pensé que solo eran exageraciones, cosas de mujeres, que los hombres no podíamos experimentar algo tan loco. Cuán equivocado estaba, ahora sé que el amor es el único sentimiento que se te clava dentro tanto cuando lo tienes como cuando no.

40

ADRIANA

Liam encendió la linterna de su móvil y alumbró el oscuro agujero que había en la pared. Ambos nos asomamos con una mezcla de miedo y excitación por lo que pudiéramos descubrir al otro lado.

No podíamos ver el final de aquel pasillo porque se perdía en la oscuridad, como si descendiera hasta lo más profundo de las tinieblas. Sentí un escalofrío. Era una negrura infinita.

¿Quién habría hecho aquella apertura y para qué?

Con cuidado de no cortarnos con los ladrillos rotos de la pared, nos metimos por el hueco; primero Liam y luego yo.

—El pasillo que aparece en el plano es recto, y este va hacia la izquierda, en dirección opuesta a la biblioteca —dijo Liam decepcionado. A pesar de ello, me pareció detectar un atisbo de ilusión en su voz.

—Estas paredes son de ladrillo moderno. Quizá deberías mirar en los planos actuales, no creo que este pasillo este en el plano original.

—Tienes razón —dijo al tiempo que miraba en el móvil—. ¿Por qué no enciendes la linterna de tu móvil? Tengo poca batería y la voy a necesitar para mirar los planos.

—Yo también tengo poca batería —dije al ver que me quedaba solo un veinte por ciento.

—Pues entra a coger la vela, nos va a hacer falta.

Hice lo que me pidió.

—No me aclaro con los planos —dijo cuando regresé con el cirio en la mano.

—Sigamos el pasillo para ver a dónde da —propuse mientras comenzaba a caminar temerosa de lo que pudiéramos encontrarnos.

La vela iba dejando un reguero de cera a nuestro paso. Por un momento pensé que, si nos sucedía algo, nos encontrarían gracias a ello.

Nos topamos con una vieja puerta de madera. Liam trató de abrirla, pero estaba demasiado dura. Dejé la vela en el suelo para ayudarle y entre los dos conseguimos desencajarla. El chirrido de las bisagras se me metió en el tímpano y se perdió en las profundidades de aquellos pasadizos.

Atravesamos la estrecha entrada que daba a un lóbrego camino, árido, rústico y pedregoso, encapsulado por paredes que formaban un arco puntiagudo hasta cerrar por completo aquel espacio caluroso, claustrofóbico e infernal.

Caminamos despacio hasta que el sendero se transformó en un estrecho corredor de escalones de arenisca, fuerte y compacta.

—¿Qué buscamos exactamente? —pregunté un poco desconcertada por aquel descubrimiento.

—No lo sé. Estoy desorientado —confesó Liam.

—Si no encontramos las escaleras que dan al campanario, podremos volver siguiendo los restos de la cera.

—Qué buena idea —dijo Liam mirando al suelo.

Durante bastante rato continuamos caminando sin ver señales de una posible salida. Pero seguimos adelante con la esperanza de encontrar el acceso al campanario o, con suerte, algo que evidenciase que por allí se podía llegar a la terraza.

Poco a poco, la oscuridad fue dando paso a una tenue luz. Tras cruzar un acceso arqueado, llegamos a una amplia sala con una gran bóveda iluminada por un pequeño ventanal que estaba fuera de nuestro alcance. Al pasar la mano por las pulidas paredes de piedra, se desprendía una especie de arenisca... El paso de los años y la persistente humedad habían hecho de las suyas, dando un aspecto descuidado y ruinoso a aquel lugar.

Alrededor de toda la sala, varios arcos se abrían a oscuros y misteriosos pasadizos que parecían no tener fin. No había ninguna señal que nos diera una pista sobre por cuál debíamos adentrarnos.

Era un sitio impresionante. La entrada a misteriosos pasillos laberínticos, que sin duda podían ser peligrosos, pero que también debían de esconder innumerables secretos.

—¿Qué hacemos? —preguntó Liam mirando la oscuridad de cada uno de esos arcos.

—No pienso separarme de ti —dije antes de que se le ocurriese proponerlo.

—Tranquila, yo tampoco pienso ir solo a ningún sitio. —Rio.

—¿Esta sala no está en los planos?

—Ayúdame a buscarla —dijo, y nos sentamos en un bloque cuadrado de piedra que había en el centro de la estancia.

Intentamos dar con ella, pero debido a la mala calidad de la imagen y lo pequeño que se veía todo en ella resultaba imposible. Cada vez que Liam ampliaba la foto, nos desorientábamos.

—Tendríamos que haber traído los planos en papel...

—Ahora es momento de encontrar soluciones, no de lamentarse —me recordó sin dejar de mirar la pantalla del móvil.

—Vale, una solución: vayámonos y volvamos otro día con los planos que fotocopiaste —sugerí.

—No pienso irme ahora. Vamos a elegir una de estas entradas para ver qué hay, y otro día haremos lo mismo con otra, y así hasta dar con algo.

Suspiré y seguí a Liam sin decir nada. Llegamos a una especie de salida casi bloqueada por piedras y escombros, probablemente consecuencia de la explosión. Con cuidado, trepamos por ellos y llegamos a la puerta que conectaba con el patio de butacas y que siempre estuvo tapiada. Liam y yo contemplamos boquiabiertos el teatro, o más bien lo que quedaba de él.

El incendio había hecho estragos. Las butacas estaban completamente quemadas, solo quedaban las estructuras de hierro. También había arrasado con el escenario, donde ahora solo había una montaña de escombros envueltos en cenizas.

—Esta es la puerta que, según los planos, conectaba con la escalera de caracol que sube al campanario —dijo Liam.

—Sí, vamos, tenemos que encontrar esa escalera.

Dejamos a un lado la nostalgia y abandonamos el teatro. No tardamos en toparnos con una oscura espiral de piedra caliza.

Subimos los escalones que probablemente llevaban a la antigua plataforma superior donde estaba la gran campana. Todo estaba oscuro, la única luz que había era la procedente del cirio. Había un silencio sobrecogedor, roto solo por el gorjeo de las palomas. De pronto, algo sobrevoló nuestras cabezas emitiendo un murmullo grave. Un aire frío y ligero me acarició por detrás. Me tiré al suelo asustada al tiempo que solté un grito desgarrador. La llama del cirio casi se apaga.

—¿Has visto eso? Era un murciélago —dijo Liam casi sin aliento.

—¡¡¡Qué susto!!!

—¿Estás bien? —preguntó al verme tirada sobre uno de los escalones.

—Sí.

—Vamos, hay que seguir subiendo. —Me tendió la mano para ayudarme a incorporarme.

—¿Son muchos escalones? Estoy agotada.

—No lo sé, pero creo recordar que en los planos ponía que había unos cuatrocientos.

De la parte superior procedía una luz amarilla y cálida que entraba por diferentes aperturas en las rústicas paredes. Debía de ser de los focos del exterior.

Escalón tras escalón, subimos dando vueltas pronunciadas, respirando aquel aire con olor a humedad, hasta encontrarnos con un gran ventanal desde el que podía verse parte de la ciudad. Era sorprendente que la escalera estuviese prácticamente intacta después de la explosión.

Vimos una especie de trampilla y empujamos para abrirla. Una corriente de aire agitó la llama de la vela hasta apagarla.

Salimos a la terraza. Poco quedaba del campanario y de lo que un día fue nuestro lugar secreto para evadirnos de las clases. Por suerte, esa noche había luna llena y podíamos ver bastante bien. Caminamos con cuidado y nos encontramos con un agujero enorme.

—¿Por aquí fue por donde cayó Georgina? —preguntó Liam.

—Sí, aunque cuando yo lo vi, aún no se había producido la explosión y era mucho más pequeño...

—Está claro que la persona que estuvo aquí pudo huir por la trampilla. La escalera está intacta, lo cual quiere decir que los muros antiguos de piedra protegieron esa zona de la explosión, pero derribaron la puerta tapiada que da al teatro. Bajó y se mezcló con la muchedumbre que salía despavorida.

Su teoría tenía sentido, pero nos llevaba de nuevo al punto de partida. ¿En qué momento fuimos tan estúpidos como para creer que aquellos pasadizos nos llevarían a encontrar la verdad?

—¿Eso quiere decir que pudo ser cualquiera? —pregunté.

—No lo sé, es difícil que alguien supiera cómo llegar a la terraza por los pasadizos. Quizá subió por la escalera de emergencia que estaba en el *backstage* y luego bajó por esta de caracol.

—Pero, según Iván, por la escalera de emergencia solo subieron tres personas.

—Tres personas que él viera. Pudo subir alguien en algún momento que él estuviera distraído en otras cosas... Me imagino que no estuvo pegado al pie de la escalera toda la noche.

La cabeza me iba a estallar. ¿Cómo habíamos llegado a ese callejón sin salida? Tenía miles de preguntas sin respuesta.

No llevábamos mechero para encender de nuevo la vela, así que bajamos por las escaleras alumbrando con la linterna de mi móvil. La luz fría de la noche dejaba de iluminar el camino conforme descendíamos hasta que, sin más remedio, la oscuridad nos envolvió.

La luz de la linterna nos permitía ver todo con claridad. Los escalones estaban repletos de tierra, excrementos y plumas de pájaros, y cascarones de huevos. Las palomas debían anidar a sus anchas en aquellas paredes.

Parecía que por allí no había pasado nadie en años. No había rastro de presencia humana, o eso creíamos hasta que vi un trozo de tela blanca arrinconado en la esquina de uno de los escalones.

—Un momento —dije al ver que Liam pasó de largo.

Me agaché y con dos dedos agarré aquel pañuelo de tela. Con cierto asco, lo manipulé y vi que tenía bordadas dos letras con hilo azul marino: una eme y una de mayúsculas.

—¿Qué es? —preguntó Liam.

—¿Cuál es el apellido de Martí?

—Delmont.

En ese momento, todo cobró sentido para mí. A veces las cosas son justo lo que parecen.

41

LIAM

Lo que Adriana estaba sugiriendo era una completa locura. Además, Martí nunca llevaba pañuelos bordados. Me negaba a creer que ese pañuelo fuese suyo.

Conseguimos salir de allí sin necesidad de mirar los planos, simplemente seguimos los restos de cera que la vela había dejado.

Ni Adriana ni yo dijimos nada hasta que llegamos al cuartucho de debajo de la escalera. Entre los dos, arrastramos el armario y lo dejamos en su sitio, tapando el agujero por el que habíamos accedido al pasadizo y seguramente habrían usado antiguos alumnos.

—¿No piensas decir nada? —preguntó Adriana en un tono que no me gustó.

—No hay nada que decir.

—Entiendo que no quieras aceptarlo, pero esto se ha terminado Liam: Martí empujó a Georgina.

—Ese pañuelo podría haberlo dejado ahí cualquiera para inculparlo. Tenemos que llamar a Frank. Seguro que él...

—¡¡¡Basta!!! Quiero acabar con esto de una vez, necesito centrarme en los ensayos de la obra y en mi carrera profesional. ¿No te das cuenta de que estamos perdiendo la cabeza? —me interrumpió Adriana.

—Es que ese pañuelo no prueba nada...

—No quieres ver la realidad, y lo entiendo. No debe de ser fácil aceptar que la persona que amas y con la que duermes es un criminal, pero no es solo el pañuelo, Liam, ¿no lo entiendes? ¡Martí mintió desde el principio! Estuvo en la terraza, el de seguridad lo vio subir. Bajó por esa escalera de caracol cuando yo subí a buscar a Georgina y ahí fue cuando perdió este pañuelo.

Su teoría tenía sentido, todo cuadraba. Quizá Adriana tenía razón y yo no podía ver la verdad porque mi amor por Martí me cegaba. Me pregunté hasta qué punto lo que había pasado entre nosotros era real, cuánto de verdadero había en sus sentimientos y cuánto de manipulación. Traté de buscar alguna razón lógica que explicara la presencia de aquel pañuelo en la escalera y exculpara a Martí, pero no la encontré.

Adriana me dio un abrazo, un abrazo que hablaba de consuelo, de pena, de culpa, pero sobre todo de apoyo. En ese momento me derrumbé y rompí a llorar porque no soportaba la idea de que la persona a la que más quería hubiese sido capaz de quitarle la vida a otra. ¿Cómo iba a afrontar aquello? Si hablaba con él, si le mostraba el pañuelo, lo negaría todo, buscaría otra excusa, como siempre hacía, y me convencería de que él no había sido; por supuesto que lo haría, porque así es el amor: ciego.

Me separé de Adriana y salimos del cuartucho.

—¿Te lo quieres llevar tú? —dijo ofreciéndome el pañuelo.

—No, mejor guárdalo tú. No quiero que Martí lo encuentre entre mis cosas, aún no sé cómo voy a enfrentarme a esto.

—No tienes que enfrentarlo ya, quizá no es necesario que lo hagas, quizá se trata solo de aceptar.

—¿Estás sugiriendo que acepte así sin más que el chico del que estoy enamorado es un asesino?

—Tampoco estoy diciendo eso. No sabemos exactamente lo que pasó en esa terraza, Liam.

—Tú parecías tenerlo muy claro hace solo un instante.

—No, yo solo tengo claro que fue él la persona que vi huir. Quizá fue un accidente y...

—¡No hagas eso! —Me detuve en seco en mitad del pasillo.

—¿Que no haga el qué?

—Lo que estás haciendo. Quitarle importancia para hacerme sentir mejor —le recriminé.

Ella no dijo nada. Nos despedimos en la esquina. Ella se fue a su habitación y yo caminé hasta la mía como un zombi.

Cuando las cosas se descontrolan y no hay nada que pueda pararlas, solo queda dejarse arrastrar por la corriente. En la vida, no existe ninguna certeza absoluta. A veces, todo parece ir bien, pero, de repente, algo se tuerce y entonces la estabilidad que creías tener se desmorona tan rápido como una escultura de arena.

Entré en la habitación y me encontré a Martí tumbado en su cama, con esa carita angelical y al mismo tiempo provocativa.

¿Hasta dónde estaba dispuesto a llegar por amor? ¿Sería capaz de encubrir a un criminal? ¿Quería seguir a su lado aun sabiendo lo que había hecho?

No supe qué hacer, ni qué decir. La única forma de saber si ese pañuelo le pertenecía era preguntándole, pero no se me ocurría una forma de hacerlo sin levantar sospechas. Aparte, estaba convencido de que lo negaría todo, pero que no podría darme ninguna prueba que demostrara que decía la verdad. Solo me quedaría confiar en su palabra. Y, desde luego, corría el riesgo de que nuestra bonita historia de amor se acabara cuando no había hecho más que empezar...

Él debió notar que algo no iba bien, porque se levantó de la cama y se acercó. No supe si alejarme o abalanzarme sobre él; no hice ninguna de las dos cosas. Me quedé allí, inmóvil, roto.

—¿Qué te pasa? —preguntó, apoyando sus manos sobre mis hombros.

Lo miré a los ojos y sentí que me perdía en ellos.

—Abrázame —le rogué.

Y, por un momento, no necesité nada más. Allí, embriagándome de su olor, abrazado a su cuerpo, me sentí seguro de nuevo. No tenía ni idea de qué sucedería a continuación, pero por el momento me conformaba con tenerle, con sentir sus suaves labios y con el calor que le aportaba a mi alma. Martí tenía la capacidad de hacerme olvidar cualquier cosa por horrible que fuera.

42

ADRIANA

La semana pasó demasiado lenta y aburrida. Sin misiones y planes de búsqueda, los días se habían convertido para mí en una sucesión de clases y ensayos. Habíamos descubierto quién fue la persona a la que vi huir de la terraza, la que estaba con Georgina y la que no la ayudó cuando esta pidió auxilio. Sin embargo, lo que sucedió allí arriba minutos antes de que yo llegara solo podríamos descubrirlo si Liam se atrevía a enfrentar a Martí, aunque nunca podríamos corroborar su versión. Así que solo nos quedaría creerle, por eso entendía que Liam decidiera no hablar del tema con Martí por el momento, algo a lo que yo no me opuse, sabía que necesitaría tiempo para aceptar nuestro descubrimiento y probablemente aquello supondría el fin de su relación.

Por fin llegó el jueves, estaba ansiosa por asistir al estreno del corto y ver el resultado final. Liam también parecía ilusionado, pese a las circunstancias.

Aproveché para ir a la peluquería, no podía ir peinada de cualquier forma. Me hicieron un recogido informal y me dejaron el flequillo suelto y ondulado.

Cuando me puse el vestido, que llegaba hasta el suelo incluso con las sandalias de diez centímetros de tacón, me sentí toda una estrella.

La cara de Liam al verme fue de admiración total.

—Madre mía, estás espectacular, pareces una modelo famosa —dijo con los ojos tan abiertos que parecían dos lunas en una noche despejada.

—¡Qué exagerado! Anda, vamos, que ya he pedido un uber.

Salimos de la residencia y por un momento deseé encontrarme con Álvaro. No sé por qué, pero me hubiese gustado que me viera así.

—¿Has hablado con Martí sobre...? —pregunté una vez que subimos a la parte trasera del coche que nos recogió para llevarnos al cine Phenomena.

—No. Soy incapaz. Además, ¿qué voy a conseguir haciéndolo?

—¿Que lo reconozca al menos? —pregunté algo sarcástica.

—¿Para qué?

En eso tenía razón, ¿para qué? Si realmente la empujó él, nunca lo reconocería, seguro que se inventaría que había sido un accidente. Llamar a la policía no era una opción, ¿cómo íbamos a explicarles todo? Y, por otro lado, estaba el hecho de que yo había mentido en mi primera declaración, cuando dije que no llegué a subir a la terraza, por no hablar de que me había deshecho del móvil del Georgina y de que su muerte había sido a mí a la que más había beneficiado.

Llegados a este punto lo mejor era seguir con nuestra vida y dejar a Georgina descansar en paz.

—Ya... —musité.

—Pero he estado pensando que deberías llamar a Frank de todas formas —dijo Liam.

—Ya no tiene ningún sentido.

—Sí, sí que lo tiene. Él puede ayudarnos a resolver...

—Otra vez no, Liam, por favor. No empieces, el misterio ya está resuelto, que tú no quieras aceptarlo es otra cosa. Esta es mi noche, y quiero disfrutarla, no me la estropees, por favor.

—¿Para qué me preguntas entonces? —se quejó.

Lo fulminé con la mirada. Era algo que había aprendido de Georgina, cuyas miradas hablaban.

—Tienes razón, lo siento —me disculpé con sinceridad.

El coche se detuvo frente al cine. La entrada estaba llena de focos y habían puesto una alfombra roja. Apenas había un par de periodistas y algunos curiosos que se habían parado a cotillear.

Liam y yo entramos. Antes de tomar asiento, el director del corto me llamó.

—Adriana, Adriana...

Me giré.

—¿Qué tal? —Lo saludé con naturalidad.

—¿Dónde vas? Tienes que pasar por el *photocall*.

—Ay, perdón, no tenía ni idea —me disculpé de inmediato.

Me hizo tanta ilusión que cuando posé para que me hicieran fotos no podía dejar de sonreír. Era mi momento y lo disfruté cada milésima de segundo.

—¡Qué naturalidad! ¡Qué sonrisa! —exclamó el director cuando los fotógrafos terminaron de disparar—. Gracias por decir en la escuela que venías al estreno. El hecho de que Álvaro Fons anunciara en su cuenta de Twitter que asistiría al evento ha hecho que vengan muchos medios.

—¿Álvaro está aquí? —pregunté confusa.

—No, aún no ha llegado. Igual ni viene, pero solo el hecho de que dijera que lo haría ya es todo un detalle por su parte.

En ese momento llegó la actriz protagonista y el director se excusó para ir a hablar con ella. Yo me había quedado paralizada por la noticia.

—¿Te encuentras bien? —preguntó Liam devolviéndome al lugar.

—¿Sabías que Álvaro iba a venir?

—¿Está aquí? —preguntó tan sorprendido como yo.

—No, pero es probable que llegue en cualquier momento.

—¿Y qué hace un actor tan conocido en un estreno tan... humilde como este?

—Debe ser cosa de Carme, estoy segura, quizá ella le ha hecho anunciar que venía para provocar el morbo en los medios y que el estreno del corto sea todo un éxito.

—Bueno, pues mejor, ¿no? A ti te viene muy bien eso.

—Supongo —dije mientras caminaba hacia el patio de butacas.

Tomamos asiento en la segunda fila. Al ver el corto completo, me di cuenta de lo insignificante que había sido mi aportación. Mi papel había sido pequeño en comparación con el del resto de los actores. Sin embargo, tenía la sensación de que, aun así, había gustado a los espectadores. La escena en la que salía había sido de las más cuidadas, y eso la hizo destacar.

El atractivo de cortos como aquel no estaba en los efectos especiales ni en la superproducción, sino en la sencillez de la trama y en la brutalidad de los diálogos. Lo único que no me había gustado era la banda sonora, la música no estaba a la altura de algunas escenas, y eso le hacía perder fuerza. La única canción que me pareció acertada fue, casualmente, la que usaron en mi escena.

Cuando terminó el pase, fuimos a la terraza del Hotel Sagrada Familia. El lugar me pareció una parada obligatoria no solo para todos los turistas, sino también para la gente que vivía en Barcelona, pues desde allí podías disfrutar de una singular perspectiva de la Sagrada Familia y tenías unas magníficas vistas de la ciudad.

Las noches aún eran algo frescas a pesar de que ya estábamos en mayo, y aunque la terraza estaba rodeada de unas enormes cristaleras, sentí algo de frío.

Había muchas personas de pie, vestidas con atuendos brillantes y elegantes, conversando con una copa en la mano. Las fiestas después de los estrenos eran perfectas para cerrar negocios y formar alianzas en un ambiente distendido.

Los cócteles recorrían aquel amplio espacio tan llamativo por su decoración: suelos de madera relucientes; sillas y mesas de lo más modernas ubicadas frente al barandal, ofreciendo en primer plano el mayor deleite visual del lugar; asientos más amplios bajo pequeñas carpas, con un poco más de privacidad; hileras de pequeñas luces amarillas que adornaban de punta a punta todo el espacio y la mejor música para acompañar la velada. Todo un espectáculo de aromas, sabores y colores, que hacían estallar mis sentidos.

No pude evitar buscar a Álvaro entre la multitud.

—¿Lo ves? —preguntó Liam.

—No. —Sonreí porque me hizo gracia que me conociera tanto y tan bien.

—Vamos a pedir algo.

Al llegar a la barra, pidió dos gin-tonics de ginebra rosa.

En ese momento recibí un wasap de Oliver.

OLIVER

Por eso querías ir sola a la fiesta, ¿no? Para estar con él.

Le contesté sin pensar; en un principio, no supe a qué se refería.

ADRIANA

¿De qué hablas?

OLIVER

No te hagas la tonta, sé perfectamente que estás con Álvaro.

ADRIANA

Álvaro no está aquí.

OLIVER

¿Encima me mientes? ¿Te crees que soy imbécil o qué?

Adjuntó una foto que me dejó helada. La había subido Álvaro a sus historias de Instagram y se veía la Sagrada Familia desde la terraza en la que estábamos.

ADRIANA

Oliver, no estoy con Álvaro, ni siquiera lo he visto.
Te lo prometo.

OLIVER

Está bien... Lo siento, es que eres lo único que tengo. Es normal que me preocupe. Te he escrito antes preguntándote cómo había ido el estreno y no me has contestado.

ADRIANA

Es que no había mirado el móvil hasta ahora.
No he podido leer tus otros mensajes...
Acabamos de llegar a la terraza.
¿Estás desconfiando de mí?

OLIVER

No desconfío de ti, desconfío de él.

A esto último no le respondí. Me quedé mirando la pantalla del móvil con una sensación extraña.

OLIVER

Pásalo bien, llámame cuando llegues a la residencia.

ADRIANA

Llegaré tarde.

OLIVER

No importa, quiero saber que has llegado bien,
me preocupo por ti.

Iba a contarle a Liam la conversación que acababa de tener con Oliver cuando, de pronto, al levantar la vista del móvil, me encontré a Álvaro en la barra. Apenas nos separaban un par de metros. Nos miramos fijamente, casi sin respirar.

Sin retirar la mirada, se acercó a mí. Quise apartar la vista, pero no pude.

—Enhorabuena por tu primer papel —dijo con ese tono de voz grave que se me clavaba en el corazón.

—Gracias —musité.

El camarero terminó de servir las copas y nos las dio.

—¿Podemos hablar? —preguntó al verme decidida a agarrar la copa e irme—. No te robaré mucho tiempo.

Sus palabras quedaron flotando en el aire y de pronto dejé de escuchar toda la algarabía que nos rodeaba. Álvaro apoyó el codo en la barra, anunciando que no pensaba aceptar un no por respuesta.

43

ADRIANA

En ese momento, Liam dijo que iba al baño y nos dejó solos. Quise matarlo.

La música suave endulzaba nuestros oídos. Los aromas también tenían un atractivo sensorial. Toda esa mezcla de sensaciones, junto a la cercanía de Álvaro, me alteró. El corazón me bombeaba tan deprisa que tuve que dejar la copa sobre la barra porque tenía miedo de tirármela encima.

Su expresión era seria y atractiva a partes iguales.

—¿Y bien? ¿De qué quieres hablar? —pregunté con la garganta seca, en un intento de no dejarme intimidar.

—Estás radiante esta noche. Bueno, tú siempre lo estás. —Apoyó el brazo en la barra en una pose muy sexi.

—¿Eso era lo que querías decirme? —pregunté en un tono quizá demasiado frío y cortante.

—No, quería pedirte perdón.

¿Pedirme perdón? ¿A mí? Por suerte, ya no tenía la copa en la mano.

—¿Por qué? —pregunté confundida.

—Por haber sido un estúpido y no luchar más por lo nuestro... —La aflicción se adueñó de su rostro perfecto.

—No podíamos hacer nada —dije sin pensar.

¿Por qué lo excusaba?

—Yo sí. Podría haber seguido a tu lado, podría haberme enfrentado a mi madre y votarte a ti en lugar de a Georgina, podría haberte apoyado después de todo lo que pasó esa noche tan horrible...

—La verdad es que estuvo feo que solo me escribieras un mensaje esa noche. —Le di un trago a la copa ahora que ya me sentía más calmada.

—Tienes razón, pero estaba demasiado confundido por todo. Aunque no es excusa..., lo sé. Perdóname.

—Creo que ya lo he hecho —confesé.

—¿Por qué?

«Porque te quiero», pensé, pero no se lo dije. Lo que sentía por él era algo tan extraordinario que me asustaba.

—Porque no te guardo rencor y porque he comprendido lo difícil que ha sido todo esto para ambos, ninguno hemos sabido gestionarlo. Yo tampoco he estado a tu lado en estos momentos tan duros... Siento tanto que al final lo de tu padre haya salido a la luz, sé lo mucho que te preocupaba.

—Ha tenido que pasar en el peor momento, justo cuando el juez ha dicho que la escuela no tenía ninguna responsabilidad en la muerte de Georgina.

—Cualquier cosa que necesites... —no supe cómo continuar la frase.

—Gracias, Adriana. De verdad que tus palabras significan mucho para mí. —Tragó saliva y su nuez recorrió de arriba abajo su ancho cuello—. ¿Sabes?, creo que las circunstancias no han estado nunca de nuestro lado...

—No, no lo han estado.

—Y eso, sumado a que me he comportado como un crío...

—Sí, eso también. —Sonreí.

Puso morritos. ¿Cómo puede alguien tener unos labios tan perfectos? Me asaltaron unas ganas terribles de besarlo.

—Al menos ahora sé lo que es el amor. ¿Por qué nos asustamos tanto cuando tenemos delante todo lo que siempre hemos querido conseguir?

Me encogí de hombros porque su pregunta me había robado la voz. Entendía perfectamente lo que quería decir. El amor es así de caprichoso: soñamos con él y, de pronto, cuando lo conseguimos, ya no nos parece tan maravilloso como habíamos creído y lo descuidamos, hasta perderlo, y entonces de nuevo tomamos conciencia de lo importante que es para nosotros. Así había sido nuestra historia desde el principio, una ilusión que tan pronto como la alcanzábamos la volvíamos a perder.

—Supongo que quererlo todo es demasiado ambicioso —dije cuando conseguí recuperar el habla.

—Lo dices como si no lo tuvieras ya todo. —Me miró fijamente a los ojos mientras lo decía.

—Es que no lo tengo —confesé al tiempo que apartaba la mirada.

—¿No? Tienes una carrera prometedora por delante, unos amigos increíbles y un novio que ha estado a tu lado durante todo este tiempo.

—Bueno, visto así…, tú también tienes todo eso —dije con desdén.

—No. A mí me falta tener una pareja que esté a mi lado y me valore como persona, no como un trofeo, pero, como bien dices, supongo que no se puede aspirar a tenerlo todo.

—Te vas a casar. —Sin pretenderlo, mi tono sonó bastante hostil.

—¿En serio te creíste eso? —Se le dibujó una sonrisa burlona.

—No sé, es lo que decía la prensa.

—La prensa miente mucho.

—Con nosotros no mentía tanto como hicimos creer.

—Eso es cierto, pero lo nuestro fue diferente.

«¿Lo fue?».

—Entonces ¿no te vas a casar? —Tragué saliva, preparándome para escuchar su respuesta; no quería atragantarme.

—Claro que no, nunca tuve intención de hacerlo. Solo era un montaje. Ya sabes cómo funciona esto. Pero nunca más volveré a cometer un error así. Al final, todo el asunto de mi padre ha acabado sabiéndose.

—De todos los errores se aprende.

—¿Lo dices porque consideras que lo nuestro fue un error?

—No, no lo decía por eso —aclaré.

—Entonces ¿crees que no lo fue?

—No lo sé, quizá no... Pero ¿qué más da ya? Lo importante es aprender de la experiencia y seguir adelante.

—¿Y si el error fue separarnos? —dijo con una voz rota que me erizó la piel.

Liam regresó y, sin tener ni la menor idea de la conversación que estábamos teniendo, dijo:

—Adriana, vamos, acabo de ver a unas chicas de la escuela y quieren hacerse una foto contigo.

Álvaro me miró y esbozó una sonrisa sincera y triste. Supongo que comprendió que no había una respuesta a aquella pregunta.

—Disfruta de tu noche. —El tono con el que pronunció estas palabras me rompió el corazón.

Lo mejor de la noche había sido esa sonrisa transparente, carente de rencor y colmada de admiración y amor. Lo peor, tener que alejarme de él.

Liam me agarró del brazo y, casi sin tiempo para despedirme de Álvaro, me vi acosada por un grupo de chicas que decían estudiar en la escuela, pero a las que no recordaba haber visto en mi vida. Al parecer, habían ganado la entrada para ir al estreno en un sorteo en Instagram y les había encantado mi personaje.

Me hice varias fotos con ellas, a una incluso le firmé un autógrafo en una servilleta. «Para cuando te hagas famosa», me dijo.

Las chicas se escabulleron entre la multitud y, cuando volví a mirar a la barra, Álvaro ya no estaba allí.

Le di el último trago a mi copa y fui a pedir otra. En ello estaba cuando dos chicas llegaron empujando y me miraron con la intención de pedirme algo.

—¿Vosotras también queréis un autógrafo? —pregunté entusiasmada.

—No, estoy intentando alcanzar dos pajitas. ¿Te importa acércamelas? —dijo una de ellas.

Desilusionada y avergonzada, le acerqué el cuenco con las pajitas.

—¿Qué quieres beber? —le pregunté a Liam que estaba a mi lado contemplando la escena.

—Otro gin-tonic rosa.

—Yo creo que me lo voy a pedir normal, esa ginebra rosa entra tan bien que si sigo bebiendo a este ritmo acabaré borracha.

—Vale... Pídeme a mí también uno *normal* —dijo con retintín. Odiaba la palabra «normal», y solo la utilizó para burlarse de mí.

El camarero nos sirvió las copas y, antes de que pudiéramos alejarnos de la barra, se acercó a nosotros un señor mayor que se nos presentó como Miguel Ángel Trueba, director de una de las agencias de actores y actrices internacionales más importantes de España. Todo parecía normal hasta que dijo:

—Me gustaría representar a una actriz como tú.

—¿Como yo?

—Sí, joven, con tus rasgos, poco explotada y con un futuro prometedor por delante.

—Entiendo. —Traté de ocultar mi entusiasmo.

—¿Tienes material para enviarme? —preguntó Miguel Ángel.

—Aún no tengo *videobook*, pero tengo las imágenes del corto y en dos semanas se estrena una obra en la que soy protagonista. Estás invitado, claro.

—¿Dónde se estrena la obra?

—En el Liceu.

Abrió los ojos, impresionado. No sé qué tenía aquel teatro que le daba cierto caché a todo lo que pasara por su escenario.

—La cosa es que no es a mí a quien tienes que convencerme de tu talento, eso ya lo he podido ver, así que lo que me interesa no es verte actuar en un escenario, sino tener fotos tuyas para poder venderte. Como en mi agencia tenemos muy buenos actores, nos llaman los grandes directores de series y películas premiadas en numerosos festivales. Pero necesitamos imágenes de calidad para mostrarles.

Mantuve la calma pese a estar a punto de perder los nervios. ¿Este hombre no entendía que si no me daban más papeles no podía tener más material para mi *videobook*?

No me rendí tan fácilmente. Si Cooper consiguió convencer a una productora para que invirtiera una suma desorbitada en *King Kong*, yo podía convencer a Miguel Ángel Trueba para que me fichara sin *videobook*. Busqué mi móvil y le mostré algunas imágenes, vídeos de los ensayos y ejercicios que había hecho en clase durante el curso que tenía colgados en Instagram. Se quedó impresionado al ver la cantidad de seguidores que tenía, como si de pronto eso sumara puntos o subiera el caché.

—No son fotos profesionales, pero igual con todos los seguidores que tienes podrías conseguir alguna colaboración con un fotógrafo profesional para un *book*. Evita el vestuario de revista de moda y opta por un atuendo más causal y por un maquillaje natural. Ten varios registros, con el pelo suelto, recogido, a un lado... Además, el *videobook* también es necesario. Los directores ven miles de perfiles, el tuyo tiene que destacar por algo más que por tu belleza.

—Pues no sé cómo voy a conseguir un *videobook* profesional, no tengo dinero para pagar uno ahora mismo —admití, avergonzada. Eran bastante caros.

—Bueno, no te preocupes. Te dejo mi tarjeta. Tú llámame la semana que viene y vemos qué podemos hacer. Si consigues las fotos profesionales, podría presentarte a un chico que graba unos *videobooks* bastante aceptables por unos seiscientos euros. ¿Crees que eso podrías permitírtelo?

No estaba en mis planes gastarme ese dinero, pero podría hablar con el abuelo... No era fácil para una actriz o un actor encontrar un agente que te representase. Para que uno bueno aceptara llevarte, necesitabas haber hecho muchos trabajos y buenos, y yo había conseguido captar el interés de Miguel Ángel Trueba, dueño de una agencia importante de actores, con mi pequeña aparición en el corto, ni siquiera había tenido que enviar currículums, por lo que no podía dejar pasar esa oportunidad. Ya vería de dónde sacaba el dinero.

—Sí, por supuesto.

—Perfecto.

Miguel Ángel se despidió y yo le di las gracias por su tiempo e interés.

Liam y yo nos tomamos la copa mientras disfrutábamos de las vistas y del ambiente. Me hizo varias fotos de cuerpo entero, para que se viera bien el vestido, con la Sagrada Familia de fondo. La iluminación era perfecta. Elegí una en la que mi cara lucía muy sensual, con la boca entreabierta y los labios como de pez. Le puse un filtro, etiqueté al diseñador y a la boutique del amigo de Carme, y la subí.

—A ver, ¿cómo ha quedado?

—La acabo de subir a Instagram ahora. Mírala desde tu móvil.

—Veo que te has tomado muy en serio lo del *engagement*.

—Y no te olvides de dejarme un comentario.

—¿Alguna sugerencia? —preguntó con cierto sarcasmo mientras desbloqueaba su móvil.

—Pon algo de mi actuación en la película, pero también del vestido para que lo vea el diseñador.

No tardé ni un segundo en recibir cientos de «me gusta». Aquella sensación de éxito y popularidad era adictiva.

No volví a ver a Álvaro, pese a que en más de una ocasión lo busqué entre la multitud.

Comencé a encontrarme algo mareada, y decidimos irnos antes de que el alcohol me dejara aún más en evidencia. Pedimos un coche, y cuando estuvo en la entrada del hotel, bajamos.

—Este chófer es un maleducado, ni siquiera ha bajado a abrirnos la puerta —susurré cuando nos subimos a la parte trasera.

—Eso solo lo hacen los del servicio *black*.

—¿Y por qué no has pedido ese?

—Porque costaba el doble —aclaró.

—Ah —musité.

En ese momento, dos chicas se acercaron al coche gritando y agitando las manos. Seguro que me habían reconocido y querían una foto conmigo. Por suerte, el conductor arrancó y las dejamos atrás.

Debía ser la fama del corto. Qué rápido me había hecho famosa. Me imaginé saliendo del coche rodeada por una masa de fotógrafos.

—Deberían ofrecernos champán —le dije a Liam en un tono bajo para que el chófer no nos escuchara.

—Díselo, seguro que te ofrece —se burló.

—Oiga, ¿sabe usted quién soy? —me dirigí al conductor—. Soy una actriz muy famosa, podría parar, estoy sedienta y queremos champán

—¡Estás borracha! —susurró Liam.

—Está prohibido beber dentro del coche, señorita.

—Eso de señorita ya no se usa, es solo para la gente del servicio —me queje, repitiendo lo mismo que Georgina le había dicho una vez a un camarero.

Liam me miró y puso los ojos en blanco.

El coche se detuvo en un semáforo y un grupo de chicas comenzaron a gritar señalándome. Me habían reconocido. Bajé la ventanilla para saludarlas y al hacerlo alcancé a escuchar solo algunas palabras de lo que decían:

—¡El vestido! ¡Cuidado! ¡La puerta!

Todo entre risas y burlas. Estaban borrachas.

—Adriana, creo que lo que están queriendo decir es que te has cogido el vestido con la puerta —dijo Liam.

La abrí para comprobarlo y vi que toda la parte baja del vestido estaba sucia y destrozada por el roce con el asfalto. Abochornada, la cerré sin mirar a las chicas.

44

LIAM

Juro que hice todo lo posible por aguantarme la risa, pero el alcohol no ayudó. Rompí a carcajadas mientras que Adriana trataba de contener las lágrimas de la vergüenza. Iba borracha y se había montado su propia película; es el peligro de la fama, que uno puede acabar creyéndose más grande de lo que en realidad es.

No hice ningún comentario chistoso, aunque se me ocurrieron cientos, pero por su cara supe que no era el momento.

Adriana no abrió la boca el resto del trayecto. Se quedó mirando el vestido, totalmente destrozado, como quien contempla un féretro.

Cuando llegamos a la residencia, la dejé en la puerta de su habitación.

—¿Estás bien o necesitas ayuda? —pregunté antes de irme.

—Estoy bien —dijo mirando de nuevo el bajo de su vestido—. Carme me va a matar.

—Es solo un vestido, igual si lo lavas...

No pude terminar la frase porque en ese momento ella se levantó el vestido y se quedó con un trozo de tela en la mano.

Nos entró la risa tonta. Luego ella se echó a llorar.

—Venga, no llores, algo se nos ocurrirá. Puedes decirle que hubo un incendio y que por suerte no te pasó nada. Entre quedarse sin la protagonista de la obra y quedarse sin vestido, seguro que la última opción le parece menos grave.

Adriana lo pensó un momento y debió de parecerle una buena idea porque se tranquilizó. Le di dos besos y me fui a mi habitación.

Al abrir la puerta, una ola de calor con olor a sexo me abofeteó la cara. No tuve tiempo de reaccionar cuando vi a Martí y a Cristina desnudos en la cama. Ella, que estaba encima de él, se cubrió rápidamente con las sábanas.

—Liam, ¿qué haces...? —preguntó él, molesto.

—¿Cómo que qué hago? Entrar en mi habitación —acerté a decir al tiempo que controlaba mis celos.

—Ya, joder, pero podrías avisar, pensé que vendrías más tarde...

En ese momento sufrí en mis carnes lo mismo que debió experimentar Georgina cuando nos pilló en la cama o quizá algo peor, porque lo que yo sentía por Martí era algo mucho más fuerte que lo que ella sentía, pero, paradójicamente, yo tenía menos derecho que ella a echarle nada en cara, puesto que entre él y yo no había nada.

—¿Te vas a quedar ahí parado? —preguntó.

—¿Y qué quieres que haga?

—No sé, ¿dar un paseo? —sugirió con sorna.

—Yo... me voy ya —musitó Cristina.

—No, da igual, seguid a lo vuestro, voy a dar una vuelta.

Salí y cerré la puerta.

Me quedé en mitad del pasillo sin saber qué hacer.

¿Por qué dolía tanto?

Me había estado autoengañando, pensando que eso de la bisexualidad sería solo una etapa transitoria y que acabaría aceptando su homosexualidad. ¡Qué iluso! Martí era bisexual y eso conllevaba que no podía estar conmigo, porque siempre habría algo que él querría y que yo, por razones obvias, no podía darle.

Salí de la residencia a tomar un poco de aire y caminé sin rumbo mientras pensaba que quizá Martí había estado haciendo el paripé para ocultar su crimen. Traté de quitarme esa idea de la cabeza, al igual que la imagen de Cristina encajada en su cuerpo.

Recordé que ese día había una superfiesta organizada por el grupo Matinée en Pervert Club, que hacía las fiestas gais más locas de Barcelona. Al haber acompañado a Adriana al estreno del corto no había podido ir, pero aún era temprano y necesitaba olvidarme de todo.

Le escribí a un organizador de la fiesta que era amigo mío y le pregunté si aún podía ir. No tardó en responderme que sin problema.

El lugar era un verdadero templo de la música *house* creado para satisfacer las expectativas de una multitud acostumbrada a los mejores festivales de todo el mundo y con los mejores DJ y espectáculos del panorama gay. Nunca había estado en una fiesta como aquella. Siempre me había parecido un lugar para tíos con cuerpos de gimnasio y drogados.

Tener una cuenta en OnlyFans, que muestra que tu entrepierna supera los veinte centímetros, y miles de seguidores en Instagram, hace que la gente te reconozca, te salude y quieran ser tus amigos o... algo más.

Pedí una copa y me acoplé al grupo de un chico con el que había grabado un vídeo para nuestras respectivas cuentas. Sobre el escenario, cuatro tíos mazados bailaban completamente desnudos. Me pregunté cómo harían para que la polla se les quedara dura durante todo el show, seguro que se pinchaban algo. Nunca había visto un espectáculo en el que los bailarines fuesen así, sin nada. Me quedé contemplando el escenario asombrado y por un momento conseguí olvidarme de la imagen de Martí y Cristina juntos.

Vi que uno de los chicos del grupo sacó del bolsillo de su pantalón una bolsita con un polvo rosa.

—¿Quieres? —me ofreció.

Sabía qué era, pese a no ser muy conocido aún, el tusi era un tipo de droga muy cara y difícil de conseguir. Quizá por eso y por su color se consideraba la droga de las pijas.

Asentí con la cabeza. Al fin y al cabo, para eso estaba allí, para olvidarme de todo y disfrutar al máximo.

—Tú sí que sabes, ¿eh? —dijo el chico, que me ofreció una puntita con una pala pequeña de metal que llevaba colgada al cuello.

Nunca había probado tusi, pero con solo un poco ya pude experimentar algunos de sus efectos. Era una mezcla de las mejores sensaciones que producían el resto de las sustancias, quizá por eso decían que era tan adictiva.

No tardé demasiado en quitarme la camiseta al igual que el resto. Los chicos bailaban pegados unos con otros. El ambiente estaba cargado de las hormonas que el sudor de los cuerpos desprendía. Evité pensar en nada que no fuese en bailar.

Más alcohol.

Más droga.

Más calor.

Mezclar tusi, GHB y alcohol no era la mejor idea. El policonsumo provoca intoxicaciones y puede ser mortal, y yo lo sabía, pero en ese momento me dio igual, y eso era lo peor de todo.

Me vi a mí mismo metido en una caja rosa a través de la que podía contemplar todo lo que sucedía a mi alrededor, como si hubiera salido de mi propio cuerpo y pudiera observarlo todo. Con el reflejo de los focos, las partículas de polvo que flotaban en el aire se veían como luciérnagas sobrevolando la pista. Por un momento, quise quedarme en aquel lugar para siempre. Ese es el peligro de las drogas. La gente acaba enganchada con facilidad porque la tentación de poder sentirse bien siempre es muy fuerte.

Por eso quieres más y más.

Por eso esa noche no supe parar.

Vi a dos chicos liándose delante de mí y de pronto me apeteció dejarme llevar. Miré a mi alrededor, pero ninguno me gustaba.

Fui a dar una *putivuelta* y de pronto un chico moreno, con barba, labios gruesos, ojos verdes y unos pectorales de infarto se me quedó mirando. No quise ser lanzado, así que simplemente bailé sin dejar de mirarlo. No sé cuánto duró aquel baile de miradas, pero cuando me di cuenta, estábamos demasiado cerca. Acaricié su sudoroso pecho, que lucía al descubierto, y él no tardó en acercarse más a mí. Cuando su boca estuvo a solo unos centímetros de la mía, mi lengua rozó sus labios. Sentí las notas de su sabor: una mezcla a alcohol, perfume y sudor. Nuestros labios se fundieron en un apasionado beso. Es lo que tiene la droga, todo parece una explosión de sensaciones.

El sabor de su boca provocó que quisiera lamerlo entero, absorber cada gota de sudor que recorría su suave cuerpo, meter mi mano en su ropa interior y notar convulsionar su erección.

Me acarició la espalda y no dudó en introducir la mano por debajo de mi pantalón. Me sobó las nalgas en mitad de la discoteca, y eso me puso a mil. Quería decirle que fuésemos al baño, pero en ese momento me preguntó mi nombre.

—Liam —respondí a gritos para que me escuchara por encima de la música—. ¿Y tú?

—Adri. Mira, te presento a mi novio —dijo señalando a un chico que había a su lado.

¿En serio? No me lo podía creer. ¿Acaso la libertad no tenía límites? ¿Era aquello algún tipo de morbo?

Le di dos besos al novio y nos presentamos.

—¿No te importa? —me preguntó Adri.

Me encogí de hombros sin saber qué decir.

—¿No eres celoso? —insistió.

—Sí, pero solo cuando alguien me importa —dije con una sonrisa.

Seguimos bailando demasiado cerca y, cuando el novio (que, por cierto, también estaba tremendo) desapareció, volví a comerle la boca.

—¿Qué tipo de relación tienes con tu chico? —curioseé.

—Abierta.

—Entonces, si te digo que me acompañes al baño, ¿no pasa nada?

Negó con la cabeza.

—Pues vente —dije sin pensarlo dos veces.

Entramos y, tan pronto como cerramos la puerta, nos comimos a besos. Le desabroché el pantalón y dejé salir su erección al tiempo que liberé mi deseo por metérmela en la boca.

Me agarró por la barbilla y me subió. Luego me dio la vuelta y me apoyó contra la pared. Me bajó los pantalones y sentí su pecho rozando mi espalda, sus labios besando mi cuello y su sexo abriéndose paso dentro de mí.

El resto no lo recuerdo. Solo sé que mientras hacíamos todo lo que hicimos yo no pude evitar recordar a Martí y aquel momento que tuvimos en el baño. Adri dejó de existir y de pronto los besos eran los de Martí, las manos que me tocaban también. Busqué su cuerpo en otra piel, pero no hallé nada igual.

—Vamos, que mi novio me está llamando —dijo Adri, que me dejó con todo el calentón.

Lo miré con cara de: «¿En serio piensas dejarme así?».

—¿Quieres que le diga que venga?

¿Me estaba proponiendo un trío? Por supuesto que me lo estaba proponiendo. El novio estaba bueno, pero me gustaba más él.

Me dejé llevar y acepté. Al fin y al cabo, era para lo que había ido allí, para fluir.

Mientras disfrutaba de aquellos dos cuerpos, me dije que nunca más aceptaría hacer un trío con alguien que fuera mi pareja. No es que no me excitara, es solo que yo no quería ser partícipe de aquello. No quería tener nada que ver con relaciones abiertas, no quería ser liberal, no quería compartir, no quería seguir acompañando a Martí en este camino hacia el descubrimiento. Todo eso no era para mí. Me estaba perdiendo a mí mismo.

El orgasmo llegó acompañado de dos lagrimones que recorrieron mis mejillas. Me los sequé con disimulo, luego me subí los pantalones y salí del baño antes que ellos dos. Me enjuagué la boca y me miré en el espejo empañado por el vaho que desprendían todos aquellos cuerpos semidesnudos.

Me prometí que nunca tendría una relación abierta, eso no iba conmigo; yo quería a alguien solo para mí, y si el amor se acababa, pues lo aceptaría y recordaría los momentos compartidos, pero no quería acabar haciendo tríos en el baño de una discoteca.

Debía poner fin a mi historia con Martí. No podía seguir siendo su amigo. Nuestra «amistad» me hacía daño. No soportaba más aquella situación, así que tendría que ser egoísta y mirar por mí. Debía alejarme de él, aunque fuese solo por un tiempo.

45

ADRIANA

Eran las ocho y media de la mañana cuando oí unos golpes en la puerta de mi habitación. Pensé que sería Cristina, que no había pasado la noche allí.

—¿Liam? —pregunté sorprendida al verlo allí parado con los ojos rojos, la camisa del traje arrugada y las deportivas blancas hechas un auténtico asco.

—¿Está Cristina? —susurró.

—No, ¿por qué?

Entró en mi habitación y se echó a llorar.

—Liam, ¿qué ocurre? Me estás asustando.

—No te imaginas lo que ha pasado.

—Pero ¿de dónde vienes?

—De una fiesta.

—¿Y qué hacías de fiesta?

—Cuando llegué a mi habitación, me encontré a Martí y a Cristina follando.

—¡¡¿Qué?!!

Es curioso cómo una persona puede aparentar una cosa y ser otra.

—Sí, fue horrible verlos juntos... Me ha engañado, durante todo este tiempo se ha estado burlando de mí. Solo me ha utilizado para que no sospechara de él. Voy a ir a la policía a denunciarlo por lo que hizo.

—No hagas nada de lo que mañana te puedas arrepentir, ahora estás borracho y es mejor que no te precipites.

—No entiendo por qué estás tan empeñada en que no vayamos a la policía —me acusó con la mirada.

Ignoré su comentario y me senté en mi cama.

—No puedo más, Adriana. Te juro que no puedo más. —Las lágrimas brotaron con mayor intensidad.

No sabía qué hacer o decir para consolarlo. Me rompía el corazón verlo así. Ni siquiera podía imaginarme lo que estaba sintiendo Liam en ese momento. Al final, mis sospechas habían resultado ser ciertas y la noche que se acostó con él lo hizo solo para engatusarlo. Martí había estado jugando con él todo este tiempo.

Liam se dejó caer en el suelo y apoyó la cabeza entre mis piernas. Le acaricié el pelo, olía a sexo y sudor.

—¿Qué has hecho en esa fiesta? —pregunté.

—Bailar.

—¿Y aparte de eso?

—Beber, drogarme y tener sexo sin protección con dos tíos. El amor es una mierda, Adriana.

—¿Has tenido sexo sin protección con lo precavido que tú eres?

—Sí, no pasa nada. Mañana iré a por la pastilla del día después.

—¿La pastilla del día después? —Me reí pensando que era una confusión, fruto de las drogas y el alcohol.

—Sí, hay una pastilla para evitar contraer el VIH después de una exposición de riesgo.

—¡Qué moderno! No tenía ni idea de que existía algo así. Está bien saberlo... Bueno, pero ¿te lo has pasado bien al menos?

—Sí, aunque el tío que me gustó tenía novio, por eso tuve que hacer un trío. Estoy tan cansado de todo, ojalá pudiera tener una relación *normal* —recalcó la palabra «normal».

Me sorprendió escucharle decir eso, pues él evitaba esa palabra a toda costa. Siempre me decía que no había nada normal, que lo normal solo era lo que una mayoría consideraba correcto o aceptable, y todo lo que dejaba de seguir ese patrón era considerado anormal.

—¿Y qué es para ti una relación normal? —pregunté.

—No sé, algo más tradicional quizá, más sencillo...

Pobre Liam, no solo tenía que lidiar con estar enamorado y dormir con un asesino, sino que también debía luchar contra lo que quería construir con él.

—Tienes que llamar a Frank, Adriana, prométeme que lo vas a hacer hoy mismo. Necesito que sigamos buscando, tiene que haber algo más, alguna prueba más sólida que ese pañuelo, algo que me permita enfrentarlo con mayor seguridad —me rogó.

—Está bien —acepté resignada, no podía negarme viendo lo mucho que estaba sufriendo.

Quizá Liam tenía razón y podíamos encontrar algo que inculpara a Martí con mayor firmeza y que no se pudiera rebatir.

Le obligué a darse una ducha y se acostó en mi cama. Yo comencé a vestirme para irme a clase.

En ese momento, alguien llamó a la puerta. Era Oliver.

Su cara, al ver a Liam tumbado en mi cama con el torso desnudo y a mí abrochándome la camisa, fue como leer un libro abierto.

—No es lo que parece —me reí.

—¿No? —respondió con una mirada malévola.

—Oliver...

—¿Por qué no me llamaste anoche cuando llegaste del estreno? —me interrumpió recriminándome.

Con Oliver tenía una mezcla de sentimientos encontrados. No

éramos pareja, al menos no lo habíamos establecido así formalmente, y, sin embargo, a veces me hacía sentir mal por no actuar con él como si lo fuéramos.

—Ahora no —dije en voz baja para no despertar a Liam—. No tengo tiempo para discutir... Llegué cansada, y como había bebido, me quedé dormida nada más acostarme.

—¿Con él?

—No, con él no.

—Te traía esto —dijo enseñándome un paquete—. Quería que recordáramos juntos el año que hemos pasado, pero ahora veo que soy un imbécil.

Me dio el regalo y se fue sin decir nada más.

Cerré la puerta y no pude resistir la tentación de ver qué había dentro. Lo abrí y me encontré con un álbum de fotos. Lo había mandado a hacer para mí. Las fotos estaban impresas sobre las páginas con frases en diferentes tipografías. Había fotos de principio de curso, de cuando nos conocimos. En todas salía yo sola: de espaldas, desprevenida, ensayando... Había una foto en mi cama, en la que se me veía la espalda desnuda y parte del rostro. Era una foto preciosa en blanco y negro. Debió de hacérmela una de las noches que dormimos juntos.

Era un regalo tan bonito y especial que me sentí fatal. Cerré el álbum, lo puse sobre el escritorio y me fui a clase.

Dejé a Liam durmiendo en mi cama y le escribí un mensaje a Cristina, para que supiera que estaba allí, por si iba a la habitación.

Me respondió al instante:

CRISTINA

No te preocupes, no voy a pasar por la habitación, voy directamente a clase.

Supuse que no querría encontrarse con Liam después de lo sucedido la noche anterior.

Me parecía que Martí había provocado una situación bastante incómoda. Entendía que fuera bisexual, pero ¿acaso no había más tías en el mundo?

A mí la noticia no me sorprendió en absoluto. Los había visto cada vez más acaramelados en los ensayos y, en el fondo, sabía que tarde o temprano acabaría pasando.

Antes de ir a clase, pasé por la cafetería para desayunar rápido, aunque iba con el tiempo justo no me quería saltar la dieta.

Allí me encontré a Oliver, que estaba a punto de salir.

—Oliver, déjame explicarte.

—No hay nada que explicar. Está claro que tú no quieres estar conmigo.

—Eso no es verdad. Siento no haberte llamado anoche cuando llegué, pero ya te he dicho que estaba muerta y me quedé dormida. Liam se fue a su habitación y ha llegado esta mañana.

—¿Y por qué ha ido a tu habitación?

—Porque Martí tenía compañía en la suya.

Pareció quedarse más tranquilo con mi respuesta.

—Me ha gustado mucho el álbum, es precioso.

—¿Sí? —Los ojos se le iluminaron y no pude evitar lanzarme y darle un beso en los labios.

Cuando me aparté de él, vi a Álvaro entrando en la cafetería.

—Buenos días —dijo mirándonos.

En su mirada no encontré un atisbo de rabia, celos o ira, algo que me desconcertó. Era como si, después de la conversación que habíamos tenido la noche anterior, ya hubiese aceptado que lo nuestro había terminado para siempre.

—Buenos días —respondimos Oliver y yo al unísono.

Cogí una bandeja, me serví y tomé asiento en una de las mesas. Oliver me acompañó mientras desayunaba.

—¿Tú te crees que yo soy tonto? —me espetó sin venir a cuento.

—¿A qué viene eso ahora? —pregunté antes de darle un mordisco a la tostada.

—¿Sabes lo gilipollas que me siento cada vez que me mientes? —Se le hinchó la vena del cuello.

—Pero ¿de qué hablas ahora?

—De que no me creo que anoche no vieras a Álvaro y hablaras con él, aunque ahora actuéis como si nada —dijo en tono hosco.

—Sí que lo vi, pero después de que tú me escribieras. ¿Tú eres feliz, Oliver? —pregunté, intentando entender por qué últimamente se comportaba así.

—Sí.

—Pues no lo parece.

—¿Y tú, lo eres?

—No lo sé...

—De verdad que no te entiendo, me cansas con tu actitud —dijo levantando la voz.

—No grites —le advertí, mirando alrededor avergonzada al ver que algunos alumnos se volvían hacia nosotros.

—No sé qué cojones hacer para tenerte contenta.

Se levantó arrastrando la silla. El chirrido de las patas de hierro sobre el suelo me provocó dentera.

—No tienes que hacer nada.

—¿No? Pues yo tengo la sensación de que me pones a prueba a cada momento y de que nada de lo que hago es suficiente.

—Eso no es cierto...

Mis palabras fueron perdiendo fuerza conforme lo vi alejarse hasta que salió del comedor.

Me terminé el desayuno haciendo un esfuerzo sobrehumano, pues no me entraba nada.

Las clases ese día se me hicieron eternas. Me dolía la cabeza por culpa de la resaca que me habían dejado las copas de la noche anterior.

Por la tarde, fui a la habitación y vi que Liam ya no estaba. Le escribí un mensaje y me respondió al instante para decirme que estaba gestionando el cambio de habitación y que nos veríamos en un rato.

Me fui a los ensayos de la obra y allí me encontré con Oliver, que hizo como si no hubiese pasado nada, algo que agradecí. Sin embargo, cuando terminé de ensayar y le dije que había quedado con Liam, se puso tenso de nuevo y noté que no le había sentado nada bien. No me importó, quería a Liam, era mi amigo, y nuestra amistad estaba por encima de todo.

Los amores vienen y van, no existe un amor eterno —mi relación con Álvaro era una prueba de ello—, en cambio, los amigos, si se cuidan, son para siempre. No hay nada como tener un amigo de verdad, de esos en los que puedes confiar ciegamente, que conocen tus silencios, tus miradas, que aceptan tus errores y tus imprudencias, que están siempre para compartir las alegrías y las tristezas, y que, pese a todo, siguen a tu lado sin juzgarte. Quizá porque nunca había tenido una amistad así hasta que conocí a Liam, estaba dispuesta a dejar lo que fuese para ayudarlo en cualquier momento.

—Ya está hecho —dijo Liam. Me estaba esperando a la salida, con los ojos brillantes y conteniendo las lágrimas.

Sin decir nada, lo abracé y él me apretó con tanta fuerza que incluso me cortó la respiración.

—¿Has hablado con él? —pregunté.

—No, he aprovechado que estaba en clase para llevarme todas mis cosas a la nueva habitación.

—¿Con quién vas a compartir?

—Con nadie, como en unas semanas se acaba el curso y cierran la residencia, mucha gente no ha pagado este mes y se ha ido ya.

—Qué bueno... Verás como todo va a ir bien.

—Va a pensar que soy un dramático porque esta decisión es un tanto drástica.

—Puede, pero si es lo mejor para ti, ¿qué importa lo que piense él?

—Ya...

—Te mereces tener al lado a una buena persona que te valore y que lo dé todo por ti. Además, ahora llega el verano...

—Sí, este verano es para disfrutar. ¡Podríamos buscarnos un piso juntos!

—Lo había pensado. Quería preguntarte qué planes tienes tú.

Salimos de la residencia mientras hablábamos sobre las posibilidades de alquilar un piso para los dos cuando cerrara la residencia. Él lo quería por la zona del Eixample y yo por las Ramblas para que me quedase cerca del Liceu.

Dimos un paseo y nos sentamos en un banco solitario de una calle en la que no pasaba nadie.

—¿Estás seguro de que esto es lo mejor? —pregunté con el teléfono en las manos a punto de llamar a Frank.

—Sí, tenemos que hacerlo. Él es el único eslabón que nos falta para entender qué pasó exactamente en esa terraza y cerrar este capítulo de una vez por todas.

—Está bien.

Busqué el contacto de Frank en mi agenda y le di a llamar. Ni siquiera me molesté en ocultar mi número, estaba dispuesta a decirle quién era yo, pues dudaba que Georgina le hubiese hablado de mí.

Un tono.

Dos.

Tres.

—¿Sí? —respondió una voz grave al otro lado.

—Hola, soy Adriana. Quería hablar contigo...

—¿Adriana? —parecía confuso.

—Era amiga de Georgina —expliqué—. Sé lo que pasó esa noche en la terraza —dije intentando sonar convincente.

—¿Qué es lo que sabes? —preguntó con voz dubitativa.

—Muchas cosas. Lo sé todo —dije, consciente del peligro que aquello suponía.

Y, por primera vez desde que había comenzado con aquella alocada investigación, tuve miedo.

46

ARIANA

Resulta sorprendente todo lo que se puede conseguir con una mentira sólida y contundente. Frank aceptó quedar conmigo.

No sé qué pretendía yo exactamente con aquello, tan pronto como me viera y se diera cuenta de que no tenía ni la menor idea de lo que había sucedido la noche de la muerte de Georgina, se iría sin soltar una sola palabra. Tenía que pensar muy bien cómo iba a proceder y cómo podía sacarle información. Estaba segura de que él sabía algo, sino por qué iba a desaparecer de su trabajo. Además, qué hacía en la Escuela de Actores Carme Barrat la noche de la muestra de la obra.

Al día siguiente, por la tarde, el cielo comenzó a cubrirse de nubes oscuras, se avecinaba una gran tormenta, aunque de momento no se había puesto a llover. Aquello no detuvo mis planes y a las ocho de la tarde estaba en la desértica plaza en la que había quedado con Frank. Aunque él me pidió que acudiese a nuestro encuentro sola, no lo hice. Me acompañó Liam, que permaneció escondido entre unos arbustos. Habíamos pensado en todas las posibilidades, incluso le había enviado mi ubicación en tiempo real por WhatsApp por si Frank sugería dar un paseo, pero es lo que tienen los planes, que nunca salen según lo previsto.

Frank apareció en una moto. Lo reconocí en cuanto se quitó el casco y vi sus marcadas facciones. Dudé si acercarme a él, pero al ver que no se movía, no me quedó más remedio que caminar a su encuentro. Por un instante me sentí muy pequeña y asustada.

Reconocí el logo de Harley junto al tanque de combustible, un poco más abajo del sillín y el panel de instrumentos. Le pegaba tener ese tipo de moto.

—¡Sube! —dijo con voz ronca al tiempo que me entregaba un casco.

—¿Perdón?

Aquello no era en absoluto lo que había imaginado que ocurriría. No pensaba ir con él a ninguna parte, eso sería un error muy peligroso.

—Quieres que hablemos, ¿no?

—Sí, pero aquí —dije contundente.

—Sube o me piro. —Puso en marcha el motor y dio un acelerón.

—¿De verdad crees que voy a subirme a esa moto contigo? No estoy tan loca.

—¿De qué me estás acusando exactamente?

Me quedé pensando durante un instante y no supe qué responder.

—No puedo subir en moto con este vestido. —Tiré del dobladillo hacia abajo intentando ganar tiempo.

En ese instante resonó un trueno sobre nosotros. Parecía que el tiempo intentaba mandarme un mensaje.

—Sube antes de que empiece a llover, quiero enseñarte algo.

—¿De qué se trata?

—Lo sabrás cuando lleguemos.

Dudé de nuevo, pero luego recordé que le había enviado mi ubicación en tiempo real a Liam y que en todo momento podría saber dónde estaba. Si me pasaba algo o no respondía en mucho tiempo, llamaría a la policía.

Me abroché la chaqueta y me coloqué el casco. Subir a una moto con un vestido de tubo por encima de las rodillas no es fácil. Por suerte, iba detrás y su espalda me tapaba la entrepierna. No pude evitar aferrarme a su cintura, tenía miedo de caerme. Resonó otro trueno justo cuando me senté en la moto... ¿Sería el último aviso?

Aceleró y condujo durante unos diez minutos. Tuve miedo de que me matara y me dejara tirada en algún arcén sin molestarse siquiera a esconder mi cadáver.

Detuvo la moto y sin bajarse se quitó del casco y me miró.

En ese momento entendí que Georgina cayera rendida a sus pies, pese a ser todo lo contrario a ella. Había algo en su mirada que embaucaba.

—Tu móvil. —Soltó una mano del manillar.

—¿Qué? —pregunté confundida.

—Que me des tu móvil. —Puso la palma de la mano hacia arriba.

—No pienso darte mi móvil.

—Solo quiero asegurarme de que lo apagas, nadie puede saber a dónde vamos.

¿Por qué tanto misterio? ¿Adónde demonios me llevaba? Estaba segura de que aquello se trataba de una trampa, pero llegados a este punto no me quedaba más opción que hacerle caso.

—Si no quieres, puedes bajarte y volver sola.

Miré el cielo oscuro y por un momento tuve la sensación de que quedarme allí sola, en mitad de la nada, sería mucho más peligroso que ir con él. Saqué el móvil y lo apagué en sus narices. Hasta que no estuvo apagado y guardado no se colocó el casco y arrancó el motor.

Atravesamos un túnel donde apenas se oía la explosión de los truenos. Él disfrutaba acelerando, frenando, cogiendo curvas... Mientras que yo cada vez me aferraba a su cintura con más fuerza. El viento frío y blanquecino hacía que tuviera las manos inquietas y el cuello rígido.

Comenzó a llover y todo se intensificó. Más todavía, quiero decir. La velocidad sobre el resbaladizo asfalto, el miedo de no saber dónde estaba, la incertidumbre sobre mi destino...

A la derecha se veía un paisaje de laderas arboladas con algunas casas solitarias; a la izquierda, un pequeño pueblo con casitas, y al fondo, el mar, que había perdido el color turquesa para adquirir las tonalidades oscuras del cielo.

Bajamos por una serpenteante calle y detuvo la moto frente a una casa. La lluvia había cesado y ya solo quedaba el olor a tierra mojada. Nos quitamos los cascos al mismo tiempo y, al mirarlo, no sé por qué me sentí tranquila, como si supiera que no me haría daño.

Caminamos hasta una casita muy entrañable repleta de plantas muy bien cuidadas que me recordó a esas típicas casas de los pueblos de pescadores. Cuando acabamos de subir los escalones de piedra que conducían a una puerta de madera, me llegaron los gritos de una mujer al final de la calle. Parecía estar cantando o riéndose. Un grupo de niños jugaba a saltar los charcos que la tormenta había dejado. En la fachada de al lado había telas tendidas, parecían sábanas o quizá eran manteles; fuera lo que fuese, estaban llenas de goterones a consecuencia de la lluvia. De una radio salía una melodía veraniega que no terminaba de combinar con el día.

Me aparté para que Frank se adelantase a abrir, pero él se quedó estático. En ese preciso instante alguien abrió la puerta. El sonido del tintineo de unas campanillas me hizo levantar la vista y fijarme en la persona que estaba en el interior de la casa. Al ver su rostro, parcialmente cubierto por el cabello, pensé que se trataba de alguna alucinación causada por el mareo del viaje en moto, pero cuando escuché su voz no tuve dudas.

—Adriana, pasa, por favor, te estaba esperando —dijo con una serenidad que me heló la sangre.

De repente, como si alguien hubiera desactivado el sonido, se hizo un silencio atroz. Durante unos segundos fui incapaz de respirar.

Poco a poco, el tiempo, ralentizado, volvió a recuperar su ritmo normal, y los gritos de los niños, la melodía de la radio, el viento y las voces sonaron con más fuerza que antes.

—¡¡¡¿Georgina?!!! —conseguí decir al fin.

47

ADRIANA

No podía creer lo que estaba sucediendo. No entendía nada. ¿Georgina estaba viva? Pero ¿cómo?

—¿Quieres algo de beber? —me ofreció.

—Un poco de agua, por favor —dije al tiempo que tomaba asiento en el sofá que había en el centro de la sala.

Frank entró en la cocina detrás de ella.

Miré a mi alrededor. Era un lugar muy acogedor. Me gustaba la decoración, pero era un estilo completamente alejado de los lujos a los que Georgina estaba acostumbrada.

Me tendió el vaso de agua y se sentó frente a mí. Frank se quedó de pie a su lado. Su corpulenta figura y sus silencios resultaban intimidantes.

—Supongo que tendrás cientos de preguntas, así que empezaré yo, que solo tengo una —dijo.

Asentí al tiempo que bebía un poco de agua.

—¿Qué es lo que sabes de esa noche?

—La verdad es que ahora mismo creo que no sé nada.

—Justo lo que imaginaba por tu cara.

—¿Cómo es posible que estés...? —ni siquiera pude terminar la frase.

—¿Viva? Frank llegó en el momento oportuno, justo antes de la explosión, yo estaba inconsciente y él me sacó de allí. Me salvó la vida. —Lo miró y le agarró la mano en un gesto tierno nada propio de ella.

Él continuó de pie, mirándola con un brillo de admiración en los ojos.

Georgina parecía otra, nunca la había visto expresar sus sentimientos de una forma tan... íntima.

—¿Por qué has fingido estar muerta? No te imaginas lo mucho que hemos...

—No he fingido... —me interrumpió—. Todo surgió así. Frank avisó a un médico amigo y me trataron en casa. Estuve muy mal, perdí la oreja izquierda y varios dientes. —Se apartó el pelo de la cara y traté de controlar la expresión de asco y dolor que me produjo verla tan deformada—. Es el precio por la vida.

Tenía una cicatriz debajo del pómulo izquierdo y le faltaba la oreja.

—¿Por la vida? Pero si todo el mundo cree que estás muerta...

—Estaré en el patio —dijo Frank al tiempo que le daba un beso en la frente y salía, como si supiera que necesitábamos tener una larga conversación a solas.

—Lo que sucedió esa noche me cambió la vida. Cuando nos enteramos de que la policía forense me daba por muerta, pensé que era una oportunidad para empezar de cero, así que Frank me consiguió una partida de nacimiento en el mercado negro y nos vinimos a vivir a esta casa. Ahora tengo una nueva identidad y me siento más viva que nunca.

¿Nueva identidad? ¿Una partida de nacimiento? ¿En serio eso se podía comprar? Qué cierto es eso de que la realidad, a veces, supera la ficción.

—¿Cómo te llamas ahora?

—Bueno, el nombre no es precisamente lo importante, era la única partida que se pudo conseguir. —En los gestos de su rostro pude reconocer a la vieja Georgina.

No pude evitar esbozar una sonrisa.

—¿Y cuál es? —insistí.

—María Juliana —susurró, reticente.

—No te creo.

—La gente me llamará Mary, no suena tan mal. Ya me lo cambiaré cuando pasen unos años, ahora aún es muy pronto para tocar nada. Lo importante es que tengo una nueva vida y una oportunidad para vivirla de verdad.

—Pero no entiendo por qué querías empezar una vida desde cero si la tuya te encantaba.

—La mía era una mentira, Adriana. Cuando ves el final tan cerca y cierras los ojos, te desprendes de todo lo que eres y flotas, ves tu cuerpo desde la distancia y entonces te das cuenta de lo sola que estás y de lo importante que es en la vida tener al lado a alguien en quien confiar ciegamente.

—Yo sí que estaba sola, pero tú tenías a tus padres, a tu novio, a Liam, a mí y a todos tus amigos. Por favor, Georgina, ¡si eras la chica más popular de la escuela!

—Qué ciega estás, Adriana. Martí nunca me quiso de verdad, él solo veía en mí una especie de trofeo que podía lucir. Liam nunca fue mi amigo, nunca confió en mí, solo me hacía la pelota para entrar en mi círculo y sentirse aceptado. Mis padres..., como si no existieran porque siempre estaban ocupados con sus asuntos, bueno, mi madre digamos que vivía presa en una cárcel de oro. Y del resto de la gente, no sé qué decirte, creo que solo tú fuiste una amiga de verdad, pero no supe valorarte. Los mejores recuerdos que tengo son los momentos que he compartido contigo este año. Y, créeme, me arrepiento de todo lo que te he hecho, me arrepentiré siempre.

—¿Tú hiciste pública la noticia de mi relación con Álvaro?

—Te juro que si pudiera volver atrás...

—¿Cómo pudiste hacerme eso? —la interrumpí—. ¿Sabes lo difícil que fue para mí leer todas las cosas horribles que se decían de mí en las redes sociales? ¿Lidiar con la prensa? ¿Ver mi carrera irse a la mierda? ¡¡¡Tuve que cerrar mi cuenta de Instagram porque casi me vuelvo loca!!! Te consideraba mi amiga, aunque estuviésemos enfadadas en ese momento, yo jamás te habría hecho algo así, jamás habría usado algo que me hubieses contado en tu contra.

—Lo sé, y no sabes lo arrepentida que estoy. Dejé ir mi lado oscuro demasiado lejos. Solo te puedo decir que lo siento.

No supe qué decir. Estaba confundida, desconcertada. ¿Cómo era posible? Parecía un sueño del que iba a despertar de un momento a otro. Una ilusión sobrenatural.

—Dime algo. ¿Qué sientes?

—No sé..., todo esto es muy... extraño.

—¿Me crees? Sé sincera, por favor.

—Por descabellado que parezca, te creo —y no mentía. Había algo en su voz, en su mirada, incluso en la forma de colocar las manos que me indicaba que estaba siendo honesta.

—Lo que sucedió me hizo despertar y darme cuenta de lo que realmente necesitaba.

—¿Y esto es lo que necesitabas? —Señalé el interior de la casa haciendo un círculo con mi dedo, en un gesto un tanto sarcástico.

—Mira, tú también tienes un lado oscuro, aunque no lo creas.

—Yo no tengo nada de eso —afirmé furiosa.

—Claro que lo tienes, todos lo tenemos, solo que algunos lo mantenéis a raya mejor que otros.

—Yo nunca le he hecho daño a nadie —aseguré.

—Me lo estás intentando hacer a mí ahora burlándote del sitio en el que vivo. Ese gesto ha sido muy...

—¿Tuyo? —la interrumpí.

—Digamos que es más propio de la antigua Georgina. En cualquier caso, sí, esto es lo que necesitaba, alguien que me quisiera tal y como soy, que se enamorara de mí, más allá de la fachada. Un cómplice hasta en el más loco de los planes.

En su mirada pude ver que algo se traía entre manos.

—¿Qué estás tramando?

—Quiero hacer pagar a mi padre por todo el daño que nos hizo a mi madre y a mí.

—¿Quieres vengarte de tu propio padre? —pregunté. De nuevo no entendía nada.

—Sí, hay muchas cosas de él que no sabes, por eso estás aquí, porque necesito tu ayuda.

—¿Mi ayuda? Así que era eso... ¿Y no tienes miedo a que cuente que sigues viva?

—Sé que no lo harás, porque no te interesa hacerlo si quieres salvar la reputación de Álvaro.

—¿Qué tiene que ver Álvaro en todo esto? —pregunté cada vez más confusa.

—¿No te parece curioso que justo cuando el padre de Álvaro entró en la cárcel mi padre se convirtiera en el mayor accionista de la escuela?

—No me lo había planteado, la verdad.

—Mi padre lo chantajeó y manipuló para que se autoinculpara a cambio de una gran suma de dinero.

—Pero ¿qué le puede aportar una escuela a un hombre con tanto poder como tu padre? No lo entiendo —dije haciéndome la tonta para ver qué decía.

—Las empresas de mi padre tienen muchísimo capital proveniente de distintos países y de corruptos millonarios y políticos, la escuela es el lugar perfecto para blanquear ese dinero, al igual que hacía con el cabaret en el que yo bailaba... A estas alturas, si has dado con Frank, supongo que ya estarás al tanto de eso.

—Sí, no daba crédito cuando lo descubrí... ¿Y qué pasó en el cabaret?

—¿Lo dices por el tiroteo? También fue cosa de mi padre. Yo no lo supe hasta mucho después de recuperarme. Lo descubrió Frank.

—¿Por qué tu padre provocó un tiroteo en el cabaret si sabía que tú estabas ahí?

—No, él no lo sabía. Una noche discutió con el dueño del local y me convenció para que dejara de trabajar allí, así que no imaginó que yo pudiera volver a La Mansión. Organizó el tiroteo para acabar con el prestigio del cabaret y arruinar a David por dejar de colaborar con él. No le importan los demás, solo él. Fue capaz de fingir que estaba arruinado para no tener que darle dinero a mi madre tras el divorcio.

—¿Y tu madre sabe que estás viva?

—Sí, decidí contárselo unas semanas después y ella me está ayudando en secreto. Se merecía saber la verdad. Al final, ella ha sido otra víctima más.

—Demasiada información —dije acalorada y abrumada.

—Lo sé, son muchas cosas y aún no te he contado nada.

—¿Hay más?

—Mucho más, tengo que darte todos los detalles del plan.

—¿Hay un plan?

—Claro, sacar a un inocente de la cárcel y meter a mi padre sin que se sepa que yo estoy detrás de todo esto.

—Pero ¿cómo vamos a hacer eso? —pregunté poniéndome rígida como un palo.

—Sé que es mucho pedir, tú simplemente confía en mí y haz lo que yo te diga. Pero lo más importante: nadie, absolutamente nadie, puede saber que sigo viva.

—Está bien.

—Tendrás que visitar a Gilberto en...

—¿Quién es Gilberto? —la interrumpí.

—El padre de Álvaro —aclaró y prosiguió—. Irás a la cárcel para convencerlo de que confiese que lo utilizaron como cabeza de turco. Tienes que hacerle ver que seguir con esta farsa solo está arruinando la carrera de su hijo, que hay pruebas de lo que mi padre hizo. Con su colaboración, podremos conseguirlo.

—¿Y hay pruebas realmente?

—Sí, pero sin su testimonio sirven de poco.

—¿Y de Martí también piensas vengarte? —pregunté sorprendida al ver que no había mencionado en ningún momento nada de lo que le hizo.

—¿Por qué iba a querer vengarme de él?

—Porque él fue quien te empujó en la terraza. Sé que no fue un accidente.

—No, nadie me empujó. Fue mucho peor, me tendió la mano como si fuera a ayudarme y luego simplemente me dejó caer al vacío.

Me llevé las manos a la boca horrorizada. Martí era peor persona de lo que pensaba.

—Pero no fue Martí —aclaró ella—. Pensé que a estas alturas ya lo sabrías. Voy a empezar a creer que no eres tan buena investigadora como creía...

—Si no fue Martí, entonces ¿quién fue?

—Oliver.

48

LIAM

Estaba inmerso en la pantalla de mi móvil, contemplando hacia dónde se dirigía el puntito que marcaba la ubicación de Adriana cuando de pronto se detuvo en mitad de la autopista. Pasaron unos minutos y su ubicación dejó de ser compartida.

Me puse muy nervioso y no supe qué hacer. Por un momento me planteé la posibilidad de llamar a la policía, pero tampoco sabía cómo iba a explicarles lo ocurrido. Contarle a la policía qué hacía Adriana en una moto con Frank era demasiado complicado de explicar y un tanto rocambolesco. Quise pensar que quizá se había quedado sin batería y que volvería sana y salva, pero esperé y esperé y Adriana no regresó. Casi tres horas más tarde, decidí volver a la residencia.

Traté de no pensar más de lo debido, sin embargo, mi mente no paró de crear diferentes teorías durante todo el camino, y lo que más me preocupaba era que ninguna acababa bien. Me dolía la cabeza de darle tantas vueltas a lo sucedido.

Atravesé el pasillo sumido en mis pensamientos y estuve a punto de entrar en la que había sido mi habitación. Por suerte, volví en mí antes de girar el pomo. Me alejé de la puerta como si estuviese electrificada y, mientras lo hacía, se abrió y alguien salió. Quise girarme para ver si se trataba de Martí, pero no me atreví.

—¿Liam? —Su voz me atravesó el corazón.

Me quedé inmóvil y dudé si echar a correr o girarme. Opté por lo segundo. Era hora de afrontar la realidad.

Desde que me había marchado de la habitación sin avisarle no habíamos coincidido, en parte porque yo lo había estado evitando.

—Alucino contigo —dijo con desprecio—. Después de todo lo que hemos compartido, te vas sin decirme nada.

Tenía la cara demacrada y el pelo alborotado. Llevaba puesto un pantalón de chándal gris, una camiseta básica blanca y unas deportivas Nike del mismo color. Me pregunté adónde iría a esas horas. ¿A la habitación de Cristina?

—Siento haberme ido así, pero en esta ocasión tenía que hacer lo que era mejor para mí —dije escueto, sin la intención de darle demasiadas explicaciones para no parecer un imbécil.

—¿Qué te he hecho yo para que decidas alejarte de esta forma tan radical? ¿Es por lo de Cristina? Sabes que nosotros no teníamos nada serio, yo jamás te he prometido nada.

—Ese es el problema, que yo esperaba más de ti.

—Eso es cosa tuya y de tus expectativas, no tengo la culpa de que te hayas montado películas —soltó con frialdad.

Me dolió que me respondiera así, pero tenía razón.

—Lo sé, por eso lo mejor es que cada uno siga su camino, yo ya no puedo más, Martí, no soporto verte con otros ni con otras, estoy enamorado de ti —dije, tratando de contener las lágrimas.

A diferencia de la primera vez que le hablé de mis sentimientos, en esta ocasión había algo grande en mis palabras, algo que él también percibió. Quizá por eso permaneció en silencio durante un instante, como si estuviera buscando la respuesta acertada.

—¿Piensas terminar así con nuestra amistad? —preguntó con un tono de voz... lánguido.

—Sí, ya he sido parte de esta mentira mucho tiempo —afirmé con seguridad.

—¿Esta mentira?

Cogí aire, pero no respondí, simplemente me limité a resoplar. No quería decir nada de lo que después me arrepintiese.

—Todo esto es muy egoísta por tu parte, ¿no crees?

—Lo sé, pero es lo que necesito en este momento de mi vida y lo poco que queda de curso lo quiero pasar en paz y no sufriendo, ya he sufrido bastante este año, así que te prohíbo que me busques y que me hables cuando me veas.

—Tú a mí no me prohíbes nada —y al decirlo, sus ojos azules se tornaron grises y se clavaron en los míos.

Por un instante pensé en que aquella podía ser la mirada de un asesino.

—¿No crees que ya me has jodido bastante? —Mi pregunta le cogió por sorpresa.

—Eh, yo... —Se revolvió el pelo como si eso fuese a aclararle las ideas—. No era mi intención herir a nadie, yo solo quiero ser feliz —dijo en un murmullo, más para sí mismo, que para mí.

En el fondo me costaba creer que Martí hubiese sido capaz de hacerle daño a Georgina, un ser humano con un corazón como el suyo no haría algo así. Estaba seguro de que debía de haber sido un accidente. Sin embargo, no iba a preguntarlo, no al menos en ese momento.

Me daba pena verlo sufrir, sabía que él también lo estaba pasando mal con todo esto, pero tenía que ser egoísta y por una vez ponerme a mí primero.

—Espero que lo consigas, de corazón. —Mis ojos se humedecieron al pronunciar estas palabras.

—Anda, vuelve a la habitación, has tenido una rabieta, lo entiendo, pero todo puede volver a ser como antes —dijo sacándome de mis casillas.

—¡No has entendido nada! —grité—. No quiero que las cosas vuelvan a ser como antes, y no, no ha sido una rabieta. Se acabó, Martí, lo digo completamente en serio.

Apretó la mandíbula y permaneció en silencio.

—Adiós —dije antes de girarme y darle la espalda.

Por supuesto que esperé que me detuviera, pero una parte de mí sabía que no lo haría. El Martí que había dejado a mis espaldas no era el Martí al que conocí y del que me enamoré. Entendía que tuviera que pasar por esa etapa de autodescubrimiento y conocerse a sí mismo, experimentar, y me habría encantado ayudarlo, pero no sabía cómo y ya no tenía fuerzas para acompañarlo ni un segundo más en esa búsqueda. Quizá eso me convertía en un mal amigo, en un egoísta, pero me daba igual, necesitaba pensar más en mí, ya había sufrido bastante.

Quería girarme y decirle que, si algún día decidía intentar algo conmigo de verdad, que me buscara, pero obviamente no me atreví, no sé si porque tenía clarísimo que eso jamás sucedería o porque me faltó valor.

Caminé hasta mi nueva habitación sabiendo que estar lejos de él sería un puto suplicio.

49

ADRIANA

Lo malo de que te cuenten películas es que te las acabas creyendo. No hay nada más peligroso que encontrar lo que se presenta como una perfecta historia de amor y pretender aferrarse a ella como en *Titanic* Jack se aferra a la tabla. Por más que trató de subirse, la tabla se tambaleaba y se sumergía, estaba claro que esta solo podía sostener a uno de los dos. En mi caso, yo era la que acababa congelada y sumergida. Sobre todo, congelada, porque no podía creerme lo que Georgina me estaba diciendo. En ese momento sentí lo mismo que debió de sentir Liam cuando descubrió que Martí era el culpable o, mejor dicho, cuando pensó que lo era. No estaba preparada para aceptar que había dormido con un asesino.

—Veo que no tenías ni idea —dijo Georgina sacándome de mis pensamientos.

—Es que no lo entiendo...

—Lo sé, algunas verdades son difíciles de aceptar. Ese loco está obsesionado contigo, fue capaz de dejarme caer solo para que tú protagonizaras la obra y tenerte así más cerca. Lo que no me puedo creer es que hayas estado tan ciega como para no verlo y caer rendida a sus encantos.

No supe qué decir, estaba demasiado confundida, y también decepcionada. En ese momento recordé el día que Oliver insinuó que

Cristina podía ser culpable al decirme que la vio discutir con Georgina la noche de la muestra, recordé cuando me dijo que vio a Martí en el *backstage* para que también sospechara de él y cuando me llevó a aquel cuartucho que daba acceso a los pasadizos y que estaba claro que él conocía bastante bien... Incluso me vino a la mente la imagen del álbum de fotos que me había regalado y que en su día me pareció un bonito regalo, pero que no dejaba de ser una prueba más su obsesión por mí. Pensar en las fotos que me hizo mientras dormía me produjo un escalofrío. Todo encajaba. Era como si hubiese visto todas las señales y al mismo tiempo las hubiese ignorado.

—Obviamente, no puedes decir que sabes lo que Oliver hizo, porque de momento nadie debe saber que estoy viva. Tendrás que actuar con naturalidad cuando estés con él. Así que vas a interpretar el papel más importante de tu vida.

—Pero ¿cómo voy a seguir con ese loco? No quiero volver a verlo en mi vida.

—Pues tendrás que hacerlo, no vamos a echar a perder un plan tan grande solo por una pieza tan insignificante.

—¿Cómo puedes decir eso? Él es el culpable de todo lo que te ha pasado.

—Bueno, en realidad si él no hubiese llegado, me habría caído igualmente, solo que habría tardado algo más, así que he aprendido a perdonarle.

—¿A perdonarle? —pregunté sin dar crédito a lo que estaba escuchando.

—Sí, no por él, sino por mí. Es un perdón un tanto egoísta. Odiar a alguien consume demasiadas energías.

—¿Y por qué no practicas ese perdón con tu padre? —propuse en tono serio, sin la menor intención de que sonara a ironía, aunque sonó justo así.

Georgina levantó la ceja.

—Lo he intentado, pero no puedo, no voy a permitir que deje a mi madre en la ruina y que él siga con su vida, como si nada. Quiero que pague por todo lo que nos ha hecho. Así que ¿piensas ayudarme sí o no?

—Sí..., pero ¿qué quieres que haga exactamente?

—Ya te lo he dicho. De momento, tienes que ir a hablar con Gilberto Fons a la cárcel.

—Ni siquiera sé en qué prisión está.

—Nosotros sí —intervino Frank, que acababa de entrar con unas hortalizas en la mano—. Yo te llevaré.

—¿Y si el padre de Álvaro no acepta hablar conmigo? —pregunté.

—Tendrás que hacer lo posible para convencerlo de que hablar contigo es lo mejor para su hijo y que tomó la decisión equivocada —añadió Georgina.

—Todo esto me está superando. —Me levanté y me puse a dar vueltas por la estancia.

—Tranquila, es normal. Ven, vamos fuera a dar un paseo —sugirió Georgina.

Salimos por la puerta trasera por la que acababa de entrar Frank. Daba acceso a un pequeño patio en el que había un huerto. Abrió la siguiente puerta, una de hierro algo oxidada, y al fondo pude ver el mar. Aquello era una fantasía.

—¡Guau!

—Vivir aquí con Frank es el mayor de los lujos del que jamás haya podido disfrutar —dijo con un brillo especial en los ojos.

Cuando llegamos a la playa, nos quitamos los zapatos y caminamos descalzas por la orilla.

Georgina me contó con más detalle todo lo que ocurrió aquella noche, su historia con Frank y cómo se había enamorado perdidamente de él. Al parecer, nunca antes había sentido nada igual. Me hablaba de su nueva vida con una ilusión con la que nunca la había visto hablar de nada. Su semblante había cambiado mucho, y no solo por la cicatriz de la mejilla izquierda que cubría con su pelo. La expresión arrogante que tanto me había llamado la atención desde que la conocí había desaparecido. Ahora parecía tranquila, relajada.

—¿Recuerdas cuando me dijiste que no hay buenas y malas personas, sino personas que hacen cosas buenas y malas? —preguntó.

Asentí con la cabeza.

—¿Aún sigues pensándolo? ¿Crees que soy una mala persona por querer vengarme de mi padre y ocultar que sigo viva?

—Digamos que lo de fingir tu muerte...

—¡No he fingido mi muerte! —me interrumpió—. Ha sido más bien un cúmulo de casualidades.

—Vale, pues digamos que... aprovecharse de ese cúmulo de casualidades no está bien, por no hablar de lo novelesco que resulta y las consecuencias penales que te puede acarrear si alguien lo descubre, pero eso no te convierte en una mala persona.

—Tú siempre tan benévola conmigo... ¿Sabes?, tú y Frank sois las dos únicas personas que habéis visto en mí algo bueno.

—¿Por eso has decidido confiar en mí?

—Por eso, porque necesitaba tu ayuda y porque estabas investigando demasiado.

Ambas nos reímos. Esa respuesta era tan de ella...

—Te he echado mucho de menos —confesé.

—Y yo a ti, no sabes cuánto. He seguido tus pasos, ya he visto que el estreno del corto fue todo un éxito y que estás hecha toda una *influencer* en las redes sociales.

—Sí, la verdad es que estoy muy ilusionada con todo lo que está sucediendo, y también nerviosa por el estreno de la obra. Tú te merecías ese papel.

—En el fondo, ser actriz no era mi pasión. Tenías razón cuando me dijiste que yo lo que quería era la fama. Son cosas muy distintas.

—Eso lo dije en un momento de rabia —me excusé.

—Pero lo pensabas, y tenías razón. Ver la muerte tan cerca me ha hecho reflexionar sobre las cosas tan banales por las que nos preocupamos hoy en día. Vivimos obsesionados con la atención, hacemos lo que sea por captar el interés de otras personas. Unos graban vídeos haciendo el payaso y fingen divertirse cuando todos sabemos que si nadie los viera no estarían haciendo ese tipo de estupideces; otros, como era mi caso, eligen cuidadosamente lo que se ponen o cómo se maquillan para impresionar a otras personas y llamar su atención.

Me quedé reflexionando en silencio sobre sus palabras mientras contemplaba cómo las olas cubrían la arena de la orilla dejando un burbujeo a su paso.

Sin darme cuenta, yo también había caído en esa tentación. Vivía un poco obsesionada por la fama. Seleccionaba estratégicamente todo lo que subía a Instagram y cada publicación estaba pensada para captar el interés de los demás. Recordé el incidente de la noche en la que creí que aquel grupo de chicas que se acercaron al coche me habían reconocido, cuando lo que trataban era de avisarme de que me había pillado el vestido con la puerta. ¿Vivía en una realidad paralela?

Georgina parecía haber salido de aquel mundo tan... salvaje. Fran le había dado toda la atención, el cariño y el amor que no había tenido antes, y eso era todo lo que ella necesitaba para ser feliz.

—En el fondo has tenido suerte —dije con la mirada perdida en el infinito, donde el mar se fundía con el cielo.

—¿Suerte?

—Sí, has conseguido salir de ese círculo vicioso de la exposición y ahora eres libre. Para mí, la única salida es seguir luchando por hacerme un nombre y ser respetada por mi trabajo.

—Tienes mucho talento, Adriana, desde el primer día que te vi en aquella prueba en el teatro lo supe. Te apasiona lo que haces, y eso es todo lo que necesitas para triunfar. Sigue luchando.

—Es que yo no soy tan fuerte como tú.

—Yo no soy fuerte.

—Pues yo siempre te he visto tan segura de ti misma, tan... inquebrantable.

—Ay, Adriana, eso era solo fachada, un personaje que yo misma me creí...

Cuando regresamos a la casa, Frank recibió a Georgina con un beso tierno. La forma en que la miraba, la cuidaba y la acariciaba era deleitable.

Al cabo de un rato, nos preparamos para que Frank me llevara de vuelta a la residencia. Antes de salir por la puerta, Georgina insistió una vez más en la importancia de que no dijera una palabra sobre el plan a nadie, ni contara que ella estaba viva. Le prometí que así lo haría, pese a que no tenía ni la menor idea de cómo iba a conseguir mentirle a Liam y, sobre todo, cómo iba a volver a mirar a la cara a Oliver después de saber lo que había sido capaz de hacer y cuán lejos había llegado su obsesión.

Al entrar en la residencia, después de despedirme de Frank y encender el móvil, comenzaron a llegarme mensajes y llamadas perdidas de Liam, no leí ninguno, lo llamé directamente.

—Por fin respondes, ¿dónde estabas? ¿Qué ha pasado? Me tenías preocupadísimo, he estado a punto de llamar a la policía.

—Es una larga historia, ¿dónde estás?

—En mi habitación, ¿y tú?

—En la entrada, voy para allá.

Colgué y fui a su nuevo dormitorio. Durante el trayecto de regreso había pensado en mil historias que contarle, pero ninguna me parecía creíble, no tenía ni idea de qué le iba a decir, pero estaba claro que no podía contarle la verdad, aunque en el fondo sabía que eso sería lo correcto. Liam me había demostrado que podía confiar en él, pero no se trataba de una verdad que me perteneciera.

Llamé a su puerta, abrió y me abrazó. Permanecimos así un buen rato, hasta que entramos.

—Veo que ya le has dado tu toque —dije al ver que había colgado en las paredes algunas de sus fotos y puesto en el cabecero la cadeneta de luces.

—Sí, poca cosa. Total, para lo que queda de curso... Bueno, ¿vas a decirme de una vez qué ha pasado con Frank?

—No sé por dónde empezar —dije para ganar tiempo, y porque realmente no tenía ni idea de por dónde empezar.

—Pues por el principio. ¿A dónde te llevó?

—A una playa.

—¿A una playa?

—Sí.

—¿Y qué pasó con la ubicación?

—Me obligó a apagar el móvil. Tenía miedo de que alguien nos siguiera. Es demasiado precavido.

Hasta aquí bien, porque no mentía.

—Pero... ¿por qué se esconde?

—No tiene nada que ver con Georgina, al parecer es algo relacionado con el club —mentí.

—¿Y te dijo qué hacía en el teatro de la escuela la noche de la muestra?

—Sí, quería hablar con Georgina sobre el tiroteo. Al parecer descubrió que su padre había sido el responsable.

—¿En serio? Pero ¿por qué iba a organizar el padre de Georgina un tiroteo en ese local sabiendo que su hija estaba allí y que podría salir herida?

—Porque él daba por hecho que ella no estaría allí, la semana anterior se la había llevado y no había razón para que ella volviese.

—¿Y por qué volvió?

—Por Frank, ella estaba enamorada de él.

Liam se quedó unos segundos inmóvil, sin pronunciar palabra, procesando toda la información.

—¿Qué vio Frank esa noche?

—Vio a Oliver en la terraza —mentí de nuevo, pero era la única forma de revelarle que él podía ser el culpable de que Georgina cayera al vacío y no Martí, como habíamos creído.

—¡¡¿Cómo?!!

Me limité a asentir con la cabeza.

—Eso quiere decir que...

—Quiere decir que quizá no fue Martí y que tenemos otro sospechoso —le interrumpí.

Pude ver la ilusión y la esperanza en su rostro, pero también la pena y la compasión porque en ese momento fue consciente de todo por lo que me tocaría pasar.

Nos quedamos charlando sobre el asunto, aunque no demasiado tiempo, no quería equivocarme, decir algo que no debiera o que se me escapase alguna cosa relacionada con Georgina. Así que hablé, pero sin hablar, yo me entiendo.

50

ADRIANA

Al día siguiente no asistí a las clases porque tenía uno de los últimos ensayos completos de la obra, que permitiría al director la posibilidad de ver una función muy parecida a la final.

Es en los ensayos donde se desarrolla gran parte del trabajo que permite a un actor vincularse con su personaje y donde nace el guion definitivo que sustituirá y mejorará al original, por eso era muy importante este trabajo previo durante aquellos días antes del estreno de la obra. Sin embargo, yo no estaba en mi mejor momento para focalizarme en el personaje, la sola cercanía de Oliver me inquietaba. Mis pensamientos interferían en mis emociones y eso afectaba al personaje.

El éxito del corto me insuflaba una mayor seguridad en mí misma y me motivaba a dar lo mejor de mí en aquella obra, pese a las circunstancias. Y eso era importante, porque esos últimos ensayos se sucederían en una cadena infernal desde el amanecer hasta el ocaso.

Estaba interpretando una escena con Oliver cuando me fijé en el pañuelo blanco que sobresalía de su chaqueta. Una vez terminó el acto, no pude evitar tirar de él. En ese momento comprobé que tenía bordadas las mismas iniciales que el pañuelo que habíamos encontrado en los pasadizos: M.D.

—¿Y estas iniciales?

—Las de mi personaje: Mr. Darcy.

Me tembló todo el cuerpo, se me aceleró el pulso, la vista se me nubló y comencé a ver puntitos negros. La respiración se me cortó. Georgina me había dicho la verdad. Siempre estuvo ahí, delante de mí, y no lo quise ver. No cuestioné ninguno de sus actos, no me fijé en los pequeños detalles, simplemente no quise verlo, era más fácil dejarme querer.

—Otra vez —anunció el director—, comenzamos desde la última frase de Mr. Darcy.

Todo cuanto se desarrollaba dentro de mí, donde de algún modo existía mi personaje, estaba afectándole. Mis sentimientos personales interferían en mi interpretación.

Era como si en mi interior se hubiese alojado un demonio dispuesto a destruir todo lo que con tanto sacrificio había construido. Al final, lo que se veía sobre el escenario no era más que una imitación barata, y lo peor de todo era que, pese a ser consciente de ello, no podía hacer nada.

Traté de focalizar mi atención e imaginarme la atmósfera de la escena y recité el texto al tiempo que dejaba mi cuerpo fluir para el baile que lo acompañaba, pero no me dio tiempo a terminar cuando el director me detuvo.

—¡¡¡Para, para!!! ¿Qué estás haciendo?

—El baile.

—No quiero verte bailar, quiero verte hacer el amor. Quiero ver pasión en cada paso. Deseo en cada mirada...

Entendía perfectamente lo que me pedía, pero cuando Oliver me tocaba, sentía una especie de rechazo y bloqueo que no me permitía fluir.

—Necesito unos minutos —dije al tiempo que abandonaba el escenario sin esperar respuesta.

Sabía que no estaba dando todo lo que podía de mí, pero ¿cómo concentrarme cuando estaba saliendo con un loco? Lo único que quería en ese momento era alejarme de él, sacarlo de mi vida para siempre, pero ¿cómo iba a hacerlo cuando nos quedaba un verano de representaciones juntos? Me perdí entre bambalinas apartando todo lo que encontraba a mi paso.

Tenía que pensar en la forma de concentrarme, de ser fría e ir por aquello por lo que tanto había luchado. Iba a necesitar mucho esfuerzo y entrenarme para dejar de verlo como lo que era. Alejarme de la imagen que tenía de él para empezar a verlo solo como el señor Darcy, esa era la única forma de acabar con aquella desarmonía que me estaba afectando.

Entré en el baño y me miré en el espejo. En aquel momento no me reconocí. Tenía que ser Elizabeth, pero el reflejo mostraba a otra persona, una más gorda y con la cara llena de acné. Hasta el momento había tenido suerte y no me habían salido granos, pero se ve que el estrés estaba haciendo de las suyas.

Sin esperarlo, un grito desgarrador salió de mi pecho. Quise romper el espejo de un golpe, pero me contuve. Tenía que controlar aquella rabia, el asco, el desprecio, la decepción, tenía que dejar de ser yo, para ser Elizabeth.

Me refresqué la cara con agua y traté de llamar al personaje. A veces, cuando un actor necesita conectar con la escena, le resulta de ayuda tomar un objeto que tenga conexión con la misma. Así que para hacerlo utilicé mi imaginación. Durante un rato me visualicé en mitad del campo, donde el personaje se desenvolvía en su entorno. Luego, cuando estuve más tranquila, regresé al escenario.

—¿Estás bien? —preguntó el director cuando me vio llegar.

—Sí.

—Mi trabajo y el de todo el equipo depende de ti, ¿lo entiendes?

¡Mi imagen y la de la escuela está en tus manos! Ser la protagonista de una obra es mucho más que interpretar un papel, el público suele valorar la obra por la interpretación de la protagonista.

No supe qué responder. Toda aquella presión me estaba generando más ansiedad. Sabía que todo el mundo confiaba en mí. La pregunta era: ¿y yo? ¿Confiaba yo en mí?

—Quiero que interpretes el texto de esta escena sin hacer un solo movimiento. No quiero ver ni un solo gesto. Tendrás que conservar al personaje solo con la voz.

No sabía cómo iba a hacer lo que el director me pedía cuando el único instrumento que tiene un actor para transmitir al público las emociones es el propio cuerpo. Quería hacer algo grande, quería demostrar que valía para esto.

Me concentré todo lo que pude y en mi interior encontré las habilidades necesarias. Un actor debe seguir una serie de técnicas, no se trata de actuar sin más, como estaba haciéndolo hasta ahora, porque no estaba concentrada. La inmovilidad me ayudó a hacer aflorar las emociones y a encontrar la entonación adecuada cuando hablaba, algo que debió percibir el director porque, cuando terminé de recitar el texto, vi en su rostro una gratificante expresión de satisfacción y orgullo.

Los ensayos ese día fueron demasiado duros, pero los superé con éxito. Cuando acabamos, Oliver me dijo que quería hablar conmigo.

—Ahora no puedo, tengo prisa —me excusé mientras salía del aula de ensayos.

—¿Has quedado otra vez con Liam? —preguntó socarrón.

—No, simplemente quiero estar sola —respondí sin ni siquiera mirarle a los ojos.

Mi respuesta debió cogerle tan por sorpresa que no insistió.

Al llegar a mi habitación, me extrañó que Cristina no estuviese. Supuse que habría salido a cenar o a tomar algo.

De repente, se adueñó de mí un gran odio y resentimiento y acabé rompiendo el álbum de fotos que Oliver me había regalado. Arranqué las páginas con rabia, me desquité con cada fotografía como si fuesen las culpables de mi estupidez.

Aquellas fotos eran una prueba más de su obsesión por mí. ¿Cómo había podido estar tan ciega? ¿Quién se dedica a hacer fotos a escondidas a otra persona que apenas conoces?

No sabía cómo iba a poner fin a esa relación, ni qué argumentos iba a darle. Pensar que teníamos un verano de trabajo juntos por delante me exasperaba, porque solo quería alejarme de él para siempre.

51

ÁLVARO

Hay muchas formas de saber que el verano está a la vuelta de la esquina: la brisa cálida que arrastra el mar hacia el interior por la Barceloneta; la arena escurriéndose entre los pies, cubiertos únicamente por unas chanclas; el olor a cloro de las piscinas de los hoteles; las terrazas repletas de cervezas heladas, y los recuerdos, siempre los recuerdos. Recordé a mi padre llevándonos en coche a la playa para pasar los sábados en familia. Éramos felices, o eso creía yo, hasta que llegaron las peleas, el divorcio y luego aquel asunto con la escuela y su entrada en prisión.

No me gustaba el verano y culpaba a mi padre de ello. Me recordaba una época donde todas las mentiras se cubren de una fingida felicidad. Luego llegaba el invierno y las tormentas de realidad.

Me hubiese gustado decirle unas cuantas cosas a la cara, como por ejemplo que lo culpaba de la infelicidad de mi madre, de que el verano me produjese repulsión, de que mi carrera estuviese a punto de irse al traste por toda la mierda que la prensa estaba diciendo de él, de mi madre e incluso de mí, pero no sabía de lo que sería capaz si lo tuviese frente a frente.

Entré en la escuela y fui directo al despacho de mi madre. Estaba sentada en su sillón giratorio contemplando el caos de papeles que había sobre la mesa. Estaba guapa, como siempre, pero parecía haber envejecido en los últimos meses, y no me extrañaba después de todo el estrés al que había sido expuesta.

—¿Qué son todos esos documentos? —pregunté al ver que buscaba algo en concreto de forma desesperada.

—Son las cuentas de la escuela de los años que tu padre era el director.

—¿Y qué buscas?

—No sé, algo que me ayude a justificar que yo no tuve nada que ver, que no sabía nada de lo que estaba ocurriendo. El señor Mas me ha dicho que la junta directiva quiere retirarme del puesto. Creen que es lo mejor para evitar que la cosa vaya a más.

—De eso ni hablar, ya lo hemos hablado, no voy a permitir que eso suceda.

—La cosa es que, revisando estos papeles, he encontrado movimientos muy raros.

—¿Como cuáles?

—No sé, faltan algunos documentos y otros contienen datos que no me cuadran.

—Puedo dárselos a un amigo analista de confianza, para ver si puede decirnos algo.

—Sí, te lo agradezco, porque voy a volverme loca... ¿Tú cómo estás? —preguntó quitándose las gafas de lectura y dejándolas sobre los documentos.

Y hacía tanto tiempo que alguien no me preguntaba cómo estaba que el solo hecho de que lo hiciera me emocionó. Sin embargo, no podía derrumbarme.

—Bien —dije de forma escueta, no quería entrar en detalles.

—No estás bien, hijo, y lo sabes. Todo esto está siendo muy duro. Quizá es mejor que aceptes uno de esos papeles que te ofrecieron para Hollywood y te alejes un tiempo de aquí.

—No voy a hacer comedias románticas, no me apetece, y creo que puedo aspirar a mucho más. Además, ¿no eras tú la que siempre decías que ese tipo de películas reproducen estereotipos y actitudes machistas?

—No todos los papeles masculinos de las películas románticas tienen que ser negativos.

—Los que he leído hasta el momento sí. ¿Qué quieres, que acabe como Kenneth Branagh haciendo una película con Will Smith que nadie recordó después?

—Hijo, aquí las cosas se van a poner feas. El escándalo de tu padre va a afectar a tu carrera como actor.

Pocas personas me conocían tan bien como mi madre. Sin embargo, incluso a ella conseguía engañarla a veces con mis caras inexpresivas; es lo que tiene ser un buen actor. Pero no quería que supiera que en el fondo estaba muy preocupado por mi futuro laboral.

—¿Comemos luego? —pregunté, cambiando de tema con fingida indiferencia.

Suspiró resignada y asintió.

Me fui a clase pensando solo en una cosa: que si tuviera delante a mi padre sería capaz de matarlo con mis propias manos.

52

ADRIANA

Según lo acordado, dos días después de nuestro encuentro, Frank me recogió por la mañana a un par de calles de la residencia y me llevó a la prisión en la que se encontraba Gilberto Fons.

Georgina y Frank se habían encargado de gestionar todo el papeleo para la visita, pero como nunca había estado en una cárcel, estaba bastante nerviosa.

Al bajarme de la moto, Frank me entregó unos papeles y me explicó todo lo que debía hacer. Le pedí que me acompañara, pero me dijo que no era posible, que tenía que hacerlo sola. Me recordó el propósito de mi visita y que debía hacer todo lo posible para que el padre de Álvaro quisiera hablar.

Caminé hacia la entrada, vigilada las veinticuatro horas por hombres armados y uniformados, desde lo alto de una cabina que había sobre una gran torreta.

Sin detenerme, contemplé las enormes paredes de hormigón, altas e impenetrables, diseñadas para que nadie pudiera salir, rodeadas por rejas metálicas terminadas en espirales de alambre de púas afiladas. La electricidad corría por el metal, silenciosa y a una gran potencia, para disuadir a cualquiera que intentara escapar.

Después de presentarme, explicar el motivo de mi visita y entregar mi documentación, me indicaron el acceso a la sala donde debía esperar.

Un largo pasillo me llevó hasta el corazón de aquel enorme recinto, rodeado de celdas donde estaban los prisioneros. Aunque no pude acceder a esa zona, me imaginé que serían húmedas y tendrían una incómoda litera metálica, un retrete y un lavamanos que igual hacía años que no se cambiaban. Por un momento imaginé a Gilberto Fons tumbado en su camastro, iluminado únicamente por una pequeña e incandescente bombilla, sin poder ver la luz natural del sol.

Había cámaras por todos lados, en las afueras, en los pasillos, en los patios... En cada rincón había cámaras y vigías, caminantes alertas y entrenados, con miradas escrutadoras y penetrantes capaces de doblegar y causar miedo.

Los miles de presos que habían pasado por allí habían dejado sus vibras impregnadas en las paredes. Las cargas energéticas que mantenía aquella prisión se hacían muy pesadas. Frío, tristeza, fuertes olores y sensaciones que me abrumaban.

Llegué a la sala de espera y pregunté a una mujer que había detrás de una especie de mostrador blindado con cristales. Me dijo que esperase a que me llamaran por mi nombre para pasar a la sala de visitas.

Pasó casi una hora hasta que pronunciaron mi nombre. Una hora con los nervios a flor de piel, pensando cómo iba a explicarle al padre de Álvaro quién era y qué hacía allí. Una hora buscando la forma de convencerle para hablar sobre lo que sucedió con la escuela y el motivo que lo llevó a estar en esa prisión.

Al entrar en la sala, tuve la sensación de que los reclusos solo encontraban paz en los locutorios de visita. Cabinas metálicas pintadas de color azul, el único lugar que se mantenía con algo de vida, luz y color; separadas por gruesas capas de vidrio reforzado, imposible de romper; comunicados solo por un pequeño teléfono, negro y frío.

Busqué en la larga hilera la cabina que me habían indicado, donde el padre de Álvaro debía de estar esperándome. Lo encontré y antes de entrar comprobé por segunda vez que era el correcto. Tomé asiento y sin apartar la vista de aquel hombre de tez envejecida y pelo canoso con cierto parecido a Álvaro descolgué el teléfono.

—¿Quién eres? —preguntó Gilberto con desconfianza.

—Soy Adriana, soy... una amiga de su hijo.

—¿Te ha mandado él?

—No. De hecho, él ni siquiera sabe que estoy aquí —confesé con cierta preocupación. No sabía cómo reaccionaría Álvaro si se enterase de que había ido a visitar a su padre a la cárcel.

—¿A qué has venido?

Y ahí estaba la pregunta para la que había estado preparándome desde que Georgina me propuso que le echara una mano con su plan.

—A ayudarle —dije sin pensar.

—¿Ayudarme? ¿Tú? —se burló—. No necesito tu ayuda.

—Quizá usted no, pero su hijo sí. ¿Sabe por todo lo que está pasando por su culpa? Sé que no cometió el delito del que se le acusó.

Su rostro adquirió un tono pálido.

—¿De qué hablas? —preguntó alterado.

—No sirve de nada que intente ocultarlo, pronto lo sabrá todo el mundo. El señor Mas se las apañará una vez más para salir ileso, pero usted quedará como el único culpable. ¿Y quién sufrirá con ese nuevo escándalo? Su hijo. ¿No cree que ya le ha arruinado bastante la vida?

—Todo lo que hice lo hice por él —confesó, afligido.

—No se engañe, si realmente quiere ayudarlo, esta es su oportunidad. Dígame qué sucedió exactamente, porque sé que todo fue una manipulación del señor Mas, que él le convenció para que se autoinculpara y entrara en prisión a cambio de un buen acuerdo económico que usted pensó que resolvería la vida de su hijo y de su exmujer y que salvaría la Escuela de Actores Carme Barrat. Pero créame, nada ha salido como usted pensaba.

—No sé de dónde sacas todo eso —dijo nervioso y haciendo el amago de colgarme e irse.

—Si se marcha, no volveré y perderá la única oportunidad que tiene de recuperar a su hijo.

Aquello le hizo dudar. Supongo que para un padre debe ser duro que su hijo le rechace por creer que ha cometido un delito que en realidad no ha cometido.

No resultó nada fácil, pero al final, tras mucha insistencia y mano izquierda, conseguí que Gilberto me contase lo que de verdad sucedió:

—Voy a ser claro con usted —le dije después de escuchar su primera propuesta—. Creo que no llegaremos a ningún acuerdo. Lo que pretende es controlar la escuela, y eso no lo puedo permitir. Como sabrá, la Escuela de Actores pertenece a mi familia desde hace varias generaciones. Y usted y esa organización misteriosa que preside pretenden quitarme de en medio.

—Se equivoca, Gilberto. Lo que yo quiero es ayudarle. Quiero que nos fusionemos de tal modo que su mujer quede a cargo de todo.

—Mire, llevo toda mi vida trabajando con mi mujer en esta escuela que fundó mi abuelo, levantó mi padre y ahora presido yo. No estoy dispuesto a venderla ni a perderla, tengo una responsabilidad con mi familia, pero esto es algo que no sé si usted entenderá.

—Claro que lo entiendo, por eso quiero ayudarle,

porque se han descubierto unos desfalcos en las cuentas, hay documentos que usted ha firmado...

—Yo no he firmado nada que mi asesor no haya revisado.

Tan pronto como dije estas palabras recordé que un día, cuando fui a visitar a mi asesor, me encontré al señor Mas saliendo de su despacho, por lo que comencé a dudar de lo que había firmado. En ese momento supe que me tenía atrapado por el cuello, que había algo que me inculpaba y que lo usaría en mi contra si no aceptaba su propuesta.

—Por mi parte, no hay acuerdo —dije tajante.

—Espero que se lo piense, es una buena oferta, la mejor para todos, incluida su familia.

—Así que el señor Mas, a través de su asesor, consiguió que usted firmara documentos que le inculpaban para luego chantajearle, quedarse con la escuela y quitarle de en medio —resumí.

—Eso es, si no aceptaba el acuerdo, entonces iría a la cárcel igualmente porque aquellos documentos me inculpaban, así que al final acepté porque de ese modo Carme podía seguir dirigiendo la escuela y mi hijo continuar con su carrera como actor, además todo se haría de forma muy discreta para que no saltara a la prensa. El dinero lo compra todo.

—¿Y estaría dispuesto a contar esto mismo a uno de los mejores abogados del país? —pregunté.

—¿Para qué?

—Para limpiar su nombre y que ese... sinvergüenza pague por todo el daño que le ha causado a usted y a su familia.

—Lo que no entiendo es que ganas tú con todo esto.

—Si le digo la verdad, nada.

—Entonces ¿por qué lo haces? Eres joven, bonita, podrías estar haciendo cualquier otra cosa en vez de perder tu tiempo aquí en esta prisión y con este viejo acabado.

—No diga eso, usted no está acabado, no si no quiere. Si le digo la verdad, lo hago por su hija, era una gran amiga mía.

—Yo no tengo hija.

—Me refiero a la hija del señor Mas.

—Ah —musitó—. Escuché que murió.

—Sí, así es —mentí—, pero antes de morir me contó que sabía quién era su padre y todo el daño que le había hecho a su familia: fue capaz de manipular su fortuna y que pareciera que estaba arruinado para no dejarle nada a su mujer. Ella estaba dispuesta a todo para desenmascarar a su padre, fue ella quien averiguó no sé cómo que usted era inocente. Y, bueno, no le voy a mentir, también lo hago por Álvaro, su hijo. Me gustaría que recuperara a su padre, no sabe lo mucho que ha sufrido su traición... ¿De verdad no le gustaría demostrarle que es inocente y que todo lo que hizo lo hizo por él y por su madre?

Gilberto se echó a llorar y por un momento me sentí fatal por estar presionándole utilizando el chantaje emocional.

53

ADRIANA

El mundo está lleno de injusticias, pero permanecer neutral ante ellas es como estar del lado del que las comete.

Salí de la cárcel con una presión extraña en el corazón y algo atravesándome la garganta. Lo primero que me preguntó Frank al verme fue:

—¿Ha aceptado?

Ni siquiera se molestó en preguntarme cómo había ido o cómo me sentía.

—Sí —dije con firmeza, luego cogí el casco me lo coloqué y me subí a la moto sin dar más explicaciones.

Me llevó a su casa, pero esta vez no se molestó en verificar si tenía la ubicación compartida en mi móvil, quizá porque confiaba en mí o quizá porque estaba tan eufórico con la noticia que no se acordó.

Me pasé todo el camino recordando la conversación con Gilberto y lo mucho que había sufrido ese hombre. Me parecía tan injusto que Álvaro tuviera un concepto tan malo de su padre. Me planteé contarle la verdad. Tenía que hacerlo de alguna forma, si se enteraba de que había ido a visitarlo a la prisión sin avisarle, se enfadaría, además de que no entendería el motivo. Quizá podía decirle que Georgina me había dejado una carta explicándome lo que su padre había hecho y pidiéndome que... No, aquello era absurdo, ¿quién deja una carta así sin saber que va a morir?

Ver viva a Georgina aún me resultaba demasiado raro, y estaba segura de que ella se daba cuenta. Evitaba a toda costa mirarle la cicatriz de la cara para no incomodarla, pero sabía que eso también lo detectaba, aunque en ningún momento dijo nada.

Le conté lo que había estado hablando con Gilberto, y ella se limitó a anotar lo que decía sin interrumpirme. Luego comenzó la ronda de preguntas.

—Entonces, no le has contado nada de mí, ¿verdad?

—No, solo le he dicho que antes de tu...

—Si de mi muerte —añadió ella con naturalidad.

—Eso. Pues que me habías comentado que habías descubierto algo que incriminaba a tu padre y que por eso sabía que él era inocente.

—No ha sospechado nada de mí, ¿verdad?

—¿Te refieres si ha sospechado que sigues viva?

Asintió.

—Claro que no, ¿quién podría sospechar algo tan loco?

—Perfecto. Ahora solo falta que mi madre se reúna con el abogado e iniciemos todo el procedimiento.

—Una cosa. Me gustaría poder contarle a Álvaro que...

—¡No! Ya lo hemos hablado, Adriana, nadie puede saberlo.

—Pero es que se va a enterar de que he ido a visitar a su padre y va a ser más sospechoso. Necesito poder contarle de alguna forma que he ido a visitarlo y por qué.

—¿Y qué le vas a decir? —preguntó ella.

—No sé, puedo decirle que antes de aquella noche tú me habías hablado de que habías descubierto los chanchullos en los que andaba metido tu padre y que le tendió una trampa a Gilberto para luego poder chantajearlo.

—Está bien, pero ya sabes que nadie, absolutamente nadie puede saber que sigo viva. Ese será nuestro secreto —dijo al tiempo que se levantaba del sofá—. Ven, quiero enseñarte algo.

Georgina cogió un cuaderno que había sobre su mesa de trabajo y salimos al patio trasero. Frank estaba sin camiseta arreglando el sistema de riego de las hortalizas que tenían sembradas.

—¿Te gustan las vistas? —bromeó Georgina.

Me reí porque me sentí pillada. La verdad es que Frank estaba tremendo. Los tatuajes que recorrían sus brazos resultaban de lo más erótico.

Nos sentamos en unas sillas de hierro pintadas en blanco que había alrededor de una mesa con un tablero formado por mosaicos de piedra en tonos azules.

Georgina dejó el cuaderno sobre la mesa.

—¿Sabes qué es? —preguntó.

Negué con la cabeza.

—Nuestra historia.

—¿Nuestra historia? —pregunté confusa.

—Sí, la tuya y la mía.

—¿Estás escribiendo un libro?

—Sí, somos artistas, ¿no? Tenemos que sacar nuestra creatividad de alguna forma, y yo he descubierto que escribir es la mía.

—No dejas de sorprenderme —dije—. El golpe sin duda te ha afectado.

—No es que el golpe me haya afectado, es que tener una segunda oportunidad te cambia la vida, Adriana. De pronto, te das cuenta de que vivir es un regalo, una experiencia efímera que no se va a volver a repetir jamás, y que hay que aprovecharla al máximo y luchar solo por las cosas que de verdad merecen la pena. Lucha por el amor, porque el verdadero amor es el que le da sentido a la vida.

Jamás me imaginé a Georgina dándome un consejo como ese y, sin embargo, tenía la sensación de que nunca nadie me había dado un consejo tan sabio.

—Entonces, si estás escribiendo tu historia, pero salgo yo, ¿quién es la protagonista? —curioseé de broma, tratando de no profundizar demasiado en los sentimientos que sus palabras me habían despertado.

—Las dos.

—¿Otra vez las dos? ¿No hemos tenido bastante de eso ya? —Me reí.

—Aunque creo que los lectores empatizarán más contigo.

—Pues yo creo que, si te has desnudado por completo en la novela, lo harán contigo, porque tu historia es un ejemplo de superación. A la vista está todo lo que has conseguido por ti misma.

—Bueno, y con la ayuda de Frank. Ojalá pudiera decir que lo he hecho todo sola, pero la realidad es que sin él no lo habría conseguido, y si te soy sincera, no me avergüenzo por ello, ni me siento menos mujer. Al contrario, me siento afortunada de tener a alguien al lado con quien compartir mi vida en las buenas y en las malas.

—Tu historia es muy Disney —aseguré porque sabía que ella odiaba las películas de Disney.

—¿La mía? ¡Qué va! Es más un *thriller*, créeme.

—Un *thriller* romántico, porque tiene un final feliz.

—Bueno, es mi historia y punto, ¡qué más da el género que sea!

—Pues también es cierto. ¿Y cómo acaba mi historia de amor en tu libro? ¿Termino con Álvaro? —curioseé.

—No has entendido nada, Adriana. En esta historia los protagonistas no somos tú y Álvaro o yo y Frank, en esta historia las protagonistas somos nosotras: dos chicas unidas por un mismo sueño que maduran y encuentran su camino en la vida. Solo tú puedes elegir cuál será tu final, aunque yo creo tenerlo claro ya.

—Ah, ¿sí? ¿Y cuál crees que será?

—Bueno, ya he visto que te va muy bien. Al final aquel corto que te conseguí con intenciones un tanto maliciosas te está dando muchos éxitos.

—Sí, la verdad es que ha tenido muy buena acogida. Estoy muy contenta.

—Y dentro de nada se estrena la obra, lo vas a bordar.

—Sí, la semana que viene ya es el estreno... No sé, estoy muy nerviosa... Estar cerca de Oliver después de saber lo que te hizo me pone enferma.

—No dejes que eso te afecte, simplemente pon distancia en lo personal y limítate a hacer lo que sabes hacer: actuar. Cuando pase el verano y acabe la obra, no volverás a verlo.

—Eso espero.

—¿Qué planes tienes para después del verano? ¿Piensas seguir en la escuela?

—No, aún no se lo he contado a nadie, pero he decidido que me iré a Hollywood.

—¿Con qué dinero?

—He pensado llevar mis cosas a la casa de mi abuelo y alquilar mi piso de Madrid. Con el dinero del alquiler podría vivir en Los Ángeles. ¿Por qué no te vienes? Allí podrías triunfar.

—No puedo arriesgarme, lo que he hecho es un delito, podría ir a la cárcel. Además, esa Georgina murió aquella noche. Te juro que soy feliz con la vida que llevo, me gusta vivir aquí, donde nadie conoce mi pasado ni mi historia. Despertarme por la mañana y oler a café recién hecho. Pasarme los días disfrutando de estas vistas, leyendo y escribiendo. No añoro mi pasado. Ahora vivo en otro mundo, uno mucho mejor y en el que me siento plena.

—¿No te da pena no saber cómo habría sido tu carrera como actriz?

—Fui actriz, Adriana. Lo fui. Ahora pienso que también puedo tener éxito escribiendo, que es también un arte y mi pasión.

En eso tenía razón.

Sé que habría llegado lejos como actriz si hubiese querido, pero ahora la veía más radiante e ilusionada que nunca, y eso valía más que cualquier otra cosa.

—Ya me dirás qué vitaminas estás tomando para estar tan... estupenda en todos los sentidos de la palabra —bromeé.

—La vitamina del sol, la de las verduras de mi pequeño huerto, la de dormir bien, la de no tener preocupaciones y la del amor y el buen sexo.

Asentí y me quedé callada pensando en lo mucho que había cambiado mi amiga. Su respuesta tenía todo el sentido del mundo, pero me resultaba extraña después de haberla conocido como la leona, la reina de la escuela. ¿Dónde había metido su exagerado ego y su ambición desmedida? ¿Cómo había conseguido renunciar al poder de la fama y vivir más invisible que nunca?

—Me alegro de verte tan bien —dije con una sonrisa y cierta condescendencia.

—Bueno, estaré mejor cuando el cabrón de mi padre le haya pagado a mi madre todo lo que le corresponde y esté entre rejas.

—¿Y si el plan falla?

—No puede fallar —aseguró.

54

ADRIANA

Frank me dejó cerca de la rotonda del Monumento a Colón. Caminé por La Rambla hasta llegar a la altura del Liceu. Mi sorpresa fue cuando me encontré el enorme cartel que anunciaba la obra de la escuela y que cubría casi toda la fachada. Era idéntico al que me enseñó Carme en su móvil, pero impresionaba mucho más. Mi cara se veía nítida en primer plano y mi nombre totalmente legible en un tamaño mayor que el resto, podían apreciarse hasta los detalles del vestido.

Estaba totalmente maravillada. Saqué mi móvil y le hice una foto. Ni en mis mejores sueños me hubiese imaginado un cartel de esas dimensiones en mitad de La Rambla en el que apareciera mi cara. Aquello era solo el principio de mi carrera como actriz, había comenzado por la puerta grande, tenía que aprovechar esta oportunidad, no podía dejar que mis emociones boicotearan mi actuación.

—Impacta, ¿verdad? —Una voz familiar me asaltó por la espalda.

—¿Liam? ¿Qué haces aquí? —pregunté sorprendida cuando me giré al tiempo que le daba un abrazo.

—He venido a ver el cartel, en la escuela no se habla de otra cosa hoy.

—¿De verdad?

—Sí, desde esta mañana que lo han colgado todo el mundo quiere verlo. Es la primera vez que hacen uno de estas dimensiones para una obra de la escuela.

—Supongo que porque es la primera vez que se estrena una obra de la escuela en el Liceu.

—O quizá porque es la primera vez que cuentan con una gran actriz como tú —dijo Liam, haciendo que me subieran los colores.

—Bobo. —Le di un manotazo.

—Anda, ponte ahí que te hago una foto con el cartel de fondo para tus seguidores.

—¡Pero mira qué pintas llevo! —me quejé.

—Estás estupenda, ¿ya se te ha olvidado cómo solías vestir cuando llegaste? —se burló.

—¡Qué chistoso! —Hice un mohín.

Posé y me hizo varias fotos. Luego caminamos juntos hasta la residencia.

—Tengo que contarte algo que he descubierto, pero tienes que prometerme que no dirás ni harás nada al respecto —dije después de que dejásemos atrás la algarabía de la plaza Real.

—¿Qué pasa?

—Prométemelo —insistí.

—Está bien, lo prometo, pero dime de una vez de qué se trata.

—Fue Oliver quien dejó caer a Georgina.

—¿La dejó caer? ¿Cómo lo sabes?

Su pregunta me hizo darme cuenta de que ese dato yo no debería saberlo, así que rectifiqué de inmediato.

—Bueno, quien la empujó o lo que quiera que sucediera en realidad. Lo sé porque la eme y la de del pañuelo no son por las iniciales de Martí Delmont, sino que hacen referencia al personaje de Mr. Darcy. El pañuelo forma parte de su atuendo de la obra, el otro día durante el ensayó vi que llevaba uno exactamente igual al que encontramos.

—¿Estás segura?

—Segurísima.

—¿Y qué vamos a hacer? —preguntó a punto de sufrir un ictus.

—Nada. Por el momento, solo quiero alejarme de él, pero tengo que hacerlo de tal forma que no afecte a la obra. Esta es mi oportunidad para brillar y no puedo echarla a perder. Así que hasta después del estreno evitaré estar con él fuera de los ensayos, luego ya veré qué hago.

—Pero no entiendo nada... ¿Por qué iba él a...? —enmudeció antes de terminar la pregunta, como si él mismo hubiese dado con la respuesta—. ¡Puto loco!

—Está obsesionado conmigo, siempre lo ha estado, y yo he sido una imbécil que se ha creído esta historia de amor.

—No podemos dejar que se vaya de rositas, tiene que pagar por lo que ha hecho.

—¿Sí? ¿Y cómo? Ni siquiera tenemos pruebas.

—Tenemos el pañuelo.

—Eso no prueba nada. —Me reí.

Liam se quedó pensativo, puede que haciéndose las mismas preguntas que yo me había hecho durante los últimos días y para las cuales no había obtenido ninguna respuesta.

—¿Me estás diciendo que todo lo que hemos hecho es para nada? —me preguntó, indignado.

—Para nada no, al menos ahora sabemos la verdad.

—¿Y de qué nos sirve la verdad?

—Eh... —dudé; no tenía la respuesta.

—Tenemos que desenmascararlo. Esperamos si quieres al día después del estreno.

—Liam, no vamos a hacer nada. He trabajado mucho por este papel y por esta obra, y cualquier cosa que le perjudique a él afectará a la obra.

—Eso es muy egoísta por tu parte. Deberías mirar un poco más por Georgina.

—¡Ella no mira por nadie! A veces hay que ser egoísta y mirar por una misma —dije furiosa.

—¿Que no *mira* por nadie? ¿A qué te refieres?

—Bueno, que no miraba por nadie, quería decir —rectifiqué.

Georgina había sido egoísta y había pensado solo en ella cuando decidió mantener la mentira sobre su muerte. ¿Por qué yo no podía ser también algo egoísta? Además, bastantes escándalos rodeaban a la escuela como para añadir uno más.

—Recuerda que no tenemos pruebas, sin el testimonio de Georgina no podemos probar que él fue quien la empujó o quien la dejó caer o lo que quiera que sucediera.

—Pues te va a tocar hacer el papel de tu vida —dijo tras un largo silencio en una especie de murmullo cómplice.

Tenía razón, debía enfrentarme a uno de los papeles más importantes de mi vida, y no, no me refería al de Elizabeth Bennet, sino a fingir que la presencia de Oliver no me afectaba, que no tenía ni idea de lo que había sido capaz de hacer y, sobre todo, que no tenía ninguna duda de que había sido él quien había dejado caer a Georgina porque ella misma me había contado lo ocurrido.

Me sentía estúpida por haber ignorado mi instinto y dejarme cegar solo por la oportunidad de estar con el chico que creía que debía estar.

Qué fácil había sido creerse aquella historia Disney. Qué fácil resulta a veces meterse de lleno en el cuento soñado. Pero no valía la pena que me siguiera lamentando por ello.

Lo que había sentido por Oliver no había sido amor. No te puedes enamorar de alguien con quien no has sido tú misma, alguien que no se ha desnudado ante ti, y no me refiero a quitarse la ropa. Para enamorarse se necesita mucho más, necesitas soñar con esa persona, necesitas reír hasta las tantas de la madrugada, necesitas sentir que el mundo se desvanece y la tierra tiembla cuando está frente a ti, necesitas reírte de sus manías y sus defectos, necesitas conocer sus miedos, sus planes de futuro... No te enamoras así como así del primer chico que te dice cosas bonitas y te regala álbumes de fotos. Tampoco era aprecio lo que sentía por él, y si alguna vez le tuve una pizca, ya no quedaba ni rastro.

Se podía decir que lo único que sentía en aquel momento era una especie de frustración y rabia hacia mí misma por confiar en él, por abrirle las puertas de mi mundo de par en par, por permitirle ser algo más que amigos y por ser una auténtica imbécil.

¿Llegaría a perdonarle algún día lo que había sido capaz de hacer? Lo dudaba entonces y lo confirmo hoy. Jamás podré perdonarle lo que le hizo a Georgina, al igual que jamás podré olvidarlo.

55

ADRIANA

Cuando me tocaba ir a la consulta de la doctora, siempre procuraba llegar con el tiempo justo, la espera en aquella sala me desesperaba. Tan pronto como llegué, me hizo pasar.

—Los últimos análisis han salido muy bien. Parece que físicamente estás recuperada del todo —dijo al tiempo que miraba los papeles—. ¿Como te sientes?

—Bien —respondí mientras tomaba asiento frente a ella.

—¿Solo bien?

—Bueno, es que a veces... —enmudecí.

No me atrevía a contarle lo que había estado sucediéndome durante las últimas semanas. Decirlo en voz alta supondría aceptar que era real y para mí era más cómodo engañarme a mí misma diciéndome que aquello no eran más que pensamientos pasajeros.

—¿Qué sucede a veces, Adriana? Ya sabes que aquí nadie te va a juzgar.

—Lo hago yo misma, y eso es peor —confesé.

—¿Y por qué te juzgas?

—No lo sé, pero es que cuando hago cosas que sé que no están bien...

—¿Por qué no están bien?

Las manos comenzaron a temblarme. Miré al suelo, pero podía sentir los ojos de la doctora sobre mí provocándome una molestia en el estómago.

—Porque me veo gorda y sé que no debería hacerlo, a veces me detengo frente al espejo, me observo y me doy asco. Pienso que voy a volver a estar gorda como antes. —Lo solté así, como quien escupe algo que se le ha quedado atravesado en la garganta.

—Aceptar que lo que haces no está bien es el primer paso para recuperarse. No digo que esté bien que te juzgues de la forma tan dura en que lo haces, y que te digas esas cosas tan feas a ti misma, pero el hecho de que en tu fuero interno sepas que está mal ya es un gran paso. Vamos a trabajar la aceptación.

—No sé cómo voy a aceptarlo, lo intento, te juro que lo intento...

—Pero tú sabes que no estás gorda, ¿verdad? Los resultados son claros, no tienes sobrepeso, ahora mismo estás estupenda, tienes unos niveles de hierro, ferritina y transferrina excepcionales, por lo que ya no hay riesgo de anemia. Las proteínas totales, proteína de unión al retinol e índice de creatinina también están muy bien. No se observan problemas renales ni de tiroides.

—Sí, pero es extraño, porque a veces, cuando me miro en el espejo, lo que veo es a una chica gorda.

—¿No es siempre entonces?

—No.

—¿Y de qué crees que depende?

—No lo sé —confesé.

—El concepto que tienes de tu cuerpo, Adriana, está obsoleto, y eso mezclado con el miedo al cambio hace que hayas distorsionado la realidad. Tienes que intentar olvidarte de todas las etapas por las que has pasado y comenzar a construir un concepto desde cero, un concepto sano en el que el cambio sea algo natural y no algo a lo que temer. Somos seres que experimentamos continuamente cambios mentales y físicos. Nuestro cuerpo va a cambiar, a envejecer, porque eso forma parte de la vida.

—¿Y cómo puedo aceptar eso?

—Hay algunas técnicas que te pueden ayudar a aceptar eso que tú consideras imperfecciones y a abrazar los cambios que tu cuerpo va a experimentar a lo largo de la vida. Te voy a recomendar un libro, pero, además, aparte de seguir con la dieta, en las próximas sesiones me gustaría trabajar contigo esa imagen corporal negativa que tienes de ti misma y que puede tener un efecto muy devastador para ti, más allá de lo físico, ya que puede dañar seriamente tu autoestima.

—¿Y qué técnicas puedo seguir? Y, por favor, no me digas que me mire en el espejo y me diga en voz alta que me amo a mí misma... Ya lo he intentado y me siento ridícula.

—Pues eso es una buena técnica, tienes que seguir repitiéndolo hasta que te lo acabes creyendo. Da igual si te sientes ridícula o incómoda, forma parte del proceso. ¿Qué es lo que piensas cuando te miras en el espejo exactamente?

—Que estoy gorda, que me falta mucho para tener el aspecto de algunas actrices famosas de Hollywood, que nunca voy a estar como ellas, que tengo estrías y estas no se van a ir por mucho ejercicio que haga, que el acné es asqueroso y que me va a dejar la cara llena de cicatrices...

—Todo mensajes negativos, ¿te das cuenta del efecto que tienen en ti? Eres mucho más que eso que piensas de ti misma.

—Puede ser, pero no sé cómo detener esos pensamientos —admití al tiempo que rompía a llorar.

—Lo primero que debes hacer es detener ese diálogo interno y aceptar lo que tú llamas imperfecciones. —Me tendió una caja de pañuelos para que me secara las lágrimas—. Y cuando digo aceptar, también me refiero a que te perdones por tus acciones del pasado. De momento, como te he dicho, seguirás con la dieta (tener una alimentación saludable te hará sentir bien), pero vamos a incluir algo de ejercicio. Quiero que hagas un poco de cardio tres días a la semana, eso te ayudará a liberar tus endorfinas.

»Para el acné, te voy a pasar el contacto de un dermatólogo que te pondrá un tratamiento, así que no sufras por ello porque tiene fácil solución.

»A partir de hoy, también te vas a regalar pequeños placeres una vez a la semana: una sesión de peluquería, un masaje, un baño de espuma, ir a un *spa*; cosas que estén relacionadas con el cuidado de tu cuerpo. Seguro que hay partes de tu cuerpo que te encantan; quizá tus pies son preciosos o tienes unos brazos fuertes, un cabello brillante, una piel suave..., y muchas otras cualidades que están ahí y no te has parado un momento a observarlas. Solo tienes que prestarles atención y sentirte agradecida por ellas. Sin darte cuenta, estarás amando tu cuerpo cada día un poco más. Todas tenemos algo que no nos gusta de nosotras mismas, pero eso es justamente lo que nos hace especiales y diferentes y lo que más debemos amar. Comprender que no hay nada más hermoso que amarnos completamente tal y como somos es el primer paso para forjar una imagen positiva de una misma.

—Quiero estar delgada, no quiero volver a estar gorda.

—¿Por qué?

—¡Porque no! Recuerdo aquella etapa y siempre se tienen menos oportunidades para todo...

—Eso no es cierto, el tamaño del cuerpo no determina el número de oportunidades, ni la felicidad, ni el éxito o la salud de una persona.

—Pero hay papeles a los que no podría optar si engordo.

—En primer lugar, tienes que aprender a diferenciar entre tu cuerpo como lugar en el que vas a vivir toda tu vida y tu cuerpo como herramienta de trabajo. En el segundo caso, es algo pasajero y, acompañada de un profesional, podrás engordar o perder peso de forma saludable para un papel determinado, pero cuando ese proyecto acabe, tendrás que volver a tu peso normal. Por eso es importante definir cuál es ese peso y trabajar la aceptación, siempre teniendo en cuenta que se pueden producir cambios. Como bien sabes, las imágenes que vemos de las actrices y modelos en la televisión y en las revistas no son reales. Ellas siguen una rutina para interpretar un papel o hacer un trabajo determinado, pero luego, cuando acaban, vuelven a recuperar su peso habitual. Esos cuerpos son difíciles de mantener en el tiempo. Además, hay mucho trabajo de edición, de luces y sombras detrás.

—Ya...

—A partir de ahora, cada vez que te mires en el espejo, vas a pensar positivamente sobre tu cuerpo, y en el momento en que aparezcan pensamientos negativos, te vas a detener. No te vas a permitir criticarte, ni a solas ni con amigas, porque, aunque sea solo un pensamiento, puede tener un impacto muy negativo en tu psicología. ¿Crees que podrás hacerlo?

—Sí. Pero ¿cómo puedo detener los pensamientos negativos?

—Puedes sustituirlos diciéndote cosas como «qué guapa estoy hoy», «qué bien me ha quedado el pelo», «qué sonrisa más radiante», «qué labios tan carnosos», «hoy voy a cuidarme», «cada día estoy más guapa».

»Y en lugar de pensar en cómo estabas antes, piensa en lo bien que estás ahora y en que está en tu mano seguir así; si tú no te lo permites, no vas a sufrir cambios drásticos en tu cuerpo. Estos cambios solo suceden cuando la imagen que tienes de ti es distorsionada, te sientes insatisfecha con tu vida, experimentas trastornos de alimentación y sufres anorexia o bulimia. O, por el contrario, comienzas a comer de forma descontrolada y a abusar de alimentos que no necesitas como consecuencia de la ansiedad. Todo está en la mente.

—Está bien, voy a hacer un esfuerzo por cambiar esto.

—Y sobre todo evita compararte. Por hoy vamos a dejarlo aquí —dijo mirando el reloj—. Para la próxima sesión, me gustaría que trajeras una lista de diez cosas que te gustan de tu cuerpo. Y seguiremos trabajando en construir una imagen positiva de tu cuerpo.

—Genial, muchas gracias por todo.

Me levanté, y me acompañó hasta la puerta. Nos despedimos con un abrazo y salí de la consulta. Me sentí esperanzada. Pensé que aquello era el comienzo de una nueva etapa.

Al llegar a la residencia, cogí las cosas de la habitación y me fui directa a los vestuarios para darme una ducha rápida antes de ir a los ensayos de por la tarde.

Me desnudé y al ver mi reflejo en el espejo sentí un rechazo extraño. Deseaba quererlo como había sugerido la doctora, pero algo me lo impedía. Siempre trataba de evitar contemplarme durante demasiado tiempo, era una forma de engañarme a mí misma.

Miré mi pelo a la altura de los hombros y eché de menos mi melena. Mis ojos estaban apagados, sin luz y odiaba el pequeño lunar que tenía en la nariz. Mis pechos eran pequeños, los hombros demasiado anchos, al igual que mi cintura.

¿Cómo se hace para quererse a una misma? En la consulta, mientras escuchaba a la doctora, me había parecido más sencillo. En cambio, en ese instante solo pensaba en tener un cuerpo diferente, uno ideal. Sentía la decadencia en mi piel y, como artista que era, tenía la sensación de que, si no podía alimentarme de la belleza, me acabaría alejando del personaje y de la obra.

El efecto que me causaba mi apariencia era molesto. Pude ver cómo los ojos se me anegaban y, antes de que las primeras lágrimas se deslizaran por mis mejillas, un grito desgarrador salió de lo más profundo de mi ser. Una fuerza sobrenatural me llevó a estampar ambos puños contra el espejo, que se hizo añicos al instante, provocando un estallido ensordecedor.

Alguien entró en el baño en ese momento. A través de un trozo de cristal roto que se había quedado colgando del marco, pude ver que se trataba de Álvaro.

56

ADRIANA

—Adriana... —El terror se había instalado en su rostro—. Pero ¿qué ha pasado?

No respondí. Me quedé paralizada. De todas las personas que hubiese querido que me encontraran en aquel estado, él era el último.

Sin decir nada, se agachó y de entre los cristales cogió la toalla, la sacudió y me envolvió con ella. No fui consciente de lo fría que estaba hasta que noté el calor de sus manos. Al sentir el roce de su piel, rompí a llorar. No sabía qué me pasaba, quizá estaba sometida a mucha presión, quizá aquello formaba parte del proceso de aceptación, quizá era el personaje que me estaba afectando y contagiando sus emociones... No lo sé, solo sé que estaba jodida, muy jodida.

Álvaro me cogió en brazos para que no pisara los cristales que habían caído a mis pies y me dejó junto al otro lavabo. Al ver sangre en una de mis manos, abrió el grifo me hizo poner la mano debajo del chorro, supongo que para ver cuán profundo era el corte. Sentí un escozor, pero no miré. Me quedé embobada observando la imagen que el espejo me devolvía. Yo era mejor que aquel reflejo.

—No parece que se te haya quedado ningún cristal dentro, y por suerte la herida no es profunda.

Si él supiera cuán profunda era la herida que tenía por dentro...

—Adriana, ¿qué ha pasado? Y no me digas que se ha caído el espejo, porque antes de que se hiciera añicos he escuchado el grito.

—No estoy bien —confesé entre lágrimas.

—¿Por qué? ¿Es por la obra? ¿Te está metiendo mucha presión el director?

Negué con la cabeza al tiempo que escondía el rostro entre las manos.

—Adriana, por favor, dime qué te pasa, conmigo no tienes que fingir.

—No me veo bien, no me gusta mi cuerpo, no encuentro nada bonito en él.

Álvaro permaneció en silencio durante unos instantes, como si estuviese buscando las palabras exactas.

—¿Has seguido yendo a la doctora?

—Sí, justo vengo de allí. Me ha dicho que busque la belleza en partes de mi cuerpo, pero no la encuentro. —El llanto se hizo más fuerte.

Él me abrazó y me besó el pelo. Luego me separó de él con delicadeza y me miró fijamente, pero yo aparté la mirada avergonzada.

—¡Mírame, Adriana!

Levanté la cabeza y mis ojos quedaron hipnotizados por los suyos.

—La delgadez o la gordura no tienen nada que ver con la belleza —dijo, como si pudiera leerme el pensamiento—. Ya lo decía Oscar Wilde, el tamaño no tiene nada que ver con la belleza. Mira la Sagrada Familia, es enorme y al mismo tiempo es hermosa, pero también lo es la diminuta mariposa que sobrevuela una de sus torres.

Me quedé pensando en la bonita comparación que había hecho. Álvaro era tan original y ocurrente, tan inteligente, tan... perfecto.

—La belleza llega cuando aceptamos que somos como somos y no pretendemos cambiarnos.

Sus palabras, la forma en que me miraba y cómo sus manos acariciaban mi piel me hacían sentir como una de esas obras de museo que solo se pueden observar y tocar con la delicadeza de un cirujano.

No sé qué fue lo que me llevó a mirar sus labios, los tenía tan cerca... ¿Tanto lo deseaba? El impulso me dio la respuesta. Se me nubló el juicio y me lancé. Cuando me di cuenta, algo me ardía por dentro, una oleada de calor subió por mi cuello y un sinfín de sensaciones recorrieron mis terminaciones nerviosas.

Me quedé sin respiración. ¿Cómo eran posibles todas aquellas sensaciones con solo un beso? ¿Cómo había conseguido resistirme a él, a besarlo, durante tanto tiempo?

Sus labios me devoraron como si estuviesen sedientos de mí, como si llevaran meses deseando los míos. Mi lengua buscó la suya, tenía la necesidad de sentirlo más dentro que nunca. Pensé que jamás volvería a sentir algo así, a sentirme tan bien que ya se me había olvidado lo hundida que había estado momentos antes. El tormento que acababa de vivir me parecía una tontería ahora que sus manos sostenían mi rostro y sus labios succionaban los míos.

De pronto, un pensamiento cruzó mi mente: quizá debía aprovechar ese momento para contarle lo de su padre y que había ido a visitarlo a la cárcel, aunque me aterraba la idea de que se pudiera enfadar. No había encontrado aún las palabras exactas ni la explicación que le daría, pero quizá si se lo soltaba en ese instante podría ser más compasivo.

—Álvaro —me separé con delicadeza de sus labios—, tengo que contarte algo que...

—¿Es algo que podría estropear este momento?

—Quizá...

—Entonces ya me lo dirás. —Sus labios se pegaron a los míos y confieso que me encantó que así fuera, porque en ese instante eso era todo cuanto necesitaba.

Paladear la calidez de su saliva y sentir de nuevo el sabor de su boca era como comerse ese helado que tanto te gusta y del que te privas para mantener la línea o la tarta que evitas pedir cuando vas a un restaurante porque una parte de ti sabe que ya estás llena y no la necesitas, pero la otra te recuerda lo placentera que es la sensación dulce que inunda tus sentidos. Gemí en su boca, y él se tragó mi gemido. Había hambre en aquel beso que comenzó pausado y acabó con un ritmo frenético interrumpido por un golpe en el pasillo.

—Creo que viene alguien —dije con el corazón a mil por hora.

Álvaro se apartó de inmediato. Permanecimos en silencio sin saber qué hacer. Si alguien nos descubría juntos en el baño de chicas, estando yo desnuda, envuelta únicamente con una toalla, y con el suelo lleno de cristales rotos, podría pensar lo peor.

—Debería irme —dijo al ver que no entraba nadie.

—Sí, será lo mejor. Cualquiera podría entrar.

—Mejor sal tú primero. Me quedaré aquí para tomar las medidas del espejo y avisar a mi madre. Le diré que una alumna lo ha encontrado así y que no sabemos qué ha podido pasar.

—Gracias. —Sonreí con tristeza, porque no me gustaba que tuviera que mentirle a su madre por mí.

Me di la vuelta dispuesta a salir cuando escuché su voz:

—Espera —dijo de pronto agarrándome del brazo.

Fueron solo unos segundos, luego lo apartó de inmediato, como si le hubiese provocado una descarga eléctrica, como si fuese consciente de que, si dejábamos de nuevo fluir nuestros cuerpos, ninguno de los dos podría parar.

—¿Qué? —pregunté al tiempo que me giraba hacia él.

—Vales mucho. No lo olvides.

No sabía que cinco palabras pudieran tener un significado tan grande.

Álvaro era el tipo de persona con la que querría enfrentarme al mundo si un día este estallase. Él creía en mí y su seguridad alimentaba la mía.

—Gracias. Nos vemos... pronto.

—Eso espero. —Me devolvió la sonrisa.

Regresé a la habitación sin ducharme y tan confundida que no sabía si ir a los ensayos o meterme directamente en la cama a llorar. Me senté y por un momento me permití recordar el calor de su boca. Podía visualizar la forma en que sus dientes mordisqueaban mis labios, la forma en que sus dedos se deslizaban por mi garganta...

¿Estaba sonriendo? ¿Cómo podía sonreír después de lo que acababa de suceder? No podía dejar de pensar en lo que Álvaro me hacía sentir. Durante mucho tiempo el sentimiento había estado apagado, había olvidado lo que se sentía, pero ahora que había probado de nuevo aquella droga prohibida, no podía pensar en otra cosa que en volver a repetirlo. ¿Cómo iba a quitarme de la cabeza ese momento? Tenía en mi mente grabado cada beso, cada caricia y cada una de sus palabras.

Deseé que pasaran rápido los días, las semanas e incluso los meses para volver al estado en el que me encontraba antes de besarlo. Odiaba la sensación de lamentarme por cosas que yo misma había provocado.

Traté de no pensar demasiado en todo lo que había ocurrido y me vestí. No podía permitirme recrearme en el recuerdo. Ir a los ensayos me ayudaría a evadirme y a mantener la mente ocupada. No podía perder el control en esos momentos en los que debía estar más centrada que nunca en la obra.

Salí de la habitación y justo me lo encontré en el pasillo. Iba en dirección a los despachos, supongo que a hablar con su madre sobre el espejo. Nos quedamos mirando, yo petrificada en el sitio y él sin detenerse. No nos dijimos nada, verbalmente me refiero, porque nuestras miradas ya lo decían todo.

Reconocí aquellas sensaciones, el deseo, los calambres en el pecho, el miedo, la lujuria de mis pensamientos...

Estaba realmente jodida.

57

ADRIANA

Faltaban solo dos días para el estreno de la obra y era inmensamente feliz porque, después de demasiado tiempo, por fin volvería a ver al abuelo. Hacía poco que me había dicho que viajaría a Barcelona para acompañarme en uno de los días más importantes de mi vida, y yo no podía estar más emocionada.

El tren llegaría a la ciudad a las diez de la mañana, sin embargo, ese día me desperté mucho antes de lo acostumbrado: poco después de las seis de la mañana. Las emociones bullían en mi interior y estaba muy nerviosa, no solo porque vería a una de las personas que más quería en la vida, sino porque no faltaba nada para mi debut, y no quería decepcionar al abuelo.

A eso de las ocho salí de la residencia y me fui a desayunar a una cafetería para hacer tiempo. A las nueve y media llegué a la estación de trenes. No pude evitar acordarme de mi primer día, cuando llegué a la ciudad. Habían pasado tantas cosas desde entonces..., ¡quién me lo iba a decir en aquel momento!

Miré las pantallas en las que se anunciaban los trenes que estaban por llegar y comprobé que aún tenía tiempo. Entré en una librería que había en la estación para que el tiempo pasara más rápido, pero aquellos minutos fueron una locura. Si ya me había sentido impaciente los días previos a nuestro encuentro, en ese momento sentía que las manecillas del reloj se habían ralentizado.

Cuando ya estaba a punto de perder los nervios y de comenzar a morderme las uñas, el tren entró en la estación. Todos los pasajeros comenzaron a salir atropelladamente. Algunos fueron reencontrándose con familiares y amigos, mientras que otros se dirigían de inmediato a la salida.

En cuanto divisé a mi abuelo entre la multitud, no pude evitar correr hacia él, abriéndome paso entre la gran aglomeración de personas.

—¡Abuelo! —exclamé al tiempo que lo abrazaba con fuerza.

—¡Mi niña! —dijo él en el mismo tono, sobre mi hombro—. ¡Qué alegría verte! ¿Cómo estás?

—Muy bien —respondí con los ojos anegados en lágrimas—. Ansiosa por verte —me sinceré—. ¿Y tú? ¿Qué tal el viaje?

—No veía la hora de llegar. Hacía años que no me subía a un tren... ¡Cómo han cambiado!

Nos separamos y él me miró con ternura.

Al tenerlo tan cerca, pude ver que el tiempo había pasado. Si bien lo veía igual, jovial y divertido, no podía negar que estaba más envejecido que la última vez que nos vimos en Navidad. Su cabello estaba igual de blanco, pero las arrugas de sus ojos y de su frente eran más pronunciadas, y unas diminutas manchas habían aparecido en su rostro, como si fueran pecas. Y eso no era todo. Al analizarlo con un poco más de detalle, me di cuenta de que ya no era tan alto, era como si el tiempo lo hubiese ido empequeñeciendo.

—¿Has crecido o es cosa mía? —preguntó como si me leyese el pensamiento.

—Que va...

—Pues te veo más ata. —Me atrajo hacia sí y me dio un beso en la cabeza.

—Te he echado tanto de menos... —dije, y esbocé una amplia sonrisa—. Aún no me creo que estés aquí.

—Pues lo estoy y estoy sumamente ansioso por ver a mi pequeña debutar como la gran estrella que es —sentenció.

—¡Ay! —me quejé—. No sé...

—¿Cómo que no sabes? ¿El qué no sabes? —preguntó el abuelo, asustado.

—Nada, no te preocupes. —Suspiré—. Es solo que... tengo miedo de hacerlo mal o de equivocarme.

—¿De equivocarte en qué? Si tú todo lo haces perfecto. Anda, muchacha, no digas esas cosas. Sabes de sobra que eres capaz de esto y de mucho más —aseguró, posando una mano sobre mi hombro al tiempo que con la otra tomaba su maleta y comenzamos a andar hacia la parada de taxis—. Estoy seguro de que lo harás más que bien, lo harás increíble. Te has preparado muchísimo para este momento y eres una gran artista. Así que deja los miedos irracionales a un lado y disfrutemos de estos momentos. —Sonrió.

Tras aquellas palabras, lo observé con el rabillo del ojo mientras un nudo se formaba en mi garganta.

Mi abuelo no solo había viajado a Barcelona, sino que me vería debutar en una de las obras más importantes que se estrenaban ese verano. Sí, era inevitable sentir miedo, ansiedad y nerviosismo, pero tal y como él acababa de decir, me había preparado para interpretar ese papel, yo misma era capaz de ver el progreso que había logrado, y haría lo imposible para demostrarle que tenía razón.

—Gracias, abuelo —dije, por fin, después de unos segundos—. Tú siempre has estado ahí, siempre has confiado ciegamente en mí... No sé qué habría hecho sin ti, ni cómo podré devolverte todo lo que me has dado.

—¿Sabes cómo? —preguntó. Alcé las cejas a modo interrogativo—. Acompañándome al hotel para que deje las maletas. Luego iremos a tomar un buen almuerzo mientras nos ponemos al día.

Mi sonrisa se amplió. Mi abuelo era así: sumamente simple en su manera de disfrutar la vida, y eso era lo que más me gustaba de él. Lo adoraba. Siempre me había apoyado en todo, siempre había conseguido sacarme una sonrisa, aunque fuera a través de una llamada, y siempre había sabido escuchar mis quejas y mis llantos cuando las cosas no iban del todo bien.

—Me parece una idea genial —asentí, divertida y feliz—. ¡Trato hecho! —agregué, y le tendí la mano, gesto al que él respondió igual de divertido.

Cogimos un taxi y le indicamos al taxista la dirección del hotel en el que el abuelo se alojaría. Estaba por La Rambla, a cinco minutos caminando del Liceu.

Estar con el abuelo me recordaba a una versión de mí misma anticuada, una que quizá extrañaba a veces y que otras detestaba. Es extraño y difícil de explicar.

Me percaté de que el taxista no paraba de mirarme a través del espejo retrovisor.

—¿Sucede algo? —preguntó el abuelo, que se percató de la indiscreción del hombre.

—No, es solo que creo que conozco a la chica —respondió el taxista—. ¿Estudias en la escuela de Carme Barrat?

—Sí —dije algo altiva e ilusionada de que me hubiesen reconocido delante del abuelo.

—Es que mi hija también estudia allí. Este fin de semana se estrena la obra de la escuela.

—Sí, pero ya se han agotado las entradas —dije con cierta arrogancia.

—¿Sí? —El abuelo me miró sorprendido.

—Nosotros ya las tenemos, la verdad es que con todo el escándalo que ha envuelto a esta obra es normal que se agotaran tan rápido. Primero, tu relación con el hijo de la directora... ¿Cómo se llama? ¿Alberto?

—Álvaro —le corregí—. Y no tuvimos ninguna relación —aclaré, avergonzada de que el abuelo tuviera que escuchar aquello.

—Bueno, es lo que decía la prensa. De todos modos, no solo ha sido eso, también la muerte de aquella chica, la que debería haber sido la protagonista —lo dijo en un tono que me hizo sentir como una segundona—. Y ahora toda esa historia de que el padre de Álvaro está en la cárcel... Pero mi hija dice que la obra merece mucho la pena y que tú y el chico protagonista sois pareja en la vida real, eso gusta mucho...

—¿Puede limitarse a hacer su trabajo: conducir? —dije en un tono muy despectivo.

—Disculpa, no quería molestarte.

—Pues lo ha hecho. Por eso la gente prefiere Uber antes que coger un taxi, porque ellos mantienen la boca cerrada. Pare ahí, por favor, ya estamos cerca —dije a punto de tirarme del coche, no aguantaba ni un segundo más allí dentro.

No podía creer que ese hombre se hubiese atrevido a decir todas aquellas cosas delante del abuelo. Me había dejado en evidencia. ¿Qué iba a pensar de mí ahora?

El taxista detuvo el coche. El abuelo pagó y se disculpó, yo me bajé sin decir nada.

—Adriana... —dijo mirándome confuso y decepcionado una vez que el taxi se alejó—. ¿Qué ha sido eso?

—¿Qué ha sido el qué?

—¿Por qué le has hablado así a ese hombre?

—¿Así cómo?

—Con esa prepotencia, de esa forma...

—Estaba intentando ridiculizarme y humillarme.

—Yo no creo que estuviera haciendo tal cosa, estaba comentando sin más. Eres tú la que se ha sentido atacada, y eso no justifica que trates así a otra persona.

—Era un entrometido. No tenía derecho a decir esas cosas... Lo que debía hacer era limitarse a hacer su trabajo.

—Solo ha preguntado. No te reconozco...

—No, no ha preguntado, me ha hecho sentir como una segundona, como si la que tuviera que interpretar este papel fuese Georgina y no yo. Además, eso que ha dicho... —Me callé porque el abuelo no sabía nada de mi historia con Oliver, ni siquiera se podía hacer una idea de todo lo que había detrás.

—¿Es cierto que estás con ese chico con el que protagonizas la obra? —preguntó decepcionado.

—No...

—Adriana, no me mientas, te conozco. ¿Por qué no me has contado nada?

—Es demasiado complicado. —Agaché la cabeza.

—¿Y qué pasó con Álvaro? Ese chico te quería de verdad. Cuando en Navidad fue a buscarte al cine, pensé que estabais juntos. ¿Por qué me has estado ocultando todo esto? Tú siempre has confiado en mí, nunca me has mentido —dijo con el corazón roto. Lo vi en sus ojos.

No pude contener las emociones.

—Lo siento mucho, no te lo he contado porque no quería decepcionarte, no quería que descubrieras el tipo de persona en la que me he convertido... —confesé mientras rompía a llorar.

—No digas eso, estoy muy orgulloso de...

—No —le interrumpí—. Ya no soy la chica inocente y dulce que trabajaba contigo en el cine haciendo palomitas. Ya no queda nada de ella. —Las lágrimas no cesaban.

La calle estaba abarrotada de gente y algunos transeúntes me miraban con curiosidad, otros continuaban su camino sin percatarse de nada.

El abuelo sacó un pañuelo y me secó las lágrimas.

—Es cierto, has cambiado mucho en este tiempo. Ahora eres toda una mujer y ¿sabes qué?

—¿Qué? —pregunté algo más calmada.

—Que me encanta esta mujer fuerte en la que te has convertido. No importa lo que hayas hecho, ni con quién hayas estado o lo mucho que hayas cambiado, porque tu corazón sigue siendo el mismo, y sé que tus intenciones continúan siendo buenas, hagas lo que hagas. Solo quiero que sepas que estoy aquí, que puedes contarme cualquier cosa. Sea lo que sea, siempre te voy a apoyar.

El abuelo y yo nos fundimos en un abrazo. Y allí, en mitad de La Rambla, viendo a lo lejos el Liceu y el cartel que habían colocado en la fachada con mi foto, supe que me había esforzado tanto en no decepcionarle que sin darme cuenta le había estado mintiendo. Pero es que a veces la verdad es tan compleja que resulta más fácil guardársela para una misma, aunque eso suponga mentir.

58

ADRIANA

Llegó el gran día. La oportunidad que había estado esperando desde que llegué a Barcelona: mi primera actuación en directo frente a más de dos mil personas, pues según la información que nos había transmitido el director, se habían vendido todas las entradas para el estreno. El marketing y toda la publicidad que nos había dado la prensa hablando de la escuela, de los asuntos turbios que la rodeaban, de la muerte de la primera protagonista de la obra y de todos los acontecimientos que se habían sucedido habían generado tal morbo entre el público que para las primeras nueve representaciones no quedaba ni una butaca libre.

Me encontraba en el camerino terminando el proceso de caracterización de mi personaje cuando Oliver entró sin llamar. El corazón me dio un vuelco.

—Te agradecería que llamaras antes de entrar —dije sin mirarle en un tono demasiado seco.

—¿Aún no se ha estrenado la obra y ya se te ha subido la fama a la cabeza? —bromeó.

—No estoy para chistes, Oliver.

—Vale, lo siento. Entiendo que estés nerviosa, pero es que llevas una semana esquivándome. Solo quería desearte mucha mierda antes de que salgamos al escenario.

—No he estado esquivándote, es que no hemos parado con los ensayos, y también tengo una vida propia.

—Guau... —dijo sorprendido por mi respuesta.

«Control, Adriana. Control». Me dije. Debía fingir mejor, no era conveniente provocar una pelea unos minutos antes del estreno. Tenía que ser más inteligente.

—Te sienta muy bien ese traje —dije con la intención de mejorar la situación.

—Gracias. —Esbozó una sonrisa sincera—. Tu vestido para esta escena también es muy bonito.

Se me contagió la sonrisa.

—Y esa sonrisa también te sienta muy bien.

—Últimamente sonrío poco.

—Algo he notado —dijo dando un paso hacia mí.

Pasó el brazo por mi hombro y trató de darme un beso en los labios, pero con disimulo puse la mejilla. Hasta ahí llegaba mi actuación, tenía mis límites y escrúpulos.

—Tengo los labios recién pintados —me excusé con una sonrisa impostada.

—Han dejado un bizcocho en mi camerino para todos, pero el director ha dicho que no podemos comerlo hasta que acabe la obra, por eso de la voz...

—Entiendo, pues luego paso y lo pruebo —dije a modo de despedida.

—Te dejo que termines de prepararte.

—Sí, que voy justa de tiempo —mentí.

Me regaló una sonrisa a través del espejo y salió cerrando la puerta tras de sí. Cuando lo hizo, suspiré con tanta fuerza que creo que absorbí en mis pulmones todo el oxígeno de la sala.

Siempre supe que en este mundo tendría que hacer muchos sacrificios para convertirme en la estrella que quería ser, lo que nunca imaginé era que uno de ellos sería intimar con un criminal.

Me miré en el espejo y me agradecí a mí misma todo lo que había conseguido. El esfuerzo había merecido la pena.

—Lo vas a hacer genial —me dije—. Estás radiante.

Me concentré en las cosas que más me gustaban de mí como había sugerido la doctora; mis labios y mis ojos eran mi fuerte. Realmente me veía hermosa. Con unas pastillas y una rutina de limpieza diaria había conseguido controlar el acné y el maquillaje había disimulado bastante los granos que me quedaban.

Terminé de prepararme y subí al escenario. En lo más profundo de mi mente apareció la idea de que Georgina no hubiese estado tan nerviosa, ella habría representado la obra a la perfección. Alejé de inmediato esa comparación. Yo también podía hacerlo bien, solo necesitaba concentrarme y no dejar que nada me perturbara.

Siempre me estaba juzgando a mí misma, no era nada nuevo, pero una pregunta surgió en mi mente: ¿era lo bastante buena como para hacerlo como lo haría Georgina?

No lo sabía, lo único que sabía era que era lo bastante buena como para representar aquella obra como debía hacerlo, con las connotaciones que solo yo podía darle al personaje, con mi esencia.

El primer acto lo abríamos Cristina y yo como principales protagonistas. Me coloqué detrás del telón y desde ahí pude sentir el calor del público, cada aliento. Me imaginé al abuelo sentado entre la multitud, sus ilusiones, su fe en mí. En ese momento solo noté silencio. No se escuchó al público ni toser.

Algo se elevó dentro de mí para encontrarse con la representación imaginativa del personaje. Hice el ejercicio de concentración que tantas veces había practicado durante los ensayos. Me concentré en un objeto imaginario y traté de fundirme con él.

Alguien anunció el nombre de la primera escena o quizá solo lo escuché en mi mente. Las luces centrales y del patio de butacas se desvanecieron; los focos quedaron a media luz.

Se abrió el telón y de pronto tuve la sensación de que mi cuerpo no pesaba. Fui completamente libre para la escena. El público se desvaneció. Elizabeth hizo uso de su propia voz, de su propio cuerpo, de sus propios movimientos... Toda su composición era única, no había rastro de Adriana Castillo en aquel escenario. Y cuando todo se olvida, llega la máxima inspiración. El método, la técnica, el papel, el guion, los actores, el director, el público, la atmósfera... Todo se fusiona y entonces ocurre un milagro: la obra comienza a existir de forma independiente. Es un momento de una grandeza y belleza únicas.

Las escenas y los actos se sucedieron uno tras otro sin que pudiera siquiera ser consciente de ello. Cuando me di cuenta, el público se había puesto en pie y aplaudía enérgico. Salimos hasta tres veces a saludar y a agradecer aquella ovación.

Luego, cuando me dirigía al camerino, el director me sacó de entre bastidores para llevarme a una esquina junto al escenario donde había varios periodistas con cámaras.

—Has estado increíble, has sabido llevar tan bien el aspecto psicológico del personaje y los gestos externos... Pero ya habrá tiempo de hablar de eso, ahora necesito que respondas a unas preguntas. Hay varios medios importantes interesados en hablar contigo.

Ni siquiera tuve tiempo de responderle, porque me soltó como a un animal indefenso en mitad de una jungla abarrotada de animales salvajes.

Las preguntas se sucedieron una tras otra sin que apenas pudiera procesarlas. Respondía de forma escueta al tiempo que posaba y sonreía como me pedían los fotógrafos que acompañaban a los periodistas. No sé cuánto tiempo aguanté, quizá fueron cinco minutos o diez, la cuestión es que llegó un punto en el que me saturé y sin más me despedí con un simple «Muchas gracias, me alegro de que os haya gustado».

Si pensaba que detrás de bastidores iba a estar más tranquila, me equivoqué. La directora de la escuela, algunos profesores y otros alumnos estaban allí para abrumarme con sus halagos. Me entregaron varios ramos de flores y bombones, y me dieron besos, muchos besos. Y abrazos. Llegué al camerino desorientada, sin saber qué había pasado exactamente, casi sin tener noción de cómo había llegado hasta allí. Era como si me hubiese teletransportado.

Cerré la puerta con el pestillo, dejé todos los regalos frente al espejo y me senté rendida en la única silla que había.

Las extensiones me producían un picor desagradable, estaba a punto de comenzar a quitármelas cuando alguien llamó a la puerta, pensé que se trataría de Oliver, así que no respondí, pero insistió y no me quedó más remedio que levantarme y abrir.

Mi sorpresa fue cuando me encontré a Álvaro, vestido con un traje *slim fit* azul marino con *blazer* de solapa ancha y un pantalón sin pinzas, de corte clásico, que se ajustaba a la perfección a sus muslos. Lo había combinado con unos zapatos Oxford de piel en color negro sin calcetines. En la mano sostenía un ramo de rosas rojas.

—¿Álvaro?

59

ADRIANA

—Tengo que decir que me ha impresionado mucho la escena final en la que besas al señor Darcy. —Pronunció el nombre del personaje con cierta ironía.

—¿Por qué será que no me extraña?

—No lo digo a malas, sino todo lo contrario. La primera vez que vi esa escena en los ensayos me pareció un beso muy real, hoy en cambio...

—Lo estás empeorando. ¿Quieres decir que hoy ha parecido falso?

—No, no. Quiero decir que hoy ha sido perfecto, en el sentido de que yo, como actor y conocedor de las técnicas, he visto que Adriana estaba actuando, pero también, como parte del público, he visto a Elizabeth y me lo he creído. ¿Puedo? —preguntó señalando al interior de mi camerino.

—Sí, adelante. —Me aparté y le cedí el paso.

—Vaya, veo que no soy el único que ha decidido felicitarte por tu actuación con flores —dijo al tiempo que me tendía el ramo.

—Pero sí el único que lo ha hecho con rosas rojas —puntualicé con una sonrisa al tiempo que las dejaba con delicadeza junto al resto, aunque lo suficientemente apartadas como para que lucieran especiales.

—Eso es cierto.

—¿Qué te ha parecido en general? Más allá del beso final —curioseé.

—Me ha parecido que hicimos bien en mantener las distancias, estar juntos le habría quitado mérito a tu talento esta noche, ya sabes cómo es la gente.

—Sí —musité, desconcertada porque no era aquella la respuesta que esperaba obtener.

Él continuó hablando como si a través de mi silencio me hubiese leído la mente.

—Todo el conjunto de la obra ha sido brillante, es algo que rara vez se encuentra en el teatro. Podía percibirse cómo detrás de cada breve escena había mucho más de lo que se mostraba. No sé, me ha parecido sensacional. Y la soberbia con la que has interpretado tu papel, el furor que has despertado en el público... Brutal. Un estreno por la puerta grande. Mi más sincera enhorabuena.

—Jo, muchas gracias, Álvaro. Viniendo de ti, significa muchísimo.

No sé si fue la euforia del momento o el deseo lo que me llevó a darle un abrazo. El perfume que emanaba de su piel me envolvió. Olía a cosas caras, a confort, a un lugar con el que soñar. Hay olores que tienen colores, y aquel era verde agua, como una cala perdida en algún rincón de una isla, como el de la cerámica mejor conservada en los museos más importantes del mundo.

—Hueles muy bien —dije al tiempo que me apartaba de él un poco avergonzada por aquella confesión inesperada.

—Tú también.

—No mientas, huelo a sudor y estas prendas huelen a viejo —dije con naturalidad.

En ese momento me percaté de que me estaba mirando la boca. No con disimulo, no, sino completamente consciente de que me estaba dando cuenta. Su mirada era demasiado profunda, intensa hasta quemar, había mucha hambre en ella.

Me giré nerviosa y le di la espalda. Empecé a recoger el camerino. Quería hablar con él de su padre, no podía seguir posponiéndolo, pero aquel no era el momento, necesitaba hacerlo en un lugar tranquilo y con la mente despejada para poder escoger con cuidado mis palabras.

—¿Tomamos algo para celebrar? —propuso.

—Tengo que recoger todo esto y cambiarme, y luego hemos quedado con el director de la obra —dije sin mirarle mientras seguía ordenando las cosas.

—Entiendo —dijo decepcionado.

—Si quieres, mañana por la tarde podríamos tomar un café... —propuse, porque así también hablaría con él sobre el asunto que tenía pendiente.

—Me parece bien —aceptó con una sonrisa que vislumbré de pasada a través del espejo—. Te dejo entonces para que puedas cambiarte tranquila.

—Gracias.

Se acercó a mí y me dio dos besos, uno de ellos rozó la comisura de mis labios.

—Antes de irte, ¿me ayudas a bajarme la cremallera? —señalé avergonzada la espalda del vestido. Era tan estrecho y antiguo que me resultaba imposible bajarme la cremallera yo sola; siempre se quedaba atascada. Muy oportuno, lo sé.

—Por supuesto. —Sonrío canalla y se acercó a mí.

Yo estaba contemplando mi reflejo en el espejo al tiempo que observaba cómo toqueteaba el vestido a la altura de mi cuello. Sentí el roce de sus dedos, no sé si fue algo intencionado o un movimiento necesario para bajar la dichosa cremallera, pero el caso era que, cuando otras personas me habían ayudado durante los ensayos, no me había percatado de ese gesto.

Una corriente de placer me atravesó por dentro.

Creo que Álvaro sabía perfectamente lo que hacía con sus manos, porque sentí su pulgar ascender por mi nuca. Me miró a través del espejo y algo centelleó en sus ojos, un brillo descarado. Sentí su respiración acelerada y por un momento creí que iba a inclinarse para besarme el cuello.

Y entonces, justo cuando Álvaro bajó la cremallera de mi vestido y quedó a la vista mi espalda desnuda, apareció Oliver en el camerino con el bizcocho en la mano. La furia dominó su rostro al instante.

Por un momento pensé que el bizcocho se le iba a caer de las manos o, peor aún, que lo iba a tirar al suelo. De Oliver ya podía esperar cualquier cosa. Cualquier cosa, menos lo que pasó.

60

ADRIANA

Entró en el camerino atravesando la incomodidad que flotaba densa en el ambiente y dejó el bizcocho junto a las flores. Tras ello, se acercó a mí y me plantó un beso en los labios que no tuve tiempo a esquivar porque estaba tan pasmada que no reaccioné.

—Ya la ayudo yo con el vestido, Álvaro —dijo con fingida amabilidad.

—Sí, claro. —Álvaro se apartó algo descolocado y antes de salir me miró—. Adiós, Adriana.

—Adiós.

Cerró la puerta, y un inmenso vacío se instaló en mi pecho.

—¿Qué coño haces? —le espeté a Oliver cuando volví en mí.

—¿Yo? ¿Qué mierda haces tú guarreando con ese imbécil? ¿No ves el daño que me haces? —La rabia y el odio en el tono de su voz me debilitó.

—¿Por qué me besas? —intenté parecer firme.

—Eres mi novia, tengo derecho a besarte —dijo con voz gélida.

—¿Quién te ha dicho que somos novios? ¿En qué momento has decidido por tu cuenta y, sin tener en consideración lo que yo quiero, ponernos esa etiqueta? —dije al tiempo que, furiosa, nos señalaba con el dedo.

—Estás muy alterada, es normal, son las emociones de la obra. Has estado brillante.

—¡No estoy alterada! —grité.

—¿Ves como sí lo estás?

—Deberías irte —dije señalando la puerta.

—Adriana, tú no eres consciente de cuánto te amo. —Se llevó la mano al pecho—. Te necesito.

Agachó la cabeza como si estuviera derrotado.

—Es mejor que te vayas —insistí.

—Vamos fuera, me gustaría enseñarte algo. —Intentó tocarme, pero di un paso atrás—. Es una sorpresa, te va a gustar.

El corazón comenzó a bombearme la sangre a una velocidad preocupante. Quería gritarle, acabar con aquella farsa, pero necesitaba tranquilizarme, tenía que hacerlo con la cabeza fría, no podía dar un paso en falso.

Que me hablara con tanta calma me producía más desconfianza que cualquier otra cosa, algo me decía que debía huir, pero, aun así, decidí ir con él. No sé si lo hice porque me estaba asfixiando en el camerino y necesitaba aire o porque quería ver hasta dónde era capaz de llegar.

Subimos por la escalera de incendios a la parte exterior del Liceu. Creo que tuve una especie de *déjà vu*.

—Por aquí no se puede pasar —dije al ver las numerosas señales de prohibido el paso.

—Merecerá la pena —me aseguró.

En ese momento tuve el impulso de bajar las escaleras corriendo, pero la sensación de estar metida en algo de lo que solo podía salir caminando hacia delante me lo impidió.

Salimos a una especie de terraza desde la que se podía ver toda La Rambla. Entre la algarabía, alcancé a escuchar el tictac del reloj que presidía la fachada del Liceu. Los edificios iluminados resplandecían en mitad de aquella noche que anunciaba el final de la primavera y el comienzo del verano, en contraste con la terraza que permanecía oscura y solitaria.

—¿Qué hacemos aquí? —pregunté un tanto desconcertada, sobre todo, por los recuerdos que me traía esa escena. No pude evitar acordarme del día de la muestra en el teatro de la escuela y todo lo que sucedió.

No temía por mi vida, no era miedo lo que sentía, más bien repulsión, asfixia y rencor. Me sentía atrapada en una historia de la que necesitaba salir cuanto antes y no veía la forma de hacerlo.

—¿No te gustan las vistas? He pensado que un poco de aire fresco te vendría bien.

Era extraño, no voy a mentir. Me resultaba raro haber subido allí con él, arrastrada por un impulso irracional, con la esperanza de encontrar el modo de liberarme de aquel tormento.

Oliver se alejó y lo vi trastear en la oscuridad. Tuve una sensación muy extraña. No sabía qué estaría buscando o qué haría a continuación, solo tenía claro que debía decirle lo que llevaba semanas callando.

Apareció al instante con una botella de cava y dos copas.

—Tenemos que celebrar nuestro primer gran estreno juntos. Has transmitido tan bien la vulnerabilidad del personaje, ha sido una actuación tan salvaje, tan entregada y tan brillante... Esto es un gran paso en nuestra relación.

Estaba mezclando nuestra relación personal con mi actuación y no me gustaba. Aquello iba a acabar mal, lo sabía.

—Oliver, tú y yo no tenemos ninguna relación.

—No digas tonterías, claro que la tenemos, ¿por qué te empeñas en negarlo?

Estaba llegando a mi propio límite. Postergarlo más no tenía ningún sentido. Tenía que acabar con aquello.

—Maldita sea, entérate de una vez que tú y yo no estamos juntos y no vamos a celebrar nada. —Tragué saliva.

La expresión de su rostro cambió por completo. Me miró lleno de rabia. Vi cómo la fuerza se concentró en la mano que sujetaba las copas y temí que las fuera a hacer añicos.

—Mejor dejemos esta conversación aquí y hablemos en otro momento, cuando estés más calmada.

—Pero no hay nada más que hablar. No estamos juntos y, si lo estamos, quiero dejarlo, quiero acabar con lo que quiera que creas que tenemos. ¿Lo entiendes?

—¿Qué coño te pasa? Pareces desquiciada. Es por Álvaro, ¿no? Sigues enamorada de él.

No sabía cómo decirlo, por dónde empezar, así que lo hice de un tirón. Lo solté de golpe y sin pensar, como cuando te haces la cera.

—Sé lo que le hiciste a Georgina. Álvaro no pinta nada en esta conversación.

Por un instante, pensé que no había dicho aquellas palabras en voz alta. No sé qué reacción esperaba por su parte. ¿Que tirase las copas al suelo? ¿Que me reventase la botella en la cabeza? Sin embargo, su respuesta fue muy diferente. O quizá debería decir totalmente indiferente.

—Ah. —Se alejó unos pasos, dejó las copas en un poyete y abrió la botella de cava. Sirvió un poco y luego me ofreció una de las copas. Negué con la cabeza—. ¿Eso es todo? —preguntó después de darle un sorbo a su copa.

—Esa noche, cuando subí a la terraza para ver cómo estaba Georgina, vi a alguien salir corriendo. En ese momento no supe que eras tú... Pero hace unos días encontré el pañuelo con las iniciales de tu personaje en uno de los pasadizos que conecta el campanario con la escuela. No sé cómo he estado tan ciega. ¡Fuiste tú! Pero trataste de culpar a Cristina, diciéndome que la habías visto discutir con Georgina, y luego a Martí, asegurándome que había subido a la terraza, pero fuiste tú. Tú sabías dónde estaba el acceso a esos pasadizos: en ese cuartucho que hay bajo la escalera al que me llevaste...

—Recuerdo que te gustó lo que hicimos en ese *cuartucho*, como tú lo llamas. Tardaste menos de cinco minutos en correrte.

Un impulso insano me llevó a quitarle la copa de las manos y vaciársela en la cara.

—Me das asco —escupí.

—¿Y si estás tan segura de que fui yo quien mató a Georgina porque estás aquí, a solas conmigo? ¿No tienes miedo de mí?

—No —aseguré, y no mentía.

—¿No? —preguntó decepcionado y, también, sorprendido—. ¿Y eso por qué?

—Porque yo soy la razón por la que la mataste.

Oliver llenó el silencio que mis palabras dejaron con más silencio. Corrió una brisa suave que parecía proceder del mar, por el olor a sal.

No sé cuánto tiempo tardé en ser consciente de la situación, pero cuando me di cuenta, me descubrí a mí misma pensando en algo que decir.

Por la expresión de su rostro, parecía estar reflexionando sobre cómo actuar después de mi acusación.

—No tienes pruebas —dijo después de aquel largo silencio, quebrado únicamente por el sonido de las manecillas del reloj.

—No las necesito. Solo quiero alejarme de ti, no tienes escrúpulos.

—Nos espera un verano de trabajo juntos.

—Nuestra relación se limitará a lo profesional, fuera de eso no quiero volver a verte —dije con dureza.

—Adriana, ahora hablando en serio, no es lo que crees. Yo no hice nada. Cuando subí a la terraza, ella ya se había caído.

No podía decirle que sabía que estaba mintiendo porque eso pondría en peligro el secreto de Georgina.

—Me da igual. Se acabó, Oliver.

—Estás siendo muy cruel conmigo. No soy un ogro. Desde que te conozco, no he hecho más que tratarte con respeto.

—¿Con respeto? Tú no sabes lo que es eso. Me has tratado como un objeto, como si fuera de tu propiedad y lo peor de todo es que yo te lo he permitido, pero se acabó, ¿me oyes? ¡¡¡Se acabó!!! —grité más alterada de lo que me hubiese gustado, al tiempo que estallaba la copa contra el suelo.

Oliver parecía sorprendido de mi actitud. Nunca me había visto así, yo misma no me reconocía.

—No es necesario que pierdas los nervios —me dijo muy tranquilo.

—¿Encima tienes el descaro de tratarme con condescendencia? Da igual, no pienso perder un segundo más hablando contigo, no eres más que un pobre niño buscando sentirse especial y querido, un alma vacía incapaz de conseguir enamorar a nadie, salvo con mentiras. Eres, eres un... asesino —pronuncié esta palabra como si se me llenara la boca con ella.

—Se te está yendo la olla, Adriana.

Lo empujé con fuerza y luego le advertí.

—Se me puede ir mucho más si no me dejas en paz, porque no sabes de lo que puedo ser capaz. Si te vuelves a acercar a mí, voy a encargarme de que todo el mundo sepa lo que hiciste, aunque tenga que inventarme las pruebas.

—Te conozco y sé que tú no serías capaz de hacer algo así.

—Esa es la cosa —sonreí sarcástica—, que yo también creía conocerte a ti y mira...

Sin esperar respuesta, abandoné la terraza. Al cerrar la puerta no di un portazo, no porque no quisiera, sino porque la puerta era de hierro y pesaba demasiado.

61

ADRIANA

Cuando llegué a Cafè d'Estiu, una cafetería situada en el antiguo Palacio Real de los Condes que cuenta con una terraza rodeada de arquitectura gótica, Álvaro ya estaba allí. Lo encontré sentado en una silla de madera al aire libre leyendo unos documentos con unas gafas de sol negras Wayfarer puestas.

Me acerqué a él sigilosa, como quien se acerca a un monumento del que quiere disfrutar. Lucía un polo ajustado de manga corta en color *nude* con tres botones a tono en la pechera, un pantalón de vestir de pinzas de corte recto negro y mocasines de piel sin cordones en el mismo color.

Yo me había puesto un *blazer crop* cruzado confeccionado en crepe blanco con solapa ancha y manga sastre con abotonadura oculta, y un pantalón *flare denim* de tiro alto con unas sandalias de tacón.

El lugar era precioso. Había oído hablar de él, pero nunca había estado, entre otras cosas porque solo abría sus puertas de abril a septiembre. Parecía sacado de una postal antigua, con las paredes de piedra color arena, los arcos apuntados y las columnas góticas.

Detrás de Álvaro, había una fuente en cuyas aguas se reflejaban los débiles rayos del atardecer que aquel cielo raso nos regalaba. Las copas de los árboles estaban en calma y solo el posar de los pájaros las alteraba.

Por un momento, Álvaro me pareció un modelo haciendo un anuncio de un perfume caro.

Cuando llegué a la mesa, él dejó la copa de vino junto al plato de olivas, soltó los documentos, se quitó las gafas, se incorporó y me dio dos besos al tiempo que su mano acariciaba mi cintura.

—Siento el retraso —me excusé, nerviosa, al tiempo que tomaba asiento frente a él.

—Tranquila, no han sido ni diez minutos.

—Es que no sabía dónde estaba el sitio.

—¿Te ha costado mucho encontrarlo?

—No, con Google Maps me he apañado bien.

Lo que más me inquietaba de Álvaro no era la forma como me miraba o el control que parecía tener de la situación. Lo que más me inquietaba era que, pese a todo lo que había pasado entre nosotros, yo siguiera sintiendo aquella especie de adrenalina cada vez que lo veía.

Me gustaba todo de él, desde el modo en que se humedecía los labios hasta su absurda manía de comerse las aceitunas de dos en dos, de la que estoy segura que ni él mismo era consciente. Y eso me daba miedo, mucho miedo (no que se comiera las olivas a pares, sino que me gustara todo de él).

—¿Qué quieres tomar? —preguntó.

—Había pensado pedirme un café, pero viendo que estás tomando vino, creo que yo también tomaré una copa.

—Bueno, puedes pedirte lo que quieras, no te sientas...

—Sí, es justo lo que hago —le interrumpí—. Se me ha antojado un vino; eso sí, semidulce —puntualicé, y como había imaginado que haría, se burló y puso los ojos en blanco. Luego avisó al camarero.

Me deleité viendo cómo miraba la copa mientras el camarero servía el vino. No sé si lo hacía porque aquello le producía algún tipo de placer o porque analizaba el servicio.

La conversación fluyó entre nosotros como si nos conociéramos de toda la vida, como si siempre hubiésemos sido grandes amigos, como si nunca nos hubiésemos dicho que nos amábamos, como si nunca nos hubiésemos acostado...

—¿Eres consciente de que ya no somos alumna y profesor? —se humedeció los labios escrutándome.

Su pregunta me dejó fuera de juego, no me la esperaba para nada. ¿Qué quería decir con aquello? ¿Acaso se refería que había alguna posibilidad entre nosotros?

—No me lo había planteado.

No sé en qué demonios estaba pensando para responder de una forma tan seca. No sé si en el fondo era cierto, porque había estado tan liada con las clases, los ensayos, el estreno, Oliver, el descubrimiento de la verdad... que no había tenido tiempo de pensar en nosotros, aunque muchas veces había fantaseado con lo qué pasaría entre Álvaro y yo cuando ya no fuésemos profesor y alumna.

—Imagino. Supongo que tu nueva relación no te deja tiempo para pensar en nada más que...

—¿Mi nueva relación? —le interrumpí.

—Bueno, quizá no tan nueva... ¿Cuánto lleváis saliendo ya Oliver y tú?

—No estoy saliendo con Oliver —aclaré.

—¿Cómo lo llamáis ahora entonces?

—De ninguna manera, simplemente no salimos.

—Ah.

A partir de este punto, nuestra conversación se puso más interesante aún.

—Si lo dices por el beso de anoche...

—Tranquila, no tienes que darme explicaciones.

—Estoy muy tranquila, es solo que me apetece aclararlo.

Sonrió.

—El caso es que sí, intenté tener algo con él, pero es una persona demasiado tóxica, muy controlador y obsesivo, y no quiero a alguien así a mi lado.

—Pues a él parece que no le ha quedado muy claro. —Se rio.

—Créeme que después de anoche le ha quedado clarísimo. No era esto lo que esperaba del amor...

—¿Y qué esperabas del amor? —Y al preguntarlo sus ojos melados y brillantes, a consecuencia del sol, se clavaron en los míos.

—Pues no sé, vivir ilusionada, sentir cosas por dentro, tener a alguien que me cuide, construir una relación que dure para siempre...

—¿Y ya no esperas eso?

Negué con la cabeza al tiempo que le daba un sorbo a mi copa de vino.

—¿Qué es lo que ha cambiado?

—La forma de verlo, ahora tengo más claro qué es lo que no quiero en mi vida.

—¿Y qué es lo que no quieres en tu vida? —curioseó.

—Estar en una relación tóxica, por ejemplo.

—¿Crees que nosotros hemos tenido una relación toxica?

Tardé unos segundos en responder.

—Sinceramente, ahora que lo veo en retrospectiva, creo que no. Pienso que en algunos momentos ambos hemos tenido comportamientos tóxicos, pero...

—¿Qué es un comportamiento toxico para ti? —me interrumpió.

—A ver, ahora mismo no recuerdo ninguno de los que hubo entre nosotros..., pero, por ejemplo, con Oliver todo ha sido supertóxico, y, sin embargo, cuando estaba con él, no me daba cuenta... Me preguntaba con quién hablaba si me veía en línea, me acusaba de mentirle, me vigilaba, me trataba como si fuera de su posesión...

—Madre mía, ese tío está jodido.

—No sabes tú cuánto, es que no te lo imaginas. —Me reí solo de pensar cómo actuaría Álvaro si supiera lo que yo sabía.

—Te veo tan... distinta.

—¿En qué sentido? —pregunté.

—En el mejor de los sentidos. No sé, te veo más... madura, más segura de ti misma, más... mujer, no sé.

—Un año fuera de casa y en esta escuela da para mucho.

Mi paso por la escuela me había cambiado por dentro y por fuera. No era la misma Adriana que un año atrás. Cada persona que había conocido había dejado algo en mí, cada experiencia me había marcado, cada desilusión me había hecho más fuerte. Me gustaba la versión de mí misma en la que me había convertido.

—Te has quedado muda, espero no haberte ofendido.

—No, no. En absoluto. Solo estaba pensando en lo que has dicho.

—Eso sí, en el fondo sigues siendo tú, con tus alas, tus sueños y esa mirada que habla.

Era lo más bonito que me habían dicho nunca y que probablemente me dirían a lo largo de mi vida. Álvaro era especial, diferente, único.

Nos quedamos mirándonos en silencio, no era uno de esos momentos incómodos en absoluto. Más bien todo lo contrario, era uno de esos momentos en los que disfrutas de lo que no se dice. Sus ojos me gritaban un millón de cosas. Fue una mirada cargada de significado.

Le di un sorbo a mi copa de vino, supongo que para tragarme las palabras que se me habían quedado en la garganta y que era mejor no decir. Al fin y al cabo, había quedado con él para hablar de su padre, no para tener una cita romántica en la que revelarle el descontrol que seguía provocando en mí.

En ese preciso instante recordé lo duro que fue para él contarme que su padre se había apropiado de grandes cantidades de dinero que no le pertenecían y que lo habían metido en prisión por malversación de fondos. Lo que él no sabía era que el accionista minoritario que él veía como un salvador y que decidió comprar parte de las acciones de la escuela para que esta formara parte de su grupo de empresas había sido precisamente el causante de que su padre estuviera preso.

—Álvaro, hay algo que quiero comentarte. —Pude sentir las palpitaciones aceleradas de mi corazón.

Me miró inquieto, como si hubiese percibido la preocupación en mi rostro.

—Es sobre tu padre —aclaré.

—No quiero hablar de él, Adriana.

—Es que me temo que tenemos que hacerlo. Hay algo que tienes que saber. —Vi cómo se revolvía en la silla incómodo—. He ido a visitarlo a prisión.

—¡¡¿Cómo?!!

62

ADRIANA

—Sí, fui a verlo porque...

—¿Quién eres tú para ir a ver a mi padre a la cárcel? —soltó furioso, como si estuviese emitiendo algún tipo de graznido.

—A ver, déjame que te lo explique. Georgina, antes del accidente, me comentó que había descubierto unos documentos que inculpaban a su padre...

—¿Georgina? ¿Qué tiene que ver ella con mi padre? ¡Esto es la hostia! Es que no te corresponde a ti entrometerte en esto, Adriana.

Parecía demasiado molesto.

—Pues lo siento, pero yo sentí que sí me correspondía, porque Georgina está muerta y ahora la única que sabía de esos documentos era yo.

—Claro, y en vez de venir a hablar conmigo, ¿no se te ocurre nada mejor que presentarte en prisión para hablar con un delincuente? —ironizó.

—No es un delincuente, Álvaro, y creo que has sido muy injusto con él todo este tiempo. Tu padre no cometió ningún delito, lo utilizaron como cabeza de turco, y si no me crees, habla con él —dije furiosa.

—¿Quiénes lo utilizaron? —preguntó alzando las manos.

—El padre de Georgina.

—Ese hombre lo único que hizo fue salvarnos de la ruina. Vale, que luego ha tratado de aprovecharse de ello, pero...

—No lo defiendas, maldita sea —lo interrumpí—. El señor Mas manipuló las cuentas e hizo todo lo que estuvo en su mano para quitar a tu padre del medio y quedarse él con la escuela. ¿No lo ves?

—¿Estas oyéndote, Adriana? ¿Qué te piensas?, ¿que esto es un juego de detectives?

En ese momento me alegré de no haber compartido con él ninguna de mis teorías sobre lo sucedido con Georgina. Si supiera que seguía viva... Supongo que hay personas que tienen más facilidad que otras para creer en aquello que no se ve.

—Si él no hubiese malversado fondos, no estaría en la cárcel —sentenció.

—Veo que confías mucho en el sistema judicial —dije con sorna.

—Él mismo se declaró culpable. —Se revolvió el pelo desesperado. La conversación le estaba superando.

—¡Para salvarte a ti y a tu madre! ¿No lo entiendes?

—La cuenta, por favor —gritó al camarero—. Oye, Adriana, entiendo tu inquietud y te agradezco que hayas hecho esto por mí, pero necesito estar a solas.

—Tranquilo, yo ya me voy. Tómate el tiempo que necesites, pero ve a hablar con tu padre. Estoy segura de que él podrá responder a todas tus preguntas.

El camarero dejó la cuenta en la mesa.

—Si necesitas hablar en algún momento, aquí estaré —añadí.

Álvaro no me dio tiempo ni a abrir mi bolso cuando ya le había entregado al camarero un billete de diez euros.

—Quédese con el cambio —dijo antes de levantarse e irse sin más.

Esperé a que se girase y me dijese algo. No sé, un adiós, un gesto con la mano, una media sonrisa, lo que fuese. Pero nada. Continuó su marcha a paso firme.

Estaba cabreado.

No supe qué hacer. Me quedé allí sentada con cara de tonta, mirando a las otras mesas y pensando en que todos se habían dado cuenta de lo que acababa de suceder, solo que disimulaban y por eso continuaban sus charlas como si nada. Pero ¿qué era exactamente lo que acababa de suceder?

Me levanté y salí de la cafetería con una sensación extraña aprisionándome el pecho, era como si un halo de tristeza me envolviera de repente. Como si toda mi vida hubiese perdido el sentido de golpe y porrazo. Nunca había visto a Álvaro tan enfadado, ¿o quizá debía decir tan decepcionado? Noté que un par de lágrimas rondaban por mis mejillas, sin entender muy bien el porqué.

De pronto todo giraba en torno a mis sentimientos por él. No habían pasado ni cinco minutos desde que se había ido y ya mi cuerpo lo extrañaba.

¿Me había excedido yendo a visitar a su padre? Quizá debía haberlo hablado antes con él, pero Georgina fue muy clara, tenía que ser así.

En cualquier caso, yo ya había cumplido con mi parte. Había hecho todo cuanto me había pedido Georgina y había salido bien: el padre de Álvaro estaba dispuesto a hablar. Además, había roto cualquier vínculo que me uniese a Oliver, salvo el laboral; le había quitado a Liam de la cabeza la idea de que Martí era culpable de la muerte de Georgina, aunque de poco había servido, pues después de todo había decidido alejarse de él para siempre, y había sido sincera con Álvaro, o al menos todo lo sincera que podía ser sin perjudicar a terceras personas.

Alargué el solitario paseo todo lo que pude. Necesitaba airear mis pensamientos antes de ver al abuelo. Había quedado con él para merendar y acompañarlo a la estación de trenes. No quería que me viera preocupada, porque querría saber la razón, y no podía contarle nada de lo que estaba pasando, eso supondría tener que darle demasiadas explicaciones. Tampoco podía mentirle, porque cuanto más mintiera, más peligro había de que el secreto de Georgina saliera a la luz, y aquel secreto del que ella me había hecho cómplice solo le pertenecía a ella, nunca podría contárselo a nadie. Me tocaría llevármelo conmigo a la tumba.

Debería sentirme en paz. Había terminado el curso con éxito y lo único que debía preocuparme era encontrar un piso donde pasar el verano —algo en lo que ya estaba trabajando con Liam— y que el resto de representaciones de la obra salieran tan bien como la del estreno. Sin embargo, la incertidumbre y el miedo se habían instalado en mí. Incertidumbre por no saber si Álvaro me perdonaría, miedo a no volver a hablar con él. Hasta entonces siempre había tenido la certeza de que, de una forma u otra, él estaba ahí sin estar. Sabía que acabaría viéndolo en clase y que estábamos obligados a encontrarnos. Pero ahora ya no. Nuestras vidas tomaban caminos separados y puede que nunca volvieran a cruzarse. Darme cuenta de ello me produjo tal caos emocional que me sentí atrapada en un sufrimiento repentino.

Traté de consolarme recordándome que habíamos discutido muchas veces, pero que al final el destino siempre acababa uniéndonos de una forma u otra, o quizá no era el destino, sino nosotros mismos. La idea de que esta vez ocurriría lo mismo me tranquilizó un poco, solo que, por alguna extraña razón, mi corazón me decía que en esta ocasión todo sería diferente.

63

ADRIANA

Durante los días siguientes, Liam y yo concertamos algunas visitas para ver pisos cuando no tenía ensayos y estaba libre. Ese día visitamos tres, pero desde que vimos el primero, supimos que era ese. Así que no dudamos en hacer la reserva esa misma tarde. Tuvimos suerte de que la chica de la inmobiliaria había visto el corto en el que salí y parecía seguir de cerca la prensa rosa, así que eso hizo que no dudara en alquilárnoslo a nosotros y no a cualquiera de las otras treinta personas interesadas en él.

El piso estaba al lado de plaza Universitat, en el Eixample, como quería Liam, y no en el Barrio Gótico, como quería yo. Contaba con dos habitaciones, una de ellas sin ventanas, y un salón pequeño con balcón. ¿Qué más podíamos pedir? Echamos a suertes las habitaciones y, como últimamente la fortuna parecía estar de mi lado, me tocó a mí la habitación que tenía ventana.

Liam y yo compramos algunas cositas en Ikea y en una tienda de segunda mano que descubrimos caminando por el centro. Nos faltaban aún algunos detalles para darle nuestro toque personal, pero lo básico para pasar allí nuestra primera noche ya lo teníamos. Tampoco queríamos gastar mucho dinero en un piso en el que, en principio, solo íbamos a pasar el verano.

Recoger todas mis cosas y dejar la residencia me produjo cierta nostalgia. Aunque no tenía esa sensación de despedida, quizá porque a Cristina la seguiría viendo tres días a la semana durante los ensayos y en las representaciones de la obra. Ella había alquilado un piso para ella sola que le pagaban sus padres. Y a Liam lo tendría más cerca que nunca, así que aquello me supo más a un hasta luego que a un adiós.

Sin clases, sin misterio que investigar, sin piso que buscar, sin Oliver merodeando y con los tres ensayos semanales como única obligación, de pronto tenía demasiado tiempo libre y Álvaro había vuelto a ocupar la mayor parte de mis pensamientos.

No tenía ni idea de si ya había ido a hablar con su padre o si lo haría algún día. Quería pensar que sí, que después de todo le daría una oportunidad, y me preguntaba si también me la daría a mí. No quería que tuviésemos nada, o quizá sí, me refiero a que no lo necesitaba, solo necesitaba saber que seguía ahí, que podíamos ser «amigos», que no me guardaba rencor. Sin embargo, no me atreví a llamarlo. Había sido claro: necesitaba estar solo. Así que le daría tiempo y dejaría que fuese él quien contactara conmigo.

Aproveché que tenía más tiempo libre para hablar con Miguel Ángel, el dueño de la agencia de actores que conocí en el estreno del corto. Llegamos a un acuerdo con su contacto para grabarme un *videobook* profesional que le pagaría tan pronto recibiera el primer pago por la obra de teatro. Esperaba que aquello me abriese nuevas oportunidades.

El viernes por la noche se celebraba la gran fiesta de despedida del curso a la que todos estábamos invitados. Por lo que me había contado Liam, el lugar en el que se celebraba era conocido por organizar los eventos más alocados y pervertidos de Barcelona. Así que me puse el vestido más sexi que tenía: uno rojo bastante ajustado y corto que me había comprado hacía poco. Me dejé el pelo suelto con ligeras ondas y me maquillé como si fuese a una alfombra roja. Lo confieso, tenía la esperanza de encontrarme a Álvaro.

Liam y yo llegamos pasadas las once, algo más tarde de lo que habíamos planeado.

No me gusta nada ese momento en el que llegas a una fiesta y te partes el cuello de forma inconsciente mirando a todos lados para ver si la persona que te interesa está en ella. Me genera demasiada ansiedad. Y lo peor es que, mientras el resto te mira como si te estuviese dando una especie de ataque epiléptico en el cuello, tú crees que estás siendo discreto. Eso fue justo lo que Liam hizo tan pronto entramos: una mirada de barrido en busca de Martí. Pero estoy segura de que ni se dio cuenta de ello.

Pero no lo critico, yo habría hecho lo mismo de haber estado segura de que Álvaro estaría allí, pero aquella no era una fiesta donde los profesores fuesen bienvenidos. Y aunque no fuera así, sabía que Álvaro no iría, dadas sus circunstancias personales y la situación familiar tan delicada por la que estaba pasando.

El lugar era todo música, diversión y placer. Una espiral de sensaciones tan embriagadora y profunda que calaba hasta los huesos. Una mezcla de fantasía, desenfreno y deseos acumulados que estallan como globos de agua, salpicando y contagiando a todo el que pillase cerca.

La fiesta parecía estar en todo su apogeo. Vi muchas caras conocidas; al fin y al cabo, éramos las mismas personas que habíamos compartido edificio durante todo el curso.

Liam y yo no tardamos en ver a Martí.

—Vamos a pedirnos una copa a aquella barra de allí, no quiero cruzarme con él —dijo Liam al tiempo que me agarraba de la mano y tiraba de mí.

En la barra había una pareja besándose, algo que dejó de sorprenderme cuando miré hacia la pista y vi muchas otras haciendo lo mismo. Ahí estaban todos los amores que se habían cocido durante el curso. Los que no tenían pareja sencillamente dejaban aflorar el estrés de las clases disfrutando de la noche. Aquella fiesta era para la mayoría una vía de escape, como la válvula de una olla a presión, que debe liberarse a menos que quieras verla estallar.

Adultos, jóvenes e incluso menores bailaban con las ansias de perderse por un instante y disfrutar sin reparos. La legalidad no existía en aquella pista donde todos eran bienvenidos a disfrutar y a dejarse llevar por los sentidos.

El camarero nos puso la copa, y Liam se encargó de pagar aquella primera ronda. Antes de que nos alejáramos de la barra, un chico que había junto a nosotros nos invitó a un chupito. Brindamos los tres y después de darle las gracias nos perdimos entre la multitud.

—¿Crees que este era de tu acera o de la mía? —preguntó Liam, refiriéndose al chico que acababa de invitarnos.

—Pues si no lo sabes tú...

—Últimamente me falla el radar.

—Igual le molábamos los dos. —Me reí.

Una chica de aspecto sensual, cuerpo deslumbrante y atributos resaltados por un diminuto vestido negro de encaje pasó junto a nosotros tirando de un hombre, algo mayor que ella, al que agarraba de la mano. Le dijo algo provocador al oído. No lo supe porque la hubiese escuchado, tampoco porque le leyese los labios, sino porque lo vi en sus ojos. Se dirigieron al baño y me dio cierta envidia; esa noche me apetecía tener sexo.

Liam y yo bailamos desenfrenadamente al ritmo loco de la música. Los colores rojizos, azules y morados de los reflectores inundaban el local.

A la tercera copa, le dije a Liam que no podía más. Estaba algo mareada y si seguía bebiendo acabaría vomitando. Nos sentamos en una zona donde había varios sofás, la mayoría ocupados por parejas, y digo la mayoría porque en dos de ellos pude ver a tres personas: dos chicas y un chico, en uno, y una chica y dos chicos, en otro. Desde luego, aquella no era la típica fiesta de fin de curso con refresco y música hortera. Reconozco que había tenido unas expectativas muy bajas sobre ella..., sin embargo, menuda sorpresa me había llevado.

Tomé asiento y miré alrededor: música, desenfreno, alcohol y estimulantes artificiales.

—Normal que ya estés cansada, ¿no tenías otros tacones más altos? —dijo Liam después de sentarse a mi lado.

—No estoy cansada, estoy mareada —aclaré.

—¿Me estás diciendo que no te duelen los pies?

—Bueno, sí, me duelen, pero quería lucir radiante esta noche.

—Entonces ha merecido la pena, porque estás espectacular.

Ambos reímos al unísono y entre risas le di un abrazo.

—Lo mejor de este año ha sido conocerte —confesé.

—No mientas, lo mejor de este año ha sido el polvo que echaste con Álvaro aquella noche que os reencontrasteis.

—Tienes toda la razón.

De nuevo empezamos a reír.

—¿No has sabido nada de él?

—Me felicitó en el estreno y poco más —mentí, pues Liam no tenía ni idea de todo el asunto del padre de Álvaro.

Era demasiado inteligente, y si le contaba alguna mentira relacionada con ese tema, sospecharía y acabaría descubriendo el secreto de Georgina. Así que decidí mantenerlo al margen y que pensara que Álvaro y yo manteníamos una relación cordial después de todo.

—No entiendo qué os separa ahora que ya no sois profesor-alumna —dijo.

—El tiempo, nos separa el tiempo.

Se quedó pensativo, sin entender, pero ni él tuvo ocasión de preguntar más, ni yo de argumentarle mi respuesta porque en ese momento llegó Martí.

—Hola —dijo con una sonrisa.

—Hola —respondí educada.

Liam no dijo nada.

—Adriana, ¿podrías dejarnos solos un momento? —preguntó Martí.

Miré a Liam sin saber qué hacer.

—¿Qué quieres? —preguntó él sin mirarle.

—Quiero hablar contigo.

—Pues hazlo. —Liam me miró—. Ella se queda.

En ese momento supe que, aunque Liam creyera que me necesitaba allí, lo mejor era dejarlos a solas. Tenían mucho de qué hablar, y Martí parecía bastante fresco y seguro de lo que hacía.

Agarré la mano de Liam y le di un apretón con el que trataba de decirle que todo estaría bien.

—Estaré en la barra —dije antes de irme.

—Gracias —dijo Martí con una media sonrisa.

Le respondí con el mismo gesto y me alejé, preocupada y emocionada por Liam, porque en lugares como aquel podía pasar cualquier cosa.

Dejé mi copa en la barra y miré alrededor asombrada.

64

LIAM

El ambiente estaba cargado de las hormonas que los cuerpos, calentados por el baile, desprendían. Y eso me ponía en una situación muy pero que muy difícil.

—Liam —Martí tomó asiento a mi lado—, no puedo más. Lo he estado pensando y no quiero perderte, no puedo perderte.

No sé qué cojones significaba aquello, pero no pretendía averiguarlo. Miré hacia otro lado, como si no me interesase lo más mínimo lo que me estaba diciendo. Como si estuviese buscando a alguien entre la multitud. Y mira qué suerte la mía que justo en ese momento vi a Joel, quien me miró y me saludó con la mano. Le devolví el saludo y le hice un gesto con el que intentaba decirle que ahora iría a buscarlo.

A decir verdad, no sé qué hacía allí ni quién lo había invitado, incluso me resultó raro que no me hubiese escrito para decirme que estaba en la fiesta de fin de curso. Supongo que estaría entretenido con algún ligue, tampoco es que pudiera reprochárselo, ya que la última vez que me escribió para tomar algo le dije que no podía y que ya lo avisaría. Aun no lo había hecho, y habían pasado ya varias semanas.

—¿Has venido con él? —preguntó Martí.

—No es de tu incumbencia.

—¿Te has vuelto a liar con él? —preguntó en un tono que sonaba más a derrota que a reproche.

—¿Qué más te da?

—¿Os habéis vuelto a liar o no?

—Y si lo he hecho, ¿qué? ¿Acaso no te lías tú con quien te da la gana? ¿No es eso lo que has estado haciendo todo este tiempo, tirarte a quien te ha apetecido sin importarte lo que yo sienta?

Aparté de nuevo la mirada, no soportaba tenerlo tan cerca.

—Tienes razón, estás en tu derecho de liarte con él y con quien te dé la gana, es solo que...

—Y puede que lo haya hecho —le interrumpí.

De pronto ambos sonreímos por una milésima de segundo, yo sin querer y él probablemente porque me había pillado y a estas alturas sabía que solo le vacilaba.

—Te echo de menos. —Me miró suplicante.

Pensé en todo lo que había pasado entre nosotros, recordé sus dedos recorriendo mi cuerpo y mi lengua humedeciendo el suyo. Algo en mi entrepierna vibró.

Tragué saliva tratando de disimular las ganas que tenía de besar esa boquita tan sexi. Por un momento incluso me planteé lanzarme, lo hubiese hecho si contara con que él sentía algo parecido. Cerré los ojos y suspiré.

—Nunca quise hacerte daño. —Me agarró por la barbilla y me obligó a mirarlo a los ojos.

Martí me había hecho daño, sí. Mucho daño. Pero no era ese tipo de daño que se inflige intencionadamente o con malicia, sino más bien uno inocente, uno colateral. Al fin y al cabo, él solo quería lo mismo que yo: ser feliz.

—He estado huyendo de ti porque me sentía vulnerable y eso me aterraba. Pensé que la sensación de sentirme bien, la dopamina y el subidón eran por la experiencia de vivir algo nuevo y ser libre, pero la realidad es que estas semanas que hemos estado separados me he dado cuenta de que no. De que lo que me hace sentir así eres tú, Liam. Ocupas todos mis pensamientos. Me he enamorado de ti.

Guau.

Si aquello era un sueño, no quería despertar. Traté de recordar si había consumido alguna droga que me produjese una distorsión de la realidad, pero esa noche no había tomado nada aparte de las tres copas y los chupitos, y eso no era suficiente para crear en mi mente aquel diálogo de fantasía.

Confieso que la valentía de Martí me cogió totalmente por sorpresa, no podía creer lo que me estaba diciendo o quizá no quería creérmelo, porque eso supondría que yo también tendría que ser valiente y probar a lanzarme al vacío con él.

—¿Enamorado? —La voz me tembló—. No sabes lo que dices —me burlé.

—Nunca en mi vida he estado tan seguro de algo.

Puso su mano sobre la mía.

Me moví nervioso sin levantarme del sofá, más nervioso de lo que nunca lo había estado.

—¿Y qué es lo que te ha enamorado de mí? —pregunté, como si lo estuviese poniendo a prueba, como si la respuesta lo fuese a dejar en evidencia y así podría confirmar mis sospechas. Sin embargo, el golpe me alcanzó desprevenido y me dio en toda la cara. Casi caigo inconsciente.

—Me ha enamorado tu forma de escucharme, de hacerme reír, de ser mi amigo y mi amante, de hacerme sentir libre, tu inteligencia y que cada conversación contigo sea un desafío, tu forma de vivir la vida sin prejuicios, cómo miras el mundo y cómo me miras a mí, la transparencia de tus ojos, que hablan por sí solos. Me ha enamorado incluso no entenderte a veces, tu olor, tu sensualidad, tus labios, tu culo y todo lo que eres capaz de despertar en mí.

Tuve un impulso y le di un beso, uno tan corto que resultó casi infantil.

Aquellas palabras eran lo más romántico que me habían dicho y que me dirían jamás.

—¿Tú me quieres? —Posó la mirada sobre mis labios, esperando con deseo la respuesta, y ese único gesto ya me derritió.

—Infinitamente —confesé.

—¿Incluso después de todo lo que ha pasado entre nosotros?

—Incluso después de todo eso. Nunca pensé que seríamos de esos que acaban diciéndose cosas románticas, debemos sonar un tanto patéticos...

No hubo más palabras porque sus labios sellaron los míos de forma inesperada. Me besó con tanta ansía y violencia que no tuve tiempo a gestionar todas las emociones que de repente se despertaron en mi interior y que hasta entonces parecían haber estado dormidas. Primero, llegó el golpe, luego un fuerte revoloteo que sube desde el estómago, o vete tú a saber desde dónde, luego el miedo y luego..., luego la caída libre.

Tardé unos segundos en reaccionar y mover mis labios al compás de los suyos. Su lengua se aventuró hondo buscando la mía. Percibí el sabor de su saliva, un sabor que me encendía. Su respiración se agitó y tuve la sensación de que nos faltaba oxígeno. Me mordió el labio inferior y tiró de él. Quise morderle el cuello, clavarle mis dientes, tenía sed de su piel. Su mano se deslizó por la parte trasera de mi muslo y se detuvo en mi trasero. Mis manos, en cambio, no pudieron abandonar su rostro, sentir el cosquilleo de su barba incipiente en las yemas de mis dedos era como ese sube y baja que sientes en el pecho cuando viajas en avión y hay turbulencias.

Solté un silencioso gemido, o puede que fuera él quien lo hizo, el caso es que su mano se introdujo en mis pantalones y luego debajo de la tela de mi bóxer. Estaba muy caliente.

Martí me ponía demasiado cachondo, pero con él nunca fue solo sexo. Había follado con cientos de chicos, algunos me ponían muchísimo, de una forma loca, pero al final era solo sexo, puro placer carnal. Es cierto que el sexo, si es bueno, es bueno, da igual si hay amor o no, pero es que en nuestro caso lo había, y eso lo hacía mágico.

Puedes follar con cualquiera, desde un desconocido que te pone hasta alguien que te cae mal, pero eso no significa que vayas a sentir algo más allá del efímero placer del orgasmo. En cambio, con Martí, follar era salvaje e íntimo a partes iguales, era como cederle el control de todo, hasta de mis sentidos. Él me llevaba a tocar las estrellas.

—Mira cómo me pones. —Llevó mi mano hasta su entrepierna.

—¿Te he dicho que estás muy guapo? —dije con una sonrisa traviesa mientras notaba palpitar su erección en mi mano.

Él agarró mi cara y volvió a besarme.

Acabamos en la pista, bailando desenfrenados y envueltos por el suave tacto de la piel de hombres y mujeres que se rozaban sin control y cada vez con más descaro. Si la ropa no permitía la faena, la gente se deshacía de las camisetas para explorar con más libertad.

Contemplando la escena a mi alrededor, pensé que en aquel momento Martí y yo éramos probablemente las dos únicas personas que tenían algo definido, y confieso que aquella sensación me gustó.

Bailamos y nos restregamos al son de la pegajosa música. Nos tocamos y besamos excitados. Estábamos drogados, pero de amor. No nos quedó más remedio que sucumbir al torbellino del deseo y la pasión. Lo hicimos en una esquina, sin importar que alguien nos viera, allí todo el mundo disfrutaba sin prejuicios: hombres y mujeres, mujer con mujer, hombre con hombre, e incluso había tríos disfrutando de una sesión de besos húmedos y caricias desinhibidas. El sexo a esas horas parecía haberse convertido en algo usual, podías verlo o disfrutarlo desde cualquier rincón y con quien más te gustase, nadie te criticaría por ello. En aquella fiesta, la libertad había tomado nuevos significados, como un dulce néctar que te lleva a desatar todos tus sentidos.

65

ÁLVARO

El día que mi padre entró en prisión no solo lo perdí a él, también perdí a mi madre, la única persona en el mundo que alguna vez me entendió.

Me llevó mucho tiempo recuperarla y ganarme de nuevo su confianza. Desde aquel día había vivido con la duda de saber por qué mi padre hizo lo que hizo, con la rabia e impotencia que la situación me dejó. «Se veía venir», escuché a una amiga de mi madre decirle una vez. ¿Se veía venir? Eso era lo más absurdo que había oído jamás. ¿Acaso esa mujer vivía con nosotros para saber cómo eran las cosas en casa?

Después de años sin saber de él, decidí ir a verle a prisión por primera vez. Aquellas paredes blancas y sin vida me trasladaron a uno de los peores momentos de mi vida. Recordé los días en lo que todo era un caos y me sentía más perdido que nunca. Donde todo eran miedos, desilusiones, inquietudes, rencores y decepciones. Pero debía verlo, aunque no quisiera. Lo que Adriana me había dicho me había dejado completamente descolocado, me hubiese esperado cualquier cosa menos eso.

Me arrepentía de haberme ido como me fui de la cafetería, de no haberle hecho más preguntas, de haber sido un capullo con ella, pero en ese momento no supe gestionarlo y hui.

Un escalofrío recorrió mi espalda cuando entré en la sala de visita de aquella prisión. La imagen de un pequeño de diez años jugando y buscando la atención de sus padres atravesó mi mente. En aquel recuerdo yo tenía un juguete en la mano y mi madre no quería jugar conmigo porque estaba preparando algo en la cocina. Mi padre estaba trabajando con papeles y de pronto lo dejó todo sobre la mesa, vino hasta mí, me cogió en brazos y me dijo que era un pequeño travieso. Aquella tarde jugamos más que nunca.

No sé por qué recordé aquello en ese momento, pero me gustó la sensación que me provocó.

Después de casi cinco años sin verlo, después de culparlo noche tras noche de mis desgracias, de todo lo malo que me había pasado y de la soledad que me arrolló desde que lo detuvieron; después de todo eso, ahí estaba. ¿Debía decir que era gracias a Adriana?, ¿que quería creer que lo que ella me había dicho era cierto? No sabía cómo, ni por qué, pero la esperanza de que algo de todo lo que me dijo fuese verdad me había empujado hasta allí.

Lo encontré detrás de aquel cristal, más delgado, más arrugado y encorvado, como si los años se le hubiesen multiplicado por diez. Ese era mi padre, o lo que quedaba de él. Tomé asiento. Al otro lado del cristal, él observaba con la mirada gacha y de forma distraída sus manos sobre aquella mesa metálica.

—¿Sabes por qué estoy aquí? —pregunté con una presión que me aplastaba el pecho.

Con lentitud, levantó la cabeza y me miró abriendo mucho los ojos.

—¡Estás hecho todo un hombre, campeón! —respondió ignorando mi pregunta y liberando cierta tensión de su cuerpo.

—¿Por qué hiciste lo que hiciste?

No contestó, solo negó con la cabeza dejando que gruesas lágrimas rodaran por su rostro.

—¡¡¡Dímelo!!! —insistí—. Necesito saberlo.

—Es complicado, hijo.

—¿Complicado? Complicado fue afrontar la situación en la que nos dejaste.

—Hice lo mejor para vosotros.

—¿Eso crees? ¿Eso te dices cada día a ti mismo? Todo esto se pudo haber evitado. Si hubieses contado lo que de verdad pasó, las cosas habrían sido diferentes, y tú no estarías aquí, no nos habrías dejado... —titubeé, respirando pesadamente, atragantándome con unos sollozos involuntarios—. ¿Qué pasó? Quiero la verdad.

Las lágrimas recorrieron sus mejillas y en sus ojos la duda empezó a refulgir y batallar contra su sentido común. ¿Tanto le pesaba decir lo que con toda posibilidad ya sabía?

—Lo siento mucho, hijo, yo... Pensé que aceptar que había cometido aquellas irregularidades era lo único que podía salvar a la escuela del cierre, que era lo mejor que podía hacer. Tu madre seguiría como directora y a ti no te faltaría de nada... Todo debía hacerse con máxima discreción...

No podía creer lo que estaba escuchando, nada me hubiese preparado para saber esa parte de la historia. Mi padre me contó con todo lujo de detalles cómo sucedieron las cosas, las conversaciones que tuvo con el capullo de Mas, lo coartado que se sintió al final y, por supuesto, todas las mentiras que le contó el padre de Georgina para convencerlo de que se autoinculpara.

Cuando terminó de hablar, se dejó caer sobre la mesa, apoyando las manos y la cabeza en ellas, liberando todo el peso que había soportado en soledad durante todos esos años. Y me dolió. Pese a que él se hubiese declarado culpable desde el primer momento, me sentí mal por no haber hecho nada, por no haberme detenido a pensar las cosas, por culparlo sin otorgarle el beneficio de la duda y sacar mis propias conclusiones.

Quise tomar sus manos para consolarle y mostrarle que no estaba solo y que le iba a ayudar a salir de allí, pero el cristal que nos separaba lo impedía. Buscaría las pruebas necesarias para demostrar su inocencia.

Las bocinas resonaron, la hora de la visita estaba a punto de terminar y los vigilantes comenzaron a avisar a la gente de que se despidieran.

—¿Volverás? —preguntó mi padre, levantando su rostro hasta mirarme a los ojos—. ¿Vendrás a verme de nuevo?

—Sí —contesté, y vi una sutil sonrisa en sus labios—. Te sacaré de aquí.

—¿Vas a intentarlo?

—Lo voy a conseguir —aseguré—. Ese cabrón de Mas tiene que pagar por lo que te hizo.

66

ADRIANA

Pasar el verano en Barcelona era mil veces mejor plan que pasarlo en Madrid. Hacía menos calor y teníamos la playa al lado. Las tardes que no teníamos ensayos, Liam, Martí y yo —sí, desde la fiesta de fin de curso se habían vuelto inseparables— nos íbamos a la Barceloneta con dos botellas de sangría y una bolsa de hielo. Nos pasábamos la tarde jugando a las cartas y comentando los últimos cotilleos.

De vez en cuando, ellos se daban el lote delante de mis narices, pero no me importaba; al contrario, me encantaba verlos tan felices y enamorados. A veces, cuando los veía abrazados mientras se daban un baño o jugando en el agua me acordaba de Álvaro y de lo mucho que me habría gustado tener con él un recuerdo en la playa, pero el destino había querido que el nuestro fuera un amor de invierno, de otoño e incluso de primavera, pero no de verano. Todos mis recuerdos junto a él estaban bañados por la lluvia, los días grises, el frío, las mantas bajo las que nos acurrucábamos en su apartamento, el olor a tierra mojada, los charcos que inundaban los adoquines y que evitábamos pisar al caminar... Aquellos recuerdos junto a él me parecían perfectos. Es el poder de la nostalgia, consigue borrar cualquier sombra que pueda quitar luz y color a los recuerdos.

Habían pasado casi dos meses desde el día en el que Álvaro me dejó sola y desconcertada en aquel café. No había vuelto a hablar con él en todo ese tiempo. Muchas veces pensé en escribirle, pero algo me lo impedía, quizá mi orgullo, quizá el respeto a su decisión. Me pasé días enfadada, pensando en que su reacción fue desproporcionada e injusta, pero con el tiempo aquellas emociones negativas se habían ido disipando.

Supe que Álvaro finalmente había ido a visitar a su padre y me alegré mucho, porque, según me contó Georgina, él lo había estado apoyando, algo que había ayudado bastante a agilizar todo el proceso. El juicio final se celebraría en septiembre, pero de momento ya habían puesto en libertad a Gilberto y habían acusado formalmente al señor Mas, aunque gracias a la fianza que había pagado no había entrado en prisión. Los periódicos no hablaban de otra cosa que no fuera aquel escándalo. La madre de Georgina recibiría la parte que le correspondía legalmente por el divorcio, y por si esto le pareciera poco, Georgina había conseguido que Héctor, el bróker de su padre, hiciera ciertos cambios en los valores de las acciones, que habían bajado considerablemente, pero que subirían de valor una vez que el señor Mas entrara en prisión. De tal modo que la madre de Georgina adquiriría las acciones de la empresa a un precio irrisorio para luego hacerse con el poder. A Héctor, además de una buena suma de dinero, le habían ofrecido un puesto en la junta directiva y un porcentaje de la empresa. El plan de Georgina parecía ideado por un equipo de ingenieros. Si tenía margen de error, la suerte estaba a su favor. Siempre admiré su inteligencia y su valor.

Álvaro parecía haber salido de mi vida para siempre, aunque no de mi cabeza. Me había obligado a dejar de pensar en él, a no mirar aquella foto en la que salíamos juntos, a no hablar de él... Y, bueno, cada día lo llevaba mejor y lo tenía más asumido.

Conocí a varios chicos. Tuve algunas citas y con uno de ellos llegué incluso a tener sexo, muy buen sexo, por cierto, pero no sentí nada, nada comparado con lo que había sentido, y acabé aburriéndome. El problema son las comparaciones, que hacen que el disfrute sea algo menos placentero. Cuando comparas dos cosas, la presente siempre saldrá perdiendo, porque nos cuesta tomar conciencia del ahora y tenemos serias dificultades en ser objetivos analizando el pasado.

Tampoco era que me apeteciera meterme en una relación cuando mi estancia en Barcelona tenía los días contados. Cada día que pasaba tenía más claro que cuando acabara el verano y terminase mi contrato en la obra de teatro, con el dinero que estaba ganando me iría a Hollywood. Era una locura, lo sé, pero la tarde antes de irse a Madrid el abuelo me dijo que él me apoyaba y que, si no lo hacía ahora que era joven, ¿cuándo? Me recordó que lo peor que me podía pasar era que volviera sin ahorros pasados unos meses, pero que lo haría con una experiencia inolvidable, «y de eso va la vida, de experiencias», dijo.

En lo que se refiere a Oliver, nuestro trato era meramente profesional, en el escenario nos compenetrábamos tan bien que nadie hubiese sospechado todo lo que nos separaba en la vida real. No hablábamos fuera de los ensayos y en estos lo hacíamos lo justo y necesario. Me tenía miedo, porque un día, al acabar la obra, vino a rogarme perdón. Acabamos discutiendo y me agarró de las muñecas, pero justo en ese momento apareció el director. Lo amenacé con denunciarle por abuso si se volvía a acercar a mí y después de lo que el director vio esa noche no dudaría en apoyarme, su carrera como actor estaría acabada para siempre. Debió de creerme capaz de hacer algo así, porque nunca más volvió a molestarme. Llegó incluso a darme pena, parecía realmente arrepentido, pero hay cosas que no se pueden perdonar. Oliver era de esos que por fuera parecen encantadores, muy carismático, pero por dentro... la cosa cambiaba totalmente.

Hablé con Georgina y le propuse darle un susto a Oliver, una especie de lección. «La venganza tiene que ser algo que el otro no pueda contar y que si lo hace el que quede mal sea él» dijo Georgina. Así que se me ocurrió que ella entrara en el teatro una noche al terminar la obra y se le apareciese como si fuese un fantasma. Cumplía con su objetivo, era algo que si él contaba quedaría en evidencia, puede que incluso acabase tan perturbado que confesara lo que había hecho.

El plan molaba, pero quizá era demasiado arriesgado y no merecía la pena. Hay veces que es mejor dejar las cosas pasar. Si nos obsesionábamos con hacer que Oliver pagara por lo que hizo, acabaríamos desviándonos de nuestro propio camino, y tanto Georgina como yo aspirábamos a ser felices, por lo que lo mejor que podíamos hacer para lograrlo era eliminar cualquier deseo de venganza, pues no íbamos a conseguir nada aferrándonos a ello.

En mi nuevo piso, la convivencia con Liam era de lo más tranquila, o quizá debería decir la convivencia con Martí y Liam. Me lo encontraba más a él saliendo y entrando del baño que al propio Liam. No es que me molestase que los tortolitos disfrutasen de su amor en mi nuevo hogar, al fin y al cabo, también era el piso de Liam, pero éramos tres personas gastando luz, agua y gas, por lo que lo más justo hubiese sido que de alguno de ellos saliera proponer pagar los gastos entre los tres. Y eso por no mencionar las veces que uno de los dos se había comido un yogur mío o bebido mi leche y no se había molestado en reponerlo al día siguiente, ni al otro, ni nunca. Supongo que es lo que tiene la confianza, que acaba dando asco.

En cualquier caso, nos llevábamos muy bien y por eso no quise sacar el tema; al fin y al cabo, solo serían unos meses. A veces, si ellos pedían pizza a domicilio, me preguntaban qué sabor prefería y compartíamos, así que con esos detalles lo compensaban.

En general, era feliz, todas las representaciones de la obra habían sido un éxito, y a estas alturas del verano ya se habían agotado las entradas para toda la temporada. El director hablaba de gira por España, pero muchos de los actores exigían más dinero, yo la primera, así que nadie confiaba en que aquella gira se fuese a llevar a cabo y, siendo sincera, tampoco me motivaba la idea. Me apetecía algo nuevo.

Me invitaron al Festival de Cine de Málaga, no me lo esperaba para nada, pero el éxito que había tenido el corto y la fama que había adquirido la obra de teatro entre la crítica nacional hizo que mi nombre sonara mucho ese verano.

Para el evento decidí aceptar una colaboración con un prestigioso diseñador y llevé un conjunto de dos piezas: un top asimétrico confeccionado en crep blanco de una sola manga, de corte recto, excepto en la muñeca, donde nacía un pequeño volante, y anudada en el lateral izquierdo formando un *cut out* con una gran lazada, y un pantalón *palazzo* de tiro alto con cinturilla ancha y dos grandes pinzas, confeccionado en el mismo crep blanco que el top. A juego me puse unas sandalias de tacón alto de piel blanca con dos tiras de perlas que se cruzaban por el empeine y una pulsera fina de piel en el tobillo. En un primer momento pensé que era una pena que el pantalón cubriera totalmente las sandalias, pero luego, pensándolo bien, me di cuenta de que era una suerte, porque me las había comprado en una tienda china, y no era plan que me hicieran fotos y la prensa descubriera que llevaba unas sandalias de imitación. El diseñador podría matarme.

Nunca había estado en un festival de cine, pero me encantó. Fue una experiencia única, no solo porque fuese la primera vez y me cautivase aquella especie de fiesta envuelta de glamour donde los asistentes hacen negocios, sino porque me encontré con él.

Lo vi.

Hablamos.

67

ADRIANA

Todos los amores tienen su propia banda sonora y el nuestro no iba a ser menos. La canción que sonaba cuando lo vi se convirtió en el tema principal. No sé cómo se llamaba, ni siquiera quién la cantaba, era un artista poco conocido, pero tenía una voz increíble. Yo acababa de tomar asiento en la mesa número siete, bastante cerca del escenario, y me estaba presentando a algunos de los comensales cuando una figura corpulenta, que retiró una de las sillas para sentarse, captó mi atención. Era él. Nos miramos sin trucos, manteniendo un diálogo sincero, de esos que confiesan lo mucho que nos habíamos echado de menos. Eso es lo que tienen las miradas, que a veces dicen más de lo que nos gustaría.

Álvaro saludó a todos los presentes, incluida yo. Por la forma en que se dirigió a algunos de ellos, parecía conocerlos. Luego disfrutamos de la actuación en directo conteniendo las ganas de mirarnos. Y sí, lo digo en plural porque resultaba evidente que era recíproco.

Todo de aquel temazo, desde sus notas mezcladas con los acordes de guitarra, el tono de voz, hasta las frases que hablaban de un amor verdadero, me sedujo. No era una melodía bailable o quizá sí, porque era capaz de agitar mi corazón a niveles inquietantes. La cuestión es que me dieron ganas de echar a volar con Álvaro mientras la escuchaba.

Aquello de sentarnos a la misma mesa tenía que haber sido cosa de la organización, la persona encargada de distribuir a los comensales debía de estar muy al corriente de la prensa rosa y habría querido provocar nuestro encuentro a toda costa. O quizá era cosa del destino. Me resultaba más romántico creer en esta segunda posibilidad, aunque sabía que tenía más pinta de que la razón fuera la primera. Desde luego, a juzgar por la cara de sorpresa de Álvaro al verme, descartaba que él hubiese tenido algo que ver.

Durante la cena se produjo una soporífera conversación sobre lo mucho que estaba cambiando el cine, a peor.

—Uno ya no puede esperar nuevas buenas películas —dijo uno de los comensales.

—Lo que no puede esperarse es seguir haciendo el mismo cine que en el siglo pasado —respondió Álvaro en un tono sosegado.

—Hoy en día todo está creado con fines comerciales —aseguró otro.

—Es lo que quiere el público —dije, y todo el mundo me miró como si hubiese dicho una barbaridad.

Todos volvieron a sus platos y estaban a punto de retomar la conversación ignorándome por completo, como si mi opinión no valiese lo más mínimo. Se me había olvidado que estaba en una mesa de hombres, y eso, por triste que fuese, significaba tener que esforzarme más y elaborar mejor mis argumentos.

—Lo que quiero decir es que la cinefilia está en extinción, ahora las películas no se hacen pensando en la minoría que ama lo que el cine inspira.

Mi comentario despertó el interés de mis compañeros de mesa.

—Eso es cierto, antes no solo te enamorabas de los actores, sino del cine en sí mismo —añadió Álvaro.

—Antes el cine era arte, ahora es pura industria —dijo alguien, no supe quién porque estaba embobada con los labios de Álvaro.

—Ese debate siempre ha existido —replicó él.

—Sí, pero no a este nivel. El cine pasa su peor momento, los directores cada vez son más inexpertos.

—No creo que la inexperiencia de los directores sea la responsable de lo que está pasando hoy en el cine, más bien creo que el problema es que han disminuido las expectativas de calidad por parte del público en general, mientras que han aumentado las expectativas de las productoras de ganar dinero. Esto ya afectó a directores como Francis Ford Coppola y Paul Schrader, impidiendo que trabajaran a su mejor nivel —dije generando un nuevo debate.

Cada vez que intervenía, Álvaro añadía un comentario apoyándome, pero el resto de los comensales parecían empeñados en restarles valor a mis aportaciones, no sé si por el hecho de ser mujer, por mi edad o por mi poca experiencia en el mundillo. Quizá un poco por todo.

Durante la cena, Álvaro y yo interactuamos como viejos amigos o como compañeros que han trabajado juntos en alguna ocasión, todo muy cordial, pero yo en lo único en lo que pensaba era en poder hablar con él a solas. Busqué alguna forma de hacerlo, me levanté y avisé de que iba al baño con la esperanza de que él me siguiera, pero no sucedió.

Después de los estrenos, la cena, las actuaciones, el *photocall* y todo lo demás, los asistentes se separaron. Algunos se iban a su casa, otros al hotel, otros a discotecas y otros a fiestas privadas. Uno de los hombres que estaba en mi mesa resultó ser un productor muy conocido y me acabó invitando a su villa. Al parecer, a él le habían interesado mis intervenciones durante la cena, aunque tuve dudas de que fueran mis intervenciones lo único que le hubiese interesado de mí. Por eso no tenía claro si ir o no, pues estaba sola. Álvaro ya se había ido; según dijo, debía hacer algunas gestiones. Pensé que se refería a cerrar algún contrato.

Finalmente, me arriesgué y acepté, total estaba en Málaga y no tenía nada mejor que hacer, era una oportunidad para conocer gente del mundillo. Mi sorpresa fue que al llegar a la villa me encontré a la mayoría de los asistentes de la gala de esa noche. Había muchos rostros conocidos. Todo estaba preparado con exquisito cuidado, había camareros, DJ y una iluminación de película; nunca mejor dicho. Aunque lo mejor de la fiesta eran las vistas al mar que tenía aquella villa, que estaba en primera línea de playa.

Me encontraba en una especie de balcón al Mediterráneo que había junto a la piscina tomando una copa de vino mientras contemplaba cómo rompía en la orilla el oleaje. Pensaba en lo cerca que había estado de tener un recuerdo de verano con Álvaro, cuando de pronto una voz me sacó de mis pensamientos.

—¿Alguna vez te han dicho que tu forma de mirarlo todo es fascinante?

Aquella manera de encontrarnos era tan nuestra que ni me sorprendió.

—¿Qué haces aquí? —pregunté ilusionada.

—Me han invitado, y he visto en tus historias de Instagram que estabas aquí.

—¿Has venido solo porque yo estaba aquí?

—Sí, ¿te parece que no es una razón suficiente?

—¿No tenías otro plan?

—Siempre hay otro plan, es solo que me apetecía este.

—¿Ya no estás enfadado? —pregunté.

Negó con la cabeza.

—¿Ni me odias? —Levanté una ceja.

—No podría odiarte ni aunque me lo propusiera.

—Me gustaría entenderte —dije al tiempo que esbozaba una sonrisa.

—Y a mí. ¿Qué haces aquí sola?

—No estoy sola, mira toda la gente que hay en la fiesta —dije señalando la piscina.

—La soledad no va de estar o no con gente.

—¿Has venido solo para decirme que crees que me siento sola? —pregunté con cierto sarcasmo.

—No, en realidad he venido porque... supongo que después de todo tengo que darte las gracias y pedirte perdón. Me porté como un niñato inmaduro dejándote en aquella cafetería con la palabra en la boca. En todo este tiempo he pensado en escribirte, pero no me he atrevido, no encontraba las palabras.

—¿Y ya las has encontrado? —pregunté divertida—. Digo, como estás aquí...

—Si te soy sincero, no, pero después de estar esta noche en la mesa contigo y ver que no me guardabas rencor por lo que hice, he pensado que esta era una gran oportunidad para que me perdonases.

—¿Y cómo sabes que no te guardo rencor?

—Porque se nota.

—Soy actriz, podría haber estado fingiendo delante del resto solo para que no sospecharan nada.

—Podrías, pero no lo has hecho, tus ojos te hubiesen delatado en el algún momento, pero si quieres castigarme haciéndome creer que no me perdonas, puedes hacerlo, me lo merezco.

Solté una carcajada.

—La verdad es que no tengo ningún castigo preparado —confesé.

—Vaya.

—¿Qué tal con tu padre? He visto que ha salido de... —No quise terminar la frase, por alguna razón me pareció un tanto violento.

—Sí, por fin está libre, y todo gracias a ti.

—Yo no hice nada.

—Tú lo hiciste todo, y yo me porté como un capullo, como siempre acabo haciendo contigo. No sé cómo cojones me las apaño para cagarla tanto.

—En eso te doy la razón.

—Gracias por todo, Adriana —dijo en un tono de voz suave.

—No tienes por qué dármelas. Me alegro de que hayas recuperado la relación con tu padre y de que le estés apoyando.

—¿Sabes? A veces tengo la sensación de que, por mucho que lo intentemos, lo nuestro no va a funcionar nunca —dijo de pronto y sin venir a cuento.

No quería entablar una conversación que se quedara una vez más en la antesala de una gran ausencia. Así que traté de dar el tema por concluido.

—Entonces, será mejor que lo aceptemos y dejemos de intentarlo, ¿no? —dije convencida.

—Sí, puede que sea lo mejor, lo que pasa es que luego te tengo delante y todo a mi alrededor pierde el sentido.

Me puse nerviosa y desvié la mirada. Mis ojos se perdieron en el resplandor de la luna sobre la superficie del mar.

No sé qué nos pasaba cuando estábamos a solas, supongo que es cosa del amor: cuando fluye una vez, puede fluir cien, sobre todo si es la persona correcta. La conexión que se producía cuando nos veíamos era algo inexplicable, llegaba así de la nada y me hacía sentir unas ganas locas de vivir al máximo, me hacía creer que lo nuestro aún podía funcionar después de todo.

La brisa provocaba un grácil balanceo en las ramas de las palmeras que custodiaban la villa. Centré mi atención en aquel movimiento hasta que pude controlar mis pulsaciones.

—¿Tu podrías olvidar nuestra historia? —preguntó al ver que no decía nada.

68

ADRIANA

«Nuestra historia», me gustó cómo sonó eso, pese a que «nuestra historia» había estado cargada de altibajos, de finales, de ausencias...

—Olvidar es una palabra muy fea, digamos que, aunque quisiera, no podría y que, aunque pudiera, no querría hacerlo, porque los recuerdos forman parte de quienes fuimos y quienes somos, pero eso no quita que piense que nos merecemos otro amor, un amor mejor, más sereno, menos tóxico, un amor que no requiera tanto esfuerzo, un amor sin rencor, un amor sin miedos y, sobre todo, sin tantos finales.

No sé cómo conseguí decir todo eso, solo sé que lo dije y que lo hice con una seguridad que incluso a mí consiguió sorprenderme.

—Dicho así, suena a despedida. Esto parece el final de una de esas películas que cuentan amores imposibles —dijo, tratando de bromear, pero yo, que lo conocía, pude apreciar el dolor y el miedo en sus palabras.

—Quizá es porque lo es.

—¿Una despedida o una película? —se burló.

No respondí. Le di un sorbo a mi copa y miré el reflejo de la elegante fachada sobre el agua de la piscina. Los brillantes destellos de la guirnalda de luces que iba de un extremo a otro de la terraza se reflejaban también en la superficie mientras esperaba a oír de nuevo su voz.

—¿Cómo se titularía? —preguntó.

—¿El qué?

—Nuestra peli —aclaró.

—Mmm..., no sé.

—Tú tienes buena imaginación.

—Déjame pensar —dije.

—Vale, vale.

—*Todos nuestros finales* —respondí después de una breve pausa.

—¡Joder, qué buen título! Seguro que sería muy taquillera.

—Qué imbécil eres. —Le di un manotazo.

—No sabes lo mucho que he pensado en ti. —Se agachó para susurrar junto a mis labios—. Más de lo que creía posible.

Me recorrió la mejilla con el dorso de la mano.

—Este juego ya lo iniciamos hace tiempo y siempre acaba igual, Álvaro: uno de los dos se aleja o desaparece.

No diré que al pronunciar esas palabras fuese precisamente valiente; más bien me sentí una cobarde, porque fue el miedo lo que me impulsó a decirlas. Miedo a volver a rozar sus labios y perderme de nuevo en ellos. Aunque eso solo lo puedo saber ahora que lo veo en retrospectiva.

—Esta vez no seré yo quien se aleje, lo prometo.

—Entonces seré yo —aseguré.

—Pues no lo hagas.

—Esta vez más que nunca tengo que hacerlo, Álvaro. He decidido irme a Hollywood.

No era esa la forma en que me hubiese gustado darle la noticia. Tampoco sabía si había alguna forma mejor de hacerlo, pero me había imaginado que sería un día que nos encontráramos por casualidad, y que, como viejos amigos, nos preguntásemos por nuestros respectivos planes para después del verano. Yo le decía que una vez terminara la obra me iría a Hollywood, y él se alegraba por mí. Pero las cosas nunca suceden como nos imaginamos.

—¿A Hollywood?

—Sí.

—¿No crees que ahora que te estás haciendo un nombre aquí deberías quedarte y seguir con tu carrera en España? No sé, quizá aspirar a ganar un Goya primero, hacer alguna película nacional...

—Puede que tengas razón y que irme a Hollywood ahora sea una locura, pero la vida va de eso, de arriesgar todo. A veces el camino más lógico no es el más acertado.

Se quedó callado, como si mis palabras le hubiesen convencido.

—Así que tengo un mes —dijo acercándose de nuevo a mis labios.

—¿Cómo? —pregunté sin entender a qué se refería.

—Que tengo un mes para demostrarte que puedo ser el compañero perfecto y convencerte de que te quedes.

Aquellas palabras hicieron que mi corazón diese un vuelco. Me gustó cómo sonó, me gustó que estuviese dispuesto a hacer cualquier cosa por convencerme de que me quedara, me gustó incluso que creyera que podía hacerme cambiar de parecer, lo que no me gustó es que tenía demasiado claro que nada ni nadie me haría cambiar de parecer.

—La decisión ya está tomada, Álvaro.

—Al menos regálame esta noche. ¿No te gustaría creer que puede ocurrir algo diferente a lo que ya sabemos que pasará mañana cuando regresemos cada uno a nuestras vidas?

—¿Algo como qué?

—No sé, ¿por qué no lo descubrimos juntos?

Pienso mucho en esa noche, porque marcó un antes y un después en nuestra historia. Me dijo algo que no recuerdo y abandonamos la villa por el jardín, como dos ladrones. Yo me quité las sandalias del chino y él hizo lo mismo con sus zapatos caros de piel. Caminamos por la orilla, las olas parecían competir sin éxito por bañar nuestros pies, alguna que otra lo consiguió y la sensación fue de lo más placentera. Recuerdo que pensé que, después de todo, también tendríamos nuestro recuerdo de verano y que nuestro amor ya no sería solo un amor de invierno.

Nos topamos con una tienda de veinticuatro horas y decidimos acercarnos para comprar unas cervezas. Entramos descalzos y el señor que había detrás del mostrador nos miró con mala cara. Compramos dos cervezas en lata... Bueno, las compró Álvaro, porque el tipo no quiso cobrarnos con tarjeta y yo no llevaba dinero en efectivo.

—Después de la COVID todos los establecimientos están obligados a cobrar con tarjeta —me quejé, aunque no estaba segura de que aquello fuese cierto.

El tipo dijo algo en chino que obviamente no entendí y le quitó a Álvaro el billete de diez euros de la mano.

En cuanto le dio el cambio, salimos del establecimiento muertos de la risa.

—Te debo una cerveza —dije al tiempo que abría mi lata y la espuma asomó a punto de rebosarse.

—Me debes tu corazón —dijo él acercando su lata a la mía para que brindásemos.

No sé si fue la forma en que nos miramos o que aquellas palabras me tocaron por dentro lo que me llevó a besarle. Fue un impulso loco, de esos que no puedes controlar. Nuestros labios colisionaron y cerré los ojos para dejarme llevar. Nunca me habían besado con la melodía de las olas de fondo, sería una canción más para nuestra banda sonora.

Nadie me había gustado tanto como él y temía no amar a nadie como lo había amado a él. No sabía cómo iba a vivir con esas emociones, cómo podría seguir mi vida sin tener eso que solo él me hacía sentir. Nuestra química iba más allá de lo natural.

Álvaro me besó esa noche con tanta verdad que sentí que iba a quemarme. Y aunque en nuestra relación existiera una tendencia a destruirnos con aquella pasión irrefrenable e impulsos sin sentido, estaba dispuesta a dejarme llevar, a vivir una noche más con él sin importar lo que viniera después.

69

ÁLVARO

Estábamos solos, únicamente nos acompañaba el sonido de las olas meciéndose sobre la arena. Apenas me atrevía a hablar, tenía miedo de que mis palabras fueran a romper el momento y aquello se acabara.

La rodeé con los brazos como si temiera que pudiera salir corriendo. Ella me correspondió. Hay abrazos que llegan sin avisar, sin ser pedidos; simplemente llegan para salvarte no sé muy bien de qué, pero te salvan. Su corazón palpitando junto al mío me hizo pensar que quizá no estábamos tan rotos como creíamos.

El vínculo y la complicidad entre nosotros seguían ahí, tan intactos como el primer día. Adriana me miró como si hubiéramos encontrado algo tan grandioso como pasajero.

Mis dedos se enredaron en su pelo, suave y ligeramente ondulado. Atraje su cabeza hacia la mía y nuestros labios colisionaron de nuevo. No podía pensar en nada que no fuera en mi lengua impaciente abriéndose camino.

Ella me mordisqueó el labio inferior anunciando que el deseo estaba a punto de arrastrarnos.

—¿Qué vamos a hacer? —preguntó con ese tono inseguro que desvelaba que su mente le pedía algo diferente a lo que su cuerpo necesitaba.

«No lo sé, yo solo sé que estoy perdidamente enamorado de ti y que no tengo ni la menor idea de cómo gestionarlo», pensé, pero no se lo dije porque no quería joderlo todo. Hay cosas que es mejor guardarse bien adentro.

—¿Vamos a mi hotel? —propuse. Me moría por sentirla mía, aunque fuera solo por esa noche.

—¿Dónde está?

—En el centro de Málaga.

—El mío está más cerca —dijo, como si tuviese miedo a arrepentirse o ansia por llegar, algo que confieso que me puso a mil.

Llegamos a su hotel y nos dimos una ducha con agua caliente. Había sido un día largo y teníamos los pies llenos de arena. Comenzó a desnudarse frente a mí con cierta timidez. Pensé que iba a echarme del aseo para que la dejara sola, pero cuando se quedó desnuda, se acercó a mí y comenzó a desabrocharme la camisa.

Acariciar su piel bajo el agua y envolver su cuerpo desnudo con las burbujas de gel era como tener un orgasmo. Enjaboné su espalda con delicadeza, su pelo, mojado y rebelde, caía sobre ella. No podía dejar de mirarla, me tenía atrapado.

Salimos de la ducha descontrolados y, sin secarnos, acabamos sobre la cama hambrientos de sexo.

Por más que intenté controlarme e ir despacio, tenía la sensación de que mi cuerpo había adquirido voluntad propia. Mi lengua recorrió todos esos lugares en los que una vez fui algo más que un visitante pasajero. Llegué hasta sus pies... Eran tan perfectos. Los movió y sonrió. Apuesto a que el roce le hizo cosquillas. Su mirada cristalina y encendida me cautivó.

—Estás preciosa esta noche —susurré mientras me dirigía a su entrepierna.

—¿Solo esta noche?

—¡Siempre! —Y sin darle margen, le abrí las piernas y pasé mi lengua por su sexo. Lo siguiente que salió de su boca fue un gemido que me descontroló.

Estaba mojada y sabía tan bien como recordaba.

—Me encanta cómo hueles —dije, y volví a perderme entre sus piernas.

Curvó su espalda cuando mi lengua comenzó a hacer movimientos desesperados. Quería que se corriera y no paré hasta que lo hizo. Luego me incorporé, ella recorrió mi torso con sus manos. Contemplaba mi cuerpo desnudo con deseo.

—¿A qué esperas? —preguntó con cierta frustración al ver que no hacía nada.

—Quiero que me lo pidas.

—¿En serio? —preguntó incrédula.

—¡En serio!

—No.

—Necesito oírte decirlo.

Permaneció en silencio un instante, como si estuviera pensándoselo.

—Te deseo y quiero que me hagas tuya de una vez —dijo con una sonrisa seductora.

La besé con pasión al tiempo que mi miembro se abría paso.

—Joder... —gemí en su oído cuando estuve lo más dentro de ella que pude.

Pronto nuestros movimientos adquirieron un ritmo acompasado. Sus uñas se aferraron a mi espalda. Fui salvaje, no pude controlarme. Una oleada de placer me recorría todo el cuerpo. No podía pensar en nada que no fuera en poder tenerla así cada día.

Estaba a punto de correrme y no quería hacerlo tan rápido.

Me perdí en sus ojos. Joder, qué hermosa. Era una diosa.

—¿Me quieres? —me preguntó, dejándome un poco descolocado.

Joder, pues claro que la quería, ¿cómo no iba a quererla?

—Claro que te quiero. Te quiero más de lo que he querido a nadie nunca.

No voy a negar que esperé un «yo también», pero tampoco tuve tiempo de pensar en ello demasiado. Sin decir nada más, aferró sus manos a mis nalgas y presionó con fuerza hacia ella. Gimió cuando me hundí profundamente en su sexo. El placer se expandió por todo mi cuerpo, pero aguanté todo lo que pude hasta que percibí que su orgasmo estaba cerca. Entonces exploté.

La conexión fue devastadora. ¿Lo sentía ella también?

Me dejé caer en la cama, a su lado. Ella se incorporó y me besó de nuevo, fue un beso lento. Acaricié su pelo y sentí que me desmoronaba. Todas mis barreras habían caído.

—¿Qué pasará mañana? —pregunté como un niño que tiene miedo a despertar y que sus padres no estén.

—No lo sé, ¿lo sabes tú?

Negué con la cabeza.

—Mejor no hacernos promesas —dijo con la voz rota y los ojos brillosos.

—Bésame otra vez —le rogué.

70

ADRIANA

Juro que, de todos nuestros finales, aquel fue el más difícil, el más feliz y el más doloroso a partes iguales. Feliz, porque a su lado me sentía plena, como si no necesitara nada más en el mundo que su sola presencia, y triste, porque sabía que tenía que prescindir de esa sensación. En aquella ocasión nada ni nadie nos separaba, salvo yo misma y mi decisión de luchar por mis sueños y sentirme realizada. No estaba segura de lo que iba a hacer, ni siquiera puedo decir que estuviese ilusionada. Sí, la idea de irme a Hollywood era algo que me apasionaba, pero solo la idea. Me costaba verme viviendo allí sola, buscando un piso, un trabajo que me permitiera sobrevivir, formándome cada día, haciendo castings y llegando a fin de mes.

Sin embargo, algo en mi cabeza me decía que era la única decisión correcta, que tenía que salir de mi zona de confort, que, aunque fracasara en el intento, la experiencia ya merecería la pena. Me había pasado al irme a Barcelona a estudiar: aquel año había merecido la pena. No solo había conocido a personas maravillosas e increíbles y me había abierto muchas puertas como actriz, sino que me había cambiado la vida por completo.

A la mañana siguiente, quise salir de mi hotel a hurtadillas, pero Álvaro me ofreció desayunar juntos y no pude negarme porque ambos regresábamos en avión a Barcelona, así que acabamos en una cafetería del aeropuerto sentados el uno frente al otro con un vaso de cartón en la mano, mirándonos, mientras todo a nuestro alrededor se movía acelerado. La vida en los aeropuertos pasa demasiado deprisa.

—Y tú, ¿qué planes tienes para cuando acabe el verano? ¿Seguirás dando clases en la escuela? —pregunté para cortar aquella intimidad silenciosa que se había producido entre nosotros y que parecía estar dando paso a un doloroso adiós.

—No, este año no. Me ha salido un proyecto muy guay y me voy a Italia a finales de este mes.

—¿A Italia?

—Sí, voy a estar allí unos meses rodando una serie para Netflix.

—Guau. Eres chico Netflix.

—Y tú vas a ser chica Hollywood. —Sonrió—. ¿No te da miedo irte sola?

—Claro que sí, ¿quién no tiene miedo a cualquier cambio en su vida?

—Te exiges demasiado a ti misma.

—De eso va la vida, ¿no? De salir de tu zona de confort.

—Ah, ¿sí?

—¿No lo crees?

—No sé, yo pensé que iba de vivir experiencias y tener con quien compartirlas.

—Lo dices ahora que has conseguido llegar a un punto en tu carrera profesional en el que no necesitas más.

—Eso no es verdad. Quizá no necesite más, pero sí quiero más, quiero mejores papeles, quiero hacer otro tipo de películas y también me gustaría irme a Hollywood, pero no a hacer películas románticas.

—¿Qué problema tienen las películas románticas? ¿Acaso son menos solo por contar una historia de amor?

—No, yo no he dicho eso.

—Pues lo parece.

—No quiero que discutamos antes de despedirnos, Adriana.

—No estamos discutiendo, estamos debatiendo. Hay una gran diferencia. Dime qué no tienen las películas románticas que tengan otros géneros.

—No se trata de que sea romántica o no, se trata de que no me gusta trabajar en un proyecto que únicamente sexualiza mi cuerpo. ¿Tú lo harías?

—¿Por qué no? Forma parte de nuestro trabajo, mira Dakota Johnson en *Cincuenta sombras*.

—Pues yo necesito algo más, necesito que la historia me llegue, creer en lo que hago...; si no, qué sentido tiene.

—Eso lo entiendo, pero entonces no digas que no harías películas románticas, di que no harías películas que no te lleguen.

—Tienes razón, me he expresado mal. Es solo que no me gustaría entrar en Hollywood con una película de ese género y que me encasillaran.

—A estas alturas de tu carrera deberías saber que no hay una trayectoria concreta que te garantice el éxito en Hollywood.

—Y esa frase, ¿quién te la ha dicho? —Se rio.

—No lo sé; igual la he leído en algún libro de cine.

Ambos nos reímos a carcajadas y en aquel momento fue como si estuviésemos haciendo la audición para nuestra propia película, una cómica y romántica al mismo tiempo.

Decir que más tarde echaría de menos esos «debates» sería quedarme muy corta. Había más de él en mí de lo que quería admitir, lo admiraba como profesional y como persona, y nada me gustaría más que un día llegar hasta donde había llegado él.

Al poco, me vi recogiendo mis cosas para dirigirme a la puerta de embarque y no perder el avión. Por los anuncios de megafonía se escuchó la última llamada a los pasajeros de mi vuelo.

No quería que aquello sonara a despedida, aunque creo que ambos sabíamos que lo era. Vaya lugar triste para decirnos adiós, porque, aunque ambos íbamos al mismo lugar, nuestros destinos ya estaban separados, quizá el hecho de que él fuera con una compañía aérea y yo con otra era una señal. A saber.

—Solo prométeme una cosa —dijo cuando me levanté para salir de la cafetería y agarré mi maleta.

—¿Qué?

—Que no te irás a California sin despedirte.

¿Desde cuándo podía leer la mente?

—No puedo prometerte eso —dije con una sonrisa que pretendía mostrar seguridad en mí misma.

—¿Por qué?

—Porque no, además tú estarás en Italia...

—Eso no es excusa, puedes llamarme, puedo venir un finde o puedes ir tú.

—Álvaro, las despedidas son tristes y...

—Pero estaría muy feo que te fueras sin decirme adiós. Después de todo, yo siempre me he portado bien contigo, o al menos lo he intentado.

Reflexioné durante unos segundos. Tenía razón, pero cómo explicarle que no era lo suficientemente fuerte como para decirle adiós justo antes de irme, que tenía miedo a no ser fiel a mis decisiones, a arrepentirme y dejarlo todo por él.

¿Acaso sería tan loco quedarme? A veces pienso que a nuestra generación le ha tocado pagar los errores de las anteriores. Se han cometido tantas locuras por amor que ahora tenemos miedo a priorizar nuestros sentimientos frente a cualquier otra cosa, sobre todo si se trata de nuestro futuro o de nuestra pasión por algo. Estamos tan centrados en alcanzar el éxito profesional, en tener un buen sueldo para poder comprarnos todo lo que se nos antoje, que creo que se nos olvida vivir.

Yo, que había perdido a mis padres demasiado pronto, sabía que la vida era un regalo que podía ser arrebatado en cualquier momento, y que, cuando este momento llegara, no importaría cuántos bolsos y zapatos de marca tuviéramos, cuántas películas hubiésemos rodado, cuántos premios hubiésemos ganado, cuántos seguidores y *likes* tuviésemos en Instagram... Lo único que importaría serían los momentos vividos, los besos, los abrazos, los «te quiero», las risas, las veces que el corazón nos dio un vuelco y la piel se nos erizó... Sin embargo, algo me empujaba a irme, a luchar por aquella experiencia porque en aquel momento era lo único que necesitaba para sentirme viva.

—Está bien, te lo prometo —dije al fin.

Justo en ese instante, él me abrazó.

Existen abrazos capaces de detener el tiempo y todo cuanto te rodea. Aquel fue uno de esos. La vida del aeropuerto quedó en suspenso por unos segundos, los que pude corresponderle porque necesitaba irme cuanto antes; no quería derrumbarme frente a él, no quería que supiera que estaba perdidamente enamorada de él y que siempre lo estaría. Y es que, aunque nunca se lo hubiese dicho, estaba convencida de que él no solo sería mi primer amor, sino el amor de mi vida.

Me apretó contra sí y sentí sus pectorales a través de la ropa. Lo hizo con tanta fuerza que me aplastó el pecho y estuve a punto de quejarme, pero percibir cómo su estómago se hinchaba acelerado me hizo darme cuenta de lo dolorosa que estaba siendo también para él aquella despedida.

Tan pronto como me aparté, le dije adiós con la mano y eché a andar por el aeropuerto en busca de un baño. Supe sin necesidad de girarme que él seguía inmóvil, mirándome, como si quisiera asegurarse de que llegaba sana y salva. Sentí el impulso de volverme y decirle que nos fuéramos, que perdiéramos el vuelo y regresáramos a la playa, que nos quedáramos allí unos días, juntos, disfrutando el uno del otro. Sé que él se hubiese reído, me habría besado con fuerza y no habría tardado ni dos segundos en sacarme de allí.

No llegué a tiempo al baño para desahogarme, las lágrimas afloraron mucho antes. Lo bueno de los aeropuertos es que la gente va tan pendiente de sí misma y de las pantallas que nadie reparó en que estaba llorando, y si alguien lo hizo, tampoco debió sorprenderse. Al fin y al cabo, en los aeropuertos es natural llorar, representa el final de una etapa, una huida, un comienzo... Son testigos de las últimas lágrimas, de los últimos besos, los últimos abrazos, y las últimas promesas.

71

ADRIANA

Cuando llegué a Barcelona, el recuerdo de esos momentos compartidos con Álvaro había arraigado en mi corazón.

No quería pensar en él, ni en sus manos acariciando mi cuerpo, ni en la camisa que se pegaba a sus pectorales por culpa del sudor, tampoco quería pensar en la expresión de su rostro cuando nos despedimos, ni en el agua que recorría nuestros cuerpos bajo la ducha. No quería pensar en él y, sin embargo, lo hacía, lo hacía más que nunca porque aquel encuentro había prendido la llama que durante los últimos meses había estado prácticamente apagada, porque así es la vida: crees que has olvidado a una persona y superado un amor, y entonces lo vuelves a ver y te das cuenta de que te estabas engañando a ti misma.

Entré en el apartamento y busqué a Liam y a Martí. Me apetecía tomar algo con ellos y desconectar, pero no estaban. Le escribí un mensaje a Liam y justo cuando le di a enviar recibí uno de Georgina.

GEORGINA

> Tengo que hablar contigo. ¿Podemos quedar mañana a las ocho en el Umbracle del parque de la Ciutadella? Es importante.

Le respondí al instante. Le dije que sí, que allí estaría. Me resultó curioso que no me citara en su casa. Tuve que buscar en internet dónde estaba el Umbracle, porque no tenía ni idea. Al parecer, se trataba de un viejo pabellón en el parque de la Ciutadella que se utilizó en la Exposición Universal de 1888.

Al día siguiente, me levanté casi al mediodía, aunque estaba tan cansada que hubiera seguido en la cama varias horas más. Liam y Martí aún dormían, supuse que debían haber llegado de fiesta de madrugada, así que traté de hacer el menor ruido posible. Me preparé un café y luego me di una ducha mientras los macarrones que había puesto al fuego se terminaban de cocer.

Cuando me vestí, le eché un poco de tomate a la pasta y una lata de atún y comí viendo una película. Oí los pasos de Liam antes de verlo aparecer en el salón sin camiseta, con los ojos hinchados y el pelo alborotado.

—¿Una noche larga? —pregunté divertida.

—Demasiado —dijo mientras abría la nevera y se servía un vaso de agua fría.

—¿Tú qué tal por Málaga?

—Mejor ni te cuento...

Me miró con el ceño fruncido y, como si pudiera leerme la mente, preguntó boquiabierto:

—¡¡¿Lo has visto?!!

Asentí con la cabeza.

—Voy al baño y me cuentas.

—No hay mucho que contar.

—¿Cómo que no? Ahora vuelvo. —Se marchó corriendo al baño y desde el salón escuché el chorro cayendo en el váter.

Es lo que tiene compartir piso, que a veces la intimidad brilla por su ausencia.

Cuando regresó, se sirvió un poco de café que me había sobrado y se sentó a mi lado. Empecé a contarle todo lo que había pasado con Álvaro, y en ello estaba cuando apareció Martí.

—¿Te hemos despertado? —preguntó Liam.

Él negó con la cabeza.

—Solo me he levantado porque no se escuchaba del todo bien y no quería perderme el final de la historia —dijo antes de acercarse a Liam y darle un beso en los labios.

Los tres reímos al unísono.

—Pues el final es el de siempre, nada nuevo.

—Vaya rollo —se quejó Liam.

Me encogí de hombros sin saber qué otra cosa decir.

—Pero ¿es un hecho que te irás en noviembre? —preguntó Martí.

—Sí, cuando terminemos las representaciones de la obra.

—¿Ni siquiera vas a sopesar la posibilidad de quedarte? —preguntó Liam con un halo de esperanza en su voz.

—Es que ya he tomado una decisión...

Pedimos una tarrina de helado por Globo y nos pasamos la tarde en casa. A las siete comencé a vestirme y les dije que tenía que salir porque había quedado. Cuando me preguntaron con quién, me puse muy nerviosa porque conocíamos a las mismas personas.

—Con una chica que he conocido en Málaga en el festival, me ha invitado a casa de unos amigos a tomar algo —me inventé sobre la marcha, y la mentira pareció convencerlos.

La vi enseguida. Allí, entre muros de ladrillo, techos abiertos con listones de madera y una vegetación de lo más variopinta, parecía una especie de ninfa salvaje. Nada comparable a la Georgina que un día conocí.

Mientras cruzaba aquel inusual edificio inundado por la vegetación, pensé en lo mucho que había cambiado, y no solo me refería a su aspecto físico, a la cicatriz o a su forma de vestir. Seguía siendo muy guapa, me atrevería a decir que incluso estaba más guapa que nunca, porque desprendía luz.

Ella ni siquiera me vio acercarme, estaba ensimismada admirando las plantas. Frente a ella, alcancé a distinguir unas hortensias que tímidamente se mostraban entre gardenias y costillas de Adán.

—Georgina.

—¡Qué susto me has dado! Ya no estoy acostumbrada a escuchar ese nombre.

—Ah, ¿no? ¿Cómo te llama Frank ahora?, ¿Mary? —curioseé.

—No, él nunca utiliza mi nombre, siempre usa algún apelativo cariñoso. ¿Sabías que esta planta se llama oreja de elefante?

—No tenía ni idea —confesé.

—Y esto de aquí son jazmines amarillos —señaló mientras caminábamos hacia un banco escondido entre las plantas.

Tomamos asiento. Apenas había gente en aquel lugar, supongo que por eso decidió citarme allí.

No paraba de mover y juguetear con la flor que sostenía en las manos. Nunca la había visto comportarse de una forma tan... infantil.

—¿Qué es eso tan importante de lo que querías hablarme? —pregunté.

—Me voy —anunció.

—¿Te vas? ¿Adónde?

—A París —dijo sin dejar de contemplar la flor.

—¿Y eso?

—Ahora que todo el asunto de mi padre ha terminado...

—¿Cómo que ha terminado? —la interrumpí, pues no estaba al corriente de la situación.

—Sí, por fin ha entrado en prisión y está pagando por lo que nos ha hecho sufrir a mí y a mi madre. Todo el asunto de Gilberto se ha esclarecido. ¿No te has enterado?

—No, la verdad es que he estado tan centrada en los ensayos de la obra y en preparar mi viaje a Los Ángeles que no he seguido mucho la prensa.

—Pues ahora que mi madre por fin tiene la vida que se merece, me toca a mí disfrutar de la mía.

—Pensé que ya estabas haciéndolo —dije confusa.

—Me he dado cuenta de que solo era un proceso de transición, que no quiero envejecer aquí, temiendo que alguien descubra lo que hice. En París podré empezar de cero, perfeccionar el idioma...

—¿Y Frank?

—¿Qué pasa con él? —frunció el ceño.

—¿Se va contigo?

—Sí, en un principio pensé que no querría, pero él está muy seguro de la decisión, le da miedo el idioma porque no tiene ni idea, pero se lo ha tomado como un reto.

—¿Y el libro? —pregunté.

—Ya lo he terminado.

—¿En serio? No me habías dicho nada. ¿Cómo acaba?

—Tendrás que leerlo para descubrirlo —dijo guiñándome un ojo.

—Al menos dime qué final le darás a mi personaje —insistí.

—Uno feliz, por supuesto.

—¿Feliz como el tuyo?

—¿Y cómo es el mío según tú?

—Pues enamorada hasta las trancas, viviendo una nueva vida en París con Frank y convertida en una escritora de éxito.

—Suena a final feliz, aunque no todos los finales felices tienen por qué acabar así.

—Ya lo sé, pero me gustaría que al menos en tu libro acabara con Álvaro...

—Ya sabes que en la ficción nunca es el final de verdad —me interrumpió—. La historia simplemente se corta en un punto en el que los personajes han alcanzado la dicha.

—Bueno, me parecerá un buen final para mi personaje si acaba en ese momento de la vida en el que ha alcanzado todas sus metas y sueños o al menos gran parte de ellos.

—¿Incluso si no es con el amor de su vida? —preguntó poniéndome a prueba.

—Incluso si no es con el amor de su vida —afirmé con una sonrisa.

—Está bien saberlo, aunque el final ya está escrito.

—Dejemos de hablar de finales, que me pongo triste. Mejor cuéntame qué vas a hacer con el libro en París, ¿traducirlo?

—Hoy en día es muy fácil publicar desde cualquier parte del mundo. Puedo publicarlo en Amazon y luego traducirlo y probar suerte en alguna editorial francesa.

—Así que has querido quedar conmigo para despedirte, ¿no? —Suspiré apenada.

—Bueno, la palabra despedida es muy fea, yo prefiero llamarlo encuentro, este es uno y estoy segura de que algún día en algún lugar del mundo tendremos otro, nos contaremos lo mucho que han cambiado nuestras vidas, al igual que estamos haciendo hoy, y recordaremos tiempos pasados.

—¿Quién te iba a decir que acabaríamos siendo amigas? —me burlé.

—En el fondo, lo supe desde el primer día, es solo que no lo gestioné bien.

—¿No me digas? —me burlé, irónica.

—No nos preparan para controlar la envidia, el miedo o la baja autoestima. Al contrario, vivimos en una sociedad que nos lleva a compararnos constantemente, a dudar de nosotras mismas, a competir, a no alegrarnos por el bien de otra persona y a alimentar nuestro ego.

—Si no fuera porque te vas y no vas a necesitar nada de mí, pensaría que me estás manipulando emocionalmente. —Ambas reímos al unísono.

—No me extraña, me he portado contigo como una...

—Todas tenemos derecho a cambiar —la interrumpí—. A ser quienes queramos ser en cada momento, a reinventarnos, a dedicarnos a una nueva pasión sin ser juzgadas, a adoptar un nuevo estilo, a irnos a otra ciudad, y a cambiar de novio e incluso de nombre.

En sus ojos pude ver un brillo conmovedor.

—Te has emocionado, ¿verdad? —pregunté.

—No, es solo que me picaba el ojo —dijo con una naturalidad que hizo que empezara a reírme a carcajadas.

Era ella, así, especial, diferente, única.

—¿Y tú?, ¿ya tienes claro que te irás a Hollywood?

—Sí, en cuanto acaben las representaciones de la obra a finales de noviembre, me iré —dije dejándome caer sobre el respaldo del banco.

—Tienes que ser fuerte y creer en ti. He visto lo bien que lo haces. Estoy segura de que en Hollywood vas a despertar muchas envidias.

—Soy fuerte y famosa —dije un tanto altiva.

—Allí no te conoce nadie, Adriana, además no olvides que la fama es efímera, hoy la tienes tú y mañana la tiene otra; es así. Esto es como un trono, y nunca va a estar vacío.

Me quedé en silencio reflexionando sobre lo ciertas que eran sus palabras. Quise añadir algo, pero ella continuó hablando.

—Intentarán hundirte, es un mercado en el que hay mucho recelo, sobre todo para una española... Mira Penélope Cruz lo difícil que lo ha tenido.

—Hubo un tiempo en el que permití que las críticas me destruyeran, sobre todo las que hablaban de cosas que nunca habían sucedido, pero no dejaré que eso se repita.

—Hay sueños que llevan oculta una carga explosiva que te puede hacer saltar por los aires en cualquier momento. Mírame a mí.

—Supongo que será una batalla que ahora me toca luchar a mí —musité antes de suspirar.

—No tienes por qué hacerlo sola. Aunque estemos lejos y el cambio horario no ayude, yo siempre voy a estar ahí. Tú fuiste la única que vio algo bueno en mí cuando ni yo misma era capaz de hacerlo, la única que supo leer entre líneas, más allá de lo que decía. —Dejó la flor en el banco y puso su mano sobre la mía.

—Bueno, también me equivoqué... Yo te veía tan fuerte, tan segura de ti misma. Inquebrantable. Ahora sé que no era más que una fachada, un personaje que te habías creado para protegerte del mundo.

—Así es..., pero la vida es demasiado corta para vivir interpretando un personaje... Es mejor ser auténticas; aunque eso suponga el rechazo de muchas personas, al final es la única forma de atraer a aquellas otras con las que quieres estar en sintonía.

—¡Te voy a echar tanto de menos! —dije apretando su mano—. Quiero que sepas que yo también voy a estar ahí cada vez que me necesites; eso sí, me va a costar acostumbrarme a llamarte por tu nuevo nombre.

—Estoy segura de que lo conseguirás, como todo lo que te propones.

—Solo espero que, si me equivoco, no te ofendas.

—Se nota cuando las intenciones de la otra persona no son buenas. Nunca dejes de brillar, Adriana, no dejes que nadie corte tus alas ni apague tu luz con su odio. Vales mucho como mujer y como artista.

Sus palabras me emocionaron. La abracé y dejé que las lágrimas afloraran. Me sentí querida, valorada y aceptada con mis luces y mis sombras, y a veces eso es lo único que necesitamos para ser felices y sentir que lo tenemos todo: una amiga que te vea tal y como eres y en la que confiar tus miedos sin sentirte juzgada, una amiga que te recuerde lo mucho que vales, una amiga espejo.

Todas necesitamos a una amiga así; quizá Georgina y yo no éramos el mejor ejemplo de una buena amistad, o quizá sí, con ella había experimentado la decepción, el odio, la envidia, el respeto, la pena, la pérdida, el perdón, la gratitud, la confianza y el amor, porque, sobre todas las cosas, la quería y sabía que el sentimiento era recíproco.

Despedirme de ella me produjo una sensación extraña. Por un lado, me sentí liberada, pues, al estar lejos de ella, era más difícil que, sin querer, pudiera revelar su secreto, pero, por otro, pensar en su ausencia me produjo mucho dolor, y eso que ninguna de las dos pronunció un adiós.

Quizá, como ella decía, un día volveríamos a rencontrarnos y podríamos hablar de lo bien que lo pasamos juntas y de todas las cosas que habíamos hecho y todo lo que se nos fue de las manos. Nuestra amistad, pese a que estuviéramos lejos, siempre sería un refugio con grandes recuerdos.

72

ADRIANA

Terminó el verano y llegó noviembre, y con él el final de la obra. Ya tenía tramitado el formulario I-20 y la visa M1 para poder vivir y estudiar en Estados Unidos durante un año. En tan solo una semana estaría viviendo en California. No me lo podía creer. Vivir en Hollywood siempre había sido un sueño para mí, y ahora ese sueño estaba a punto de hacerse realidad.

El último día de la representación de la obra, el director organizó una fiesta. Esa noche, Oliver volvió a pedirme perdón por todo el daño que me había hecho. Parecía sincero... Una parte de mí llegó a perdonarle, pero no por él, sino por mí misma, necesitaba dejar ir aquel rencor. Durante los meses en los que estuve trabajando en la representación de la obra intenté cambiar la parte final en la que nos teníamos que besar. El mero roce de sus labios me parecía repulsivo, pero el director dijo que a esas alturas de la obra no podían hacerse cambios sustanciales.

Los días siguientes, Martí y Liam me ayudaron a recoger las cosas de nuestro piso, que cuando yo me marchara sería solo suyo, pues habían decidido quedárselo y vivir juntos. Estaba segura de que serían muy felices, hacían una pareja perfecta y la convivencia entre ellos durante aquellos meses había sido buena, aunque la escena que presencié aquella tarde me hizo pensar que también tendrían que tener mucha paciencia el uno con el otro.

Me encontraba guardando los últimos libros en cajas para enviarlos a Madrid cuando Liam entró por la puerta acompañado de un nuevo *amigo*.

—¿Y eso? —preguntó Martí con cara de sufrir un infarto al ver el gatito negro que Liam traía en sus brazos.

—Dijiste que podía traer amigos a casa siempre que quisiera. —Liam acarició sonriente al felino.

—Primero, eso no es un amigo, es un gato, y segundo, dije que podías traer amigos de visita no a quedarse a vivir aquí.

—Es mi amigo y está de paso hasta que le encontremos un hogar —se quejó Liam.

—¡Qué monada! —exclamé mientras me acercaba a acariciarlo—. ¿De dónde lo has sacado?

—Estaba maullando junto a un contenedor de basura, no he podido resistirme... —dijo Liam poniendo cara inocente—. Será solo hasta que le encontremos un hogar. —Miró a Martí haciendo pucheritos.

—Es tan pequeñito —dije intentando cogerlo entre mis brazos. El gato ni se quejó—. Mira el lado positivo, Martí, así ya tenéis quien sustituya mi ausencia —dije bromeando para quitarle un poco de tensión al asunto.

—Está bien —dijo al fin—, pero solo hasta que le encontremos un hogar.

Liam atravesó el salón y le plantó un beso en los labios. Tanto él como yo sabíamos que el gato se quedaría allí para siempre, y no sé por qué me encantó la idea de que lo cuidaran juntos y lo vieran crecer. Era ese tipo de proyectos de vida que yo no podía hacer. En mi caso, veía tan lejos la posibilidad de construir un hogar...

—Ay, ¿quién las ha comprado? —preguntó Liam acercándose a la cajita de galletas metálica de la marca de moda que tanto le gustaban.

—Yo —dije con una sonrisa—. Las he comprado para que sobrelleves mejor mi ausencia.

—Jo, qué mona, no tendrías que haberte molestado. —Abrió la caja con la intención de coger una galleta y se encontró con que dentro estaban mis pequeñas libretas, pósits y bolígrafos.

—Lo siento, al final me las he comido. He pensado que me vendría bien la caja para guardar mis cosas, y como tú te zampaste la semana pasada mis yogures... —dije antes de echarme a reír a carcajadas.

—Serás zorra. —Liam comenzó a reírse también.

En ese momento dejé el gatito en el sofá y, sin poder parar de reír, me acerqué a él y lo abracé. Tan pronto estábamos riendo como envueltos en lágrimas.

—Te voy a echar tanto de menos —dijo entre sollozos.

—Y yo —confesé con una pena en el alma que me desgarraba por dentro, porque sabía que a quien más extrañaría de todos sería a él; era la persona con la que más tiempo había pasado.

—Por cierto —dijo, apartándose un poco de mí y secándose las lágrimas—, ¿a que no sabes a quién he visto?

—¿A quién? —pregunté confusa.

—A Álvaro.

Como ser humano, sabes que el corazón siempre está bombeando sangre y cumpliendo con su función, pero es algo en lo que no reparas a menudo, pues es un órgano que no duele y que no se siente, salvo en casos concretos en los que algo o alguien hace que lata más rápido y que sientas un sobresalto que te hace recordar que sigue ahí. Aquel era uno de esos momentos.

No había sabido nada de Álvaro desde el día en que nos despedimos en el aeropuerto, y de eso hacía ya casi cuatro meses. Las primeras semanas después de nuestro encuentro en Málaga fueron terribles, no voy a mentir. Pensaba demasiado en él, pero el hecho de saber que estaba lejos me consolaba. No podía verlo y tratar de mantener el contacto en la distancia solo haría que su ausencia me doliera más.

Recordé la promesa que le hice de no irme a California sin despedirme, pero estaba decidida a incumplirla porque yo no iba a ir a Italia y creí que él no vendría a Barcelona. Además, en menos de una semana, me iba; ya tenía mi billete. Sin embargo, el destino a veces es caprichoso.

—¡¿Está aquí?! —exclamé. Eso significaba que tendría que cumplir mi promesa de despedirme de él antes de marcharme, algo para lo que no estaba preparada.

—De momento, que yo sepa, no veo fantasmas —se burló Liam al tiempo que iba hasta el sofá para jugar con el gato.

«Tengo que verlo». No lo dije, solo lo pensé. Estaba tan paralizada que ni las palabras me salían.

—¿Dónde? —pregunté cuando por fin recuperé el aliento.

—Estaba con su madre en una cafetería que hay cerca de la escuela.

—¿Estás seguro de que era él? —insistí.

—Adriana, conozco perfectamente a Álvaro y a la directora. Por supuesto que estoy seguro de que eran ellos.

¿Habría venido para convencerme de que no me fuera? No, claro que no. Si ni siquiera me había avisado de que estaba en Barcelona.

Lo primero que hice en cuanto me metí en mi habitación fue desbloquear la pantalla del móvil y entrar en su perfil de Instagram. No había subido nada. ¿Significaba eso que no quería que nadie, incluida yo, supiera que estaba en la ciudad?

No sabía qué hacer. ¿Debía escribirle y cumplir con mi promesa de no irme sin decirle adiós? La verdad es que no lo pensé demasiado. Tenía el móvil aún en la mano y un impulso me llevó a abrir un wasap.

ADRIANA

¿Qué tal estás?

¿En serio le había escrito un mensaje tan simple y absurdo después de tanto tiempo sin hablar? No podía ser más obvia. Quise eliminarlo, pero si hay algo peor que un mensaje simple, es un mensaje eliminado.

ÁLVARO

Hola, qué sorpresa.
Muy bien, ¿y tú?

No tardó ni cinco minutos en responder.

ADRIANA

Bien, aquí...

¿Aquí dónde, Adriana? Como primer saludo después de casi cuatro meses, aquello era un auténtico desastre. Estaba nerviosa y no sabía qué decirle. No quería quedar como una tonta romántica; además, quizá él ya se había olvidado de lo que le prometí... Intenté pensar rápido y buscar una respuesta que me llevara a tener una conversación normal con él.

ADRIANA

Aún sigo en Barcelona.
Estoy aprovechando mis últimos días.

ÁLVARO

¿Sigues en Barcelona?
Pensé que ya te habías ido.

ADRIANA

¿Sin despedirme?

ÁLVARO

No me sorprendería.

ADRIANA

Qué mal concepto tienes de mí.

ÁLVARO

Entonces ¿me estás escribiendo para despedirte?

ADRIANA

Eso creo.

Confesé.

Podría haber seguido aquel juego, alargar aquellos mensajes que habían cobrado fluidez, buscar una respuesta más original, pero necesitaba saber si él quería despedirse de mí o no y si me iba a decir en algún momento que estaba en Barcelona.

ÁLVARO

Pues entonces no lo hagas por wasap y despidámonos como nos merecemos.

ADRIANA

No puedo ir a Italia.

Fingí que no sabía que estaba en Barcelona.

ÁLVARO

Estoy en Barcelona. Te espero esta tarde en mi casa.

ADRIANA

¿Sigues viviendo en el mismo sitio?

ÁLVARO

Sí, he conservado el piso porque en dos meses terminaré el rodaje y volveré a Barcelona.

No sabía cómo decirle que quedar en su casa no me parecía una buena idea. Sabía cómo podría acabar eso y no pensaba acostarme con él; no porque no quisiera, ganas no me faltaban, sino porque tener sexo con Álvaro haría demasiado difícil la despedida y no quería acabar como la última vez, que me pasé casi una semana llorando por la ausencia que su cuerpo dejó en el mío, bastante tenía ya con tener que soportar estar lejos de su alma.

ADRIANA

Mejor quedamos en alguna cafetería o restaurante para cenar. Ya no importa que la prensa nos vea juntos, ¿o es que hay otra razón por la que quieres esconderme en tu casa?

ÁLVARO

Sabes muy bien cuál es la razón por la que quiero que vengas a casa, pero respeto tu decisión. Mejor cenamos, sí, un café se nos va a quedar corto. Elige el sitio y envíame la dirección. Te veo a las ocho. Te dejo que tengo una reunión online en cinco minutos.

ADRIANA

Perfecto, que vaya bien.
Un beso.

ÁLVARO

Un beso.

73

ADRIANA

Pensé que ir al restaurante del Hotel Neri era una buena opción, no solo porque estaba rodeado de historia y en una de las plazas más bonitas de Barcelona, sino también porque esa plaza era especial para nosotros. Ahí fue donde le dije que me había enamorado de él.

Desde que vi ese restaurante quise ir a cenar allí, pero no lo había hecho aún porque, al ser un hotel de cinco estrellas, me podía imaginar el precio de la cena. Pero como estaba a punto de irme de la ciudad y no sabía cuándo volvería y me había pasado todo el verano trabajando, me podía permitir ese lujo; me lo merecía, nos lo merecíamos.

Le envié un mensaje a Álvaro con la dirección y al cabo de un rato me entraron las dudas. Quizá él pensaba que había elegido ese sitio para luego subir a una de las habitaciones. No le di más vueltas y comencé a arreglarme. Confieso que estaba tan nerviosa que me cambié de conjunto varias veces. Quería estar radiante. Finalmente, me decanté por un vestido largo, confeccionado en chifón de seda de manga larga, con puño ligeramente abullonado y escote en V, quizá algo pronunciado para la ocasión. Tenía una abertura lateral y un cinturón de cuerda torsionada con hilos de lúrex dorada, con una borla en cada lado.

Para completar el *look*, me puse unas sandalias que me había comprado ese verano. Eran de piel, en color negro, con tacón medio y fino y detalles de fantasía dorados a juego con el cinturón.

Al entrar en aquel edificio medieval, que mantenía su esencia sin olvidar el confort y la elegancia, sentí un brinco en el pecho y una vulnerabilidad extraña me recorrió todo el cuerpo al ver a Álvaro. No es que me sorprendiera que ya estuviese allí, pues me había escrito un mensaje cinco minutos antes diciéndome que ya había llegado y que había pedido que nos sentaran en una de las mesas más acogedoras, es solo que verlo después de tanto tiempo me impactó más de lo esperado. Las piernas se me aflojaron y tuve miedo de caerme. Por eso me detuve. Lo miré y él me sostuvo la mirada. Nos observamos durante no sé cuánto tiempo, como si estuviésemos buscando las diferencias que aquellos meses habían dejado en nosotros. No encontré ninguna, salvo que estaba más guapo que la última vez. Iba vestido completamente de negro, con un jersey fino de cuello caja y un pantalón tipo sastre de corte recto y tobillero.

Él se incorporó, y yo reaccioné y continué caminando hacia la mesa intentando mantener el equilibrio con aquellos tacones. Me fijé en que hasta los calcetines que llevaba eran negros, a juego con los zapatos tipo Oxford de piel con cordones redondeados.

Pensé que me daría dos besos, pero directamente me abrazó. Fue un abrazo amistoso que en cuestión de una milésima de segundo se convirtió en algo más. Creo que me desvanecí en sus brazos.

Llevábamos casi cuatro meses sin vernos y sin hablar, aquella historia debía estar más que superada, pero no lo estaba y algo me decía que iba a ser una velada dolorosa.

—Estás muy cambiada, te veo más guapa que nunca —dijo cuando nos separamos.

—Solo han pasado unos meses desde la última vez.

—Pues te veo... diferente, no sé...

Me ayudó a quitarme el abrigo y tomamos asiento el uno frente al otro.

—¿Qué? —pregunté con una sonrisa al ver que no paraba de mirarme.

—Que estás radiante. Se te ve muy feliz.

—Bueno...

—¿No lo estás? —preguntó extrañado.

—Sí, claro, estoy muy ilusionada, pero también tengo miedo... Irme a Los Ángeles es una decisión muy importante en mi vida.

—Es definitivo —afirmó como si fuera un lamento.

Asentí con la cabeza para confirmárselo. Aunque todo en él, desde su mirada, su sonrisa, sus expresiones, sus labios, su madurez e incluso su voz me cautivaban de una forma peligrosa, tanto que ponía en riesgo mi decisión de irme a Los Ángeles.

—¿Ya lo tienes todo listo?

—Sí, solo me falta la maleta. ¿Y tú, qué tal todo por Italia? —pregunté con la intención de cambiar de tema.

—Muy bien, estamos rodando en ciudades pequeñas que no conocía por la zona de Emilia-Romaña.

El camarero se acercó a la mesa para dejarnos la carta y tomarnos nota de la bebida después de hacernos una sugerencia de vino que no dudamos en aceptar.

—¿Y qué papel tienes en la serie? —curioseé.

—Es uno de los papeles protagonistas, soy el hijo de una familia muy rica, pero que anda metida en asuntos turbios.

«Te pega», pensé, pero no lo dije, aunque mi sonrisa debió hablar por mí.

—Ya sé lo que estás pensando, pero es muy diferente. Mi personaje es un niño pijo que no hace más que meterse en problemas y por su falta de cabeza lo acusan de haber cometido un asesinato.

—Pinta muy bien —dije.

Álvaro recibió un mensaje y miró el móvil, pensé que bloquearía la pantalla, pero decidió responder. Lo supe porque lo vi teclear rápido.

Me decepcionó un poco, porque él nunca solía utilizar el móvil cuando estábamos juntos, pero las cosas habían cambiado y probablemente habría personas más importantes que yo en su vida. ¿Sentí celos? Me gustaría decir que no, pero la realidad es que sí. En ese momento, con los sentimientos a flor de piel, sentí celos de un mensaje, cuando no tenía ningún derecho a estar celosa.

—Perdón —se disculpó—, era mi...

—No tienes que darme explicaciones, ha pasado mucho tiempo —le interrumpí con una sonrisa un tanto forzada.

—Entonces ¿qué hacemos aquí? —preguntó en un tono muy serio.

—No lo sé, la verdad. Esta despedida era innecesaria —dije con un nudo en la garganta.

—Sí, lo era.

Un silencio incómodo se instaló entre nosotros y de pronto yo solo quería llorar, quería que me rogase que no me fuera a Los Ángeles y que me quedara en Barcelona o que me fuese a Italia con él estos dos meses y luego nos fuéramos los dos juntos a empezar una nueva vida en Los Ángeles o en cualquier otro lugar del mundo, porque lo único que quería era estar a su lado de una vez por todas y para siempre.

El camarero llegó y después del interminable protocolo de exhibición del vino nos sirvió y se marchó. Justo en ese momento, el teléfono de Álvaro volvió a vibrar.

—Puedes responder —le dije mirando su teléfono.

—Era mi padre, hemos quedado mañana y me está proponiendo sitios, ya le he dicho que luego le respondo, que estoy en una cena.

Miramos la carta en silencio y las únicas palabras que intercambiamos durante los siguientes quince minutos fueron relacionadas con los platos.

El camarero nos tomó nota y tanto Álvaro como yo nos aferramos a nuestras copas de vino.

—¿No te da pena? —preguntó de pronto rompiendo el silencio que se había instalado de nuevo entre nosotros.

—¿El qué? —respondí como si no supiera a qué se refería.

—Esto, lo que podría haber sido y jamás será.

Sentí un nudo en la garganta.

—¿Alguna vez piensas más allá de ti misma? —continuó.

—Yo solo quería que nos despidiéramos como dos personas adultas... —dije enfadada conmigo misma por permitir que aquella situación me estuviese superando.

—Pues diría que no lo estás consiguiendo...

Había rencor en sus palabras y lo entendía; no sabía cómo decirle adiós.

—Está claro que ninguno de los dos lo estamos consiguiendo —me levanté de la silla, cogí el bolso y el abrigo y salí.

—Vamos a tomar el aire un momento —escuché que Álvaro le decía al camarero—. Dejo ahí mis cosas.

Salí a la plaza y me detuve junto a la fuente. Al igual que aquella noche, las guirnaldas de luces colgaban de una punta a otra de la plaza como una tela de araña. Y al igual que aquella noche, también había llovido y la amarillenta luz resplandecía en los charcos del suelo.

La frase que un día le dije en ese mismo lugar cruzó por mi mente como un eco lejano: «Creo que me he enamorado de ti».

—¡Adriana!

Escuché sus pasos acelerados detrás de mí. Sus manos se aferraron a mis brazos para girarme hacia él.

Las lágrimas me quemaron los ojos, pero me esforcé en tenerlas controladas. Lo entendía, por supuesto que lo entendía, podía ver el dolor en su mirada. Tenía el corazón hecho mil pedazos, y había sido yo quien se lo había roto.

—Creo que hay mucha humedad aquí, algo me está dando alergia —dije para ganar tiempo, como si él no supiera de sobra que tenías los sentimientos a flor de piel.

En ese momento, Álvaro acarició mi mejilla.

—Perdóname, Adriana.

Bajé la mirada intentando mantener la compostura.

—Mírame... —Lo miré, y una lágrima rebelde me recorrió la mejilla—. Yo solo quiero que seas feliz y, si tu felicidad depende de esta experiencia, lo acepto.

—No sé si seré feliz en Los Ángeles, ni si esta experiencia merecerá la pena, pero sé que tengo que hacerlo, no quiero dejarlo todo por amor y arrepentirme en un futuro.

—Yo tampoco quiero eso, no podría estar contigo sabiendo que has sacrificado tu sueño. Es solo que todo esto se me hace un mundo, tú siempre has sido la valiente de la relación...

—¿Valiente yo? —Sonreí.

—Bueno, siempre lo tienes todo bajo control —dijo con los ojos húmedos.

—No vayas a llorar.

—No voy a hacerlo —aseguró.

—Escúchame, yo nunca he sido la más valiente de los dos. Nos han pasado muchas cosas y he sobrevivido como he podido... Y, ahora, decirte adiós puede que sea una de las cosas más difíciles que me toque hacer en la vida.

—¿Por qué mejor no disfrutamos de esta cena como viejos amigos? No estropeemos ese oleaje de emociones que hemos vivido. Conservémoslos en el recuerdo, pero sin tratar de repetirlo. —Inhaló con brusquedad como si estuviera a punto de ahogarse.

Dos lágrimas más me recorrieron las mejillas. Había estado tan ciega que no había visto lo mucho que Álvaro me amaba. Él unió su frente a la mía, pero no me intentó besar, quizá porque a esas alturas ya había comprobado que el beso más difícil no era el primero, sino el último.

—Me parece una buena opción —dije al fin.

No sé si me decepcionó más que no intentara convencerme de que me quedara en Barcelona o que no intentara besarme.

Había fantaseado con que vendría a buscarme en el último momento y me rogaría que no me fuera a Los Ángeles, como pasaba en las películas, pero el amor en la vida real es como cuando intentas reproducir en casa esos trucos tan fantásticos que ves en *reels*: el resultado acaba siendo muy distinto al esperado.

Me flipaban los finales felices de las comedias románticas, pero estas solo duraban dos horas, y la vida era algo más larga. De todas formas, sabía que esos finales también se daban a veces en la vida real, y que en ellos se inspiraban los guionistas para escribir historias preciosas. Solo tenía que ver cómo habían terminado Georgina y Frank o Liam y Martí. ¿Quién les iba a decir a principio de curso que sus destinos iban a unirse como lo habían hecho?

Confieso que aquel final con Álvaro me sorprendió, pese a que hubiese estado escrito desde el principio. Así era nuestra historia, nunca podías imaginarte un final al uso. Quizá el final podía ser otro si yo hubiera hecho algo..., pero ¿qué podía hacer?, ¿renunciar a mis sueños? Era demasiado joven para eso.

Entramos de nuevo en el restaurante y cenamos como dos viejos amigos. Estuvimos hablando de cine y fingiendo que aquella no sería nuestra última cena, pero el postre sabía tanto a despedida que no me lo pude acabar, para entonces el nudo que se había formado en mi garganta no me dejaba pasar nada.

Lo teníamos claro, no habría polvo; eso solo haría las cosas más difíciles. Lo que no imaginé era que tampoco habría beso; supongo que fue así para evitar que una cosa nos llevara a la otra. El nuestro era un amor caliente, de esos que se expande por todo el cuerpo con un simple roce. Un amor inagotable, un amor que siempre late, un amor que llenaba mis días y también mis sueños. El nuestro era un amor real, y, a veces, los amores reales saben a despedida, aunque en el fondo siempre queda la esperanza de que en algún lugar y en algún momento se produzca un reencuentro.

Caminamos por la calle que un día fue testigo de nuestro amor, pero esa noche nuestro destino sería muy diferente.

Álvaro esperó hasta que el taxi se detuvo frente a nosotros y, antes de subirme, soltó las dos palabras que se me quedarían grabadas durante meses, por su significado y porque nunca antes lo había escuchado hablar con ese tono tan apagado y quebradizo.

—Adiós, Adriana.

No quise decirle adiós o quizá sí, pero no pude. Me limité a regalarle una sonrisa triste y, después de tragar saliva, me despedí con un simple «Cuídate». Me hubiese gustado añadir un «espérame», pero hubiera sido muy egoísta por mi parte.

Habría estado bien que nos hubiésemos dado un buen morreo de esos de película, bajo la luz de la farola, pero no me atreví ni siquiera a darle un abrazo, ni dos besos, porque sabía que el mínimo roce me haría perder el sentido y hubiera acabado rogándole que se subiera al taxi conmigo y que nos perdiéramos en cualquier lugar del mundo, aunque fuera solo esa noche.

Cerré la puerta, y ya en el interior del taxi, mientras me concienciaba de que podría empezar desde cero y que el tiempo reduciría aquel intenso dolor que ya me producía su ausencia, vi a través del cristal cómo se encharcaban sus ojos.

El taxista puso en marcha el taxímetro y nos alejamos para que los coches que se habían detenido detrás pudieran continuar.

Una parte de mí quería creer que aquello no era un final definitivo, aunque de alguna forma lo era, porque el comienzo de una nueva etapa siempre supone el final de la anterior. Pero prefería pensar que aquel solo sería uno de nuestros finales.

La última toma

El día que Adriana llegó a Los Ángeles no se lo podía creer, estaba ilusionada y al mismo tiempo aterrada.

Llegar al cuchitril que había alquilado por internet desde España le resultó una odisea. Era una habitación en un piso compartido en Westwood, entre Santa Mónica y Beverly Hills. La mayoría de las compañías productoras de cine y agencias están en Los Ángeles, por lo que sabía que allí tendría más posibilidades de encontrar trabajos.

De todos los barrios que había barajado, Westwood fue el que más le gustó. Era popular entre la gente joven y los estudiantes porque la UCLA estaba en esa zona, y además la habitación que encontró era una de las más baratas que vio, aunque ahora temía que hubiera sido víctima de una estafa. El hecho de que no tuviese un historial de crédito en Estados Unidos complicó su búsqueda de piso, puesto que en la mayoría de las agencias inmobiliarias la obligaban a pagar un depósito que suponía el alquiler de seis meses. Algo que ella no podía permitirse sin saber qué le iba a deparar el destino en Los Ángeles, por lo que le tocó fiarse de aquellos jóvenes que le habían alquilado la habitación sin un contrato oficial, simplemente con un papel que carecía de validez legal.

Cuando por fin llegó a la dirección que le habían dado, entró en el edificio y se encontró con que el ascensor estaba estropeado. Le tocó subir por las escaleras cargando con su enorme maleta de veintitrés kilos.

Al llegar al piso, a Adriana le dolían las piernas, la cabeza y se encontraba algo mareada y desorientada por el *jet lag*, pero aun así se sintió aliviada al comprobar que sus nuevos compañeros no la habían estafado. Se presentaron e hizo el esfuerzo de tomarse una cerveza con ellos. Les preguntó a qué se dedicaban y uno a uno fueron respondiendo. Austin estudiaba Derecho en la UCLA, Sabú era actor y Caroline... «¿Otra vez la misma historia?», pensó Adriana antes de escuchar la respuesta de la joven, pero cuando esta le dijo que también estudiaba en la UCLA, sintió un gran alivio.

Después de conocer a sus compañeros, se encerró en la que sería su nueva habitación y se tiró en la cama. Rompió a llorar. No sabía si lo hacía de felicidad, de miedo o de arrepentimiento; quizá un poco por todo ello.

En el dormitorio solo había una cama, un armario y un escritorio sin silla. Adriana abrió la maleta, sacó las sábanas que había llevado, las sacudió e hizo la cama. Luego guardó la ropa en el armario. Entró en el cuarto de baño y dejó el champú, el gel, el dentífrico y el cepillo de dientes. El simple hecho de acomodar sus cosas la hizo sentir tranquila. Sin más, se acostó.

Los días siguientes aprovechó para visitar los alrededores y las zonas de mayor interés. Atravesó el Hollywood Boulevard y se llevó una gran decepción. Ella esperaba una avenida con glamour y gente famosa alrededor y se encontró con una avenida con el asfalto deteriorado y repleta de turistas haciendo fotos.

También visitó el Teatro Dolby, donde se celebraba la famosa gala de los Óscar, y le pareció un poco feo, al menos por fuera, porque estaba en mitad de un centro comercial. Pero eso no hizo que dejara de soñar con poder asistir algún día a una de esas galas, aunque fuera simplemente como invitada, sin ninguna nominación, pues eso ya era inimaginable.

Adriana sabía que comenzar una carrera profesional en Hollywood no sería fácil. La del cine era una industria muy competitiva, pero nunca imaginó que podía resultar tan agotador. Allí no era nadie. Sus contactos, sus seguidores en Instagram y su trabajo y formación previa no le servían de mucho. Tuvo la sensación de que le tocaba empezar desde cero. Pero su pasión por el cine era tan fuerte que nada podía frenarla. Desde pequeña se quedaba embobada viendo hasta el último de los créditos. Había algo en la gran pantalla que la dejaba abstraída, como una fuerza sobrenatural, la misma que la hacía levantarse cada día muy temprano y salir sin rumbo en busca de alguna oportunidad.

Por suerte, había estado todo el año asistiendo a clases de inglés y dominaba el idioma, pero necesitaría retomar las clases para perfeccionar el acento, jamás le darían un papel si no tenía una pronunciación perfecta.

En toda una semana que llevaba allí solo había podido hacer una prueba para entrar en una prestigiosa escuela de cine. Le hicieron un test de cultura cinematográfica y escribir la redacción de una sinopsis para un guion. Adriana no entendía el sentido de aquella prueba.

Los días siguientes, aprovechó para empezar las clases de inglés con un profesor nativo y también comenzó a ir a escuelas de actuación pagando una sola clase para conocer gente que ya llevaba más tiempo en el mundillo y que la aconsejaran y guiaran un poco. Consiguió su objetivo y algunos contactos. Ahora ya sabía dónde se enteraban los actores en Los Ángeles de las audiciones y comenzó a visitar diariamente webs como Craiglist, Backstage e Infolist. También los *Hollywood Daily Variety* y el Hollywood Reporter.

Las primeras semanas pasaron con rapidez. Adriana encontró un trabajo flexible en una cafetería del área de Los Ángeles que le proporcionaba algunos ingresos y le permitía ir a las audiciones.

Consiguió su primer trabajo como extra en una serie, sería solo una semana, pero algo era algo. El primer día de rodaje, nada más llegar, se sintió como una estúpida al ver que había una carpa con comida para todos los actores. ¡Se había gastado doce dólares en desayunar cuando podría haberlo hecho allí gratis! Lo había hecho porque no sabía que ofrecían comida también a los extras y no quiso saltarse el desayuno sin saber a qué hora terminaría de rodar. No quería volver a tener problemas alimenticios.

Después de su primer día como extra, aquello no le pareció tan mal pagado. Conocía gente del mundillo, cobraba y además le daban comida gratis durante toda la jornada.

Durante los siguientes once meses se dedicó a trabajar de extra y a hacer pequeños papeles secundarios, aunque solo en uno de ellos pudo decir una frase y, para ello, tuvo que unirse al sindicato de actores, algo que supuso para ella todo un logro.

Encaraba cada proyecto con la máxima profesionalidad, viviéndolo todo con el mismo entusiasmo con el que un niño descubre el mundo, con la diferencia de que ella memorizaba cada detalle de lo que veía, por si algún día tenía la oportunidad de estar donde estaban las grandes actrices y los grandes actores que protagonizaban las películas o series en las que por entonces ella solo era un bulto para rellenar escenas.

Adriana quería ser la actriz perfecta.

En una de las grabaciones, una reconocida actriz se metió en la sala de montaje donde estaba el director y comenzó a hacerle sugerencias, incluso les decía a los otros actores cómo tenían que interpretar sus personajes. En otro rodaje, vio que un actor al que ella había admirado desde pequeña le apagaba un cigarro a uno de los cámaras en su comida por sacarle un plano que no le favorecía y que previamente le había advertido que no le sacara. A Adriana le resultó odiosa la actitud de esos actores y esperaba no convertirse nunca en ese tipo de famosos a los que se les sube la fama a la cabeza. Ya había pasado por eso en Barcelona y sabía lo volátil que era la fama en este mundillo. La fama era efímera, un día estás arriba y al otro ya has caído.

Durante esos meses, Adriana aprendió cómo funcionaban las cosas. Sabía que tenían más posibilidades de llevarse papeles importantes los actores que iban a los castings con agente, pero no era fácil encontrar uno bueno que quisiera representar a una desconocida.

Se había puesto de margen dos años. Si en ese período de tiempo no conseguía un papel importante, regresaría a España. Y ya llevaba en Los Ángeles casi un año.

Su forma de ser, tan responsable, profesional y carismática, le permitió hacer muchos contactos. Gracias a una recomendación personal, tuvo una cita con Patrick Cornali, un reconocido agente que había trabajado para WME y para la Agencia de Artistas Creativos. En cuanto ella le enseñó los trabajos que había hecho hasta el momento, supo que Adriana tenía potencial y aceptó representarla.

Durante los siguientes meses hizo más audiciones para papeles más importantes, y poco tiempo después obtuvo papeles secundarios de mayor peso, que ella veía como grandes oportunidades.

Dejó su trabajo como camarera para dedicarse íntegramente a su carrera. Le faltaban horas para poder hacerlo todo: clases de inglés, cine, audiciones, acudir a los rodajes para los que ya la habían contratado... Apenas tenía tiempo de ver a sus compañeros de piso, excepto a Sabú, con quien había entablado una amistad a lo largo del primer año. Él tenía coche y habían ido juntos a numerosos castings (en Los

Ángeles, si no tenías coche, difícilmente podías moverte con libertad, porque era complicado hacerlo en transporte público). También coincidieron de extras en el rodaje de una serie. Una noche salieron juntos y se besaron, pero la cosa no fue a más. Él era demasiado tímido y ella estaba demasiado centrada en su carrera, por lo que no sacaron nunca más el tema.

La seleccionaron para un papel secundario en una serie en la que haría de modelo y tuvo que apuntarse a una academia para aprender a posar. Algo que tuvo que pagarse de su propio bolsillo porque la productora le dijo que no se hacía cargo. Haciendo números, vio que lo que ganaría por aquel papel sería lo mismo que ganaba haciendo de extra, y si le restaba la inversión que tenía que hacer en la academia... Pero ella estaba convencida de que le compensaría por la experiencia que adquiriría haciéndolo. Para ella todo sumaba.

Aceptó el papel y durante dos meses estuvo trabajando en este proyecto, que resultó ser agotador. Le tocó rodar muchas noches, y luego tenía que estar a la mañana siguiente otra vez en la localización para aprovechar la luz del amanecer. Como no tenía coche, a veces se quedaba a dormir en el camerino sin que nadie se enterase, pues estaba prohibido. La obligaban a comprarse sus propias medias, y si estas tenían demasiado brillo, el director le llamaba la atención. Dejó que le cambiaran el color del pelo. Y un día tuvo que morderse la lengua cuando el director le dijo que olía mal; en lugar de responderle que había tenido que esperar seis horas con el vestido puesto bajo el sol para rodar la toma, se calló. Aceptó sin rechistar cada crítica. No quería cerrarse ninguna puerta cuando apenas estaba comenzando.

Adriana tuvo que olvidarse de muchas de las técnicas que había aprendido durante los meses que trabajó en la obra de teatro; actuar para el cine era muy diferente. No había ninguna necesidad de alzar la voz de forma artificial como a veces hacía por costumbre. De hecho, en el cine debía hacer exactamente lo contrario. En el teatro, había aprendido a proyectar la voz para que pudieran oírla más allá de la tercera fila de butacas. En las películas no era necesario hacer eso, pues, por muy bajito que un actor hable, el micrófono siempre capta su voz.

Unos meses más tarde tuvo su segunda gran audición para un papel protagonista.

Era una productora nueva, hasta el momento solo había producido series para algunas plataformas; esta sería su primera película y su primer proyecto serio, aunque de serio no tuviese ni el nombre, pues se trataba de una comedia romántica, pero Adriana estaba muy entusiasmada con la oportunidad. Llegó aterrorizada al edificio en el que se hacían las audiciones, no tenía demasiadas esperanzas, pues ya había hecho una audición para un papel protagonista y la habían descartado, pero en esta ocasión era diferente porque buscaban una cara nueva, querían a alguien diferente, y ella lo era.

Salió de la prueba muy contenta, pensó que lo había hecho bien, incluso tuvo la corazonada de que el papel era suyo, sin embargo, cuando días más tarde llamó a su agente para preguntarle si sabía algo, no pudo quedarse más desilusionada.

—Creo que el papel no va a ser para ti...

—¿Cómo que no? Buscaban una cara nueva y cumplo el perfil —se quejó ella, sin entender.

—Dicen que tus rasgos son demasiado españoles, y que quizá se note por tu acento que no eres americana.

—¡Es que no lo soy! —gritó enfurecida.

Sí, la productora quería una cara nueva, y ella era la única española de la lista de todas las aspirantes... Sin embargo, parecía que al final Adriana no era el tipo de chica en el que ellos habían pensado.

—Tranquila. Veré qué puedo hacer, haré algunas llamadas. Pero no te preocupes; si no lo conseguimos, ya saldrá algo mejor. Esta productora paga fatal y el presupuesto es muy bajo, así que no sientas que estás perdiendo una gran oportunidad —le dijo para consolarla.

Pero ella tuvo la sensación de que había algo en ella que no estaba bien y que por eso no le daban ningún papel principal. Se veía a sí misma como una fracasada. Llegó incluso a pensar que el éxito que tuvo en España no fue más que consecuencia del bajo nivel que había en su país en comparación con lo que se hacía en Hollywood. Allí nunca sería nadie.

Era un día soleado y ventoso de septiembre, uno de los momentos del verano que más le gustaban. Faltaban apenas dos meses para que se cumplieran los dos años que se había dado para conseguir un papel por el que mereciera la pena seguir aquel ritmo de vida que la estaba consumiendo. Adriana se encontraba sentada sobre la arena en Venice Beach contemplando a los surfistas que lucían sus torsos. No pudo evitar acordarse de aquel surfista con el que se enrolló una noche que salió de marcha a Create Nightclub: era el único chico con el que se había acostado después de Álvaro. Estaba tan centrada en su trabajo que no tenía la cabeza para pensar en amores.

Aunque ella no quería admitirlo sí había pensado en Álvaro y en la posibilidad de que, si volvía a España, pudieran tener algo. Había sabido de él por la prensa española e italiana. La serie que rodó tuvo muy buena acogida. Lo había visto en fotos, con el pelo diferente y más guapo aún, si aquello era posible. Una noche de debilidad, sin poder resistirse, le escribió un mensaje para felicitarle por el estreno de su nuevo trabajo. Él le respondió al día siguiente agradecido y preguntándole por su nueva vida en Los Ángeles, ella se limitó a decirle que todo iba muy bien, a lo que él respondió que se alegraba. Fue una conversación tan cordial que ambos quedaron decepcionados y prefirieron no volver a escribirse. Sin embargo, cuando él la vio, meses después, actuar como modelo para la serie, no pudo evitar escribirle un mensaje diciéndole que estaba perfecta, ella se limitó a darle las gracias y preguntarle qué tal le iba. De nuevo intercambiaron un par de mensajes con palabras que no significaban nada. Ella lo amaba, pero se había ido lejos, y él no podía culparla por querer luchar por su sueño.

Adriana estaba centrada en las acrobacias que los surfistas hacían entre las olas cuando recibió una llamada de su agente.

—¿Sí?

—Lo has conseguido —dijo Patrick emocionado al otro lado del teléfono.

—¿Cómo? ¿El qué?

—El papel es tuyo.

—¿Qué papel?

La habían seleccionado para su primer papel como protagonista en aquella película que ella ya daba por perdida y no se lo podía creer.

Se levantó y caminó por la orilla desorientada, casi sin ver nada a su alrededor por culpa de las lágrimas. Parecía a punto de sufrir un desmayo.

—¡Es mío! ¡Es mío! —comenzó a gritar cuando salió de su ensimismamiento y reparó en lo que aquello significaba—. ¡¡¡Soy tan feliz!!! —gritó de nuevo provocando que varias personas se alarmasen.

En medio de aquella vorágine de sensaciones, Adriana supo que su sueño por fin estaba a punto de hacerse realidad, lo que aún no sabía era que este sería su gran debut cinematográfico.

Días más tarde, quedó con su representante para ir juntos a firmar el contrato y recoger el guion. Durante las siguientes semanas se encerró a estudiar cada palabra, quería hacerlo perfecto. La historia le gustó, aunque se tomó la libertad de anotar algunas sugerencias en ciertas frases que le parecieron forzadas y poco naturales, pero solo se las diría al director si este se mostraba receptivo; no quería quedar de listilla en su primer trabajo.

Llegaron las primeras pruebas de maquillaje y vestuario y los primeros ensayos en los que conoció al actor que sería el protagonista principal. Era un chico moreno, de ojos oscuros y muy atractivo. El primer día le pareció un poco creído, pero rápidamente se dio cuenta de que era más simpático de lo que parecía.

Adriana obedecía las órdenes del director sin rechistar, en cada prueba daba lo mejor de sí misma, hasta tal punto que el director llegó a decirle a su agente que nunca había trabajado con una actriz tan joven y tan profesional. Que había algo en ella que lo absorbía, que las pruebas que habían hecho con primeros planos eran brutales y que parecía como si la pantalla te estuviera llamando, no podías apartar la vista. El director estaba tan entusiasmado como ella; era como si lo hubiese hipnotizado.

Un mes más tarde comenzó el rodaje. El primer día, estaba programado grabar la escena del desnudo. Era algo habitual en el cine para romper el hielo entre los protagonistas. Adriana sabía que en esta película tendría que enseñar los pechos, algo que le daba mucha vergüenza, pero así eran las exigencias del guion.

Habría estado más tranquila de no ser porque a última hora habían tenido un problema con el actor principal, con quien ya tenía confianza, y la productora había tenido que buscar a un sustituto de última hora. Adriana sintió un hormigueo desagradable recorrerle todo el cuerpo, se sintió muy vulnerable solo de imaginarse prácticamente desnuda frente a un desconocido y que este pudiera acariciar sus muslos, su cintura, sus pechos... Sabía que tenía que ser profesional, pero no estaba preparada.

—Tranquilízate, es solo una escena más, ya verás como no es para tanto, parece más en la pantalla de lo que es en realidad —le dijo su asistente, con quien había entablado amistad durante las últimas semanas—. Además, antes de grabar podrás hablar con el nuevo actor, y el director os explicará lo que tenéis que hacer.

—Ya, pero es que hacer esto con un completo desconocido... —Adriana soltó una risita nerviosa.

—Lo harás genial. Voy a prepararte una tila mientras te terminan de maquillar.

Cuando Adriana estuvo lista, salió de su camerino y se dirigió al set de rodaje. Solo una deslumbrante bata de seda de color champán cubría su estilizado cuerpo. Caminaba como una niña pequeña asustada, pero con la dignidad de una profesional.

Antes de llegar al set, en la zona en la que los técnicos de sonido e imagen estaban trabajando, se encontró con el que sería su nuevo compañero en la película.

Adriana lo miró confundida, extrañada, como si no comprendiera nada. Las luces estaban apagadas y tuvo que entornar los ojos. Parecía como si la hubiesen drogado y estuviera imaginando cosas imposibles, como si aquello no fuera más que una ensoñación.

—Adriana...

Solo había una voz que la calase tan hondo, y era la de él.

—¿Tú? —preguntó, aturdida, cuando salió de su trance.

—Yo.

Álvaro, que sabía muy bien que iba a trabajar con Adriana en la película, sonrió.

—Pero... —La alegría no la dejaba hablar.

Se fundieron en un inesperado abrazo, porque en el fondo se seguían amando con toda su alma.

Ella recordó el vuelo que la había llevado hasta Los Ángeles y lo lejos que habían estado, pero al sentir los latidos en su pecho, todo aquello se esfumó. Cerró los ojos y recordó aquel último final. Ahora ya no era el último.

—¿Qué haces aquí? —le preguntó cuando consiguió separarse un poco de él.

—Soy tu nuevo compañero en la ficción, aunque si me dejas también podría serlo en la vida real.

—Yo tenía entendido que no querías protagonizar una película romántica.

—Eso era antes de saber que tú serías la protagonista.

Nota de la autora

Antes de continuar leyendo, déjame decirte que esta nota contiene *spoilers*, así que no la leas sin antes haber leído la bilogía completa.

Muchos lectores han dado por sentado que algunas de las experiencias que se cuentan en *Una ilusión como lo nuestro* (Salvajes 1) eran reales, pero tengo que confesar que el primer libro estaba casi terminado antes de que pudiera vivir en primera persona el precio de la fama. Sin embargo, durante el proceso de revisión tuve la oportunidad de incluir algunas sensaciones reales que he vivido y que quizá son lo que le dan esa alma a la novela.

Escribir esta segunda parte fue más difícil que la primera, no porque el final del primer libro conllevara inexorablemente que el inicio del segundo tuviera un halo de *thriller*, sino porque no quería contaminar con mis emociones la trama. Ningún artista debería sufrir el rechazo que yo sufrí durante esos meses solo por destacar y ser diferente, y, sin embargo, todos aquellos que llegan lejos lo han sufrido alguna vez. Quizá sea verdad eso que dicen de que si haces ruido es porque estás haciendo las cosas bien... No lo sé, porque aún me cuesta verle el lado positivo a tanto odio. Se han dicho tantas mentiras sobre mí que, si tuviera que contrargumentarlas todas, me encontraría frente a una lista sin final. Por este motivo debería comenzar por darle las gracias a Adriana. Con ella he aprendido a aceptar que lo que el resto dice de una misma no define quién eres, y a desear el bien incluso a quienes me desean el mal. Esas personas que vierten su rabia y sus valores en reseñas falsas que cualquier lector puede identificar como tal, que crean *hashtags* dañinos, tuits tránsfobos y que, en definitiva, promueven el odio, solo demuestran lo mal que la vida los está tratando, y por eso no puedo sentir más que compasión, porque, en el fondo, entiendo que es su verdad y solo el tiempo y el crecimiento personal les hará ver cuán equivocados están. La vida no nos enseña a ser unos segundones, pero tampoco a ser el número uno. Cuando Adriana de pronto se ve con el papel protagonista siente que le queda grande, padece el síndrome del impostor y, dadas las circunstancias, comienza a pensar que Georgina lo habría hecho mejor que ella. La mayoría de artistas sufren esto con cada proyecto, aunque nadie hable de las envidias, las miradas, las palabras condescendientes y del sacrificio diario por alcanzar un sueño que solo dará sus frutos si algún día tienes la suerte de alcanzar la cima, momento en el que la mayoría solo verá que estás arriba y pensará que has llegado gracias a algún tipo de truco, pero nunca por el esfuerzo y sacrificio diario. Eso es algo que quería reflejar en esta novela en la que, por momentos, me he llegado a sentir en la piel de todos los personajes. Pero el mensaje que quería lanzar al mundo es que hay que aprender a perdonar y olvidar; el bien y el perdón son la fuerza más poderosa del universo y son los únicos que pueden llevarnos a alcanzar la felicidad. La forma en que Adriana y Georgina se relacionan es como me gustaría creer que será el mundo: un lugar donde todos tenemos permitido cometer errores y podemos perdonarnos, donde las buenas intenciones pesan más que la maldad y la envidia; un lugar en el que se nos deje cambiar de nombre, de ciudad, de piel, de sueños y de metas; un lugar en el que podamos volver a empezar cuantas veces queramos o necesitemos y en el que siempre haya una mano dispuesta a ayudarnos.

No quiero despedirme sin darle las gracias a todo el equipo de Penguin Random House que ha hecho tangible esta ilusión que ahora tienes en tus manos. Y, por supuesto, a ti que me lees. Gracias por la oportunidad y por apoyar mi trabajo, los artistas no somos nada sin el apoyo de una comunidad, y yo tengo la suerte de contar con una muy especial: en el Reservado N.º 7 ya somos una gran familia, si aún no formas parte de ella, a continuación, te dejo un enlace para que accedas a este pequeño diván donde conectar más allá de las novelas. Te espero.

Confío en que hayas disfrutado de esta historia, me encantará saber tu opinión, puedes dejarla en la plataforma en la que hayas comprado tu ejemplar o en su defecto en Amazon. ¡Gracias por tu apoyo! Significa muchísimo.

Un beso muy fuerte.

https://elsajenner.com